ASÍ EMPIEZA LO MALO

坏事开头

〔西班牙〕哈维尔·马里亚斯 著
叶培蕾 译

人民文学出版社
PEOPLE'S LITERATURE PUBLISHING HOUSE

著作权合同登记号　图字 01-2018-6378

图书在版编目(CIP)数据

坏事开头/(西)哈维尔·马里亚斯著；叶培蕾译
. —北京：人民文学出版社，2019
ISBN 978-7-02-014863-9

Ⅰ. ①坏…　Ⅱ. ①哈… ②叶…　Ⅲ. ①长篇小说-西班牙-现代　Ⅳ. ①I551.45

中国版本图书馆 CIP 数据核字(2019)第 015298 号

责任编辑　卜艳冰　潘丽萍
封面设计　钱　珺

出版发行　人民文学出版社
社　　址　北京市朝内大街 166 号
邮政编码　100705
网　　址　http://www.rw-cn.com
印　　刷　莱芜市圣龙印务有限责任公司
经　　销　全国新华书店等
字　　数　289 千字
开　　本　890 毫米×1240 毫米　1/32
印　　张　14.625
插　　页　2
版　　次　2019 年 8 月北京第 1 版
印　　次　2019 年 8 月第 1 次印刷
书　　号　978-7-02-014863-9
定　　价　66.00 元

献给塔诺·迪亚兹·亚内斯，
我四十五年的朋友，
感谢他总会在公牛扑向我时，
递给我一件红披风。

献给卡梅·洛佩兹·梅卡德尔，
她令人难以置信地从未厌倦
听我诉说。至今还未厌倦。

I

距离那个故事发生并没有过去很长时间——比一生通常持续的时间要短，而一生已然足够短暂，一旦结束，寥寥数语就能讲完，留存于记忆之中的只有一击即散、随风飞扬的灰烬，但放到今天它是不可能发生的。我指的更多是爱德华多·穆里埃尔和他的妻子比阿特丽斯·诺格拉年轻时，在他们身上发生的事情，而不是年轻的我在与深陷灾难般漫长而又无解的婚姻之中的他们相处时，发生在我身上的事。后者，也就是发生在我身上的事，倒是依然可能发生：因为它现在也仍在发生，不然也可能是同一件事还没有结束。同样可能发生的，我想，还有范·维克滕的事以及那个时期的其他事件。每个时代应该都有范·维克滕，他们不断出现，今后也还继续会有，人物的种类是不变的，或者看似不变，现实人物和与其孪生的虚构人物重复出现了几个世纪，就好像大脑缺少想象力或是没有出路似的（归根结底，这两者都是活人的事，或许死人更有创造力吧），有时我们会感觉自己就像非常年幼的孩子，只有一个节目和一个故事。它们用无尽的变化乔装打扮成或旧或新的样子，但在本质上还是一样的。所以，每个时代也应该都有爱德华多·穆里埃尔和比阿特丽斯·诺格拉，龙套们就更不用说了；还有不计其数的胡安·德·维尔，我过去和现在都叫这个，胡安·维尔或胡安·德·维尔，要看叫出或想到我的名字的人是谁。我的形象一点新意也没有。

那时离婚尚未合法化，人们更料想不到它还会有合法化的一天。穆里埃尔和他的妻子结婚已有二十多年了，而我刚刚介入他们的生命，或者更确切地说是他们介入我这个只不过是初来乍到者的生命。但一个人从来到世上那一刻起就会开始经历，它脆弱的车轮会用怀疑和憎恶将他纳入其中，不情不愿地拖着他走，它很旧了，曾就着月光不紧不慢地碾碎了许多生命，那弯昏昏欲睡、只半睁着一只眼监视的冷月是它怠惰的岗哨，故事还未发生，大家就已知晓。只要你留意一个人——或者无关痛痒地朝他看一眼 他就再也无法回避，哪怕他闭上嘴巴、一动不动地躲藏起来，什么也不想，什么也不做。就算有人想将自己抹去，他也已经被人看在了眼里，就像海洋中一个无法被忽视的遥远身影，你必须躲开他或是靠过去；他对其他人来说是存在的，而其他人也会将他算上，直到他消失不见。说到底，这也不是我的情况。那时的我并非完全被动，也没有假装自己是个幻影，我并没有想让自己隐形。

我一直在思考人们怎么会有胆量“背负”婚姻——他们敢于这么做已经有几个世纪了，这种具有决定性质的东西；特别是女人，她们更难找到纵情享乐的机会，或者要花上两三倍的力气进行掩饰，如果她们在纵情之后负重而返，那么就不得不花上五倍的力气，在一个新生命发育成形并且能够来到这个世上之前：从它受孕，或是被检出，或是被预感到的那一刻起——我们就不说从它被预言的那一刻起了，为它戴上面具，让它一辈子都是个冒名者，而它却对自己冒名顶替这件事和私生子身份始终一无所知，直到垂垂老矣，很快就将不再有人察觉它的存在。有数不清的孩子错认了父亲，错将同母异父的兄弟姐妹当作至亲，他们原封不动地带着这样的想法和错误，带着冷漠的母亲令他们从出生起就一直承受的欺骗，走进坟墓。与疾病和债务不同——这是西班牙语中大家最常“背负”的另外两样东西，这三者共用一个动词，仿佛它们都象征或预示着某种厄运，或者至少是一件难事，但不同的是，婚姻绝对是治不好也还不清的。或者只有夫妻一方的死亡才能产生这种效果，有时人们会长时间悄无声息地期待自己的另一半死去，偶尔也会谋求、推动或追寻对方的死亡，后者通常更加悄无声息，或者不如说是一个无法宣之于口的秘密。当然，也有可能是夫妻双方都死了，那样就什么也不剩了，除了他们一无所知的孩子（如果他们有孩子并且活了下来）以及一段短暂的回忆。有时候，也许还有一个故事。一个微不足道的、几乎从来不曾被人讲述的故事，因为很少有谁会去讲述关于私人生活的故事——那么多直到最后一息也依然心硬如铁的母亲，还有那么多不是母亲的人；或许有人会讲，却是轻声低诉，他们不愿让一切都像从未发生过一般，不愿让它们哭泣的脸庞留在曾经压住过的那个不会说话的枕头上面，也不愿让它们只落入那弯瞭望的冷月半开半闭的蒙眬睡眼之中。

爱德华多·穆里埃尔留着窄窄的小胡子，就好像他是在大家都效仿演员埃罗尔·弗林的那会儿将它蓄起来，之后却忘了给它换个样子或是把它留得更宽似的。他是那种外貌方面一成不变的男人，不知道潮流会随时间更替，也不知道他们自己会渐渐老去——仿佛这与他们无关，没有必要去想，他们觉得自己能逃过时光的流逝，而从某种程度上来说他们的不管不顾是有道理的：他们不迎合年龄，因此限制了它；他们不在外在问题上向它让步，最后就不用将它担在肩上。就这样，岁月，战战兢兢的岁月——它在几乎所有人面前都胆大包天，包围他们、接近他们，却不敢俘虏他们，它既无法在他们的灵魂中安营扎寨，也无法侵入他们的外表，而只能极为缓慢地渐渐在那上面撒下霏雪或阴影。他个子高，比他那代人的平均身高高出不少：他是我父亲之后的那代人，如果他们已经不能算作同一代人的话。身高让他乍一眼看上去显得壮实而端正，但他的身材其实并不符合传统意义上的男性标准：他的肩膀对于身高来说有点窄，这让他的腹部看起来朝左右膨出，虽然他的那个部位并不肥胖，胯部也没有宽得过分；再往下是两条坐下时不知道该怎么摆的大长腿，当它们交叉起来时（那是所有姿势里他最喜欢的一种），上面那条腿的脚底自然而然就会碰到地面，这是某些自诩小腿修长的女人——她们不愿意让别人看到一条悬空或是被支撑它的膝盖挤得加粗或变形的样子，要靠别扭的姿势和透视原理以及高跟鞋的帮助才能够做到的事。我猜，由于肩膀太窄，穆里埃尔经常会穿带有非常隐蔽的垫肩的外套，又或者会让裁缝将肩部缝成略微呈倒梯形的样子（他一直到二十世纪七八十年代都还会去裁缝店，或者让裁缝上门服务，这在当时已经不太常见了）。他的鼻子笔直，虽然很大，却一点也不弯，浓密的头发用水向后梳成背头，那很可能是他母亲从小给他梳的发型——他不认为有什么理由要去违背那个久远的决定，满头深栗色中零星闪着几丝白发。他的小胡子几乎丝毫无损他笑容中的自然、灿烂与青春。他努力想去克制或隐藏这样的微笑，却常常失败，他的性格中自有一种开朗的底色，或是一段无需将探测仪沉入太深便能浮现的过往。然而，你也无法从太浅的水里召唤出这段过往：那里漂浮着某种有意或无意的苦涩，他大概觉得自己并不是始作俑者，而怎么都应该是受害者。

然而对于第一次见到他本人或是极少数报纸上才有的他的正面照片的人来说，最引人注目的是他右眼上的眼罩，一个最经典、最具戏剧感甚至电影感的独眼眼罩，很大，是黑色的，由一条斜绕过他的前额并在他左耳耳垂下调节的同色细皮筋紧紧系住。我总是在想眼罩为什么要凸出来一块，不是指布做的用于遮挡的那些，而是拿不下来、像是嵌上去的、用不知道什么坚硬密实的材料制成的那种。（那似乎是胶木，让人不禁想用指甲盖敲一下试试手感如何，当然了，我从来不敢拿我老板的那个来试；不过我的确知道它会发出什么样的声音，因为有时候，当穆里埃尔紧张或生气，以及在说出一句或是一席话之前停下来思考时，他就会这么做，像一个检阅自己军队或马队的军官或骑兵夹着轻便手杖那样，把拇指夹在腋窝下面，并用闲着的那只手的指甲尖敲打他坚硬的眼罩，仿佛在向那只不存在的或者没有用的眼球求助，他应该很喜欢那个嗒嗒嗒的声音，它的确很悦耳；不过，在你习惯这个动作之前，看到他这样招呼那只坏掉的眼睛是会有点让人不舒服的。）也许那个凸起是为了让人觉得那下面有一只眼睛，虽然那里什么也没有，除了一个空荡荡的眼窝，一个深洞，一处凹陷。也许有时候，眼罩的凸起恰恰是为了揭穿它所掩盖的可怕凹陷；有谁知道那里是否装着打磨好的白色玻璃或大理石球，上面毫无必要地画着现实主义风格的完美瞳孔和虹膜，它永远不必现身，被包裹在黑色之中，或者能看到它的只有他的主人，当他在一天结束之后，疲惫地在镜子前将它露出来、甚至将它摘下来。

如果说眼罩难免会吸引大家的注意，那么他那只没有被遮住的有用的眼睛，他的左眼，也不遑多让。它是一种深邃浓烈的蓝色，宛如傍晚时分或几乎已经入夜之后的大海；而作为他仅有的眼睛，它似乎能洞悉和察觉一切，仿佛汇聚了它本身与另外那只看不见的盲眼的全部能力，或者仿佛大自然想用额外的穿透力作为它失去同伴的补偿。那只眼睛的力量和速度太惊人了，以至于我逐渐会偷偷地试图在某些时候躲到它的视线范围之外，以免被它锋利的目光所伤，直到穆里埃尔这样责备我：“再往右移一点，你就几乎要跑到我的视野外面去了，逼得我要把身体扭过去，你要记住我的视线范围比你的有限。”起初，每当我的目光不知该落在何处，我的注意力被那只活着的海蓝色眼睛和死一般吸引人的眼罩瓜分时，他从来都会好好教训我一番：“胡安，我在用看得见的那只眼睛跟你说话，而不是坏掉的那只，所以请你好好听着，不要因为不会说话的那只眼睛分心。”穆里埃尔就是这样坦率地谈论他只剩一半的视力，而有些人则与他不同，他们会给自己的所有缺点或残疾蒙上无声的遮盖物，无论它们有多么显眼和醒目：有的人从肩膀开始缺了整条胳膊，却不承认明显缺少一个肢体所造成的困难，其中许多人甚至还想表演杂耍；有的瘸子想靠一根拐杖去攀登安娜普纳峰；有的瞎子不停地去看电影，对着没有对白、最需要用眼睛去看的片段吵吵闹闹，抱怨影片失焦；有的残疾人坐在轮椅上，却假装不认识这种交通工具并坚持要爬台阶，对如今到处都为轮椅而准备的大量斜坡视而不见；有的秃子头顶光光，却因为没梳好头而大惊小怪，狂风骤起时想象中的头发会让他们走火入魔。（随他们去吧，大家都有自己的自由，我没想过要批判他们。）

但是当我第一次问他发生了什么、他不说话的那只眼睛是怎么变哑的时候，他给出的回答非常犀利，他有时会这样对待那些让他觉得不耐烦的人，却很少这样对我，他对我通常都和蔼可亲：“看看我们是否能够相互理解吧：我让你到这里来不是为了让你问我那些不归你管的事情的。”

起初归我管的事情不多，但很快就不再是这样了，只要我可供他用，等他吩咐，他就会把事情交给我做，有些事情甚至是专门为我找的；而“这里”的意思是他的家里，虽然一定时间之后它就大致等同于“我的身边”了。那时候我需要偶尔陪他出行，或是在拍片期间去找他，要不然就是他决定让我参加朋友间的晚餐或赌局，我觉得，那更多是为了凑人数，并让他多一个仰慕他的见证者。在他最开朗的时候，所幸这样的时候并不少——或许应该说是在他不那么忧伤或者甚至厌世的时候，他会有规律地从一个极端转到另一个极端，仿佛他的情绪生活在一架大部分时间停止不动、但有时会在他妻子面前突然加速的跷跷板上，这其中的原因我无法理解，想必是一些陈年旧事吧，他喜欢有人看他表演、听他说话，甚至为他喝彩。

在他家里，我们早上会碰面，以便让他在有需要的时候向我下达指令，要不然就发表一番演说，这时候我常会看到他仰面躺在客厅或隔壁书房的地上（那是两个被一扇几乎总是开着的推拉门隔开的房间，所以它们实际上是连通的，构成一个宽敞的整体空间）。也许他那么做是考虑到坐下时摆放双腿的难度，这样舒展无阻地尽可能伸长身体躺在客厅的地毯或书房的地板上，他感觉更舒服。当然了，躺在地上的时候他不会穿外套，否则它们会皱得太厉害，他会穿衬衣外搭背心或尖领毛衣，不过，他永远都打着领带，由于年龄的原因，他想必觉得领带是必不可少的，至少是他待在城市的时候，虽然那个年代着装规范早已灰飞烟灭。第一次见他这个样子时——像十九世纪的高级妓女或者当代出了交通事故的人那样躺着，我毫无准备，吓了一跳，还以为他突然病倒或是晕了过去，要不就是被人打倒在地，起不来了。

“您怎么了，堂·爱德华多？您觉得不舒服吗？我帮您一下？您是滑倒了吗？”我关切地走过去，伸出双手想把他扶起来。在略微争论了一番之后（他要求我用“你”称呼他就行了），我们约定，我用前面不带“堂”的“您”称呼他，但对我来说不加这个前缀很难，我很自然地就会脱口而出。

“胡说什么呢。”他从地上回答我，似乎完全没有打算要起来，也没有因为我的出现而感到尴尬；他看着我伸出的一双援手，仿佛那是两只在空中盘旋、让他心烦的苍蝇。“你没看见我正安安稳稳地抽着烟吗？哎。”他举起手，把一只牢牢连着烟锅的烟斗对着我的脸挥了挥。他抽香烟更多，出门在外更是只抽香烟，但在家里有时会换成烟斗，仿佛是为了完成一幅我们其他时候很少得见（在他偶尔组织、大多是临时起意的聚会上，他也不会把它拿出来）、想必是为他自己而完成的画：眼罩、烟斗、小胡子、高高梳上去的浓密头发、定制服装，有时还有背心，仿佛他在无意间贴合了他的幼年和少年时期、也就是二十世纪三四十年代的银幕小生形象。他不仅像埃罗尔·弗林（他是其中的代表，他们两人有着同样闪亮的笑容），也像那些如今星光暗淡的演员，比如罗纳尔多·科尔曼、罗伯特·多纳特、贝锡·罗斯本，甚至是活跃时间更长的大卫·尼文和罗伯特·泰勒。他身上有所有这些人的影子，尽管他们各自之间也有所不同。而且，因为是西班牙人，他某些时候会让人想起肤色更为黝黑、更具个人特色和异域风情的吉尔伯特·罗兰以及恺撒·罗摩洛，尤其是前者，他有和他一样笔直的大鼻子。

“那我能问您躺在地上干什么吗？我只是好奇，不是在责怪您，上帝宽恕。我想了解您的习惯，没有别的意思。如果这是一个习惯的话。”

他做了个不耐烦的表情，就好像早就知道我会吃惊，而他在此之前就已不得不向别人解释过同样的问题似的。

“没什么不正常的。怎么了，我经常这么做。没什么可了解的，没错，这是我的一个习惯。难道一个人没事就不能躺着吗？因为他喜欢躺着不行吗？而且躺着方便。”

“当然可以，堂·爱德华多，只要您想，您还可以玩平衡杂技呢，您当然可以。转中国碟子都行。”我狡猾地说了这么一句，我想证明他的姿势并不像他希望的那样普通，那在成熟男人身上可不常见，在一个已为人父的人身上更是极具反差，因为在地上待着是少年和小孩子才会干的事，而他家里有三个孩子。我也不确定我脑子里出现的东西是不是叫中国碟子，那些人用几根有弹性的细长竿子顶着好几个这种东西，同时转动它们，一个手指肚上托着一根，我想是的，我完全不知道这是如何做到的以及这么做的目的是什么。无论如何，他应该明白我的意思。“可是您这儿有两张沙发，”我又说道，并指了一下身后客厅的方向，他躺的地方是书房，“假如我看到您坐在其中一张沙发上，我根本就不会慌，哪怕您睡着了或是精神恍惚。可是您在地上，有这么多灰尘……一个人不会期待自己看到这个，抱歉。”

“精神恍惚？我？精神恍惚？怎么精神恍惚？”这似乎冒犯了他，但他脸上还是露出了半个笑容，似乎他也觉得挺有趣的。

“对，好吧，就是一种说法。在思考。在冥想。或者被催眠了。”

“我？被催眠了？被谁？怎么被催眠了？”此时他忍不住咧开嘴飞快地微笑了一下，“你是想说自我催眠？我自己催眠自己？一大早？有什么好处？”他的最后一句话是用法语说的，他那一代以及他的前辈里念过书的人说话时夹杂几句短短的法语并不奇怪，这一般是他们学的第二种语言。没错，我很快就意识到我小小的讽刺并不会招来反感，他几乎从来不会突兀地打断我，总会顺着我的话头说上几句，他之所以没有再多说，并不是因为他缺乏兴趣，而只是为了让我不要太快爬到他头上。其实他不必这么小心，因为我非常仰慕和尊敬他。进完一句法语之后他停下来。他再一次举起冒着烟的烟斗，强调道：“地面是最稳定、最坚固和最朴素的地方，有欣赏天空或天花板的最佳角度，也是最佳的思考场所。这里一点灰尘也没有。”他最后说，“你要习惯在这里看到我，因为没有人会在这里摔倒或从这里继续往下掉，这在做决定的时候是一项优势，我们的决定应该永远从最糟糕的假设出发，哪怕我们不将绝望以及通常与之为伴的卑劣行径作为出发点，这样我们就不会心软或反悔了。你别担心，坐下来吧，我要向你口述一些东西。还有不要再说

‘堂’了，你看我都跟你说过了。‘堂·爱德华多’，”他模仿我的声音，他是个出色的模仿者，“都把我叫老了，让我想起加尔多斯，他只有两部电影是我能受得了的，他演烂片的时候完全是个恶霸。来，记下来。”

“您从那里向我口述吗？从那下面？”

“对，从这里，怎么了？难道你听不见我的声音吗？你可别告诉我要带你去看耳科，对你这年纪来说这可糟透了。你以为自己几岁？十五？”他也讽刺夸张了一下。

“二十三。是，我当然能听到您的声音。您知道，它很有力量和男子气概。”我不只带头开玩笑：每次穆里埃尔笑我一句，我都会以牙还牙，或者至少用同样嘲弄的语气作出回应。他再次不经意地笑了，眼中的笑意多过嘴角。“但是从我坐的位子上我没法看到您的脸，我会背对着您，这不礼貌，对吧？”我们工作时，我通常坐在他对面的一张扶手软椅上，中间隔着他那张十八世纪的办公桌，而他躺在靠近客厅门槛的地方，比我的扶手椅更靠外。

“那就把椅子转过来，让它面朝我。多大点事，这算什么问题，它又没被钉在地上。”

他说得有道理，我这样做了。现在他完全躺在我的脚边，与我的双脚垂直，这是个古怪的组合，老板平躺在地上而秘书——或者他希望我担任的角色，离只要无意之中突然或是没掌握好分寸地动一下腿就会给他一脚只有一拃之遥。我准备在我的笔记本上做记录（之后我会用他借给我的一台依然运转正常的旧打字机把信件打出来，让他检查并签名）。

然而穆里埃尔并没有马上开始。片刻之前他那称得上亲切、强忍着笑意的表情不见了，取而代之的是一种抽象或澄清的神色，或是一个人因为不想面对或不想陷入其中而不停推迟的痛苦，它会因此一再重来，时常现身，每一次来袭都愈加深刻，因为它没有在他能控制它或让它远离思绪的时候消失，而是在不在场时变本加厉，它从未停止悄悄地在暗中窥探他的情绪，就像一个引子，预示着一个人最终会背弃他的爱人，尽管他还没有料到也无法想象这一点：那些潮水般涌向深爱之人的冷漠、愤怒和厌烦，停留片刻又退去，而每当它们离开时我们都想要相信它们的到访只是一个幻影——因为他讨厌自己，因为他整体上心情不佳，或者甚至因为心烦或天气太热，它们不会再回来了。然而我们只会在下一次时发现每一波新的潮水都更加黏稠，更加持久，它们会毒害和压垮我们的灵魂，让我们愈发怀疑和痛恨自己。这种厌恶的情绪要过很久才会显示出来，在心中成形则需要更久（“我觉得我受不了了，我必须把它关在门外，就应该这样”），而当我们的意识终于担负起它时，我们距离在被我们抛弃的那个人面前将它说出来和表达出来还有很长一段路要走（因为连我们这些负心人也不会这么做，我们是骗子、懦夫，能拖就拖，能躲就躲，提出不这么做的种种理由：逃避责任，避免伤害），后者不曾怀疑或预料到将被我们抛弃，却要因它在惶惑中消沉下去，也许还要在它的黯淡中死去。

穆里埃尔将双手放在胸前，其中一只握成拳，抓着已经熄灭的烟斗，他没有费神重新把它点燃。他没有像之前说的那样开始向我口述，而是沉默了几分钟。我则疑惑地看着他，悬笔待发，直到担心笔头会干掉，于是重新将笔帽套上。有那么一瞬间，他似乎已经忘了自己打算要做什么，仿佛脑海中突然闪过一个念头、一件事情、一个已经反复思量过的难题，把其余的一切都冲走了，却侥幸留下了我这个可能为他出谋划策或是纯粹倾听他吐露心事的人：他从地上犹犹豫豫地或者几乎有些偷偷摸摸地看了我几眼，让人觉得有什么就在他舌尖打转——有两三次他张开嘴，吸了口气又合上了，但他决定不让它出来，也就是说，不让我听见；他似乎正在确定是否应该与我分享一个令他感到不安或惶惑甚至炙烤着他内心的问题。他清了一下嗓子，接着又清了一下。语言奋力想要冲出一条路，阻止它的是一条源自审慎、保密欲或者至少是小心持重的法令，好像它的内容太过敏感，不应该流传出去，也许都不应该被说出来似的，说出去的话就像泼出去的水，很难收回来。我一直等待着，没有说话，没有坚持，也没有催他开口。我满怀信任和耐心地等待着，因为那时候我已经知道（人们很早就学会了这一点，从小时候起），如果一个人很想说出、倾诉、问及或是提出一件事，它到最后几乎永远都会奔涌而出，仿佛没有任何力量（他给自己施加的任何压力，或是理智）能够抑制它的喷发，我们在与狂热的舌头作战时几乎总会输掉。（或者也可以说舌头是个暴虐的独裁者。）

“你属于另一代人，也许你看待事情的方式有所不同，”穆里埃尔终于开口了，但依旧非常小心和戒备，“你还年轻，你属于另一代人。”他重复了一遍，认为这样能为自己赢得中断和住口的时间。“你会怎么做呢？假如你听说一个你认识大半辈子的朋友……”他停顿了一下，就像是要收回说过的话或是换一种表达方式似的，“应该怎么说呢，应该怎么向你解释呢……一位多年的朋友并非一直都是他现在的样子？并不是你所了解的和他现在的样子，或是你一直以为的样子？”

他显然依然在做心理斗争，因为他问了一连串空泛的问题，全都含混不清。穆里埃尔很少含混不清，相反，他自诩言语精炼，虽然有时候由于追求精炼，他很容易离题。他可以根据我的回答找到退路（“这不重要，我们就不说了吧”，或者“删掉删掉，别写了”，甚至是“别了，我最好还是别把你扯进来，这与你无关，而且也不是什么让人愉快的事；你无法解答我的疑问，也理解不了”）。因此我首先选择了继续记录并表现出极为关注的样子，就像我正悬着一颗心，期待着他来问我，而我的生活里已经没有什么更让我感兴趣的事情似的；见他没有再多说什么——见他被自己那些晦涩难懂的话绕晕了，我就知道该由我来给他递话头了，在他的舌头退缩之前我大胆地回应了他。

“您指什么？是背叛吗？您指的是有人背叛了您？”

我发现他无法忍受这个错误，哪怕这个错误还只关乎一团迷雾、黑暗或者什么都不算，我想除了继续说下去他别无选择，至少要再多说一点。

他把烟斗送到嘴边，咬住了它，因此他的话是从牙缝里往外蹦的，就像他不希望别人听得太清楚似的。也许就好像他所说的只是一句谎话。

“不是。问题就出在这儿。如果是那样，我就知道该怎么去面对、怎么去处理了。假如它直接关系到我，我会毫不犹豫地去找他并试着把事情弄清楚。或者我会反对他，如果它不可饶恕、千真万确、是一个宣战理由的话。但它完全不是这样。我听到的事情并不涉及我，无关我和我们的友谊，但是……”他没有说完，而是再一次把自己封闭起来，他很难把想到的事情说出口。

我接下来说的话自己是不相信的，但我认为，或者说我凭直觉感到，这能帮我套出他的话。当别人开始向我们讲述或暗示某件事情——某件微妙、棘手或禁忌，我们推测很严重，而且对方并不确定自己是否想要说出的事情时，我们就会想去套他的话。那几乎是一种条件反射，我们这么做更多是出于旧时被称为“找乐子”的目的。

“那么，您为什么没有无视它呢？为什么不让它过去？那可能是假消息，或者是诽谤，或者是有人弄错了。毕竟，如果它与您无关，我不知道，您别把它当成自己的事就行了。好吧，您也可以拿这个去问问他，让他确认一下或是辟个谣，不是吗？既然你们是朋友，他就会对您实话实说的。”

穆里埃尔从嘴里摘下烟斗，用空着的那只手将它拿到脸颊旁边，我说不出是他的脸靠着烟斗还是烟斗靠着脸，很难从一个躺在地上的人身上看出这一点。他那只精明的眼睛朝我看过来，在那之前它的目光一直迷失在高处，天花板，书架最顶层的那几块隔板，挂在他书房一面墙壁上方的一幅弗朗西斯科·卡萨诺瓦的画：他不止一次告诉我，他对能够拥有一幅著名的贾科莫·卡萨诺瓦之弟，同时也是叶卡捷琳娜二世（“俄国的那个”，他向我强调，似乎在怀疑我的历史常识，而这也并非没有道理）最钟爱画家的油画而感到非常满意。他看着我，想弄清楚我是否出于好意或是我到底有多么天真，我是真的想要帮他解决问题还是只想要关心一下；或者更糟，我干脆就是个好讲闲话的人。他想必暂时认可了我的态度，因为在质询地看了我好一会儿，让我紧张得都想审视一下自己之后，他作出了回答。

“或许不会。没有人会心甘情愿坦白这样的事，不管对谁大家都会否认的，朋友、敌人、陌生人、法官，更别提他的妻子或孩子。要是我问他，他能说什么呢？说我是不是疯了？说我把他当成了什么人？说我这么不了解他？他会说那些都是谣言，或者是某个愤怒、扭曲、对他怀有无法消除的刻骨仇恨之人的肮脏报复。说不。他会要求我告诉他，是谁对我说了这种事。而我很可能要放弃他这个朋友，只不过提出来的人会是他而不是我。失望的那个人会变成他。他会觉得自己受到了侮辱。或者恰恰因为一切都是假的，他才会觉得受到了侮辱，”他停了一下，也许是在想象他要求对方向他坦白时的荒唐场景，“别太单纯了，胡安。很多情况下你只能说‘不’，这时候这个‘不’字无法说明任何问题，一点用也没有。不管事实是否如此，你都会这么回答。有时‘是’是有意义的。但在涉及某件丑陋或丢人的事情，或是你需要不惜代价地达到一个目的，以此来保住脸面的时候，‘不’几乎从来都没有意义。它本身毫无价值。接受它是一种基于信念的行为，信不信取决于我们，而不是那个说‘不’的人。而且信念是一种无常而脆弱的东西：它会动摇，会恢复，会加固，会破裂。也会消失。信念从来是靠不住的。”

“到底是谁把那个黑暗的朋友说过或做过的事情告诉了他呢?”我在心里问自己，“或者说那个在光明磊落了半生之后突然黑化的朋友。”或许这并不是我当时的想法，而是现在才这样回忆。我已经不再年轻，几乎已经是，甚至超过了穆里埃尔那时的年纪，时间一旦流逝，再要找回青涩岁月的那份青涩是不可能的，而当时不明白的事，一旦明白了，也就不可能再糊涂，无知是回不去的，即便是在说起那段因无知而快乐或受苦的时光的时候，一个在讲故事时面露天真的人是虚伪的，他在伪装自己童年、少年或青年时的那份天真，一个不是孩子却说自己用孩子的眼光（他的眼睛冰冷，覆着一层霜）看问题的人是虚伪的，正如一个从自己的壮年时期，而不是主导了他整个世界观以及对人对己的看法的老年时期开始往前回忆的老人，虚伪的还有那些把自己当成愚蠢和未完成的活人的死人——假如他们能说话或低语，假装自己还没有踏上另一段旅程、开始发生本质变化，还没有完成曾经有能力做过和说过的事，而一旦做完和说完，它们就不会再有发生意外、进行修正和即兴为之的可能，账户已经关闭，永远都不会有人再重新将它开启……“他在提到它时说的是‘没有人会坦白这样的事’，他听说的消息肯定很模糊，有很多疑点，不知是哪种性质的消息。‘某个愤怒、扭曲的人’，他还说，我无法避免地将它与一个女人联系起来，虽然这两个词也可以用在男人身上，这我知道，为什么不可以呢？然而，一听到它们，我立刻想到消息的来源是一个女人……他在犹豫是否应该告诉我那个消息是什么，他知道了什么他不想知道的事。他担心如果他把它全都告诉我，它就会显得更加真实或确凿，他越是跟人说起它，就越是证明它的存在，越是在谴责他的朋友，而他显然不想这么做。然而他也无法干脆排除他听到的事，也许它让他太压抑、太生气了，他已经无法忍受保守这个秘密，整天都在想着这件事，夜里也睡不着，但他不知道该对谁说又不用太强调它，不用让它显得太严重。恰恰是因为我年轻，经验不足，没有在他那个完全成人的世界里兴风作浪的能力，或许他把我看成是他认识的人里最无关紧要的一个。即便我有把它说出去的想法，我说的话也毫无分量和可信度。他想必因此才选中了我吧，因为我的无足轻重，”我心想，“把它告诉我最近似于不把它告诉任何人。他会比在其他任何人面前都更有安全感，他可以解雇我、让我消失，几乎可以忘掉我，我迟早都会变成一个洞。然后我也可以去调查、深挖或是刺探这件事。我不会造成什么反响，也不会带来什么后果。”

“我没法给您意见，堂·爱德华多，爱德华多。”我立即改口，我自己听着有些不礼貌和古怪，“如果您不再多向我解释一点的话。您问我会怎么做，但我连问题都不知道，所以可能会给出错误的答案。既然您说去找您的朋友是查不出真相的，他会否认这种事情而且那个‘不’对您也没有意义……那我也不知道能做什么。向把这件事告诉您的人施加压力，要他翻悔，收回那些话？这似乎是不可能的，不是吗？一个人是不可能在迈出揭露丑闻的那一步、将他人置于如此糟糕境地之后，再走回头路的。通过第三方进行调查，验证它的真实性？您应该知道这是否可行，很多时候都是不可行的。所以我想一切都取决于这件事是什么，取决于它能与你们的友谊共存以及您能忍受它的阴影到何种程度。我对您说过，您也可以忘记它，忽略它，让它过去。当我们完全不可能知道真相的时候，我想我们就有决定真相是什么的自由。”

那只海蓝色的眼睛用另一种方式看着我，好奇，也许还带着些许怀疑，就好像穆里埃尔没指望过我会有这么实用主义的想法似的。人们预想中的年轻人是不冷静的，在某种程度上是不妥协的，他们厌恶不确定性以及肮脏交易，在追寻任何真相时都带有某种狂热，无论那个真相是多么微小和有条件的。

“实际上，那从来都是不可能的。永远无从知晓，”他回答道，“真相是一种……”他停住了，正在一边说一边思考自己的话，那不是一个他事先组织好的句子；或者恰恰相反，他就像正在引用别人的话那样回忆它，“真相是一种一旦我们身在其中就会停下来的东西。”他停下来，看着天花板斟酌了几秒，仿佛看到那句话出现在上面，就像以前的老师慢慢写在黑板上的单词和名字一样。“一旦我们身在其中，”他重复了一遍，“是的，追逐它是没有用的，是对时间的浪费和冲突的根源，是愚蠢的。然而我们不能不这么做。或者不如说，我们会忍不住追问自己真相是什么，只要我们能确定它是存在的，在我们无法到达的某个地点和某个时间。我知道最有可能的情况是，我永远都无法确定这个朋友做过还是没做过现在别人对我说他做过的事。但我也知道只有两种，或者更确切地说是三种情况：一是做了；二是没做；三是介于两者之间，既不像别人向我描画的那么黑，也不像他可能对我说的那么白。我注定无法查清真相并不意味着没有真相。最糟糕的是到了这个时候，就连当事人也可能不知道真相是什么。在时隔多年，或者甚至没有那么多年之后，人们在向自己讲述一件事情的时候会选择适合自己的方式，他们会相信自己的说法，自己扭曲过的版本。他们经常会抹掉它们，回避它们，像吹散刺蓟花一样吹散它们。”他用手指做出握住一朵刺蓟花的样子，但没有吹，“他们相信那些事情没有发生，或者自己在其中扮演了与现实中有所不同的角色。有些情况是真心的遗忘，或者诚实的曲解：说谎的人并没有说谎，或者不是有意说谎。有时候，就连某一事件的制造者也无法帮我们打消疑问；他只是已经没有能力再说出真相罢了。他成功地在记忆中模糊了它，不再记得它，混淆了它或是直接忽略了它。然而真相依然在那里，这无法妨碍它的存在。事情要么发生了要么没发生，如果它发生了就是以某种特定方式发生的，是那样落定的。注意这个表达方式，‘落定’，我们用它来作为‘发生’的同义词。它出奇的合适和准确，因为这就是发生在真相上的事情，它有了一个地点并且在那里落定；它有了一个时间并且也在那里落定。它被封在那里，而且没有办法重新将那个地点和那个时间打开，我们无法去其中任何一处看一眼里面有什么。我们能做的只有估量和接近真相，围着它转圈，并且试图从远处或是透过面纱和迷雾分辨它的模样，这些都是徒劳，将生命浪费在这上面是愚蠢的。但即便如此，即便如此……”

他咳嗽起来，我觉得那是一声紧张、无力而又不安的咳嗽。他欠起身并微微侧过身体在裤袋里翻找火柴，用手肘撑住地面，重新点上烟斗。借此机会他还掏出了一个盖子上嵌着小小指南针的银质旧药盒，专注地看着它，他的注意力被上面的玻璃吸引住了。他想得太入神，不知该如何说下去或者是否应该说下去，他一再犹豫，仿佛在等待指针不再指向北方，而是为他指明方向。我感觉到他不只是在犹豫要不要向我揭露他朋友所谓的罪行、卑劣行径或是小人之举（我目前知道的是他没有背叛他），还在犹豫要不要委托我去做某件与之有关的事，也许是让我完成一项任务，刺探情报，进行调查；要不要让我参与，谁知道我应该怎么参与，没有信息我很难帮上忙，甚至有信息也很难。然而我的感觉就是那样，最让他为难的是下定决心将我牵扯进某件肮脏、不堪、卑劣的事情，而他想牵扯上我的方式不只是让我当一个纯粹的听众，或者可能是他的心腹，也不只是与我分享某些事情，或者不如说是一种怀疑和一个谣言。他似乎知道，一旦向我和盘托出，他就必须对我做出指挥或引导，向我下达一项指令或是请求我的帮助。

“即便如此，然后呢？”我不知道如何才能让他开口，只能表现出我的兴趣和期待。此时我意识到，在这一点上，我的年轻的确是一种障碍，因为没有什么事能比对某个人开口说话更简单的了，几乎没有人不渴望倾诉。

穆里埃尔终于从地上爬起来，他的动作既灵活又轻松，然后他开始迈着大步在我周围走来走去，走过客厅又贴着书桌走过书房，我一点点转动脖子以免他离开我的视线。他一手拿着烟斗，一手拿着药盒，现在他正用后者不停地蹭自己的下巴，就像他没有刮过胡子，而是留着山羊胡，正在用手轻轻梳理似的。幸亏事实上他没留，留着这种胡子的人通常是靠不住的。他也时不时地查看一下指南针。看到他把眼睛贴在那个小东西上让我觉得好笑，我想他也这样觉得，他把它拿出来有一部分原因是为了制造喜剧效果，此时则是为了在我面前减轻他在屋子里转圈所传递出来的犹豫和苦闷。

“即便如此，即便如此，”他重复着，回答道，“我能做的只有试图靠近它，试着驱散那团迷雾或是摘下那道面纱，浪费一点生命。有时候只要掀起一层盖子，甚至做做样子，就能为某一个决定找到正当的理由：就像你说的，决定什么是真相，并从那以后永远不越雷池一步。当一个人做过一次尝试后（无论它多么可疑或肤浅），他就能如你从一开始就向我建议的那样，忽略别人对他说的话，或者相信那些话，让一段友谊淡化，让它名存实亡或戛然而止。在那之前不能这样。我们必须掌握、找到某种能够指引我们的迹象，不管它是不是假的或错的。我们必须用自己的方法找到一个方向，”他用烟嘴敲了敲指南针的玻璃，“要有一种直觉能够让我们说‘呸，这是谎话’或者‘啊呀，这应该是真的’。”他停止走动，突然无限遗憾地看着我，但我不知道那是因为他自己还是因为我，因为我还有那么多东西要发现和经历。现在我也会这样看着年轻人，当我发现他们遭遇问题、感到茫然或是绝望，又看到他们心怀期待并且充满想法的时候，我交叉手指祝他们好运。那是一个迷信而且无用的动作，表示就此作罢。那是一种父亲般的目光，它没有考虑到每个人都是不同的，而且一些世代要比另一些世代更老到；我想，在我们五彩缤纷的理想主义面具之下，我的世代要比穆里埃尔的世代更为包容，其中的顾虑也更少。“我曾经彻底相信了他们对我说的话，”他带着那种忧虑的目光继续说道，“我怀疑过，但很快就打消了怀疑，因为我想对方不会在如此至关重要的事情上对我说谎。它不只是对其他人来说重要，因为所有人其实在内心深处都不在乎其他人，对说出这个谎言或真相的人来说更是重要。我们可以排除一个人会去害他自己这个可能性，不是吗？以你的年纪，你应该还是会排除这一点的，对吗？你才二十三岁。至少对我来说，我花了很长时间才懂得这也是不能被排除的，实际上你永远都不能排除任何事。人们会有一些荒谬的计划，经常准备棋行险着。大部分人都被一种奇特的乐观主义所累，认为自己会如愿以偿，认为自己能改变某些事情或者会受到命运的眷顾；认为对自己造成的损害最终会被更大的利益所补偿，没有任何人会知道任何事，没有人会知道，为了达到目的，为了留住某个人，为了毁掉另一个人，为了把别人送进监狱或是送上刑场，为了得到好处和大发横财，为了跟一个女人上床，自己都说过或做过些什么。他们未必没有道理，我们可能很难知道到底发生了多少事，大部分的事情永远都不会见光。所以那一次我没有去验证对方告诉我的事，我认可了它，因此做出了行动并承担了后果，这毁掉了一两个人的生活，仔细想想也有可能是三个人的，如果把后代也算上的话，也许更多，他们中的有一些还没出生，另外一些则被剥夺了出生的可能性。”他在说完这段题外话之后重新开始踱步，一只手里始终握着烟斗，另一只手里拿着指南针，接着又加了一句：“是的，一些时间，对于这个朋友，我不得不浪费一些时间。”

我不太明白他对我说的话。现在他开始绕着另一个故事转圈了，他在暗指另一件过往或久远的事，却依然不肯明言。不过我终于想到了一个或许能够鼓励他进入正题的问题。他曾经提到过自己可能会断然结束他们的友谊，如果他之后的简单调查、试探或是他的直觉指示他应该这么做的话。如果他听说的事情对他个人并没有影响，也与他无关，那么，那时候在我们的国家里，它只可能是一件在客观上非常令人难以接受的事，所以他才会因此打算结束一段持续了半生的长期关系。那些日子，那些年头，人们开始在私下说起一些陈年旧事，许多西班牙人几十年来都不得不在公开场合对此保持缄默，也几乎不曾在午后时分向家人轻声诉说，他们沉默的间隔越来越长，仿佛除了将其列为禁忌之外，他们也试图将它们幽禁在噩梦的领地，以此让它们消失在曾经发生和或许未曾发生之事的可以忍受的迷雾之中。这种情况会发生在让人觉得羞耻的事情上，比如有人遭到羞辱或被迫听命于人。没有人喜欢回忆自己曾经被打败或受到伤害，曾经有人令他和他身边的人遭受不公或暴行，曾经为了活下去而不得不投降并赞美另一方，曾经为了讨好对溃败者不依不饶的暴虐的新统治者而去告发自己的同伴，或者曾经被生活埋葬、试图避免引起哪怕一丁点的关注，曾经背负着一条被吓得逆来顺受的生命，屈服于胜利者政权那些疯癫的苛求；尽管这个政权曾让他自己或他的父母兄弟遭受切肤之痛，他还是努力去拥抱它，颂扬它，成为它构成中的一部分，在它的盾牌下飞黄腾达。如今流传着许许多多杜撰出来的故事，讲的是那些或被动或主动的领土收复主义者和抵抗者，但现实中的人（没有那么多，也没有坚持那么久）大部分都在内战后的头几年被枪杀或关押起来了，不然就是流亡国外，或是遭到清洗和惩罚，被禁止从事自己的职业：有些是年老或正值壮年的男人，他们只能看着自己的寡妻（他们的妻子已经跟守寡没什么两样了）和孤女出去寻找口粮度过余生，而他们自己（工程师、医生、律师、建筑师、教授、科学家，某些活下来的忠诚军人）则胡子拉碴、形同枯槁地看向窗外，努力不去想太多。没过多久，大部分民众都成了狂热的佛朗哥主义者，或者因为恐惧成了温顺的佛朗哥主义者。许多曾经对此深恶痛绝并饱受其暴力之苦的人们渐渐开始相信这样更好，相信他们曾经经历甚至为之战斗的东西是一个错误。改换党派的情况太多了，以至于从来没有人承认过，那是一种群众性的改头换面。内战结束于1939年，而不论现在的说法是什么，在四五十年代，当然还有更为缓和的六十年代，甚至七十年代，直到独裁者死去的那段时间，人们从来都不曾渴望说出自己那个版本的故事，我的意思是他们不能说的那个版本。胜利者们从一开始就说够了，之后依然在说，但那其中有太多的谎言和浮夸，太多的隐瞒、诽谤和偏袒，讲故事无法让他们满足，却能让他们疲于重复，从某一时刻起他们觉得大家都已经知道了，于是几乎闭上了嘴，不再每时每刻都坚持，而是借此机会开始专注于遗忘自己的所作所为中最阴暗的方面，最不必要的罪行。将一个故事强加于人无法带来长时间的满足，到最后这就像是自说自话，一点意思也没有：如果认可它的只有同一派别的人及其追随者和怯懦的奴仆，那就好像是在跟自己下棋。而失败者宁愿不去记住恶行，无论是他们自己所经历的还是别人所经历的大恶——更加长久和残忍、更加没有根据的恶行，更不会将它们告知自己的子女（谁会愿意讲述自己如此遭罪的片段和场景呢），他们只希望子女不要经历同样的事，能够有幸过上平平淡淡而免于惊恐的生活，哪怕这种生活里同样没有尊严和自由。没有自由是能活下去的，自由是可以舍弃的。实际上那是恐惧中的平民第一件准备要舍弃的东西。他们甚至常常要求失去自由，要求别人将它夺走，就连在画里也不要再看到它，永远都不要，所以他们为抢走它的那个人欢呼，然后给他投票。

“堂·爱德华多，爱德华多，是与内战有关的事吗？您朋友那时候做过什么您不知情的事，现在有人把这段传闻告诉您了？是这样吗？”我鼓起勇气想说得更加具体一些，或者追问他，让他一次性解释清楚：“是他参与了某次屠杀吗？他负责送人上路？”如今的很多年轻人已经不知道这个术语了，但我那代人还非常习惯于这么说，我们曾听父辈和祖辈将它作为常用词汇的一部分，而没有人在三年内战期间被送上路的家庭是很少见的：送某人上路就是在晚上或一大早或者甚至是大白天去他家里找他，强行把他弄出来并塞进一辆装了一大堆人的车里，把他拉到城郊的空地上或者甚至是墓园的土墙下面，在那里给他的太阳穴或后脑勺来上一枪，将他的尸体扔到他未来归宿之地的大门口或用力把它抛进水沟，后者更为常见；不管是在马德里还是塞维利亚，在共和国还是佛朗哥派的统治区，有几个月每天早上都会有很多尸体从公路上被收走，仿佛他们是清洁工眼里有些不对劲的残渣，讨人厌、难处理，还有表情。“他曾经是腰上别着手枪的长枪党，还是肩上扛着猎枪的民兵？他是不是内战一结束就去告密了，检举了自己认识的人并把他们送上了刑场？他是不是当过刽子手，曾经杀了或是下令杀了很多人？有人对您说了什么事，让您这么心烦？”

在怎么讲故事这个问题上，现在事情有了一点改变；但其实改变并不大。如今执政的是阿道弗·苏亚雷斯，四十年来第一个通过选举产生的首相，而佛朗哥死了已经有四五年。一方面他很快就被放到了一边，被看成一个史前生物，他死去六个月之后，最爱反思的人们就开始惊愕于竟然只过去了这么短的时间，因为他们感到距离他消失已经有几个世纪之久。这不只是因为一部分国人曾经如此渴望、期待并预言了它的发生，并且社会在许多方面——在可能的方面，在那之前很久就开始像它已经发生那样行动，还因为就连对于他的拥戴者而言，他那种大张旗鼓逆时代潮流而行的行为，他本人、他的独裁政权和他曾给予无限权力和利益的教会的极度不必要性，都在以不可思议的速度显现出来。然而，另一方面，人们知道他的政权遵从了国王的意愿，令人难以置信地几乎一声不吭就退场了（当年人们说它“切腹自杀”了），因此我们才会被赐予民主。当然，我们没有建立过民主，因为除了再一次抛洒全都混在一起、不知道属于谁的鲜血，走向确凿无疑的灾难性结局，我们手中就连尝试的可能性都没有；尽管，至于自由，我们毫不迟疑就会鼓起勇气要得越来越多。但是那些年我们知道一切都悬于一线，知道给予我们的东西永远都能被收回去，知道那些自杀者能够在想清楚之后决定复活并卷土重来，知道那支依然佛朗哥到骨子里的军队中大部分人都站在他们那边，而且军队依然拥有国家仅有的武器。

那次赐予和那次令人无比震惊的“切腹自杀”是有条件的，其中之一一言以蔽之即是：谁也不找谁算账。无论是两个阵营在内战期间在前线与后方都曾犯下的已经十分遥远的暴行和罪行，还是其中一个阵营于独裁政府统治期间在遭到他们恶意惩罚的广阔后方、在他们的走狗为所欲为而其余人在困难和沉默中熬过的三十六年里犯下的，在时间上要近得多的暴行和罪行。尽管不公平——对于失败者来说，所有的账，无论是真实的还是想象的，都已经加上利息算过了，所有人都接受了这个条件，这不仅是因为那是唯一能够让一种体制向另一种体制的过渡在大体上和平完成的方式，还因为受伤最深的人别无选择，他们没有提要求的资格。一个正常的国家，有每四年一次的选举，有全部合法化的政党和一部由大多数人通过的宪法，没有审查——据估计很快就有离婚权，有工会和言论及新闻自由，没有干涉法律的主教，这个承诺比对于补偿经年累月的追求和对于赎罪的渴望更具力量。它们曾经迟迟不到，人们也几乎不相信它们会来，它们像一块布，在那段困在什么也等不到的等待中止步不前的永恒旅程里被拆散成了纱。死去的人们已经死了，不会再回来；蒙受不公入狱多年的人们已经失去了那些岁月，无法再将它们寻回；屈服的人们将不再屈服；政治犯们将被赦免，摆脱前科走上街头；流亡在外的人们将能终老于此；再也没有人能够随心所欲地逮捕和审判任何人；人们将能以不投票作为对暴政者或至少其中某些人的惩罚，将他们赶下台并剥夺他们的特权。未来如此诱人，为它埋葬遥远和最近的过去是值得的，尤其是如果这个过去用毁掉与之相比如此美好的未来作为威胁的话。许多人如今已经忘记或忽略了它，因为他们不记得或甚至不理解什么是独裁，它意味着什么，但是，在经历了我们经历过的独裁之后，那种前景在我们看来像一个很难相信的梦，而我们最大的感觉是如释重负以及实实在在的幸运：我们将不用经历另一场杀戮就能摆脱一个极权政府，我们将终于能够讲述前一场杀戮，确确实实发生过的那一场，说出真实的情况。

于是人们这样做了，他们开始像讲述历史一样粗略地讲述它，但不过多涉及细节，或是说起本人或单独某个人的故事。人们已经接受了那个条件，并且严格地、也许过分夸张地执行了它。遵照发布的大赦令，不会有人试图将任何人送上法庭，而这确实让我们避免了敌对、无尽的严酷指控以及永远可能存在的切腹自杀者的回归，尽管每过去一天都会愈发将他们弃置于幽灵之地，当某个人想对此有所觉察时，他已经不可能从那里离开了。因此，在那个年代，因一个人在独裁或内战期间的所作所为对其作出指控是不可想象的。在法庭面前不翻旧账也意味着一种社会契约，这就好像一些人对另一些人说："这样挺好，我们就这样好了。如果为了让国家正常化，让我们不再互相残杀，必须给所有人免单的话，我们就把账单撕掉，重新开始吧。这个代价是可以承受的，因为归根结底，我们换来的即便不是我们曾经希望拥有的国家，也是一个与之相似的国家。或者这是我们努力的方向，我们不会付诸暴力，不会下达禁令，也不会武装起义反对那个堂堂正正赢得它的人。”那是充满了乐观主义、慷慨和梦想的年代，我毫不怀疑那是当时人们能达成的最佳协定。

然而奇怪的是，那个社会契约内化的方式让其规定的条件最终过于一丝不苟地被执行，并且在清算时被扩大化了。我们不在法庭上争斗，不让那里充满会对和平共处构成阻碍并令我们难以收场的伤害之源，这是正确和明智的。而我们既不能了解真相，也无法说出真相，则是另一回事。但大部分人都选择了后者，选择了继续保持沉默，在公开场合自是如此，在私底下也几乎如此。另外，人们还保有某种克己主义，某种羞耻感，大家都知道装出受害者的模样能获得什么好处，一边叫苦连天，一边努力从他们自己或是他们那个阶级、性别、意识形态、宗教的前人或真实或虚构的苦难中获益，那样的时代——至今仍在持续，尚未到来。有一种高尚的观念，它让大家不去炫耀曾经遭受的不幸和迫害，并促使受害最深的人保持沉默。只有当某些曾在不同时期（镇压最凶狠的初期，或是中期、末期）支持过佛朗哥的杰出人士强行改变了命运，并且不满足于能够逍遥法外、几乎从未遭人谴责反而一分不少地拿着薪水过活，因此开始编造莫须有的传记，自诩从雅典时期就是民主主义者，声称自己哪怕并非从来都是，也是由来已久的反佛朗哥主义者时，这种态度才会有所变化。他们依靠更年轻一代（以及整体性）的无知以及他们同龄人中知情最多的人的谨言慎行庇护自己。一个小说家在报纸上宣称内战开始时他恰好在加利西亚，佛朗哥统治区，因此他除了与其军队一同作战之外别无他法；但是，假如他在马德里，他就能够保卫共和国，那是他当时最大的心愿。认识他的人知道后者恰恰才是事情的真相，他在马德里赶上了内战，却做出了一件不可告人的事，他逃离首都到了加利西亚，为的是在那里加入那个他如今脸不红心不跳地矢口否认的阵营。一位历史学家吹嘘自己“流亡巴黎的那些年”，然而那些年他从头到尾都在西班牙使馆中任职，当然了，是代表佛朗哥。还有一位知识分子谈到了他“被迫流亡”的事，但那是他在相对平静的二十世纪六十年代——没有人会在熬过最糟糕的事情之后再流亡，拿到一所美国大学的合同赚钱去了，而此前更艰难的年代里他已经得到了政府因其长枪党人、当局拥护者和马屁精的身份而补偿给他的诸多恩惠。这样的例子还有太多、太多。

这些作假的肯定与否定、杜撰和自夸，对于曾经真正反抗或者拒绝合作的人，对于几十年来都过得很惨并且大概知道每个人扮演了何种角色的人来说，是一种刺激。也就是说，那些了解和记得真相、不可能被骗过的少数人。多数人是能被骗过的，他们的确也被骗了，因为没有人给报纸或电视台写信揭穿那些虚荣鬼，后者不仅没有因为自己在民主化之后占到那么大便宜而感到庆幸，反而毫无廉耻地编造故事，给自己挂上不存在的奖牌，捏造一个对自己有好处的过往。对真相心知肚明的人习惯了失去和沉默。对他们而言，已被接受的条件，已达成的社会契约，它们的分量太重了；同样沉重的还有对复仇的抵触和对告发别人的厌恶之情。于是老牌佛朗哥主义者的谎言得以流传，依然没有人在公开场合讲述自己的私事，或者大家听到的只有厚颜之徒的假话。然而，他们太胆大包天了，在无耻之路上走得太远了，这让越来越多的知情者在私底下（他们曾多么有分寸和耐心，如今依然如此）有所反应，他们开始讲述自己知道的事，讲述这些或那些人曾经做过、说过或写过的什么，他们曾在内战和独裁时期的所作所为，那是如今成千上万，甚至几十万人想精心隐藏、美化或者剔除的东西。许许多多的人互相支持，使得这些隐瞒和粉饰的努力无法成功：我为你担保，你也为我担保；我为你保守秘密，你也为我保守秘密；我美化你，你也美化我。我想，最近传到穆里埃尔耳朵里的，正是这一类的私语，拒绝作假、讲述真相的私语——轻声地，慎重地，只在家中或朋友间的聚会和晚餐上，或是枕席之间这种更私密的场合。

当我迫使穆里埃尔接受我短暂的审问时，他继续踱步，时不时向我投来毫无含义、纯粹出于监督或关注的几瞥，它们让我得出了他一眼也没朝我看过的结论。我停下时，他也停下了。然后他带着一种克制而严肃的、我不知如何解读的表情望向我。也许我提了太多直截了当的问题，以此在他还未决定是否告诉我时催他开口，这让他觉得烦了。他收起既是药盒又是指南针的盒子，用空出来的那只手找到了毛衣下面的领带并将它拉平，想必是他躺在地上那会儿把它弄皱了。他也整了整领带结，但因为面前没有镜子，他没弄对，而是歪在了一边。我用手指朝我的左侧指了一下以向他示意，他看懂了，成功把它放到了正中间。他走到其中一张沙发前面，坐下来，交叉起双腿回答我。

“几乎所有事情都依然与内战有关，胡安，以这样或那样的方式。但愿我能看到事情不再如此的那一天吧，恐怕我是看不到了。我甚至不认为你能看到，虽然你岁数小得多，尽管对你来说那时候发生的事几乎就像古巴战争、卡洛斯战争或拿破仑入侵一样遥远。要是这么想，你就错了，你到时候看吧。你还会在比你所能想象的还要长久的时间里继续听人们说起内战。尤其是那些没有经历过它的人，他们将会是最需要它的人：为了给自己的存在找到某种意义，为了发泄怒火，为了怜悯，为了拥有一份使命，为了相信自己属于一个理想的阵营，为了寻求回溯和抽象性的复仇，他们将称之为正义，因为身后的复仇是不存在的；为了自我感动并让他人感动得流泪，为了写书或拍电影并用它赚钱，为了获得声望，为了利用死去的可怜人赚取感情分，为了向别人描绘即便有人曾经从本人口中听说也无从知晓的艰辛和痛苦；为了自我标榜为他们的继承者。这样的一场战争是一道一个世纪，甚至两个世纪也不会消失的伤疤，因为它包含一切并让所有人受伤和堕落。它包含最坏的一切。它就像把那些还像样的国家所戴的文明面具扯了下来，就好比这个扎得牢牢的眼罩，”他碰了碰自己的那个独眼眼罩，“让它们得以伪装。伪装对于共存、繁荣和进步来说是必不可少的，而在我们见过惯犯的真实面孔之后，在发生了这些事之后，伪装在这里就行不通了。我们要花无穷无尽的时间才能忘记我们是什么样的人，或是我们能够变成而且很容易就能变成的样子，只需要一根火柴就够了。这场战争在某些时期将会缓和下来，现在已经开始发生了，但它会像家族间的矛盾那样代代延续下去，你会看到某一家人的玄孙辈对另一家人的玄孙辈心怀仇恨却对原因一无所知；只因为他们从出生起就被反复教导要铭记这份仇恨，这足以让这些玄孙彼此伤害，并在行动中看到有人曾对他们说过的话得到验证：'啊，我们的长辈已经提醒过我们这一点了，你们看他们说得对吧？'这一切都将循环往复。佛朗哥及其同党造成的伤害对于我们中间的任何一个人来说确实都是不可想象的：那些人毫无必要地开始了这场战争，蓄意扩大了它的范围，将其作为纯粹的灭绝工程，还如此乐在其中，以至于希望它永不结束。遭到攻击的人当然也会立刻想将它扩大化。但还不止是他们的所作所为，他们把一个诅咒加到了这个国家头上。与希特勒不同的是，他们甚至没有意识到自己发出了这个诅咒，这些蠢货。他们没有权衡后果，这不是他们的本意。可是，可是，有谁知道它还要持续多久呢……"穆里埃尔停下来，入了神，他再次看向高处，也许是看着卡萨诺瓦弟弟的画。然而他唯一的那只眼睛正在欣赏的，仿佛不是画家笔下的骑兵（那可能是一个军队行动的场景，和平的军事画面，多么巨大的反差啊），而是一个极其缓慢的、几乎静止的未来，它的前进和后退都无从察觉。这正是最优秀的画作造成的效果，无论如何它们都纹丝不动，上面的动作永远不会继续或倒退。

我不知道他是否在试图借着那席冗长的演说来避免回答我的问题并把那件事抛开。但如果是这样的话，他又为何要提起它并且什么也不问我呢？我这样问自己。我还是尝试了一下，我对自己发誓这是最后一次，至少是那天上午的最后一次。他很快就会到他的办公室去，在那里一直待到午餐时间。一开始他不带我去吃午餐，之后的某些场合，他会带上我。有时他会在外面吃午餐，和别人一起，直到两三点才回来。有时候他一整天都不会再次现身，而是夜里才回来，那时他的妻子比阿特丽斯已经睡下了。如果连续几天都是这样，那么这几天里他们就只有在早餐时间才会见到对方。当然了，这一切都是在他没有出门旅行或拍片的时候。

“那么，您朋友的事与内战有关吗？您还没有回答我这个问题，爱德华多。要不然就是我已经不知道您对我说的意思是有还是没有了。不管怎样，如果您不对我说得更加清楚一些，我还是会继续像这样帮不上忙的。”

他露出他那灿烂的微笑，他微笑时用的也是那只眼睛，它再一次亲切而赞赏地停驻在我身上，是很多成年人看着孩子或对他们说话时那种无聊的赞赏。

“我刚才正要说到了，你急什么呢，没耐心，我这就说到了。不，不是你刚才列举的任何一件事。据我所知，他没有杀过任何人，没有参与过暗杀，也没有送任何人去死，其中一个原因是 1936 年到 1939 年之间他还没到那个年纪，除非他是个早早长出险恶之心的奇人，这的确也曾经发生过。他比我大不了多少。他也没有告发或检举过谁。问题恰好与这个有关，与他从未告发或检举过谁有关，似乎是这样。当然他一直以来的名声是在战后时期表现很好，曾经向最需要帮助的人伸出援手，我的意思是由于政治原因需要帮助。一个在这个意义上，至少在这个意义上无可指摘的人。那正是他的声誉。”

“至少在这个意义上”这个说法没有逃过我的耳朵，就好像他的朋友在其他意义上并非那样无可指摘似的，仔细想想，这没有什么特别的，每个人的生命都有太多意义，肯定会在其中之一上面出问题。还有最奇怪的一点也没有逃过我的耳朵，那是我最不理解的一点，我没有将其忽略。

“好吧，那我就不知道了。我不明白问题怎么会与您的朋友没有告发或检举过任何人有关系，您是这么说的，对吧？这是好事，对吧？如果别人告诉您的事不涉及犯罪，也不直接对您产生影响，因为那不是对您的背叛——要是您愿意的话有一天可以告诉我，但我很难想象您说的‘这样的事’到底指的是什么。某件让您无法像对待流言蜚语那样处理即可的事，大家不管对谁都会否认的事：‘朋友、敌人、情人、陌生人、法官，更别提他的妻子或孩子了’。这是您方才说过的话。您别以为我没在听。您看到我在听了。”

他用手摸摸脸颊和下巴，仿佛在确认自己的胡子是否刮得足够干净。接着他用食指蹭了好几次他又大又直的鼻子，它像我小时候的一个电视演员的鼻子，理查德·布恩，后者同样留着窄窄的小胡子，也许比起之前说的任何一个人，他与这一位更加相似。然后他用指甲轻轻地敲了敲凸出的眼罩，他很可能正要做出某个决断，也许只是关于我，而非事情本身的决断。

“你看，”他说，“很抱歉勾起了你的好奇心，但现在你必须忍耐一下。我还不知道该如何处理这个故事。实际上，它让我很是头疼，以至于我都不敢把它说出去。我想我不应该说，现在还不应该说。如果我把它告诉某个人，不管是谁，比如你，我就是在传播它，一旦把它抛到风里，就没有办法抓住或控制它了。也许再往后，根据我做出的决定（那会很快，你放心，无论如何都会很快），我必须委托你去做一件事，并且需要你作为卒子来协助我；或者这还不够，你要作为象或者甚至是马，我不知道你是否知道马是象棋中最不可或缺的棋子，它能以八种不同的方式冲破障碍。也有可能我会要求你忘记这次对话，就像我们没有进行过它一样。但我不想让你完全两眼一抹黑，另外，由于你随时都有可能遇上这位朋友，你看他一眼，知道那是他，也不是没有可能的，看看这会对你产生什么效果吧，大家在一个相识已有几个世纪的人身上看不出什么有意义的东西。他叫豪尔赫·范·维克滕，是个医生。范·维克滕医生。”

我忍不住打断了他，听不懂某个词或者名字的时候，我们所有人都会像弹簧那样跳起来。现在我清清楚楚地知道它是如何拼写的，但当我听到他说出这个姓氏（与范·维克滕本人和一些认识他的人一样，穆里埃尔将它读作“范·维克滕”，不过后来有人告诉我，在荷兰以及佛兰德，大家会叫他“范·费伊坦”，或者差不多是这个发音）时，我没能立刻听懂或是反应过来它应该怎么写。

“范什么？他是荷兰人？”

“不，他与你我一样是西班牙人，”他为我拼读了一下名字中难懂的部分，“但当然了，他祖上的确是佛兰德裔，就像画家卡洛斯·德斯·海斯，你知道的，或者另一个画家，凡·路，我不确定他是不是法国人，但不管怎么说他都是荷兰后裔，或者安东尼奥·莫罗，实际上是莫尔，他们全部都曾经在这里待过或是留在了这里；或者像军人及海员胡安·范·海伦，还有我不知道是不是的那个摩尔贝克侯爵，你认识摩尔贝克侯爵吗？他有一套令人惊叹的《堂吉诃德》，里科教授已经想将它据为己有了。西班牙有一些这样的人。他的家族，范·维克滕家族，来自阿雷瓦罗，如果我没记错的话，是在阿维拉，他跟我说过一次，那里似乎有很多金发碧眼的人，因为卡斯蒂利亚和安达卢西亚有一些这样的地方，我不知道是在费利佩四世还是卡洛斯三世时期，或者那两个时期都是，是由佛兰德人、德国人和瑞士人重新垦殖的。好了，那有什么。到了这会儿他已经像洛尔卡一样西班牙了。或是马诺莱特。或是罗拉·弗洛雷斯。或者就像那个里科教授，真他妈的。”他笑了。他自己比我更觉得这个有趣。我对于里科教授的了解还仅限于名字而已。他停顿了一会儿然后问我：“怎么，有需要的时候我能指望你会为我提供帮助吗？去刺探情报，这么说吧？还是说你宁愿不去介入任何严格意义上不是你的义务的事情？再说了，我们也从来没有明确过你的义务是什么，所以太严格也是不可能的。”

我几乎一结束学业，就赚到了穆里埃尔按月支付给我的钱，这对我来说不仅仅是一场及时雨。我是幸运的，这么快就有一份工作通过我的父母找上了我，无论它是多么特殊和短暂。那时候——现在已经不是这样了，大部分年轻人都会赞同我父亲常说的一句话："只要没有更好的工作，什么工作都不算坏。"还有，从一开始，爱德华多·穆里埃尔对我来说就已经成了那种你会毫无保留地钦佩，享受与之为伴、以之为师，并且愿意为之效劳的人。或者还不止如此，你会渴望他的重视和认可。就像你上中学或大学的时候来自一个好老师的认可（好吧，我们学院所有老师都很恐怖，只有一个例外），或是你当学徒的时候来自师傅的认可，或是作为一个无知之徒，当你哪怕仅仅因为靠近和面对智慧，希望自己不再如此无知时，来自一位智者的认可。那时候无论他要求我做什么，我几乎都会去做，我为他效劳并且乐意之至，我对他的忠诚与日俱增，渐渐无条件地服从他。他甚至没有下命令的习惯，或者只是在涉及小事和实际问题时才会下命令。当某件事超出常规时，就像那次一样，他会与人商量，会询问，他很顾及别人的感受，不会强迫别人。他当然善于说服人：在引起我的兴趣，唤醒并勾起我的好奇心之后（而且他应该很清楚关于他的一切都让我感兴趣，他身边的崇拜者都会这样），他无疑知道我会去他派我去的地方，在我力所能及的范围内调查他交待我的事情，与最令人讨厌或最卑鄙的人建立友谊。

"我愿意为您效劳，堂·爱德华多，爱德华多，只要我能对您有用。您说就行，当您想说并且认为合适的时候。我会等着您的指示。如果我遇到范·维克滕医生，您希望我告诉您我对他的印象吗？”

“不。你很有可能会遇到他，要是你遇到了，我会问你的。你不要自己主动来烦我，好吗？”他再一次沉默了。我以为他要结束对话并把所有口述工作都留到下一次；以为他会站起来，穿上外套，然后进他的办公室，我觉得他通常是一个人，或者再加上一个身兼电话接线员、会计、代表、钥匙管理员的人，一个不是每天都去，而是只有在穆里埃尔突然想让她去或明确叫她去的时候才去的女人。但他又说了几句话：“听着，胡安。刚才，当你引用我说的话，并且自诩记性好的时候，你说：‘朋友、敌人、情人、陌生人……’我能肯定我没提到过情人，你是从哪里听到的？你为什么会想到我的朋友有个情人？但其实我提到的是妻子和孩子。”

“啊，我不知道，堂·爱德华多，对我来说，这就是一种说法。我甚至不知道您说那些话的时候，是特指您的那个朋友，还是任何一个要隐瞒丑事的人。而且，所有人都有情人，不是吗？至少有临时的，一段时期的那种，不是吗？因为现在还不允许离婚……一直到离婚法得到通过，您再跟我说吧。总之，当大家保持这种关系的时候……情人是你的身边人，你也想给她留下好印象，所以会向她隐瞒和否认让你陷入不利境地的事情。得了，请您原谅我引用得不准确的地方，还有我的自以为是。”

他笑得有些讽刺，或者是觉得好玩。

“啊，是吗？大家都有情人？我觉得你看的小说和电影太多，经历的生活太少，你知道什么呀。不过没关系，只是那句话引起了我的注意。”他一秒之间就恢复了严肃，抑或担忧、苦闷、斟酌，甚至是一点被克制或延迟的愤怒，也许会一直延迟到他能够确认为止。他又说道：“你看吧，而且关于这个令人讨厌和无足挂齿、我觉得还不如不听的故事，今天我再给你讲这最后一点：就像我对你说过的，我所听到的关于我朋友范·维克滕的事情与死亡没有关系，或者说与已经发生、已成现实的死亡没有关系，他手上没有人命，也不欠谁人命，我不知道这里是哪种情况。没有这么严重。但从某种意义上来说它更加让人失望，更加令人沮丧，更加愚蠢和卑劣。更让人不舒服。”他还在寻找其他更加具有总结性和概括性的形容词，却仿佛在无心之中只找到了这一个。他自己似乎被这个选择惊住了。他晃了一下脑袋，就好像他的想法让他觉得害怕似的。“他得到的利益和好处不会伏击他的记忆，腐蚀他的良心，或是在他身上留下任何痕迹，只要其中没有牵涉无可补救的事，只要他能把一切都洗干净，让它看起来像从未发生过一样。所以他会在这件事上那么镇定，如果这件事曾经发生过的话。我之所以无法将这件事束之高阁、无法完全不去相信它，甚至无法拒绝听到它的原因在于，根据那个消息，医生曾经对一个或者不止一个女人做过不体面的事情。你可以叫我老古董，或者你想叫什么都行，但对我来说那是不可饶恕的，是最糟糕的。”他短暂停顿了一下，站起身来，用他那海一般的眼睛望着我，仿佛我是透明的，或是他第一眼就看穿了我，却不得不继续看下去，寻找更能抵挡他阴暗目光的东西；他狂怒的蓝眼睛令我瞬间心生恐惧，不是为我自己，而是因为看到它这样暗下来，没有一丝怜悯；他用烟嘴指了指我，就好像我是范·维克滕，而烟嘴是一个指控工具，又或许是一把他想用来切水果、暂时还不会用来做更多事情的刀。“你懂吗？那是一个人能做出的最下流的事。”

Ⅱ

那一番话让我惊愕不已。这并非因为它与我认为的穆里埃尔具有的总体性格不符，那种性格从一开始就俘获了我，从他在雇用我之前给我做那个小测试的时候起。或许那连一个小测试都算不上：那是一次包含了数个问题的谈话，他想看看对我的印象好不好。他的评论、他的谈吐、他对大部分人的态度，都让我觉得他是我当时以及在那之后认识的人里最正直、优雅和公正的一个。在他身上甚至有一种单纯——几乎是天真，它不应该属于一个已经五十岁上下，去过不少地方、从来无法完全老老实实待在一处，曾经创作过一部令人钦佩的作品并且可能自愿屈尊——没错，他同意了，拍过另一部至少在他看来不值一提的（“真是无论多低级的活都可能得干啊：我们要对此有所准备，胡安”，他有一次对我说）片子的人；一个忍受过制片人（大大小小的恶棍）和电影演员（他们既幼稚又邪恶，要不然就是几乎毫无例外的无情和心术不正，这两者没什么区别，或者照他的说法是这样的）的人；一个为了又快又多地赚到钱、让自己得以多少保全旧日的家产，于是曾在奉行实用主义的广告圈泡过一段时日，花费大量时间为他最感兴趣的项目寻找外来资金，并因此与那些野蛮的，至少也是狡猾、有心计的家伙打交道的人。后者活在商业的领域——也就是说，活在唯一万能而真实的领域，与他几乎没有或者完全没有什么关系：他经常要与粗俗的地产商和无知的国务秘书，与大嗓门的足球俱乐部主席和没意思的乳制品企业家，与头脑发热的艾尔达牌鞋商，比利亚加尔西亚·德·阿罗萨的鲣鱼和蛤蜊罐头商或者萨拉曼卡的火腿商——拍电影这个想法要比电影本身更让许多人疯狂，甚至是饲养凶猛斗牛的牧场主共进午餐或晚餐，他努力想说服所有这些人投资，实际上就是巴结他们，他本人承认自己在这件事上不是特别有天赋，尽管这么多年来他也学会了一些。他也会时不时接待并陪着途经马德里的外国人玩，如果某个中间人提示他对方有意涉足电影业并向某部电影投钱的话：从处于半退休状态、背后有一大堆联合制片作品、电影病却一直没好的老猞猁或老鬣狗，到几乎算得上法西斯主义者的F1赛车赞助商；从身上流淌着艺术血液的德国烟草商到可疑的意大利建筑商（如果这三个词的组合不算是双重语义重复的话）；从不知道该拿多得没处花的钱怎么办，想讨好自己那位有说谎癖、相信在这段艰难旅程之后能够与肖恩·康纳利吃上晚饭的老婆的苏格兰威士忌生产商，到某个狂热（迷恋马尔贝拉之路）的阿拉伯总督（如果以上三个词语没有再次构成语义重复、尽管是简单重复的话）的秘书的顾问的代表。

大部分时候，从这些晚宴和聚会上回来时，他都是精力耗尽、身心俱疲，却几乎两手空空。“你得跟十五个人说话才会有一个人递给你一张支票或者对你许下一个真诚的或是能信一半的承诺，”他抱怨道，“还要看那些支票上有没有钱或者他们记不记得自己的承诺。要是他们记得就已经很不容易了，然后他们会找一些蹩脚的借口，基本上不用指望它们会被兑现。”有时候他滑稽地受尽屈辱又满怀挫败地回来，我的意思是他努力想把事情讲得滑稽一些：一旦受过那些挫败和屈辱，他就能看到它们可笑的一面，他很有戏说的天赋，也能够随遇而安。有一次，为了给一位屈尊在办公室里接待他的讲究而又精明的成衣百货公司女老板留下好印象（我说过他有点单纯：为了震住她），他想表现得有文化，于是在她面前卖弄了一番关于第二次世界大战的历史知识，但他还没说完第一段（他倒是用了些从句），那个女人就和和气气却斩钉截铁地微笑着打断了他：“这个不重要，我的时间可不像这块口香糖。”穆里埃尔呆呆地站在那里（而且他看她也已经看呆了；那是个迷人、优雅而有教养、穿着精致得体的女人），因为那里既没有口香糖的影子也没有口香糖的味道，桌上连个小盒子也没有，甚至闻不到哪怕一点点薄荷或草莓的香味。当然了，那间办公室有太过宜人而浓郁的香水味，让任何其他气味都无法存在其中，实际上穆里埃尔从第一刻起就已经感到飘飘然而意志全无，他沉溺其中，甚至像被麻醉了。“什么口香糖？您在对我说什么？”他真诚而又好奇地问道。“这块，您懂的，随便哪块。口香糖。”接着她用拇指和食指从嘴里掏出来一块——我老板没有注意到她在嚼口香糖，她是如此不凡而优雅，肯定一直将它压在上颚或牙床上，把它像一条无穷长的舌头那样扯成了两拃；穆里埃尔以为她要把它粘到他的鼻子上，她凑得太近了，这个动作带着一种粗俗的暧昧，然而他把脸向后一仰。回想起这件事，他在某种程度上有点后知后觉的不高兴，我甚至觉得他的心情因此受到了刺激，后悔自己当时躲开了，而没有朝那块粉红色的口胶或者她的口水贴过去——这两者既不一样又一样。“您看到它能抻得多长吧?”百货商场老板又说，她的名字叫赛西莉娅·阿莱玛尼，她的身家是在几年间积聚起来的，她估计还不到三十五岁。“我的时间可不是。所以来吧，好人儿，快点说正事。”她的舌头一拍便再次将那一大块有弹性的东西卷了起来，又快又熟练，她肯定也会吹泡泡，而且吹得值得一看，是个大师。穆里埃尔承认，口香糖威胁让他变得口齿不清和惶惶惑惑，几乎说不成句，他接下来的介绍（已经没法用从句了）变成了一个接一个支离破碎的句子，一团糟。不过话说回来，他对赛西莉娅·阿莱玛尼的仰慕有增无减，现在他认为她是既不赞成假意奉承也不容忍夸夸其谈的第一流的生意好手，另外还是半个女神，虽然他知道不管项目的成本高低，他永远也无法从她那里弄到一个子儿，而且在她面前他已经连寄生虫都不如了。最让他感到屈辱以及全心全意迷恋的，并不是她连根切断了他那段有文化、有见识的开场白，而是她叫他“好人儿”，就好像他是谁在乡间小路上遇到的农夫似的。每当她现身电视或报纸时，他都会入迷地欣赏她，他的脸上会浮现出一抹微笑，他会一直听她说到最后或是把整条新闻都看完，并且咕哝道："赛西莉娅·阿莱玛尼，多么优秀的女人啊。有谁会是她看重而非深深鄙视的人呢。当然几乎没有任何人有资格成为前者，而我首当其冲：我曾经有过一个难得的机会，却像一介粗人、一头蠢驴那样糟蹋了。"

不处于阴暗期的穆里埃尔通常心情不错，然而就像我说过的，没有人能逃过阴暗期，或者是伤感期或厌世期。他通常会低调地（独自一人，但我会进进出出，警惕地待在近处）接待带着请求或问题来找他的人，而在那些可疑的年头里这类人不算太少；他听他们说话，觉得那些古怪的要求很有意思，而且对一切都感兴趣，甚至包括大家认为只会让他觉得无聊的那些；我想，他对那些故事充满好奇，哪怕它们有些自然主义。我见过他把少量或中等数量的钱或借或送给困境中的朋友，或是曾经在某部电影中与他有过合作并且长时间不走运的技术人员或演员——或者甚至是他们的一两个他从未谋面的寡妇；但这个世界生产寡妇的节奏太快了，而对大部分人来说钱再少也不算少。他在给所有人钱时几乎都是偷偷摸摸的（他会在道别握手时悄悄往对方手里塞一叠或几张钞票，或是在第二天给他们转一笔钱），但很多时候他的动作都逃不过我的眼睛。借出去的钱他就当作是丢掉了。一天夜里，我们两人单独在奇科特喝酒时，他对我说："你不应该把比你准备好要送给骗你一把的家伙更多的钱借出去。所以你需要斟酌好数额，考虑清楚你有多喜欢或多同情每一个人，免得之后变成恶人。如果他们还钱了，就是薄饼上浇了蜜；如果没还，那你也已经想到了。”

我相信是谦逊和谨慎让他藏起了内心深处极端的善良（与如今这个时代人们的想法相反，他认为不应该炫耀这一点），更不必说他高贵的、自认为隐藏极深的感性，对后者他无疑感到害羞，还试图通过时不时表现得难以接近和爱嘲讽加以掩饰，他在这件事上的熟巧和天赋无可否认，但结果很难令人信服，就好像他意识到了自己应该是什么样子，而不得不激活一根弹簧来启动它。仿佛他是在一个几乎难以觉察的停顿之后决定开始行动；仿佛他的肆意妄为和傲慢不恭里从来都起码有一点有意的成分——某种表演，某种伪装。大部分时候——并非总是如此，也许唯一一个他与之相处时不会产生这种转变的人，唯一一个他面对时那根讨厌而刻薄的（冷酷的）弹簧通常处于激活状态的人，是他可怜的妻子，比阿特丽斯·诺格拉。或者我是这样看待她的，一个可怜、不幸、温柔而痛苦的女人。或者甚至是一个可怜的灵魂，可怜鬼。

所以那番话让我惊呆了："对我来说那是不可饶恕的，是最糟糕的。你懂吗？那是一个人能做出的最下流的事。"说完这几句话，那一天和接下来的好几天里他都没有再跟我交谈——他很伤心。他之所以产生如此负面和激烈的看法，并且无法忘记那个关于范·维克滕的令人不安的消息，是因为后者"曾经对一个女人或者不止一个女人做过不体面的事"。我了解他的想法，看过他的生活习惯和他的几部电影——尤其是他在文化审查时期拍摄的有分别面向国内市场和国际市场两个版本的那些，或者是直接在海外拍摄的那些，我觉得他不可能将“不体面”这个形容词用在两性关系上，我的意思是用它来从道德或宗教角度（后者是不可想象的）对任何这一性质的行为进行批判或谴责。尽管这个词本身有些模棱两可，我一听到它就毫不犹豫地将它理解为“无耻”“下流”或是“卑劣”的同义词，以及某种程度上“不道德”和“淫秽”的同义词。他认为这一点如此可憎（我注意到他强调了受害者是一个女人，或者不止一个女人）是一件荒谬和古怪的事，因为通常情况下，他几乎能在所有不是从一开始就被他归为浮夸或愚蠢之徒的人面前表现得非常迷人。恰恰只有一个女人除外，他的女人，比阿特丽斯·诺格拉，她是他现在和过去的生命中相当大的一部分时间里离他最近的女人，尽管他现在和过去都总是长时间在外拍片取景，偶尔也会四处奔走寻找资金，拜访他为了让对方参演自己的电影而必须讨好的男女演员，尽管曾经有一个时期，他们要来巴结他，渴望能够加入他的项目，至少是西班牙演员和几个欧洲演员，甚至还有少数几个有个性或是文艺的美国演员（那时带有欧洲标签的一切都被认为是文艺的）。这种情况持续了五六年，一个电影人当红的时间可能非常短暂，很多情况下转瞬即逝，像一缕几乎永不回头的微风。

当我与这对夫妇相识和交往时，他已经不再如此频繁地外出了，他比之前一些时期工作得少。他依然享有声望，而他曾在美国拍摄过几部该国出品并有相当著名影星出演的电影长片的这件事，在一个愚蠢如敝国的地方为他增添了一道几近神话的光环。他尽可能地利用这一点——还有他惊鸿一瞥的形象和相对的神秘感，却不会用这个自我欺骗。“我差不多就像莎丽塔·蒙提埃尔，”他说，“她长时间受益于她的三四部好莱坞影片以及她曾在其中一部电影与加里·库珀和伯特·兰卡斯特同框这件事。在其他片子里，她就没那么幸运了：罗德·斯泰格尔，虽然拿过奥斯卡金像奖，对她却无太多助益，因为他令人反感、用力过猛而且不讨人喜欢，还有可怜的什么也不是的马里奥·兰扎，因为他很快就死了，已经没人知道或记得他是谁了，就连他著名的声音也听不到了。所以在很大程度上，我并不像所有人一样仅仅依靠我从现在开始做的事，我靠的更是曾经出演过我电影的那些人未来的、与我无关的、遥远的人生，或者还不只如此，靠的是他们在人们任性的记忆中的命运。在我的世界以及所有的世界里，我们从来都不知道谁会被记住，不是再过十年或五年，而是后天或者就是明天；谁又会连一丁点痕迹都留不下来，不管他今天的星途像电视和杂志里说的那样有多么灿烂。现在光芒最盛的人，过上几年之后，可能再无立足之地。而讨人厌的人肯定会被遗忘，除非他们做了太多坏事，以至于人们在他们退休或死去之后还回过头以憎恨他们为乐。”

与比阿特丽斯·诺格拉在一起时他可以变得生硬粗暴、心存恶意，甚至十足的残忍和面目可憎。他可以变得惹人讨厌。我见过经常互相挖苦的夫妻，有时候就像是随口一说，并不是刻意的，而是控制不了自己，有谁没见过这种事呢。有人会纯粹因为习惯而长久厮守，因为一个人是另一个人生命的组成部分，就像他们呼吸的空气，或者至少像是他们居住的、哪怕再不堪忍受也永远不会打算离开的城市。每一对夫妻都有与他们家中客厅或卧室所呈现的景象相同的价值：它们就在那里，无所谓好或坏，可恶或可爱，压抑或振奋，有益或有害。有的只有它们——它们是所有，是日复一日的苍白，是永恒，没有人会讨论它们，也没有人会考虑有可能摆脱它们不变而切近的呼吸或低语，或者有可能让它们改变或改善我们与其关系的条件。它们是理所应当的存在，是一种我们以过于自然的方式与之共存的东西，我们从来不会突然通过有意行动让它们继续留在我们身边，也不会突然产生让它们停止、倒转或消除的想法，仿佛这一切都是不可能的，而它们冥冥之中掉到我们头上的，就像我们碰巧出生在某个国家或某个家庭，拥有这样那样的父母或兄弟姐妹。这些人意识不到自己曾经有过选择，至少是部分或表面上的选择——它常常看起来像随波逐流，意识不到不必太麻烦就能让对方消失，当然了，除非选择暴力途径，这样的话，要么会有无尽的麻烦，要么根本没有麻烦，这取决于采用何种诡计清除障碍，或者只是令人厌倦的道具。若非如此，麻烦会存在，但不会太多，尤其是如果像西班牙从三十多年前开始的那样有一部离婚法令的话。尽管如此，某些情节剧场景，多多少少还是免不了的。

爱德华多·穆里埃尔和比阿特丽斯·诺格拉的情况不是这

样，要是卖弄一番的话，我会说他们之间的交战是懒散而怠慢的。他有一种由来已久且深植内心、跃动而鲜活的、并非习惯成自然的敌意，以及一种频繁却又并非一直持续的惩戒欲。他似乎像是努力要记住（让冰冷的弹簧保持激活状态）自己应该对她表现出不尊重、拒绝和怠慢，让她知道，忍受她在身边对他而言是怎样一种惩罚和负担，应该虐待她，甚至侮辱她，实实在在地破坏她的情绪并引起她对自己性格、工作以及外表的怀疑和悲伤，他无疑做到了，实际上这谁都能做到，哪怕是再蠢的人，摧毁和伤害是世上最容易不过的事，为此无需精明或机敏，更无需智慧，傻瓜从来都能让聪明人狼狈不堪，更何况穆里埃尔属于后者。只要坏性情、坏心眼、坏主意就够了，而这些东西就连最蠢和最笨的人也有一大堆。有时候我感觉，穆里埃尔曾在他婚姻生活的某个时刻，决定开始一次永远不会过期或得到满足的复仇，我思考他可能的动机是什么，比阿特丽斯·诺格拉可能曾经犯过什么不可饶恕的过错。然而，我无法肯定。那时我已经知道最凶恶的人经常利用其他人的疑心，以此作为借口：他们的攻击看上去太不正常了，所以不止一个人都只会耸耸肩膀，问自己他们的行凶对象曾经对其造成了何种严重伤害，而不会严肃地评判他们、努力安抚他们或让他们放弃打算；就算这些人不知情，他们最后也会得出结论，“肯定是很可怕的事，要不然无法解释这么深的仇恨；因为这个，因为天知道什么事，这种仇恨都或许不无道理”。而那个恶人则努力不让任何人调查或泄露这个“天知道什么事”是什么，对他来说它意味着奇妙的、在某种程度上能够保护他且不相称地保住他颜面的免罪证据。

因此我的所见所闻是一种警报，因为它让我想到没有见证者在场时愤怒会变本加厉，伤人的话语会升高音调，或许穆里埃尔当着我的面，甚至我们跟他的朋友们在一起时也不会大肆使用的激烈字眼也会泛滥开来。我相信他永远不会越界，相信他从来不会对她动手（要是她曾经扇过他耳光倒没有那么可怕，她应该不是不想），我相信这些事是不会发生的。那也是我所希望的，而我相信什么是有条件的，那无法让我完全安心。最初我不敢问穆里埃尔如此轻蔑、阴沉而冷酷地对待她是因为什么，他已经提醒过我一次他付钱给我并不是为了让我向他提与我无关的问题，虽然我问的是远不像他与他妻子灾难性的关系那样棘手的事情，即他那只不说话的眼睛是如何沉默下来的。最初我也很少或几乎不会单独见到比阿特丽斯，她与我保持距离，单纯将我看作她丈夫的一个学徒，倒也不能说我不是。然而，她对我很有好感，这无疑是因为我年轻。另外，我热心周到，因为我接受的教育是应该这样对待所有女人（一开始的时候），而且我完全没有被我老板对她的无礼带坏——否则就不合适了，这也是一点。相反，我会在不超越职权或多管闲事的前提下，尽可能地抵消它。我的意思是比阿特丽斯出现时我会站起来，每次都会，哪怕穆里埃尔从来不会学我这么做，实际上夫妻之间保持这个习惯也挺烦人的；我会像前一个世纪的人那样微微欠身向她致以问候，发自内心、毫不勉强地对她露出微笑，并通过我亲切的态度让她明白，如果能帮上忙的话我愿意为她效劳。说到底她是我的雇主，同时也是仰慕对象的妻子。因此她值得我最大的尊敬，而我要做的只是向她表现出这一点，无论他俩之间有什么不和。而穆里埃尔要是在我与她妻子的交往中看到任何一丁点疏忽，他也肯定会呵斥我。有时候我也会充满敬意、兴趣甚至是感情地对她说话或听她说话，我应该马上说到这件事。就像我说过的，这对我而言并不难。实际上她给我的印象很好，从一开始给我的印象就很好，比阿特丽斯·诺格拉。

不比她丈夫给我的印象差，这很能说明问题；当然是以另外一种方式，与他或我相比，软弱的世界之轮在碾碎她的生活时愈发气定神闲，我想那个所有人生活的漠然的瞭望者在观赏她的生活时格外想打呵欠吧。可是谁知道呢，那弯月亮有时候也会专注地定睛去看，就像我们这些写字的人（哪怕仅仅是私人回忆录、日记或书信，并不渴望有人看到，或是只有唯一的收件人），注视着那些终将完成自我的人，那些你立刻就能发现不会留下沉淀或痕迹、一旦消失就几乎不会被铭记的人（就像飘落而不凝结的雪花，一只在夏日阳光下的土墙上攀爬的小壁虎，千年前一个老师在黑板上利落地写下，又在下课后由她自己或下一个占用教室的人擦去的字迹）。那些就连他们的亲人也记不住的故事的人。那个瞭望者肯定已经受够了半睁着眼睛去看它已经预知了残局和结尾的斗争和骚动，听够了自吹自擂并替炫耀狂们感到羞耻，看够了这些创造物里的大部分自我的并且几乎总是可以避免的悲剧现场，从记不清什么时候开始，它就已经受封成为黄昏时分和漫漫黑夜里一个不言不语、不偏不倚并且毫无用处的证人。是的，为了消遣——为了摆脱厌烦的情绪，为了逃离千篇一律的大众强加给它的东西，它也许会定睛去看那些踮着脚尖行走并在活着的时候就已经成为生命的过客或过着借来的日子的生灵，它知道他们中的某些人隐藏了自己，比起占据了大半个地球、弄得它发懵、咋呼得令它疲惫不堪的爱尖声怪叫和爱出风头的家伙，这些人的故事更加新奇或有趣，更属于尘世，也更加磊落。

有一段时间我曾想过，那个夜晚的岗哨会尤其去观察莎士比亚称之为“可悲的床”“痛苦的床”或“伤心的床”的东西：就像那位守寡的年轻王妃的“a woeful bed”，她的丈夫在仇克斯伯里被一种使其拥有者获益的“怒气”杀死了。[①]不同之处在于穆里埃尔还活着，而且在马德里的时候，他与比阿特丽斯共享一处住所。他们不共享的是卧室，每人都有各自的卧室，而我很快明白他的卧室是禁止她进入的，它整日整夜都关得死死的，夜复一夜，日复一日。

曾经有过那么一个或好几个工作繁多的星期，我们正在紧张地准备和翻译一个赶着交给托尔斯的剧本（我已经是英语语言学学士了），穆里埃尔决定让我留在那里睡觉，以便我整晚都能帮助他，而且次日清晨不做耽搁就能早早开始继续干活。那

---

① 出自莎士比亚《理查三世》。

是我第一次在他的大公寓里过夜（之后还有过几次），它位于委拉斯凯兹大街街口一栋房子的五楼，从阳台的一侧能看到丽池公园，它是个老房子，也还没有被分隔成几间更小的公寓，自从有钱有势或纯粹只是资产阶级的家庭不再那么多、人们也放弃了固定的家政服务之后，后一种情况已经成为马德里以及其他城市里的常态；穆里埃尔一家依然留着一个女佣，她曾是他们孩子小时候的保姆。长长的走廊是U字形的，不过如果从厨房里看，它不像U，而是J字形的，在那里你会觉得空间到此为止了，也就是J的弯勾收尾的地方。那里正好是女佣房间所在的地方，她负责有效地完成全部内勤工作。她这个人不知道是冷漠还是迟钝——虽然那或许是她出于谨慎而采取的伪装，自从她最华丽的（这个形容词用在她身上很奇怪，哪怕是想象她过去的样子）青春时代以来就看不出年龄，而且还被取了弗拉维亚这么一个不合适的名字，就好像她是个罗马人似的。然而在厨房尽头，有一扇关闭的白门，通往公寓一处出其不意的延长空间，而这个部分，在经过一个很小的房间以及一个带有装在澡盆上的淋浴房（这个愚蠢而又难受的发明不知为何会一度流行起来）的微型洗手间之后，从一块多出来的没什么用的空地那里，通过一扇像是给孩子或侏儒用的矮矮的弧形小侧门再次通向走廊，到这里你才能看出来后者的最大长度以及它最终呈现出来的U字形。除了一张床和一把椅子（那肯定是从前的女仆椅，而弗拉维亚用的那把可能本应是厨娘用的椅子，传统上后者的权力更大）之外几乎什么也放不下的用人房，正是我那些天留宿的地方，我仿佛置身于一个独立的微型公寓，如果考虑到它只能通过厨房尽头进入，它与房子的其余部分几乎是隔绝的。但它并不是完全独立的，因为就像我说过的，从那扇理论上无法使用的（它的外侧缺少门把手或门环，但里面不是，也就是说，它可以从里面打开，但从走廊上看它是封死的，那是一块被人遗忘、没有照明的地方）侏儒小门进去，你可以到达U的末端，因此，尽管你离房子的主体和几间主卧有相当一段距离，你也到达了连接所有、或者大部分房间的公共区域。

在那里睡觉的第二天晚上我在那块没用的空地上停了下来，它与我的斗室相邻，又被另一扇小门隔开了——但没那么矮，第一天晚上我都没注意到那个地方，因为我上床的时候太累了。而在第二天晚上，也许是被疯狂的工作节奏和不假思索地慌乱赶工去写那个临时剧本弄得太兴奋，我完全睡不着，于是没有脱衣服就把自己扔到床罩上，准备抽烟、读书并消磨时间。我朝周围看了看，没过多久就注意到，之前被我漫不经心地当成一个漆成白色的入墙式衣柜的东西并不是衣柜。打开这第一扇门，我看到了一个至多只能用来做杂物间、空空荡荡、干干净净的狭窄空间，随后看到那扇我当时已经猜到会将我带回走廊的小门。我一下子把它拉开，门一开就发现它是出得来但进不去的，我明白过来要是我不想从厨房绕一下而是原路返回的话，就不能在出来之后把它关上。弯腰探出身去的时候——还没有完全弯下身子，我远远看见一盏微微亮着的灯和比阿特丽斯穿着睡袍在走廊小步走动的身影——或者不是：她的步子像在散步一样正常，只是走动的范围很小，就在她丈夫的卧室所在的地方，或者也可以说是在它周围，在围着它转。我的第一反应是退回房间，但我没有那么做，而是蹲下来开始观察，我立刻意识到她几乎不可能瞧见我：我猫着腰，离得远，又是在暗处，而且没有人会想到那扇门会打开，它也许关了几个世纪。比阿特丽斯不会转头去看我所在的地方，这不只是因为那会儿她不会记得有人正在破例使用那个被弃用的房间，还因为她似乎将所有的注意力都集中到了自己正在做的事情上面，而她正在做的只是抽烟——她一只手里拿着烟，另一只手里拿着烟盒和一只烟灰缸，在那扇关上的门旁边走来走去，就像一个人在等一场推迟的约会。

她没有穿晨衣或是别的什么，只穿着她那件相当短的睡裙，她健美的大腿有一半都露了出来，一开始我以为她光着脚，她的脚步没有声响，或是轻得可以归咎于木地板的声音，所有上了岁数的木地板都会焦躁不安，仿佛它们有时会抱怨那些年里发生过的事，有点像古老的船，但远没有后者那么爱抱怨，因为地板既不跳舞也不旅行。她的睡袍是白色或本白色的，丝绸质地，而且它要么是有点透明，要么是在灯光的照射下显得意外的透明——走廊上有一盏亮度有限的壁灯，我几乎能看见她的裸体，而它被足够的衣服遮盖着，这也许是目睹一具诱人胴体裸露的最诱人的方式，因为你的所见之中依然含有猜测的成分，你的所见是你暗中偷来的。（我之所以说“意外”是因为有人看见了，但她应该没有预料到会有人看见，或者她以为看见这一切的只有另外一个人，不幸的是对后者而言她的衣着并无任何暴露或新奇之处。）我得承认，那是我继续留在那里看她的主要原因，我尚且处在一个会把捕捉到的任何禁忌画面都当作战利品，在视网膜上好奇地珍藏几天、几周或几个月的年纪——如果不是一辈子的话。我依然收藏着比阿特丽斯·诺格拉那天夜里的画面：我能够隐约或者更清楚地看见那件睡袍下面空无一物，甚至连不少女人睡觉时依然穿着的、也许是作为迷信的保护也许是避免承担无意中让体液弄脏床单的风险的内衣也没有。大部分时间里我看到的是她的背影，因为她时不时会中止散步，在穆里埃尔的门前停下来，就好像她正想用指节叩门，却没有下定决心或没有胆量这么做似的。她比我大了将近二十岁，在那之前我在看她的时候一直带着有距离的欣赏、与日俱增的同情以及（如何表达才能不被误解呢）一种如此柔和而隐秘，以至于实际上只存在于理论上的模糊的性崇拜：仿佛那属于我另一个假定的生命，另一个在任何情况下，即便是在幻想的领域（现实生活占用了我们太多的时间，以至于我们没有时间去构建一种想象中的平行生活）也不会出现的我。我们知道哪种眼神是不能有的，也知道哪种眼神对我们的年龄、地位或等级来说是不合适的，从第一刻起就拒绝它们，舍弃而不是压抑它们——最后一个动词是不准确的，这并不难。面对兄弟、上级或朋友的妻子，我们一开始就会选择有所保留或中性的目光，我们毫不费力就能做到这一点，就像在执行一项指令，除非是在非常引人注意以及极不常见的情况下，必须是当我们被唤起一种无法抑制的、爆炸性的、旋风般的欲望的时候。如果那个女人比我们年长许多，这件事恰恰会因为缺乏习惯而变得简单：二十三岁时你会习惯去注意比你大上十岁或小上五岁的女人——也有例外的情况，并在视线经过其他女人时把她们当成树木或家具，要不然就是油画。在那一晚之前我就是这样看待比阿特丽斯·诺格拉的，就像看一幅激起我微弱而短暂的、不可能得到满足的欲望的画：我们所观察的女人身处一个平面，她会沉默静止直到永恒，无法脱身；无论我们如何从正面迎视她的眼睛，她只拥有一个动作、一个角度和一个表情，而她的肉体既没有质感也不会颤抖，一成不变；她没有体积，或者吸引我们的是虚幻之物，而且，如果那是一幅旧画像，她可能已经死了。我们观赏她片刻，短暂地思考假如在时间和空间中与她有所交集将会如何，然后毫不惋惜地离开并遗忘。

我曾经对她有过的那种模糊的、几乎是无意识的性崇拜正属于这种情况。因为她是穆里埃尔的妻子，也因为我们之间的年龄差距，在肉欲这个范畴上，我将她当作一个我已经无法在时间或空间上有所交集的人，仿佛我活在现实和现时的维度，而她仅仅活在过去和已无生命的概念之中。我的脑海中闪过的所有想法（然而它们甚至都不是想法，而是如今已经成熟的我远远予以它们的词语无法容纳的思想火花）即便出现，也都是以条件或虚拟时态："假如我是穆里埃尔，我不会这样对待她，我会想回应她偶尔有意的、令他如此抗拒的温存，会想走过去"，或是"年轻时的她想必非常动人，我觉得那时候穆里埃尔日夜都会想要她在身边，换作是我也会想的。哪怕只是因为肉体的欲望，这对婚姻来说已经足够了。但我那时不是穆里埃尔，现在也不是”。

因此那一夜我眼前的比阿特丽斯·诺格拉既不是过去的，也不是无生命的，甚至也不像是在表演，尽管她的走动、她的等待和她的踌躇在我隐于暗处的双眼中有一种戏剧般的效果，就好像是偷偷观看一场充满快感的小节目（那条睡裙让人能看到很多东西）或是一出令人窒息的无言独白。直到它不再是无言的。抽完两支烟之后，比阿特丽斯终于下定决心用单单一个指节——中指的指节，怯生生地叩响了她丈夫的房门。那是极轻的一叩，像一个小女孩，因为害怕而去了父母房间太多次，担心他们不欢迎反复出现的一惊一乍和讨人厌的自己，或者甚至会呵斥自己一顿。

“爱德华多。”声音几乎听不见。无人回应，而我突然想到比阿特丽斯挑中了一个糟糕的夜晚来进行她的尝试；穆里埃尔肯定被繁重的工作弄得很累，也许已经睡着了，要不然就是满脑袋都是让他放不下心的那个亟待完成的剧本。“爱德华多。”她提高一些声音重复了一遍，然后微微弯下腰，似乎在通过门底下的缝隙确认卧室亮着灯。（弯腰时——只有五秒钟，为了更好地掌握时间我数了秒，一、二、三、四、五，她的臀部愈发地让我难以忽视，当她穿着衣服直着身子在家里走动时它就已经很引人注目了，浑圆或带有相当凸出的弧线，又翘又结实——或者如果要用一个已经在诱人的肉体上用烂了的词语的话，那就是“紧实”，与穆里埃尔为了贬低或嘲讽她而认为或表现出来的恰恰相反，我听到过他叫她“肥婆”以及其他更加侮辱人的字眼；而且，当她弯下腰时，那件已经很短的衣服又往上缩了一厘米，让我能够更多地看到她健美大腿的后侧——我的意思是没被布料遮住的，虽然说还没到把臀部边缘也露出来的程度，那样的话，她的身体要更加前倾，像从地上捡东西那样猫着腰才行。）穆里埃尔立刻关了灯，然而要想假装自己已经睡着或是彻底不再熬夜已经太迟了，从他妻子接下来对他说的话里可以推断出这一点：“爱德华多，我刚才还看见灯亮着，我知道你醒着。爱德华多，请你开一下门。拜托，开开门，一秒钟就行，我保证。”她再次用指关节去叩门，现在她的胆子大一些了。另一边依然静悄悄的。于是她把耳朵贴了上去，就好像要确定她丈夫没有睡着似的。有时候我们需要证实我们再清楚不过的事情，或者需要有人向我们确认它，这是已经彻底不相信自己感觉的人特有的行为；也许，我心想，这是因为他们许多年来都在重复同一件事，夜复一夜，分不清前天和昨天、今天或明天。我发誓，我刚一想到这个，就有一个意想不到的回答（我本来打赌他会坚持装作没听见，虽然作为一种说服人的手段它见效很慢）让我明白事情正是如此，那种可能失败的探访每一个“夜深人静时”比阿特丽斯都会尝试，罗马人这样命名所有人都安静不语的时刻，而这样的时刻在我们夜晚的城市中已不再有，也许这个词语就是因此从字典中消失或淡出的。

“你总给我演同一出戏真的不无聊吗？你还要再演几个晚

上？我要睡了，我很累。胡安和我正在赶时间，你知道的。”我听到穆里埃尔耐心多过怒气的声音从门那边传过来。尽管他说话的嗓门不大，原则上，他们两个人肯定都不愿意家里的其他人知道这番对话。如果这个场景已经屡见不鲜，也有可能所有人都正在街尾待着，而且毫不关心。他们提到我的名字让我吓了一跳，虽然这一点也不奇怪。毕竟我在偷窥；被偷窥者提到偷窥者会让后者愈发觉得自己暴露了，这是一种不理性的条件反射，所幸是短暂的。

“我不是想要我们说话，爱德华多。我不会打扰你。我不会耽误你时间的，我保证。我只是想抱一下你，我有几个世纪没抱过你了。那样能让我安心。我只是希望我们能正常一点，在我去睡觉之前。让我能够睡着。求你了，抱抱我。”她说得谦恭而又温柔。

“那是个陷阱，”我心想，“他不知道她在外面连晨衣都没穿。睡裙外面什么都没穿，里面也没有。或者他知道但无所谓，那对他已经没用了。”我忽然想到，对着这样一个撩人的身体，你是很难满足于一个拥抱的，你会迟迟松不开手，会让双手向下移动游走，会一直这样待下去。“不过当然了，我不是穆里埃尔，”我再一次想道，“对他来说这是一个老掉牙的画面，对我来说则新鲜得很。他会觉得那种触感很寻常，甚至是令人厌烦或不快的，我则不得不禁止自己去想象它。”

他没有立刻回答。我想到穆里埃尔是否正在考虑，对这个请求做出让步，哪怕只是为了尽快结束纠缠。几秒钟之后他说话了，就我所能够感觉到的而言，他的语气里带着嘲弄：

“哎，我已经给过我自己一个拥抱了。你就当我收到了你的拥抱，回去睡吧，好了。”

他没有生气，或者还没有生气，那是他幽默的托词之一。而最后那一句“好了”，听起来温厚，甚至亲昵，就像一个没脾气的父亲在对一个过分多疑或紧张的女儿说话。毕竟，他比她年长，六岁、七岁或八岁，我不知道，那是当时、也是现在夫妻间一个常见的年龄差，但一切终究都对人们之间的相处方式有所影响，无论他们之间是哪一类关系，与之相似的还有谁更有处世经验，谁在世上待得更久（这个人必然会有家长式的表现）。

“你不要说傻话，爱德华多。让我抱你一下吧。我心烦得很，睡不着。”说这话（第一句话）的时候，比阿特丽斯·诺格拉短促地笑了一声；尽管被作为嘲讽对象，她丈夫的回答还是让她觉得有趣。也许这就是她不幸的地方，她最大的问题，以及她依然如此爱他的其中一个理由：他让她觉得有趣，他肯定一直让她觉得有趣。我们很难不继续去爱或迷恋一个让我们觉得有好感而且有趣的人，即便对方现在经常虐待我们；最难的莫过于在你已经找到那个人并已经决定盲目追随他的时候，放弃与他一起开怀大笑。（如果你收藏着关于你们共有的爽朗笑声的回忆，并且会不时重温它们，哪怕只是在某些午后偶然想起，中间隔着漫长而苦涩的时间。）这是最紧密的联系，仅次于性爱，后者是等不了的，是优先于前者的，但会逐渐平息。

“我向你保证那是个非常甜蜜和温柔的拥抱，”穆里埃尔回答道，他还是想开玩笑，“现在再来一个你的拥抱就多余了。”然而他的声音突然变了，仿佛他在一瞬间就厌烦了，或是突然记起了某种侮慢或怨恨，于是冷淡地补充道：“你走开，别来烦我，你有罗伊、里科和别的人还不够吗？你不缺乐子，没必要每天晚上都来烦我。你很多年前就知道结果了。我很多年前就把话说清楚了。你太无聊了。真受不了。我不知道你在那外面怎么受得了你自己，又赖又求的。你年纪不小了，除非你永远都在发情。”

比阿特丽斯·诺格拉显然毫无尊严和骄傲，她想必很久之前就抛弃了它们，或许从穆里埃尔说的那么多年前起就已经没有了。她不觉得需要也没打算找回，它们从她的生活中，至少是从她的婚姻生活中缺失了。因为她一句重话都没说，也没有动，她没有离开，没有移动一步，也没有回她的房间去，任何一个人在面对如此伤人而断然的拒绝时都会那么做。

“你太有毅力，你相信的事情太让你心安理得，”她回答，“所以你丝毫不会觉得有什么责任或疑问。你知道没有里科、罗伊或别的什么人，我就是跟他们出去一下，而且他们吸引我的注意力对你是有好处的，因为你我什么也指望不上，除非你需要保持形象并且不去那些你不应该和你的其中一个女演员一起出现的地方。好吧，随便什么。”说这些话的时候，她不像是在刺激他或责怪他，而像是在努力劝说他，而且她马上回到了之前的主题，继续说道：“我该怎么对你说呢，我感兴趣和爱的只有你，无论你怎么赶我走。而且我不是每天晚上都来，你别夸张。我为什么不应该试一下，努力一下？这花不了我什么力气。以前不是这样的。以前我不会让你觉得厌倦，而且这恰恰也不是因为我们没有激情了。你突然把一切都打断了，因为一件那么久远、那么愚蠢的事。无论多么坚决，人们也不会在一夜之间就失去对对方的欲望和爱，没有这种事。要不然大家有什么可求的呢？我们能少一大堆的麻烦和悲剧。假如你现在能看到我……来吧，开一下门看看我吧。抱我一下。然后你能走就走吧。”

她的语气依然是小心翼翼的，就连最后那几句包含着某种挑衅意味的话也是，虽然她的姿态放得很低，与其说是为了让穆里埃尔接招，倒不如说是比阿特丽斯在给自己打气。即便如此，我还是注意到她这番话是孤勇和虚荣的结合，因为穆里埃尔在对她的身材进行评价或者说侮辱时太令人讨厌了：“看看你能不能一口气瘦下来吧，你看上去就像埃尔阿拉莫的大钟”，他会毫无缘由地来上这么一句。或者“你越来越让我想起谢利·温特斯了；不是因为脸，我们一码归一码，但其他方面你可是她的复制品；套一顶金色的短假发，拍十五分钟的背影镜头时，可以雇你当她的替身了”。他经常两手作出正在取景的样子，借着电影来打比方，很可能是职业病。有时候她显得很受伤，几乎快要哭出来，另外一些时候她不会被吓退，而是真诚地作出恰如其分的回应，她非常懂他在说什么。“既然她跟生命中的两个帅气男演员，维托里奥·加斯曼和安东尼·弗兰西欧萨结婚了，那么像她也不坏。”她会回答。比阿特丽斯·诺格拉跟那位优秀、笨拙而又可怜的温特斯（年轻时肥胖，成熟后粗壮，几乎永远都在演一些值得同情或命运凄惨的角色）或者什么大钟完全不搭边。首先，她很高，差不多和她的丈夫一样高，穿上高跟鞋就比他还高了。她的体格和骨架都大，这让她无法得到其他女人的同情和男人的怜爱，你很难相信一个外表如此健康强大的人会需要任何一种保护，或是安慰。至于她所谓的肥胖和体型，实际上远比森塔·伯杰（尽管存在差异；还有比阿特丽斯已经是母亲了），一位在即将结束的十年以及上一个十年里处于巅峰的奥地利女演员要匀称，后者的成功或许要更加归功于她绿色的双眸和傲人的双峰，而不是她的表演天赋，虽然说她也不至于把片子毁掉。或许如今口味更清淡的年轻人会认为这种体型和胸围有些过头，但在当时它们只能算是丰腴，而且会让观众，甚至我和我朋友这些正当最好年华的年轻人和小屁孩迈不开步子。然而，对于拥有这种肉体（我们就说是处于爆炸边缘吧；并非指她们穿的衣服——它们当然也是，而是指肉体本身撑得皮肤没有一丝褶皱）的人来说，如果她最亲近以及渴望讨好的那个人正在用具有诽谤性、有时不失智慧的对比（你不可能与智慧对抗而不陷入尴尬）或赤裸裸的侮辱攻击它，她很难相信它不过分并且能够毫无芥蒂地完整接受它。（来自其他人的赞美和奉承已经不算数了，它们无法抵消影响，也没有帮助，一说出口就烟消云散了。）所以我猜测，为了能够说出她之前说的话（“假如你现在能看到我。看看我吧。然后你能走就走吧”），比阿特丽斯想必已经穿着她轻薄的睡袍站在镜子前面，从各个角度自我欣赏了很久；她想必被自己迷住了，相信自己的外表是令人渴望的，也许还喝了一两杯酒来壮胆；她肯定用良好的自我感觉把自己武装了起来，直到认为自己够格了。她的问题在于，她需要意志力，或是强烈的激情或需求才会这么做，而这两者都会让感觉和理智发生扭曲，常会导致人们在计算概率时犯错。假如是我，我会保证理论上一切概率都对她有利。我距离我的童年还不太远，而为她的模样心醉时我记起了小时候那句古老而略微有些粗俗的恭维话，“实心美人”（如今它除了显得没礼貌之外，已经完全不流行了），我忽然想到这个词其实相当准确而且非常好用。

穆里埃尔过了很久才又开口说了点什么。我怀疑他是否在掂量开门的可能性。作为观众，我更希望他现身，让我欣赏到更多表演，一旦开始看、开始听了，你就会期待一切能够继续。这是好奇心被唤起时你立刻会染上的瘾头，一种比亲自动手参与更加不可抗拒和剧烈的毒药。如果一个人亲自动手参与，他就必须做出决定、进行创作，这很费事，是否结束一场对白或一个场景也取决于他，他必须承担责任；如果他在一边看的话，一切都是决定好的，就像小说或电影一样，他只要等着别人为他展示或讲述不曾发生过的事情就好，看得兴起时也不会有人把他从沙发或扶手软椅上弄走，假如有人想这么做，他会破口大骂。只不过那天夜里的事情是发生过的，尽管阴影重重中的走廊有一种不真实感，也有一点光亮从街上隐约透进来，那黯淡的光来自路灯或瞭望的月亮，它偷偷潜入房间，愈发黯淡地映在打了蜡的木地板上，那上面是一个高大、热切、健壮的女人似乎没有穿鞋的双脚，她那时候四十岁或者也许已经四十多岁了，正卑微地敲着她丈夫的门，卑微地守在那里，乞求他给她一点性或一点爱，我不知道，或许两者都有，又或许在她看来它们是分不开的，我不知道，我想到她随时都有可能失去那份无畏并感到羞耻，觉得自己是个丑陋凄惨的胖子，我想到要是他开门的话，比阿特丽斯可能会突然有一种过于暴露和不安全的感觉，因为她丰满的身体上只罩着那件她试过其余所有睡衣之后挑选出来的睡裙，它又窄又短；在终于得到机会、自知终于让对方看到了如她所愿的模样时，她可能会觉得自己是一个不要脸的乞丐，在一阵突如其来的羞耻中用胳膊遮住身体。她无疑会这样做，假如她察觉到我的存在，以及我那双不放过任何一个细节的仰慕的眼睛——贪婪它们是不敢的，我想，只要它们还能控制自己。我的所见所闻足以让我希望这一幕不要中止，或者暂时不要中止，我起码想弄清楚穆里埃尔是会心软还是继续闭门不出，就好像那里没有门，有的只是一整面墙壁，尽管它薄得让我能够听见他的声音和他声音里的克制。我看见比阿特丽斯再次弯下一点腰去观察下面的门缝（她的臀部更加凸出了，大腿也露得更多，我擦亮了眼睛），忍不住期待、胜利或如释重负地“啊”了一声。我推测穆里埃尔的灯亮了，这时候我觉得自己感觉到了他的脚步声，或许只是单纯的预感，就像电影里演的那样。又或许他已经起来了，正在朝门口走过来，打算像他妻子要求的那样看一看此时的她，之后或走或留，就看他了。

没有像我期待的那么快。他应该是在做必不可少的准备或者别的什么，穿上他藏蓝色的长晨衣，去漱口或者谁知道是不是还要小便，他和比阿特丽斯都有只能从他们各自卧室进入的小型私人卫生间。也许他已经把眼罩摘下来去睡觉了，所以不得不对着镜子重新将它戴上并调整好，因为终于出来的时候他一如既往地戴着它，这让我有点失望，我还以为肯定能看见那下面藏着什么呢，哪怕只是就着微弱的灯光远远看上一眼。在妻子面前，他没有什么理由要把那只眼睛遮上，她应该看过它或者它的残留物很多次，至少是在他于她未曾令他厌倦或两人都不曾失去激情之时突然将一切都打断之前。比阿特丽斯是这样说的，它没有什么理由不是真的，对他们来说没有见证者在场，而大家在无人见证时不会就谈话双方之间发生的事情说谎，或者原则上不会，除非有人说了谎自己却不知道，因为他能让自己接受事情对他来说唯一可以承受的版本，比如："我不可能相信你不想跟我做爱了。那是你违背本能说的话，你把它强加给了自己，而你一丝不苟地执行是因为你觉得被自己说过的话绑架了。你随时可能将它们抛到脑后，你会反抗，会当自己没说过，直到哪天晚上你无法满足了、想我了。就是今天晚上，要不然就是明天或后天，而我会在这里帮你将它们一笔勾销的。"

穆里埃尔猛地一下，却悄无声息拉开了门，那可以说是一个经过计算的无声而猛烈的动作，让一切都得以继续悄然发生，丝毫不去打破房子、城市、天地万物的寂静，仿佛他不准备让他的闹剧或夫妻争吵对房子、城市、天地万物有哪怕一丁点的打扰。也许他所说的让她觉得夸大其词的话是真的：比阿特丽斯每天夜里都会从她痛苦的床头来到他的门前，而这种情况下他们两个人对于几乎在窃窃私语中进行对话并平息怒火、以免打扰或吵醒任何人这件事已经很有经验了。也许这也是为了他们的故事成为一个微不足道、不会被讲述的故事，正如私生活中的故事不会经常被人讲述，于是能够看见它的只有那只半睁半闭的蒙眬睡眼。然而那天夜里在那只眼睛之外还要加上我的眼睛，它们睡意蒙眬却睁得大大的，而且一点也不冷。

穆里埃尔的房间里的灯的确亮了，他出现在被灯光照亮的门槛边，被她的喋喋不休弄得烦透了。他的深色晨衣与他的白色睡衣形成反差，睡衣露出了他的脖子和小腿，而另外那件衣服，一件布料考究的晨衣，遮住了腿肚子的一半。他的头发还没来得及被枕头弄乱，除了穿着睡衣之外，他的样子一如往常。他用唯一的眼睛看了看比阿特丽斯，神情严肃地交叉起胳膊，他对她说话的声音刺耳得就像一个老师抓到一个犯下大错的女学生，他的责备抹掉了她的全部美德——这一回，跃入眼帘的只有她丰美的肉体；仿佛怒火一秒之间就把必然的赞赏变成了不快。（好吧，我觉得赞赏穿着那件睡裙的她是必然的。）就我能注意到的细节，我的感受是他眼中有厌烦、轻蔑和狂怒，或者也有些许无关自身却关乎亲近之人的羞耻，这更勾起了他的怒火，而不是怜悯。他的声音依然很轻，但听上去冰冷、坚硬。

“一件那么久远、那么愚蠢的事？”他附和她道，“一件那么愚蠢的事？到了这个时候，在它曾经给我们带来的、现在依然给我们带来的后果面前，你怎么敢这样评价它？一次恶作剧，是吗？一个小把戏，对吧？在爱情中做什么都可以，真是幽默，真是狡猾啊。”他把手放到她的肩膀上，像是要狠狠摇晃她，我怕他会推她一把，把她仰面扔出去，要是她摔倒了，她的后脑勺可能会撞到走廊的墙壁或木地板，撞得狠了，她就死了，人随时都有可能死。穆里埃尔身上有一种明显的暴虐情绪，我开始恐惧他会管不住自己的两只手，一只手。“你永远都意识不到，是吗？你永远都不会明白你做过什么，对你来说那无关紧要，那个时候你不在乎，就算活得再久，你也不会在乎，但愿你不会一直活下去，但愿你活不了多久。我那时真是太傻了，才会爱了你这么多年，比我能爱的还要多，而我什么都不知道。就好像我爱了一只蜜瓜、一个西瓜、一颗洋蓟。”那个类比让我大吃一惊，我开始希望穆里埃尔已经恢复了幽默感，哪怕是他在她身上用过那么多次的侮辱性幽默。如果说有时候“蜜瓜”的意思是“傻瓜”或“笨蛋”，“西瓜”和“洋蓟”却不是这样的，我想他是忍不住取笑她像其他果实，或是他认为洋蓟所属的东西。然而看见他把手从她的肩膀移到脖子（高个子女人的长脖子，没有颈纹，依然光洁）上的时候我警惕起来，他很容易就会开始掐住那里，过两三分钟一切就全完了，让他又恨又恼的人将不复存在并且无从挽回，出口伤人的舌头将沉默下来，也许还会从嘴里挂出来，一动不动，肿胀青紫，有些电影里人被掐死之后就是这样的，我不知道那是基于现实还是一种让观众入戏的效果，让人以为除了死之外，他还可能是这样一副诡异的模样，眼睛凸出瞪大，像是上了釉的陶瓷做的，或者像是鸡蛋。“来来来，你想让我看你什么？这件睡裙吗？怎么了，是你自己买的还是有人送你的？你别逗了，我看你看得够清楚了，把它留给你没有眼光的情人们吧，给那两个发情的家伙，别浪费在我身上。我已经在看你了，怎么？一团肥肉，永远都是一团肥肉，对我来说你就是这个。”他用指尖由下往上蹭过那层薄薄的布，那是个鄙薄的动作，就好像无论是布还是她，都让他一碰到就恶心似的。“他怎么能这么说？”我心想，“他不是疯了就是在故意撒谎。这如何能令她信服呢？如果他能成功说服她的话。肥肉是最不能用在她身上的词。”所幸，不管怎么说，穆里埃尔的那个动作将他的双手带到了另一块区域，它们离开了她的脖子，我不再害怕它们会合上并掐住它。事实上他的手往下移动了，在那个表达憎恶的举动之后，出人意料地放到她胸上迅速而粗鲁地抚摸起来，那其中毫无温存，更无情欲，哪怕在我眼里的确有，谁知道人们在爱抚和触碰中是什么感觉，那常常是不可预知的，在抚摸或被抚摸的时候，在无意间（裙子向上拉了一点）蹭到一条大腿并发现它没有退缩或放到一边的时候，你会有奇异的发现，因为这足以让你忽然想再去摸它，此时你不再是无意的，而是充满了求证的渴望、好奇以及你不曾料到的突如其来的欲望，这种没有经过大脑的欲望让那么多美人到头来上了那些可怕的或是她们原本讨厌的男人的档，皮肤是靠不住的，肉体会让人昏了头。比阿特丽斯·诺格拉的乳房想必十分结实，穆里埃尔几乎是在捏它，毫不留情地揉搓它，就是那样，像地铁上毫无耐心而又有恃无恐的登徒子，他们会等着在列车快进站时突然伸出爪子摸上没有尽头的几秒钟，然后车门一开就急急忙忙地出去。那种态度非常侮辱人，随便、缺乏尊重，我问自己他去抱她一下而不是这样对她又有什么难呢，她求他的正是这个，直到此刻都再无其他。“可是没有人会去摸激怒自己的东西，”我心想，“哪怕是以这种傲慢、机械的方式，就好像他碰到的身体无足轻重似的。如果那对胸让一个人没有快感，丝毫没有的话，那他是不会把手放上去的。然而，我能肯定的是，在此之后他会拒绝她，让她走开，他不会承认她有哪怕一丁点说对了，即便她的确说对了。他会与自己的肉欲作对，为了之后能够克制它而将它伪装得微不足道。他忍不住向它臣服了一瞬（这件犹抱琵琶半遮面的衣服啊），却为它披上冷漠、鄙夷的外衣，仿佛它在他身上激起的只有侮慢、无礼和无耻。”他的一只手——他的左手，继续往下移动，隔着她毫不设防（我已经看见了，那下面什么也没有）的睡裙抓住了她的私处，他没有摸它，也没有按住它，当然也没有伸进去一两根手指，完全不是这样：他抓住它的方式只是像一个人抓着一把土或一束草，在风中捉住一朵刺菜蓟花或是握住足球机或平底锅的把手，类似于这样无关紧要、稀松平常、没有意义的东西，他瞬间就会忘记它们，因为它们也有可能不存在，即使不存在，一切也不会变得不同。“你看到了，”穆里埃尔一边拉着或抓着她，一边说道，“我如你所愿地看你了，我正在看着你。还不止这样，我摸你了，你注意到了吧。怎么？你知道你对我毫无意义，你这副模样不会引起我的注意，永远都不会。我就像是在摸一个枕头，就像看到了一头大象。面粉袋子，肉袋子。”他不能浪费这个攻击她的机会。她任由对方以那样一种粗暴放肆的方式抓着她，没有试图反抗或从他手中逃脱，甚至一步也没往后退。我觉得即便如此，即便他摸得粗鲁，她依然想扑到他怀里，用她的手臂搂住他的脖子；但如果真是这样，那么她就是缺少勇气，或者很有可能没有时间这么做，一切都发生得飞快而混乱。“好了，回床上去吧。走开，你没有掉什么东西在这儿，你在这儿没什么可做的。我还得这么跟你说多少个晚上。你究竟什么时候才能相信这是动真格的，一直到你死或我死的那天都会是这样了。我希望是我来扛着你的棺材，没人能向我保证你不会在我还热着或已经冷掉的尸体上蹭来蹭去，那对你来说都一样。上帝啊，好像你不记事似的，好像你从很多年前开始就记不住前一天的事情了，你每天晚上都会把前一天的事情删掉似的。你什么时候才会放弃呢。”

他突然或许有些夸张地颤抖了一下，收回了手，像一个外科医生那样举起双手甩了两下，好像它们在滴水，他不得不急着把它们弄干似的。他把手拿开的样子就像是完成了一项艰苦的任务，像是摸了什么黏糊糊的东西，像是一个因为受到挑战而被卷入一场决斗的人，别无他法，只好不情不愿地用一把军刀捅进对方的身体，直到只剩刀柄，之后又将它拔出来。折腾一番之后，他把手插进晨衣的口袋里，挺起胸膛并舒展了一下身体。他像一位大祭司、一个吸血鬼，穿着他几乎垂到脚上的长衫或深色法袍，他被黑色眼罩遮住的眼睛似乎比他那只有着傍晚或入夜大海的颜色、的确能够辨物的眼睛有更严厉和厌恶的目光，仿佛那两只眼睛用一种残暴和窒闷的混合物一起穿透了比阿特丽斯。当他放开她时，她身体一软，我突然看见了（有那么一刻）他所看见或者他说他所看见的那个她：一个毫无魅力、低声下气、枯燥无味、已不再挺拔或有力的女人，或许因为自己穿着暴露而感到羞耻，仿佛她身体的凸起和曲线已经被压扁抹平了，或是因为突然被放了气而由紧致变为松弛；一个因失望而破损、因屈辱而萎缩的小可怜，几乎像是一个战利品，一个颓唐而挫败得甚至无法用双臂遮住自己身体（在她想展现自己千辛万苦召唤出来的残余斗志，只是残余的一点斗志之后，这样的投降真是太可悲了），然而很可能希望能够往后退并飞奔回自己的房间，从那里逃开并消失的女人。

“对方的反应能给我们带来多大的变化啊。”我心想，或者说如今已是另一番年纪的我回忆起来时，认为我那时候大致上是这样想的。“拒绝能击垮我们到何种程度，而我们给予权力的那个人又能变得多么强大啊，其实没有人能在对方不先举手投降或求和的情况下掌握权力，如果对方不打算膜拜或惧怕他，如果对方不渴望获得他的喜爱或永恒的肯定，任何此类的野心都是愚蠢的，而正是愚蠢削弱了我们，让我们不再设防：一旦没有得到消解或满足，它就开始毁灭我们，并且每一天、每一个小时都在为此努力，而发生这种事真是再自然不过了，不满足的感觉从一开始就支配并统治着我们，即便不是从最初几步，那也是早晚的事……为什么我们颤抖的手指所指的那个人必须爱我们？为什么正好就是那个人，就好像他必须听命于我们？或者为什么那个让我们脑袋发昏、身体发烫，让我们为了他的骨与肉去死的人必须渴望我们有？事情就这么凑巧吗？如果有这么凑巧，又能持续多久？为什么必须维持这样脆弱得像用大头针别住的东西，最为罕见的巧合？相称的爱，相互的情欲，彼此的狂热，同时追寻着对方的眼和唇以及为了在人群中寻见真命天子而伸长的脖子，一次又一次试图合二为一的私处以及那种由重复带来的奇异快感，周而复始回到同一个身体……几乎没有谁能与谁相遇才是合情合理的，之所以存在那么多所谓的恩爱夫妻，有一部分是因为模仿，更是因为惯例，或者是因为那个用手指去指的人强加了自己的意愿，说服、引导、推动、强迫另一个人做了不知自己是否愿意去做的事情，走了一条他如果没有前者的催促、坚持或引导永远不会冒险踏上的路，而夫妻中的这另一个人，这个被讨好、被追求、被弄得头脑不清的人，渐渐便听之任之了。然而这种情况不一定能够持久，着迷和糊涂会结束，被诱惑的人会厌倦或苏醒，那时强迫者就会陷入绝望、感到恐慌并悬着一颗心，如果他还有力气，就要重新开始努力，夜复一夜地守在门口恳求、乞讨、等着对方开恩。

那个被选中的人令人难以置信地回应了我们颤抖手指的召唤，仿佛一个神迹，或者我们的命令即是法则，没有什么能比妄图将他留住更能暴露或奴役我们的了，因为这件事从来都没有理由一定会发生……

很快，比阿特丽斯就恢复了常态；她再次变得高大起来，并且找回了她的体态，就好像之前有那么一会儿她无法解释地失去了它，或者它从她身上逃走了似的。她重新站直了，抬起头，恢复了她惹眼的形体，面对面地看着穆里埃尔。我看不清她的脸，我想她在听到她丈夫所说的话时很难不掉眼泪（“我希望由我来埋葬你，看到你失去生命，在你的黯淡中死去”），但如果是这样的话，她既没有抽泣，也没有呜咽，也许她的记性比穆里埃尔认为的要好，已经没有什么能够伤到她了，也许她夜里的蹲守不是因为瞬间遗忘了昨天或前天发生的事，而是因为她对于只要不放弃尝试、不后退、不逃跑、不气馁，就能推倒一切阻碍、拖垮最坚定的反对者的坚不可摧的信仰。然而在她心里盘旋或她记住的是另外一些话，它们最能让她受伤，那是我猜的，因为她回应的正是那些话。

“不，你不是个傻子。不，正好相反：过去所有这些年，曾经的所有这些年里，你一直爱着我是对的……你很可能没有做过比这更好的事了。”

于是我说服自己她已经湿了眼睛，因为有太多像我们这样的男人，不知道怎样才能不去同情一个无声哭泣的女人，哪怕这种哭泣是虚假的、伪装的、刻意的，哪怕引发它的是一个我们一无所知且几乎完全不涉及我们的想法，关乎别的男人，一个对手，一个她失去已久或者刚刚失去的、我们甚至都没有听说过的男人。即便我们怀疑那不是我们造成的，这种哭泣也会让我们心软和难过，我们会觉得自己应该让它停下来。若非如此，我无法理解穆里埃尔的反应。

“这一点我承认，”他说，“又有一个理由让我相信我浪费了我的生命。我生命的一个维度。所以我无法原谅你。”说这句话时他的语气温和，几乎带着惋惜，完全不是他之前一直使用的那种尖酸和侮辱性的语气。就好像到了那个时候，他在向她作出解释似的，还是心怀内疚地，这可是破天荒头一回。“要是你什么也没告诉我，”他继续说道，“要是你一直将我蒙在鼓里就好了。你既然做了，就要坚持到底。有一天你改正错误，突然说出真相，这有什么意义呢？这更糟糕，因为它否认了过去的一切，或是将它们全都推翻了，你不得不重新给自己讲一遍你经历的事，或者否定它们。可是你没有经历其他的事，你经历的就是你所经历的那些，所以你要拿它怎么办呢？抹掉你的生命，回过头把你感觉过和相信过的东西全都忘掉吗？这是不可能的，但一旦你知道那不是真的，要想像一切都是真的那样完好无缺地将它保存下来，也是不可能的。你不能完全不在乎，但也不能拒绝过去那些年原本的模样，它们已经无法被改变，永远都会留下一道印痕、一段回忆，哪怕它现在是一道幻影，一件既发生过又没发生过的事。既发生过又没发生过的事情，一个人要将它安放在何处呢？唉，你那时候太傻了，比阿特丽斯。不是傻了一次，而是两次。”

是的，此时他的语气里有一种遗憾，它不再是鄙夷或挑衅的，也许倒是有一点怨恨。也许是故意地，也许是真诚地，比阿特丽斯·诺格拉立刻也换上了这种语气。

“我很抱歉，我的爱人，我很抱歉我伤害了你。我希望时光能够倒流。”她说。她没有确切说明希望时间退回到她欺骗他的时候（无论哪一次）还是她说出真相的时候，她希望没有发生过的是前者还是后者。在他对她口出恶言之后，她依然有些迟钝地叫他“我的爱人”，我听见了。

穆里埃尔一定看见了我看不见的潸潸泪水，于是他微微俯身抱住了她，给了她她求他给而他一直拒绝给的拥抱。我想她不知道如何克制自己，她马上伸出手臂将他搂到自己诱人的胸前；还不止如此，她用自己的肚子贴住了他的肚子，用自己的大腿挤着他的大腿，她整个丰满而紧实的身体都压到了他身上，就像要重温某种遥远的她几乎已经舍弃的东西那样整个人贴了过去。我几乎有些嫉妒他，尽管我从他的动作中没有看出任何性意味；但不管怎么说，我觉得，当他摸她的时候是有的。而从她的动作中，我却看出来了，立刻就看出来了，它太明显了，无疑正是因为这一点他们的身体接触才如此短暂，他坚决地推开了她，他肯定与我注意到了同样的东西，只不过他的感觉明显得多；他觉得这有些过分，他不想允许自己这么做，又或许他害怕被传染，害怕她把她的情欲、淫念，或是无法控制的爱恋传递给他。穆里埃尔再次把手放到她的肩上，以此让她与自己保持距离，那是一个专横的动作。

“好了，赶紧走吧。我必须睡了，你也是。别忘了胡安在家里，他可能会听见。”

听到我的名字，我又吓了一跳，而且他所说的正是我此时所处的情况，我在听墙角，当间谍。我已经蹲了好一会儿，很想站起来，我一站起来可能就会感觉到腿和脚都麻了。但对于被发现的恐惧让我一厘米也没有动，在黑暗中忍耐着不被听到，也不被看到，避免让木地板因为我的晃动吱呀作响。

“爱德华多，爱德华多。”她说着把一只手放在他远远将她推开的胳膊上。她的手按在上面，以一种混合着放肆爱意和疑惧的方式摩挲着它。她笨拙，不得体。她只说了那些话，但听起来有一种不受欢迎的坚持。它的确没有受到欢迎。

“我已经让你滚了，海豹，让我好好静一静。”他不仅用了一个难听、不恰当、具有侮辱性、钻心的词语。他的语气再度变得生硬粗暴，骂骂咧咧，几乎像是在撒气。“我已经给你开了门，已经抱过你了。跟你没法弄。你不知道什么时候应该停下来。你总是想要得更多，而且是非不分。够了。你给我滚得远远的，别再回这儿来了。”

他后退一步，关上了门，他的动作平静却迅速。我听到门闩的声音。比阿特丽斯呆在那里看了门好一会儿，就像她起初时那样。之前她把烟和打火机放在了地上。她将它们捡起来，此时她的睡裙又往上缩了一些，而我的的确确看见了她臀部的边缘。或者这也有可能是我自己想象出来的——心愿所致，而事实并非如此。她抽出另一支烟点上了。她留在那里又抽了一会儿烟，她在整理心情，她的呼吸平静下来。她再次走了几步，朝这边，又朝那边，我不知道她是茫然还是又在巡逻了，她是否依然不想放弃她每夜守望的地方。我愈发看清了她的脸。几滴眼泪，是的，正如我猜想的，但她的表情并不忧伤，那其中有一种释然或肃然，我不知道。或许是一种妥协，仿佛她心里怀着这个从来都能鼓舞人的想法："他会明白的。"于是她不慌不忙地朝她的房间走去，一只手拿着抽了一半的烟，另一只手拿着烟盒和打火机，一点也看不出她曾经遭遇了什么。她像每一个夜晚那样退回她可悲的床榻，但这一次，与其他夜里有所不同的是，她很可能带走了一份小小的战利品，一种感觉。感觉是不稳定的，它们会转化为记忆，变换舞蹈，能够战胜人们说过和听过的东西，战胜拒绝或接纳。有时候感觉会让人放弃，有时候则给人再次尝试的勇气。

Ⅲ

在人们口中和眼中他们是穆里埃尔夫妇，他们举办晚餐和小型派对，这应该是让他们同意共同生活的日间盟约的其中一个结果。这些活动不多，但也不算稀奇。其中晚餐的次数比较少，也更为正式，我指的是那些花了很多时间组织而不是临时起意的晚餐，后者通常是某一个或者好几个还算亲近的人延长了拜访时间并留下来一同用餐。然而时不时就会有某个需要热情款待的专业或业余制片人（以及他的妻子或情人），或是某个他想说服为一个项目投资的企业家（以及他的妻子），或是某个他应该巴结的大使或文化专员（以及他的女人们），西班牙人就是有这样一种让生意带上一层萌芽期友谊的表象的怪癖：你必须了解任何一种可能的融资渠道，而经验告诉穆里埃尔，当外国人承诺帮忙或代为找人帮忙时，要比我们国家的人可靠得多，因为后者沉迷于片刻的虚荣，喜欢在那一刻里毫无根据地说一些不可理喻的大话，之后则没有任何所得或解释就消失得无影无踪。他那些在国外拍摄或联合制片的电影可不是白拍的，那其中有好的，也有一般和不怎么样的，有他创作的，也有不是他创作的，当然也有多产的托尔斯在二十世纪六十年代末和七十年代初让他导演的那些乱七八糟的片子，虽说他的大部分电影都由赫苏斯·佛朗哥（也叫杰斯·弗兰克）执导。佛朗哥是托尔斯在西班牙的最爱，穆里埃尔与他维持着时断时续的表面友谊。可以说穆里埃尔从托尔斯那里分到或接手了几个（两三个）佛朗哥做不完的项目，这是一件很难想象的事，因为佛朗哥通常摊上什么都能做完，传说中他有能力同时拍三部电影，其中两部用同一批演员，而且甚至不会让他们意识到自己正拿着一份钱做两份工，另外那部则用不同的阵容在另一个地方拍摄，真是个无处不在、永不疲倦、超乎自然的人啊。

所有这些人（但托尔斯或佛朗哥不是）他都是在招待会、晚餐会、首映式、晚宴、鸡尾酒会、赌场和娱乐场所，甚至是偶然的某个茶话会上认识的。与之相同的还有那些年新上台的政客，他还曾成功邀请其中非常杰出的一位到他家里做了一回客。穆里埃尔不只会给人留下上佳的第一印象，还懂得如何表现得和蔼风趣并略带一丝神秘——他会最大程度弱化自己苦涩、忧伤或厌世的一面，展现他活泼开朗的本色，他通常不会只局限于场面上的空话，据说他能将他参加的任何晚宴上的无聊气氛一扫而空，那个年代人们依然推崇在这些场合谈及或多或少有些理论或抽象、能够引发哪怕只是饭后闲谈的讨论的问题。还有，诗歌，这种显得不合时宜而不会让任何人真的生气或非常介意的话题，或者只是堂而皇之的蠢话；他本人也知道人们之所以需要他出现在聚会和舞会上，很大程度上是为了听他幽默地大放厥词，看他如何取笑某个傲慢或夸张的家伙——每个人都有笑料，最好知道并接受这一点，没有哪个在社会上谋生的人不用承担某种小丑职能，这其中甚至包括银行家和国王，除了像其他人一样装傻充愣之外，他们还必须为宴会出钱，所有人都是所有人的小丑，那些自以为挑选并雇用了小丑来消遣的人也是。大家请穆里埃尔的另一个原因也体面不到哪里去，但他并不介意将它为己所用：他愈来愈明日黄花的名气；他知道现在这么说还是挺好听的："那天晚上我们请到了穆里埃尔来吃晚餐"，或者"穆里埃尔邀请我们参加了一个他的私人派对"。在最悲观的时刻，他怀疑这种虚名还能持续多久，他已经有五六年没有一部在评论界和公众中真正获得成功的电影上映，无论现在还是过去，这在电影圈都已经像永恒那么久了。当人们只用姓称呼一个人时，这个人通常会认为这是一种成功——在法国尤甚，那是一份独一无二的荣光，但实际上那是一种人格解体、一种物化、一种商品化，一种其他人不用付出多少代价就能挂在身上的廉价勋章：一番恭维、一笔小小的投资，或者仅仅是空洞的承诺。奇妙的是，在西班牙，人们更加看重的是只以教名相称，够得上资格的只有四个、五个或六个人："费德里戈"毫无疑问就是加西亚·洛尔卡，正如"鲁文"是鲁文·达里奥，"胡安·拉蒙"是诺贝尔奖得主希梅内斯，"拉蒙"是戈麦斯·德拉·塞尔纳，"莫森·辛多"是维达格尔，而在五个世纪之前，"加尔西拉索"是加尔西拉索·德·拉·维加，这个名单有一段时间没增加过了，也许要想跻身其中，你还需要一个太长、太普通或是会引起混淆（洛佩·德·维加的存在应该帮了三个人的忙，“加尔西拉索”“洛佩”以及“印加·加尔西拉索”，后者之所以有这么可笑的一个称呼，是因为人们需要将他和与他完全同名的人区分开来）的姓氏，或者还需要一点能让大家觉得亲切的伪大众化的好感。

这些“私人派对”在穆里埃尔的生日和命名日举行，有时也会为了取悦某位访客或超前庆祝一个承诺性的消息而临时组织，有些人几乎会固定参加，其他人则随时机变化。前一类人包括里科和罗依，我偷窥的头一个晚上穆里埃尔曾说他们与他瞧不起的妻子有肉体关系，但她平静地否认了。里科就是弗朗西斯科·里科教授，他如今的名气远胜往日，但当时也已经挺出名了，那时候他还不到四十岁，肩上却已经扛了一座图书馆（我的意思是他撰写或创作的作品），并且拥有一份光鲜履历：博学家、学者、纠错专家、长明灯或天才大脑、已臻化境的卖弄学识者（将卖弄学识玩成了一门艺术）、职业阴谋家，当然还有尊贵而令人生畏的教授（我认识他时他肯定就已经是教授了；这还不算，他整个人都早熟得吓人，所以应该从青春期起就是教授了）。虽然他在巴塞罗那或附近居住和教学，他经常在整个欧洲（美洲并不吸引他，那是个没有中世纪、没有文艺复兴时代的大洲）旅行、搞些阴谋诡计，还会经常来马德里做一些不清不楚的倒霉生意（上帝可没叫他走这条他坚持要走的路），他在不同圈子发展人脉、伺机以待——他也不忽略政治圈，为了自己成为西班牙皇家语言学院的院士候选人而大费周章，也许内心深处他是鄙视的，即便如此，他还是想要挤进去。毫无疑问，他不准备进去的只有那些不用靠别人而仅靠他自己就能进去的地方，同样地，他打算离开的只有那些已经完全向他敞开的大门，因为有人可能会求着他迈过门槛。他来也是为了给自己找乐子，这是当然，而且他对穆里埃尔的喜爱（几乎是崇拜）之情毋庸置疑。显然他与他在一起逍遥极了，开心极了，他仰慕他，也许与其说是因为他的电影（电影对里科的吸引力只是泛泛，这是一门被发明得太晚的艺术，诞生于一个在他看来可恶的没落世纪），还不如说是因为他的人格以及一种让他们相互激励并情投意合的性格上的相似性：这两个人，在他们各自的领域都有点狂妄无礼，并且拥有一种并非所有人都能理解的犀利幽默感。教授对穆里埃尔的尊敬几乎延伸到了后者周围的一些人身上，仿佛来自大师的亲近与认可就已经赋予他们价值，在我看来，他正是由于这个原因（至少一开始是）才甘愿充当比阿特丽斯·诺格拉的随从骑士，并在逗留马德里期间经常陪她去看戏，去博物馆，去音乐会，甚至去购物。尽管他是一个好色之徒，并将这一点写在脸上，却不曾发觉表现出这股热乎劲儿在有些女人那里（没有中间地带）会招来相当大的反感，而在另一些女人那里则会造成相当大的吸引力，我觉得无论这对夫妻间的关系如何，他对穆里埃尔巨大的敬意和爱意本应阻止他出于其他意图接近她，除非他将她当成主要的中间人，想令她满意、讨好她并帮助她，以此表现他对他有多么另眼相待。

另外，里科与比阿特丽斯很有可能对彼此的印象极佳，发展出了属于他们的可敬友谊；也有可能教授时不时管不住自己的眼睛，追着她诱人的身体看（和我一样，他是喜欢肉感而讨厌骨感的那种人，尽管我们在年龄上有差距），而且谁知道他的手指是不是在某个场合偶然触碰过她的身体，当她在店里试穿一条连衣裙并请他摸一下布料的时候，或是他在正要过马路之前为她挡住迎面而来的车辆时——一只手搭在肩膀，扶住胳膊，揽在腰间，诸如此类的事情。但仅此而已，我是这么想的。另一方面，比阿特丽斯比他大三四岁，这足以让她在宁愿不去领会、视若无睹和任其消散的时候，对他任何可能的暗示或越界嗤之以鼻。

里科的好色（不，那只是强烈的性欲）表现在他那不停嘬着烟的软塌或浮肿的嘴巴上，他从那副只在打照面时让他显得勤勉无害的大眼镜后面斜着看人的眼睛上，甚至是他早早秃掉、透着与过早谢顶的人不相称的优秀和冷静的脑袋上：好色常会造成麻烦，甚至遭人恨，他却凭着饶舌、开朗和明显的不拘小节，不然就是像个唐璜，或是一个与之极为相似的、顶着一绺有着磁石般吸引力的销魂额发的男人那样行走江湖（他的秃顶像一头公羊，真的，其中的含义仁者见仁）。有一次，在穆里埃尔家里，一个我当时交往的女孩（好吧，实际上我有好几个备胎，同时我也是她们的备胎，我们那个年纪就是那样）在我下班后过来找我，他竟敢当着我的面与她眉来眼去。当然他主要的追求手段一直都是用他百科全书般的学识震慑对方，这一点让他有时候会失算：对着一个二十一岁的年轻姑娘来说（除了充满好奇心的个例），他最起码不能闷到她或吓到她，或是在借我的姓氏来炫耀自己的冷门知识时，让对方听得一头雾水。

“哎，你到这儿来，小德·维尔。”穆里埃尔和他身边的人有时候会这么叫我，后者是在模仿他或是受到了他的影响。里科教授因为我与穆里埃尔关系近而对我和蔼可亲，但也因为我的年轻而对我不上心，毕竟他比我年长了十五岁，他看我想必就像在看他的一个学生，他会带着非常愉快的心情和相当的幽默感鄙视、讥讽并恐吓他们，然而那些受害者通常无法体会这种幽默，照他（他喜欢将文雅的词语与难懂的表达，甚至下流话混在一起说，以此让人不至于觉得他永远活在过去世纪的混沌之中）的说法，这表明他们不够聪明或是敏锐。除此之外，他对他的助教、他的大部分同事或所谓的同辈人，以及地球上的几乎所有人类都一样：通常，一个当代人不值得他多么尊敬，而且当代人这一定义本身就代表着欠缺。我猜他很遗憾自己也是当代人，为他自己，也为那么多无法克制自身的愚蠢而号叫着在世界上留下痕迹的愚人和蠢材，他有一次这么说过。自然，这份惋惜在几十年间有增无减，我依然时不时在午后见到他。“你来坐一会儿，小德·维尔，我得问问你。把你女朋友也带过来，还是你要偷偷把她从这儿带走？介绍我们认识一下吧。”我带她过去了，她叫贝蒂娜，或者她说自己叫这个名字，在一家酒吧上夜班，我就是在那里认识她的。她是个伶俐欢快、穿着短裙的女孩：不是太短，但她一坐下就非常惹眼，而这一点，教授无疑在只看到她站着的时候就眼尖地提前发现了。“我们来看看，这是哪一类姓，德·维尔？”他做了一个表示怀疑的手势，“虽然它不难发音，写法也没什么特别，这个姓非常不西班牙，或者说完全不西班牙。这个词很久以前来源于法语。”他用法语发育念了一下，又重复了一遍，“德·维赫，德·维赫”，特别强调了喉音“r”。“但据我所知，而且我所知甚，最著名的德·维尔们在英格兰，念作‘德·维亚，德·维亚’。”他喜欢听自己说。此时他差不多是按照英语来发音的，而且听起来十分不自然，这令人佩服，他从来都丝毫不害怕会陷入尴尬，所以从来都不会陷进去，哪怕他就踩在边上；他不关心他的谈话对象或听众是谁，不管在国际杰出人士聚会上，还是对着一个不相识的年轻姑娘讲话，他始终觉得自己高人一等并且掌握主动权（除了和穆里埃尔在一起的时候）。“其实这是牛津伯爵的家姓，可以追溯到征服者威廉时期，如果你们不知道的话，那是十一世纪，如今不能排除有人就连最基本的知识都不懂的可能性。”我当然知道，我在学院里学过英国历史，但我不打算因为这个打断他。“不久之前，我的一个学生坚信法国大革命是一次反对拿破仑的叛乱活动。他应该 × 他自己，就这样。”他加了一句法语。里科时不时会蹦出让人听不明白的奇怪拟声词（就叫它们拟声词好了），它们是他自己编出来作为开场白或结束语的，也许这是他避免说“好吧”“嗯”和“总之”的方式，这些话在他听来想必很粗俗。“斯瓦斯提尔，”他说，或者我觉得自己听到的是这个，“我似乎记得——要是我记得是这样就肯定是这样，有据可循的第一个德·维尔名叫奥布里，就是奥比利古斯的变体（你们没料到他会说拉丁语吧），而这个教名在历史上曾经重复出现过多次。还有一个罗伯特、一个弗朗西斯、一个霍勒斯和一两个约翰，所以过去有两个比你高贵得多的人，你恰好与他们重名，或者照着他们起了名字。”他这些话是说给我听的，却歪着头冲着贝蒂娜，斜着眼睛朝她的大腿瞄去，或者还不止如此；她没有交叉双腿，所以那条绷紧的窄裙让人能够隐约看见两腿之间的东西；我猜是内裤的尖，虽然就像很多与她同时代的女孩一样，她并不总是穿内裤：这是那个解放以及随之而来的挑逗欲的年代特有的。她注意到了来自近视眼镜后面的目光，却由着他看，她似乎正在极其专注地听里科说话，但也有可能是听呆了。“还有，我一个英国同事开始认为，直到他发表研究（一文不值，但他就是这样）之前这都还是秘密，我们看到的署名为威廉·莎士比亚的文本文集，”他就是这么说的，“文本文集”，“实际上是一位德·维尔写的。”他很满意自己的发音技巧，并再一次极为享受而夸张地说了一遍“德·维尔”，听起来几乎像在骂人或胃部痉挛：“爱德华，第十七代牛津伯爵，掌礼大臣，大使，古怪、好斗并小有天赋的人；士兵，爱决斗者，谋杀锡德尼的失败阴谋家，诗作家以及伊丽莎白一世宫廷中香水刺绣手套的引入者。你们肯定完全不知道谁是锡德尼，但没关系，这样你们能学到东西。”他认真考虑了一秒钟。太虚伪了，因为光靠他这么提一嘴，我们什么也学不到。

手套这件事让我觉得困惑，但那也许是个诱饵，而他可不是随便抛出来的。

“香水手套？我从来没见过。”贝蒂娜接话道，她对这个话题应该不感兴趣，却似乎被里科教授用他滔滔不绝的无用（对大部分人类而言无用但对他不是）知识弄得着了迷。“他们是怎么留住香味的呢？”

“你是想说他们那时候是怎么留住香味的吧？如今已经没有人在这种细致的东西上浪费时间了。过一会儿我解释给你听，里卡美人。”老师回答她道。我惊异于他叫她里卡美人，因为里科正是他的名字，而不是什么预言般的外号：那句话听起来有点像为今后的相见埋下了伏笔。然而他已经火力全开，想一口气把那个德·维尔的事全倒出来。他再次开始对我说话，但依然在斜眼看她：“你知道有很多关于莎士比亚不存在的理论，实际上最被人认可的说法是，那全都是一个产业。或者说是他的名字，被用来作为一系列无与伦比的文学作品的笔名，或是假名。有些愚蠢的评论家认为这些作品无法以常理解释，这也正常，要是他们以己度人，认为其他人也如此低产的话。有人认为马洛没有在二十九岁那年的一次酒吧斗殴中被人刺死，而是通过导演并伪装了自己的死亡来躲避仇家，并继续用莎士比亚这个姓氏进行写作；有人声称这些作品真正的作者是弗朗西斯·培根，也有人说是约翰·弗莱切，或者是由多人合写的；有人将其归功于托马斯·基德或托马斯·米德尔顿，还有人说是约翰·韦伯斯特或弗朗西斯·博蒙特，甚至是威廉·罗利、亨利·切特尔、布鲁克勋爵，还有约翰·弗洛里奥或者罗伯特·弗拉德，这全都太荒唐、太可笑了。”我曾在课堂上听到过其中的两三个名字，大部分则闻所未闻。我赞叹于他的学识，他像一本会走路的传记字典，虽然我也想过他们可能是他编出来的人物，在无知面前是可以编假话的。“佛鲁施塔，”他借着另外一个他的原创拟声词停了一会儿，“现在还有这个自以为是的家伙，认为自己能够证明在莎士比亚背后藏着爱德华·德·维尔，这是他在一次学术会议上极度神秘地向我透露的，还强调我要为他保密。保密好几年，你想象一下。但我想也没想就说了出去，要不让人在它正式问世前戳穿它，要不让人赶在他前面抢走这个发现，我的同事们太肆无忌惮了，他们不停地剽窃想法，而且我对这个人印象不好。”(“他不用保证。”我恼火地想。)“他竟敢在一次发言中跟我争论《小癞子》的一个细节。当着很少人的面，没错，但是跟我争论。一个英国人，关于《小癞子》，跟我，”他重复了一遍，“如今随便哪个多余的人都能被请到讨论会上来，让他就什么 × 事发个言。随便哪个狗拿耗子的家伙。”

“什么是狗拿耗子？”贝蒂娜再次插话道。这个词已经过时得她可能从来没听到或读到过了。

“这个我也一会儿再给你讲，里卡美人。”里科可疑地坚持用这个具有同化性或欺骗性的称呼。我得盯着点这个秃头男人，他能在一个人眼皮底下把一个姑娘撬走。但我依然不相信他从与比阿特丽斯的亲近关系中获得了好处，无论她与他在一起的时候有多么开心。不管他说什么，哪怕别人连他说的一半都听不懂，他懂得如何吸引对方的注意力，他肯定是个有魅力的老师，（无论愚钝还是机敏的）学生的催眠大师。实际上我见过穆里埃尔和比阿特丽斯在家里的其他地方待着，却在听到他慷慨陈词时来到客厅的门口，面带微笑地听他说话，他们两个人很少一起微笑。他们几乎同时把食指放到嘴唇上，仿佛一对和睦到行动同步的夫妻，让对方不要说话或打断他。但突然觉得奇怪和茫然的是里科自己："我他妈为什么在说这个？"他问，"我怎么会说到这个骗子的？"

"因为我的姓，教授。"我回答他。

"啊对，没错。嗯，你得跟我讲讲你叫德·维尔这个笑话。"英国味的"德·维亚"再次从他嘴里冒出来，他喜欢上了这么说，说得像爆炸一样。

"没什么神秘的，教授。实际上这就是个笑话，您真犀利，虽然是个老笑话了。据说我们原本姓维拉，要常见得多。我家族里曾经有过，现在也有那么几个不走寻常路的自大狂。某个我曾祖父或高祖父辈的人任性地把它改成了维尔，只一个字母，它就变得与众不同了。我想是我祖父加上了这个'德'。我父亲很喜欢，将它保留了下来，他也有自己的癫狂之处，他想必觉得它与自己的职业更相称，因为后者需要他有一个响亮的名字。要是他得知莎士比亚背后藏着一个德·维尔，您不知道他该有多开心，"我是按照西班牙语来发音的，这是理所当然的，我一辈子都姓这个，"哪怕我们没有任何可维亚的。"我没能克制住自己，那个词像咆哮一样从我嘴里蹦了出来，比他还要夸张；

里科察觉到了我的戏谑，有些不快地看了我一眼。“他会洋洋自得地到处说，比谁都能嚷嚷。您的那个英国同事完蛋了。有一半的人类短时间内就会知道这个消息。”

然而这似乎让教授不高兴了。

“您父亲的职业。他是外交官，不是吗？”

“是的。是职业外交官，而不是政客。”

“他在哪里都认识很多人，对吗？”

“这个嘛，认识不少，对。您知道，他到处跑。”

“他现在派驻在哪里？我希望是在阿尔及尔。”

我没明白他为什么这么说。

“他在法兰克福做领事，”我回答，“为什么？”

教授考虑了一下，这么做的时候他着魔似的嘟囔着什么，语速极快，不是完全说给我听的。

“太文明了。机场触手可及。生意滚滚而来。我不喜欢，我不喜欢。宾客如织。全年都是书展。有钱就是老大。那里有许多文化人。书展。”他重复了一遍，就好像那是他的一个拟声词似的。接着他添了一个真正的拟声词，听起来像一声惊叹：“阿夫盖巴尔。聊胜于无吧。他会发一个通令，给全世界所有代表团。世界很大。国内外代表团。成倍增加。太多国家了。电报。最好不要。哪怕吊死我。”接下来他再次对我说道：“哎，小德·维尔或小德·维拉，小心了。让我们看看不过是胡诌的东西会不会成为事实吧。那个家伙是无法证明它的，他再怎么调研考察，调出再多文卷，再怎么强行修改扭曲数据以让它们符合他的理论。他的理论不应该有结果。所以我请你慎言，最好谁也别说，别让你那个爱讲闲话的父亲弄得我现在擦枪走火。只要‘莎士比亚只是一个演员、就连一行剧本也没写过、一切都是爱德华·德·维尔作品’这个消息变成陈词滥调就可以了。要是有人以此出版了一本书，就会有五十个专家知道，其中四十五个会不屑一顾，而另外那五个会在审阅一番之后恶意辩驳，只是为了把它搞臭（博学圈的环境就是如此）。假如媒体有所反应，会有更多地人知道它，但一个月之后就会被人遗忘。而流言……只有流言才会持久，只有流言才会永不停止、永不平息，那是唯一有效的东西。只要向那个傻瓜献上流言的胜利就够了。这个人亲口这么说过。”教授开始凭着记忆朗诵，他声音洪亮，突然无比坚定，一只胳膊笔直地伸出去（所幸不是像罗马人或法西斯那样，他只是想显得具有戏剧性和感染力，但他的胳膊一动不动）：“仔细地听着；因为在流言大喊时，有谁肯堵住自己听觉的穴道呢？从东方一直到白日下沉的西方，把风当驿马，我始终不断地讲述在这浑圆的地球上演出的闹剧。我这些舌头吐出无穷尽的诬蔑，用各种语言，我把它们宣布，以虚假的报道塞满众人的耳朵。”① 里科说得兴起，不像是马上要停下来，那些并不是插曲或纯粹的批语。他入神地，也许是激情洋溢地，继续朗诵那一连串句子，仿佛除了古老的诗篇再没有别的什么在于房间或宇宙之中，而那无疑是一首长诗：

① 出自莎士比亚《亨利四世》。译文基于吴兴华译本，略有改动。

“……当今除了流言——除了我，还有谁恐惧地征集军队，当这负重的时代似乎因为暴虐严酷的战争而受孕的时候……？”①他看了看贝蒂娜，她正目瞪口呆地听着自己可能无法理解的话。我碰了碰她令里科觊觎不已的大腿（此时他已经不再觊觎了，诗歌驱散或延缓了色欲），她从窘迫中回过神来，像刚刚突然醒来似的回看了我。她意识到我们应该走了，她是在去两个派对的路上过来接我的。我朝穆里埃尔和比阿特丽斯看去，他们正亲切而愉快地望着里科，毫无疑问，这两个人对他怀有好感，某些时候他们中间会生出某种同谋般的感觉，或是可能来自他们年轻时代的不约而同的笑声。他们示意我们可以自便，表示就算我们离开朗诵者也不会发现少了我们。果真，我们偷偷起身离开客厅的时候，教授甚至都没有察觉，他的大脑被迅速扩散的记忆绑架了，他的胳膊像木乃伊一样高举着。他想必没少像这样口头朗诵文学作品。打开房门时，他的声音依然在远处朗朗回响，现在听他说话的只有他自己和作为观众的好友夫妇了：“驿骑疲惫不堪地来了，使者带来的信息也没有例外，都是从我这里听来的……”②

我之所以记得并能重复那些诗句，或是与之相近的版本，是因为没过几天穆里埃尔就派我去布吉尼翁花店为一位女演员挑选并订购鲜花，而办完这件差事后，我的好奇心上来了：我

①② 出自莎士比亚《亨利四世》。译文基于吴兴华译本，略有改动。

钻进阿尔玛格罗大街上的英伦学院图书馆——它就在花店边上，在那里查找了一下它们的原文。正如我猜想的，它们的作者是莎士比亚（或爱德华·德·维尔），要想发现他在哪部作品里将流言的大嗓门为己所用并不是件难事。我之后没能找到的，是与教授朗诵的内容相对应的西班牙语译文，于是我问自己那是不是他本人的大作，虽然英语并非他最擅长的语言。不管怎么说，听着还凑合。所有存在的译本（当时有好几种，现在就更多了）中没有任何一版里出现“负重的时代”或“白日下沉的西方”，我记住了这两个形容词或者说意象，它们吸引了我的注意。下次见到帕科时我得问问他。他从许多年以前就开始逼我这么称呼他，尽管我不情愿，他则执意叫我胡安，而不再是“小德·维尔”了。他给出的理由我无从反驳：已经过去很久了，我不再年轻，曾经创造和传播我们外号的穆里埃尔和比阿特丽斯都不在了，而“属于从前”这件事将我们联系在一起（所以我们不应该互相讽刺，也不需要那么正式了）。因为我们相识的时代开始变得像彼时的第二次世界大战那样遥远，更何况后者是我们没有经历过却被虚构作品吞食殆尽的，这加剧了我们的困惑。而 1980 我们是经历过的，它之于我们是一个新近并且完全属于现实的年份。是的，某种令人担忧和悲伤，同时也令人振奋的东西将我们联系在一起：我们是幸存者，我们已经活得比太多朋友都要久了，我们是他们断断续续的余波，以及他们在得以延长片刻却渐渐归于静默的低语中传递的短暂回忆。

我应该说两件事情以纪念里科教授。那之后过了三个多月，当我已经完全不与贝蒂娜来往的时候（那个骚动的年代里没有什么是长久的），有一天早上，我在阿尔卡拉街街口的圣费尔南多美术学院看到他俩在一起，站在一幅门斯的画前面。如果我没记错的话，画的是一个十八世纪贵妇的全身像，她头上戴着圆帽，手里拿着皮夹，肩膀上停着一只鹦鹉。穆里埃尔派我去那里的铜板印刷部买一幅福图尼的版画（“名字叫《沉思》，你别弄错了”），他想从里面为一部电影的几个场景找找灵感：一个穿着长礼服、紧身短裤和长袜的男人，手指扶着下巴靠在一面土墙上，他的头垂得很低，以至于被高高的帽子（一顶两角帽）完全遮住了脸，让人看不到，也因此永远不会看到一丁点他的面庞。拿到版画之后，我出去浏览这家冷清而低调的博物馆里收藏的画作（最棒的是那幅《绅士之梦》）时，隔着挺远的距离就看到了他们，我不想走过去，也不想跟他们打招呼；我觉得他不会感到尴尬，而是会觉得自己是个胜利者，但也许她会尴尬。里科在为她讲解（可能又长又臭），而贝蒂娜美丽的眼睛一秒钟也没有离开那幅画，她崇拜地倾听着，这在一个我熟悉之后发现会很快把注意力从一样东西跳到另一样东西而无法集中于任何一样的姑娘身上，是一件令人惊讶的事。这无疑是磁铁教授的功劳，他边说边用一只手反反复复抚过她的背和腰，从上至下（我想他的意图是爱抚，却有一种得到满足而或许再度苏醒的色欲），甚至大胆地伸向了她凸出的下身曲线（或许只盖着薄薄的裙子）的上沿，而她没有做出任何躲避的姿态或动作。显然，学者已经见识过这片领土一丝不挂的样子；我甚至不排除他们已经在酒店里一同醒来过了，而里科不想过于迅速和突然地摆脱她，却又没有其他办法转移她的注意力，所以选择了没有太多目的地教育和打磨她一番，因为，的确，无论身边是谁、无论情况如何，他都很难克制自己卖弄和为人师的欲望。就算在床笫之间，或是身着浴袍，他也要给人讲课。我索然无味地想着他什么时候向她要了电话，或者他是如何联系她的。我惊异于赞赏地瞄某人几眼，再凭记忆朗诵几句诗，居然有这么大的效果。他的热心总是令我肃然起敬。

然而，为了证明他的准确性，或者其信息的可信度，我不得不等了十年或十二年。差不多是1991年的时候，有一天，我在迈斯纳书店或布赫霍尔茨书店看到一册英文书，书的名字我忘了，但那上面有爱德华·德·维尔的署名，他在副标题里被描述为"掌礼大臣、第十七代牛津伯爵、诗人及剧作家威廉·莎士比亚"，这等于默认他们是同一个人。这还不够，这本书的其中一条宣传语是这样写的："那个曾是莎士比亚的男人的一段精彩历史。"我翻了几页，那似乎是一部虚构作品，因此我没有将它买下来，小说里有太多随心所欲和真假参半的东西了，而那本直接散发出一种夸饰而博学的大杂烩气质。我不知道里科几年前说的是不是这本书（它的作者倒的确是一位美国大学教授），但无论如何，我很高兴地发现那两个伊丽莎白二世时期的名人其实是同一个人这件事并不是某个呆头呆脑或一心要出名的学者编造或幻想出来的。当然，也许他和我那见人就提这件事的父亲已经把这个想法告诉不止一个甚至不止十个人了。但只要确定了这一点，就能证明教授所言非虚了。

关于爱德华·德·维尔，我还知道了其他一些事，因为短短几天之后，借着去大英图书馆的机会，我除了去查找流言的那些自吹自擂的诗句之外，也查阅了不朽的《牛津国家人物传记大辞典》，在其中寻找那位死了快四百年、神奇地与我同姓（就算一开始是胡编乱造的，那也还是我的姓）又与穆里埃尔同教名的难驾驭又爱搞鬼的贵族。我从头到尾地读完了关于他的那个长长的词条，想看看他是否至少与莎士比亚相识，如果我没记错的话，其中只字未提他们之间的交集或联系。不过，我注意到了一句话并在笔记本上记了下来，一直留到现在；当然，那不是因为它与我想查的东西有关，而是因为我觉得看到了一个与穆里埃尔和比阿特丽斯之间存在的特殊情况略微有些相似的故事。那个详尽的传记词条显示，德·维尔曾与伊丽莎白一世的财政大臣伯利勋爵的长女安结婚，而女王本人也出席了那场“极尽奢华”的婚礼，当时新娘只有十五岁，伯爵比她年长六岁。词条上说，在一次意大利之行之后，后者暂时疏远了他的妻子。婚礼五年之后，1576 年 3 月 29 日，伯利勋爵在他的日记中提到了德·维尔，作出如下记录：“在某些下流之徒的煽动下，他与妻子形同陌路。”传记没有涉及细节，而是隐晦地对问题加以总结：“尽管矛盾得到了解决，自那以后他们就不太亲密了。”那位妻子安与他重归于好并生了三个女儿（长女是在他们疏远之前就有的），又过了很多年之后才去世。此后他与一个名叫伊丽莎白·特伦萨姆的女子举行了新的婚礼。在那之前，他有一个情人也叫安，安·瓦瓦苏，给他生了个私生子。我突然想到也许这就是穆里埃尔的问题所在：比阿特丽斯·诺格拉没有在她或许该死或对他来说合适的时候死去。人们盼着西班牙很快将迎来离婚合法化，实际上《离婚法》最终将在1981年年中得到通过，但当我开始帮穆里埃尔做事的时候它尚未被颁布，而穆里埃尔夫妇一直没有等到。几个世纪以来，在这样一个强迫毫无感情或者已经互相厌弃的人们生活在一起的诡异国度，无数夫妻曾经长时间悄无声息地期待自己的另一半死去，或者甚至谋求、推动、追寻对方的死亡，后者通常更加悄无声息，或者不如说是一个无法宣之于口的秘密。

很久之前仓促间读到的信息和名字我已经记不全了：现在我重新在网上查阅《牛津国家人物传记大辞典》中关于第十七代牛津伯爵的词条，发现它已经并非完全与纸质旧版上的相同了。现在的词条更加轻松浅显，没有那么隐晦，更加八卦，也更加明确。其中提到了一些旧版避而不谈的事情，但我不是在读到关于德·维尔的事情时闪过这个念头的——实际上我一点也不关心他（纯粹是一时间被爱挑事的里科激起了好奇心），而是在我想到穆里埃尔以及可能造成他对比阿特丽斯那种断然回绝的态度的原因时。能让一个丈夫永远禁止他曾经渴望的妻子踏入自己的卧室，认为自己有权利和理由无止境地对她恶言相向，最经典的原因之一是这个妻子给他戴了绿帽子。历史上被丢给别人抚养、被远远送走或是就这么消失的私生子不在少数，以此作为对于通奸的女人最残忍的惩罚。一旦有了孩子，对她们来说谁是父亲就是第二位的了；她们只想守在摇篮旁边，守着这个孩子，她们通常爱他胜过爱自己，别的什么都无所谓了：她们就是从那个时候变得无所畏惧的。我第一次看见比阿特丽斯·诺格拉在穆里埃尔门前哀求的那个晚上，他这样回应她的抱怨："一件那么久远、那么愚蠢的事？一件那么愚蠢的事？到了这个时候，在它曾经给我们带来的、现在依然给我们带来的后果面前，你怎么敢这样评价它？一次恶作剧，是吗？一个小把戏，对吧？在爱情中做什么都可以，真是幽默，真是狡猾啊。"他金属一般的声音颤抖着，那是一句冰冷而愤然的低语。之后他责备她道："要是你什么也没告诉我，要是你一直将我蒙在鼓里就好了。你既然做了，就要坚持到底。有一天你改正错误，突然说出真相，这有什么意义呢？这更糟糕……"我想他指的可能是这样的事，他的某个孩子不是他的，而他知道得太晚了，已经来不及收回多年以来在他身上倾注的感情，更来不及让他消失了。更糟糕的是她毫无必要、不合时宜地把这件事告诉了他，有一天将他从错误中拉了出来，因为这"否认了过去的一切，或是将它们全都推翻了，你不得不重新给自己讲一遍你经历的事，或者否定它们"，他这样对她说，他还说："可是你并没有经历其他的事情：你经历的就是你所经历的那些，所以你要拿它怎么办呢？抹掉你的生命，回过头把你感觉过和相信过的东西全都忘掉吗？这是不可能的，但一旦你知道那不是真的，要想像一切都是真的那样完好无缺地将它保存下来，也是不可能的”。最后他以这样一句感慨或劝告作为结束：“唉，你那时候太傻了，比阿特丽斯。不是傻了一次，而是两次。”第一次是她骗他，我想；第二次是她承认骗了他。可能是这样的。

爱德华多·德·维尔新的传记词条中写道，1575年他在欧洲大陆旅行时（巴黎、斯特拉斯堡、锡耶纳、米兰、帕多瓦、威尼斯），他的妻子生了一个女儿，也就是他们的长女，而他不承认自己是她的父亲。（他肯定得了妄想症，因为他是二月份离开英格兰的，而那个女孩出生在七月；除非他在出发前已经有很长一段时间没有与安发生关系了，就像穆里埃尔显然从不知道多久之前就已经没有与比阿特丽斯发生关系了一样。）然而，这似乎不是他们疏远的原因，或者至少不是唯一的原因：在穿越英吉利海峡时遭遇海盗袭击之后，为了避免与妻子在格拉维森相见，他乘坐一艘内河平底船去了伦敦。也许是因为他离家期间他所谓的女儿的出生以及由此引发的怒火和怀疑，或者可能是因为他那些有点奇特和非主流的旅伴：根据现在这版八卦的《辞典》的说法，“威尼斯合唱团里一个名叫奥拉齐奥·科尼奥的男孩”（对说西班牙语的人来说，他的名字是个伤人和粗野的笑话①），“以及关于一位名叫维尔茜妮亚·帕多阿纳的威尼斯高等妓女的回忆”（这个姓似乎也是个玩笑，我不知道那是父姓、来自地名还是个转喻，或者三者都不是）。这些应该就是他目瞪口呆的岳父和导师，伯利勋爵，在自己的《日记》里影射

① 科尼奥与西班牙语中“屄”的发音相同。

的“下流之徒”，“他显然无法理解自己的女婿怎么会愿意跟那个合唱团的男孩在一起，把后者关在他伦敦的金屋里藏了十一个月，为别人怀疑他是同性恋提供了口实”。虽然说那些怀疑是暂时的（除非那个男孩只是私底下在没有合唱团的情况下单独为他演唱），但那也没什么奇怪的。在这个方面他与穆里埃尔毫无共同之处，根据我的观察和了解，后者随波逐流地与一个又一个成熟女人交往，我之所以说他随波逐流是因为我从来没见过他努力去追求过任何一个，他只是心不在焉地允许自己时不时地被最果敢、最任性或最功利的女人没什么后果地诱惑一下，就像一个人对某样东西没什么欲望，没有意识，或者根本不知情。有一次，一个著名的女演员真心觉得受到了侮辱，心痛地对我大肆抱怨了一番。“我说真的，”她向我坦陈道，“在我们睡了一晚之后他还是继续像我们没睡过那样对待我，我甚至不得不告诉他我们睡过了。‘啊是吗？’他对我说，‘我们发生了性关系？真的吗？你和我？这可真是新鲜，我是第一次听说。’他是喝了不少酒，但是他妈的，他半点都不记得我们滚过床单了……我这辈子从来没觉得这么屈辱过。你想想，对于我这样一个梦中情人来说，这是怎样一种羞辱。”她是这么说的，“梦中情人”，那时候这个圈子里已经没什么人这么说了，现在就更少了。

这么多年之后，我从《牛津国家人物传记大辞典》的新词条中还知道了一件没什么用处的事情：那上面提到有两个学者试图将莎士比亚的作品归到德·维尔名下，恹恹地否认了它们的价值（“毫无优点”，词条这样总结）。引人注目的是这一点最早是1920年由某个名叫托马斯·卢尼的人提出的（又一个本身就很伤人的姓，因为“卢尼”在英语里的意思是“疯子”，与这个姓的发音完全相同）。所以里科憎恶的那位同行甚至不是第一个吃螃蟹的人，甚至不是原创。我猜教授知道这个应该会很高兴，虽然也许他已经一点也不记得这件事了。

爱德华多·穆里埃尔与比阿特丽斯·诺格拉有三个孩子，两女一男，其中的男孩是幺子，自从我有了他可能不是孩子的生父这个念头开始，我开始用一种不太妥当的侦探般的目光观察他们的长相、神态和举止，想看出他们身上有没有明显的穆里埃尔的痕迹，还是与他毫无相似之处，或者根本让人无法联想到他们有血缘关系。这其实是徒然的，因为我几乎碰不到他们：我在家里的时候他们大多在学校，不然就是在他们自己的房间里。比阿特丽斯和弗拉维亚很注意让他们尽量不要闯入自己父亲的地盘，后者对他们的态度无疑是亲近的，却不太上心，有点像对待客人，或是一家酒店的固定住客。不过，这三个孩子都太像母亲了，仿佛她没有男性介入就独自孕育了他们。大女儿名叫苏珊娜，我认识她的时候她十五岁，是比阿特丽斯年轻时照片上的模样的翻版：她有两张镶在相框里的照片，摆在大家都能看到的地方。一张是她与穆里埃尔的婚礼，那上面的她二十二三岁，照片肯定是在她的要求或强制下摆出来的（对他而言，那场结合是一段苦涩的回忆）；另一张是一幅肖像——

我不清楚是在婚前还是婚后照的，照片上的她戴一顶无檐小帽，是五十年代末或六十年代初常见的那种，怀里抱着一个我起初不知道是谁的孩子：那是个大概两岁的男孩，面容清秀，非常可爱，他的眼睛专注地看向自己的左侧（比阿特丽斯在他的右侧），身穿一件对马德里的寒冷程度而言或许有点夸张的短皮衣，戴着一顶像是某种滑雪帽的白色帽子，顶上有大大的帽缨，帽子盖住了他大半的头发、耳朵和脖子，却丝毫没有挡住他的脸，而是将他椭圆形的面庞整个露了出来。她也没有看那个男孩，只是迷茫地抱着他，仿佛正在想着与那个场合无关的某件乐事。尽管照片深色的背景没有提供任何线索，我眼前却出现了某个宗教仪式，一场洗礼或是另一场婚礼。比阿特丽斯那时候更瘦，但你完全能认出她，与她丈夫对她的抨击相反，她没有太多变化：描画得修长精致的眉毛，浓密但不卷翘的睫毛，鼻梁笔直，微微上翘的鼻尖让它显得特别可爱，她肉感而宽阔的嘴唇间露出有点分开的牙齿——她半露梦幻般的微笑，这为她增添了一种轻佻和不自觉的放荡气质，与她孩子气的面容形成反差，无论是照片里还是现实中都是如此。（好吧，那张嘴会让男人们立刻想象出某些意料之外的不当场景，经常有悖于他们为了从根源上将其清除做出的可敬努力。）其实，她的五官（或是当她的灵魂振作片刻、从倦怠和萎靡中抽身时，向她的五官传递的东西）与她圆润的身体并不相称，就好像她的五官需要不那么有力的更加纤细的躯干、腰腹和双腿，而她那骄慢的体型，则需要一张不那么天真和单纯的面孔。在那张婚礼的照片上，她望向镜头笑得毫无保留，那是一种显而易见又或许是自信过头的快乐，她的模样显得一股孩子气，像一个假扮成新娘的小女孩，尽管是一个身体过早成熟的小女孩。而穆里埃尔呢，他在这么久以前就已经戴上了眼罩，他的表情即便说不上阴沉或严肃，也是愁云满面，像一个深知自己正要负起重任的男人。虽然他看上去很年轻，在她的映衬下却给人一种老练的成年人的感觉。她把结婚当作游戏，他却庄重地真正“背负”婚姻，仿佛他明白这个动词对于义务、债务、责任和疾病具有的效力。这不只是因为他比她大了几岁，没有这么简单。他是一个已经懂得何为放弃的人，或者说他知道爱情总是挑错时候来赴人们的约：有一次他忧伤地对我说，他曾经读到过这句话。

在他们的长女苏珊娜脸上，你已经能够清晰地（或者更确切地说是明显地）看到与她母亲毫无二致的纯真神情，她们两人都间断地将这种神情保持到了暮年（没有不曾间断的人生，也没有从不自我背叛的性格）。与之相同的还有那种具有威慑力的、爆炸性的体型，它已经开始从她身上蓬勃而出（如果可以这么说的话），我不知道这是否有些为时过早，我也完全不打算去想这方面的问题。如果说我会在面对比阿特丽斯时压抑自己的一切快感，那么对着她迷人的未成年长女，我直接就禁绝了这种感觉。另外，我见她从来都是惊鸿一瞥。在情欲的范畴内，无论是时间上还是空间上，那个女孩与我的交集都更少；她更多像是一幅画，一个静止不动的形象，只不过她不属于过去，而是属于未来，尚未塑造完毕。对于他们的次女，我则连管不住自己眼睛的危险都没有。我走进那个家里的时候阿丽西亚十二岁，虽说随年龄的增长，她与姐姐和母亲的相似程度无疑在一点点增加。至于那个男孩，八岁的托马斯，他的面容也是比阿特丽斯完整的翻版。他们三个都是她的微缩版，当然了，大小各有不同。所以，你无法在他们身上找到任何穆里埃尔的影子，当然也没有其他人的影子，如果有别的男人参与孕育了他们其中某一个的话。

我想，无论是不幸还是忙碌，它们都没有阻止比阿特丽斯·诺格拉表现得像一个好母亲。虽说她不只是为了他们而活着，并且将很多事都交给了弗拉维亚，但当他们需要她时，她永远都会关心、聆听并安慰他们，后来我发现，那是一个不排除有可能亲自终结生命的母亲能够做到的最大程度。她是那样亲切和温柔，当你看到她拥抱和爱抚她的孩子时，你能想象，假如穆里埃尔允许，她会给予他多么热烈而细腻的爱意，又或者她曾在彼时给予过他这种她求来而忘不掉的爱意。然而，也许是出于条件反射——就像被教训过的狗，也许是因为受她丈夫拒绝的影响而心有疑虑，她在孩子们不主动要求的时候从来不会表现得过分殷勤或讨好。仿佛她的整个存在，或者她在这个世上的每一步，都带着胆怯或克制，没有人知道她是从来如此，还是从某个特定的时刻开始的。当一个人被他爱情的主要对象鄙弃时，他很容易就会从整体上感觉自己是多余的，觉得他表现出的情意是有毒或不受欢迎的，觉得这种情意的质量打了折扣，因此永远都不应在没有事先得到邀请的情况下将其强加于人。所以看到她要等孩子给出某种信号才敢去搂住他们或亲昵地爱抚他们时，我有一点难过。所幸，那两个较小的孩子依然将寻求爱抚作为再自然不过的常事，她也会借那些机会好好享受一番，她的脸庞因为心满意足而闪闪发光，与此同时眼神中却带着微微的疑虑和迷茫，仿佛她提前看到了这些热情流露过期的那一天（孩子会长大离开，会在太多年里变得难以亲近，当他们最终回归时已不再是当初的模样了），并用她思想的一部分，相信宿命而无法控制的那一部分，渐次与它们告别。大女儿已经不再与她有亲昵之举，而是更加有所保留，尽管她自信天真的性格会引导她与自己的母亲发展出某种同志般的情谊。我不时会听到她们的交谈和欢笑，但都持续得不久，那是一些流于表面的交谈和短暂的欢笑，仅限于最近的某件趣闻或日常的务实话题。有时候我会觉得比阿特丽斯正竖起耳朵在房子里转悠，换句话说，她在等着有人召唤她或走近她，寻求她的陪伴、建议、调解或帮助，或者用谨慎的目光请求别人允许她亲吻和拥抱他们。

或许她的模样会让人有类似的猜测，但她不是一个游手好闲的女人。她有自己的一份收入，虽然与穆里埃尔的相比有些微薄（除了微薄之外，这份收入对于这个家庭而言很可能是可有可无的，她将它们用作他途）。她上午在一所小学教孩子们英语，一周三天，还有两三个下午她也上门做一些私教，据我听说的是这样。我不认为她曾经系统地学习过这门语言，不过，她于内战末期出生在马德里，年纪很小就被带去了美国并在那里度过了一部分童年、少年和最初的青年时代。其间她往返于美国和西班牙之间，在西班牙时她由几位与政府关系密切的伯父照顾，与几个堂兄弟姐妹相处融洽。她生性懒散，所以不完全能把两种语言都当母语来讲，但也相差无几。尽管她父亲在内战期间不是什么大人物，原则上不会遭到佛朗哥派的迫害（不过在二十世纪三四十年代，甚至五十年代，任何人都可能在一夜之间遭到迫害，只要他受到某位邻居的仇视，曾经蔑视或侮辱过某位得胜者，或是受到某项随意和虚假的指控就够了，所有人都费尽心机想在当局面前表现自己），他依然在佛朗哥派占领首都的几个月之前决定流亡国外并得以成行。他是共和制和政教分离温和的拥护者，知道国家在暴动者（没有任何约束的为所欲为者）手中会是什么样子，愤怒和恐惧，不然就是厌恶和恐慌占据了他的内心。利用一段突如其来的独身时期，他带着女儿一起到了法国，这段旅程中他们常常陷入困境，而且对年纪尚幼的女孩来说充满风险。在墨西哥外交部的帮助下，埃内斯托·诺格拉从法国前往这个慷慨的国家（他们让那个时候许多陷入危机的人得以转危为安），在那里待了一年左右的时间，直到（我不知道是通过他在马德里结识并崇拜上的诗人萨里纳斯、诗人纪廉或他们两个人，还是直接通过胡斯蒂娜·鲁伊斯·德·孔德）他得到了一个在马萨诸塞州的韦尔斯利学院、史密斯女子学院、塔夫茨学院、莱斯利学院或波士顿地区其他学院（他也许全部都去过，没有人知道先后顺序）教授西班牙语的职位，这比一个充斥着同国籍竞争者的墨西哥的出版界能为他提供的零散工作更加稳定，报酬也更好。内战爆发前他刚刚拿到了哲学和文学本科学位，在西班牙时他曾在一所语言学校任教并翻译过德语和英语的书籍，包括约瑟夫·罗特、阿图尔·施尼茨勒、H. G. 威尔斯、萧伯纳和伯特兰·罗素等人的作品。他精通英语，虽然据他的女儿说，他从来都说得不多，而且在此后漫长的旅美生涯里也从未摆脱掉西班牙口音。

我之前称为他“突如其来的独身时期”的那段时间对她而言从来都不甚清晰。她幼年时听说的版本是，她的母亲生她时正好赶上了一场轰炸，或是有一颗榴弹炮击中了他们的房子，总归还算幸运的是只有隔壁公寓被炸出了一个大窟窿，她的母亲则在不久之后就去世了。父亲在她问起这件事的时候毫不注意细节的准确性，他的叙述前后不一甚至自相矛盾，就好像他编造了那个故事和它的情节，而且没花太多心思去把这个谎言在他的想象或记忆中固定下来。他很少提及自己的妻子，即便提及也是语气冷淡、思念寥寥；他不是那种因为失去而泪水盈眶、永远都很难重新振作起来的年轻鳏夫。他会雇保姆来照看孩子，周末会出门，会去波士顿、很晚才回来。他无疑喜爱并关心自己的女儿，却带着一种天生的马虎，他毕竟是一个单身男人，相当年轻，而且笨手笨脚，他肯定被因为自己的年轻分散了精力。所以他动不动就把她送到伯父伯母那里去，他们为他支付的不仅是一张船票：几乎每个夏天，有时候是整个学年，比阿特丽斯都是在西班牙度过的。其间她在这样那样的地方听到过各种议论或影射，有意无意吐露它们的是她父亲那边的家人，她仅有或她仅能见到的亲人。有时候，他们似乎为自己的弟弟和内弟心痛不已，让她觉得也许自己的母亲没死，而是发生了以下两者其中之一的情况：她出生后不久她就离开了自己的丈夫，她不想和一个自己那样怨恨或反感的男人的女儿待在一起；或者，由于那个时代不可弥合的政治分歧，她拒绝在他的流亡之路上陪伴他，也并未要求他将女儿留给她在西班牙照顾。无论如何她都放弃了她，或者是诺格拉从她手里抢走或没收了她。直到很久、很久以后，比阿特丽斯才敢公开问起，实际上那已经是她婚礼前不久了，她从来都没有急着去问。在有些问题上，比起追求一种令人失望或不快的肯定，她宁愿保留一种令人渴望的、引人入胜的怀疑。正如穆里埃尔也说过类似的话，前者迫使人们经历或讲述某种不同于他们从一开始就经历的东西，就好像消除或者取代经历过的东西是可行的。但也许就连消除或取代相信过的东西也是可行的，如果你已经相信了太久的话。

不用说，这些情况中的大部分我都是在之后才从穆里埃尔、比阿特丽斯或是其他人那里查到的，甚至有一些我直到现在才知道，这要感谢因特网和它无所不包的信息，尽管它们很多时候都是不准确的（比如，她父亲的译作）。事实上英语几乎是她的母语，尽管由于已有很多年几乎没有离开过西班牙，她的口音有些变味，句法也有些生疏（她会犯错）。这让她能够得以不只当一个纯粹的家庭主妇，而是有一份收入。然而不教课的时候她也不是一个惰怠或消沉的女人，仿佛想与内心的不幸福搏斗一般，她至少白天要找点事做，至少时不时要找点事做。她常常在空闲的早上和下午出门，她不做太多解释，穆里埃尔也不会问起，否则考虑到他对她的疏远就不合逻辑了。里科在马德里的时候有时会来找她，有时候则是罗伊或者某位女性朋友，她有好几个女友，但最偏爱其中的两个，在我看来她们一点也不讨人喜欢。无论如何她都会尽量在孩子们的晚餐时间或是在那之前回来，以防他们需要她辅导功课或向她讲述自己的伤心事，主要是两个小的（你们懂的，学校里的那些伤心事，他们尚且会毫无保留地把它们说出来）。

而心情最不好的那些日子里，她会躲在自己的房间，乱七八糟地弹着钢琴，她实在懒得弹或是没兴致弹，以至于你听到最多的实际上是节拍器的嗒嗒声。节拍器运转了很久，你也听不到任何一个音符或和弦响起，仿佛那是一个永恒的威胁，或是她思想的时间、她痛苦的固定节拍的表现，也许她在用这样一种方式告诉穆里埃尔，没有他的陪伴，找不回他的爱，生命正在离她而去，让他每一秒钟，或者我想至少每分钟四十次，都注意到她的思念。这让我觉得紧张，有时候我怀疑比阿特丽斯会不会失去意识倒在钢琴旁边（甚至会不会死了），没有音乐、连它的幻影也彻底消失的间隔是那样漫长，而摆锤晃动着从一边敲打到另一边，毫不关心那个给它上发条的人命运如何。我从来不知道这些装置的发条能维持多久，无论如何我有一种感觉，当它停下来时，比阿特丽斯应该立刻就重新给它上了发条。某些上午或下午我觉得那种嗒嗒声永无止境，仿佛比阿特丽斯以此向我们强调她就在不远处，将她看不见的存在强加于我们，就好像她希望我们一刻也不要忘记她，无论我们有多么心不在焉或忙忙碌碌。但穆里埃尔已经对此习以为常，或者是不向那个有节奏的、不知疲倦的、单调的噪声造成的焦虑感妥协；对我而言那个噪声里有一种不祥的东西，一种未了的等候或警告。在某些时刻，我仿佛看见比阿特丽斯正用手指没完没了地敲打着琴键，差一点就要爆发、攻击某人、砸掉钢琴或是做傻事了——这是为了避免提到自杀而采用的经典委婉语。然而，他继续与人交谈、阐述已见或是口述文字，仿佛那一切都不存在似的，他对那个无从摆脱的提示是免疫的。这些时候我就会想，他已经成功将她从地面上抹去了，哪怕他日日对着她，咫尺之遥，哪怕他还算和气地与她说些家长里短，甚至时不时不自觉地给她一个微笑——就像来自长久以前爱意的自动反射或是已死欲望的惨白幽灵。在任何人面前一直皱着眉头不松开都是很难的。

有一天，我鼓起勇气表达了我的担心，那时候节拍器已经敲击了半个多小时，却没有任何一个来自钢琴的音符来安抚它。

“不好意思，爱德华多，”我对他说，我不知道他是否注意到我们已经有一阵子没听到音乐了，而摆锤则一直没有停下来过，“您妻子不会出什么事吧？也许她觉得不舒服或者晕过去了。这挺奇怪的，不是吗？”

“不，”他回答，“她不赶时间，她会凝思，会坐在那里睡着。

她在那里的时候没什么好担心的。这跟她独自出去不一样。”

“您是什么意思？那样就需要担心了吗？”

“没什么强迫她。”他回答，然后就转向了另一个话题，或是重新回到我们手头的事情上。我明白了他并不打算展开来说或是再补充什么，这是肯定的。于是我没有坚持，我接受了一个惯例，那就是只要我们听到嗒嗒声，那么一切大致正常，或者比阿特丽斯平安无事，但这并不意味着她是平静而理智的。

所幸，活跃期（我指的是她的活跃期）要更加频繁一些。不知道为什么（也许是因为她丈夫的那句评论；也许我知道，但不想说或暂时还不想说，以后我们会说到的），当穆里埃尔不在家，外出寻找外景地、寻求融资或是拍摄我在为他做事时赶上的唯一一部电影（那是一个有利可图的项目，是与再次回到西班牙试水的英国制片人托尔斯合作的，后者曾在二十世纪六七十年代在西班牙推出了德古拉、蛇身女神以及萨德侯爵的系列电影，几乎总是由赫苏斯·佛朗哥出任导演，穆里埃尔有时候会作为他的替补，但穆里埃尔极为投入，就好像它们源于自己的创意，他相信通过自己的双手和眼睛最终会创作出一部具有个人印记以及相当艺术性的作品）时；我的意思是，当他每隔几个星期就不在家的时候，我除了为他制作用来整理他庞大图书馆的完整作者年表以及做类似的任务（我很少见到比他更博学的人）之外就没有什么工作了，我有了在他的妻子独自外出时跟踪她的想法。当然了，不是在里科、罗伊或她那些有点好搬弄是非的女友从她家的门槛开始就一直陪着她的时候。

我知道那种情况下她们会去剧院、去购物、去听音乐会或去博物馆，甚至去参加某个讲座或过时的茶话会（比阿特丽斯喜欢作家胡安·本纳特，他是里科的朋友，而且她也觉得他极具魅力），回到家时她通常会点评一番他们的活动，甚至还会给我讲讲某件趣闻。里科在被她拖去看电影时常常会发牢骚，但为了曲线救国地取悦穆里埃尔，他也会讨好她。罗伊则要乖巧得多，就像教授一样，他有可能是任何人的情人，理论上就连比阿特丽斯都有可能（一个危险分子，虽然他那学者的外表和具有威慑力的冷静态度具有欺骗性，他对他追求或假装追求的女人也是这种态度，我想，他喜欢较量或尝试的游戏，之后一旦确定自己撒出的网能够捞到一切，他常常不会朝任何东西撒网）。大家觉得他不会伤害别人，是一个彻头彻尾的"求爱者"，这个过时的意大利语单词被用来称呼那些单纯献殷勤、一般不涉及肉体关系的跟班，他们讨好的是被冷落的已婚女人、有地位的寡妇，甚至某些羞于社交的单身女人。

他拥有一家从他父亲那里继承的私人代办处。它差不多能够自行运转，几乎不用他投入什么时间，他只是每天上午过去一会儿，问候一下某个难搞的客户，监督一下雇员们的工作，装模作样地发布一下指示。他真正的爱好是电影，他对于穆里埃尔的崇拜之情有如滔滔江水。他曾经为后者的电影贡献过少量资金（他不求回报，只求感觉到自己参与了在他看来永远伟大的某样事业），还曾经为其作品写过两本简短的专题著作，在小范围内出版发行。他靠着这个借口接近了大师——他常常这样称呼他，无论是在第三者面前还是当着他本人的面，仿佛他是一位乐队指挥或斗牛士，因为在西班牙只有他们才配得上这个称呼而不显得谄媚或做作。穆里埃尔接受了他并向他敞开了大门（那个房子里有那么几个可以不用提前通知或者简单说一声就到访的人，在那里见到他们不是什么怪事，他们是舞台的一部分，要是来得不是时候，可以让他们晚些再进来，或者突然让他们离开），这其中很大一部分是出于对他的好感，有一小部分则是出于宽容和同情：罗伊的人生想必太空虚了，而他又如此热情，所以大师允许他用自己人生多出来的、由罗伊贪婪收起的那一部分填满它。每次拜访我们之于他都是一件大事（我之所以说“我们”，是因为我最后的确成了风景的一部分，我经常负责应门，也负责放来人进来或拒之门外），如果恰好遇上某位有点名气的导演或演员就更是如此，他是个崇拜狂。他总是坐在一边，不参与对话，低调、隐身，像个影子，有人把他当作某种沉默的、真真正正置身暗处的代理人，觉得他肯定是某些会议和会面的见证者，甚至穆里埃尔也不是每次都会向所有人介绍他。他享受每一个时刻，与任何人（甚至是我），尤其是与某个名人的每一次短暂接触。有一次，他在客厅里遇见了杰克·帕兰斯，《原野奇侠》以及那么多部令人难忘的电影里的坏蛋，他就像石化了一般说不出话来（之后他开始发抖）。穆里埃尔是在帕兰斯在西班牙拍摄《朱斯蒂娜》一部癫狂的改编电影时与他结下友谊的。就像安东尼奥·伊萨西 - 伊萨斯门迪的《拉斯维加斯男子》一样，那些片子都是在多产而放肆的弗兰克和托尔斯的指挥棒下（这是一种说法）完成的。帕兰斯在桑福德上过学，录过一张乡村歌曲唱片，画过画，写过诗，在看到他扮演阿提拉、残忍的角斗士或是狂热或冷血的杀手时，你会凭直觉感受到他的艺术野心。他觉得穆里埃尔是一个知识分子，这正是他最尊敬，也最感兴趣的一面。作为一位绅士，他在罗伊进来时站了起来，因为后者的个子矮，而他非常高，他不得不大幅度地弯下腰与对方握手，就像向他鞠了个躬似的。他晃了一下，为了重新找回平衡，他把一只手搭在了小个子男人的肩上。由于没能马上站稳，他只能将这个动作化为一个笨拙的拥抱。然而，也许是害怕将对方压在自己身下，他灵巧地恢复了姿态，然后将对方像个玩偶那样抱了起来。有那么两三秒钟，他让我们看到了那个穆里埃尔和我将会铭记在心的画面：罗伊被杰克·帕兰斯抱在怀里，双脚离地，脸贴在他的胸前。帕兰斯哈哈大笑着潇洒地把他放回地上，就像放下了一个被他举起来的女舞者。“抱歉，是我的错，”他说，“在南欧的时候我应该把自己变小一点。”他再次笑得露出了他小小的牙齿。罗伊没有听懂，他只是口齿不清地用所谓的英语说了一句以“见到你”结尾的什么话，将自己的外套和头发抚平，走到他的角落里如饥似渴地观察他——或者说欢天喜地。他像消失了一般待在那里，激动得直发抖，就像电影院黑暗中的观众，全程没再敢说一句话。我敢肯定，那天夜里他写了一篇长长的日记（正如那么多不幸和孤独的人，他有一个日记本），那上面除了写到他从英语谈话中听懂的一点点内容之外，可能也用感叹号写了一些如下风格的傻话：“现在拿着笔的这只手今天握了杰克·帕兰斯的手！他甚至把我抱了起来，那个伟大的持枪强盗！”关于杰克·帕兰斯，顺便提一句，我在二十世纪九十年代末发现了他写的一本书，书名是《爱情森林：一个用无韵诗写下的爱情故事》，插图也是他本人画的。还有他的乡村音乐唱片，里面有很好听的歌曲，他的声音很有特色，也很悦耳（其中有一首歌的开头非常幽默：“我是世上存在过的最坏的家伙，别人哭时我啐唾沫”）。出于那个午后的那段记忆，也出于对那位演员无条件的钦佩以及说谎癖，对于他的无韵诗我什么也不敢说。

因此，对于阿尔贝托·奥古斯都·罗伊来说，随时准备为大师的妻子服务是一种享受和荣幸；她也依靠他，我猜，当她没有其他更加光鲜或者有趣的同伴时。就像我说过的，罗伊个子矮（比阿特丽斯穿高跟鞋时，他们的身高差距大得刺眼，而且这种情况经常出现），但他的身材并不瘦弱，而是相当健壮，就他的个子来说非常匀称。去掉那副浅色玳瑁镜框的大眼镜，他的脸很讨人喜欢，而眼镜则让他绿色的眼睛变小、将他的脸庞遮住并让它变得毫无特色，让人只觉得他近视得厉害；眼镜也让他有了一点专业气质，这与他极为黝黑的肤色不相称，他厚厚的嘴唇也是这个颜色，有些像摩尔人，仿佛皮肤和嘴唇这两样东西组成了一个色调统一体，从他出生起就一同暴露在永恒的烈日下。有时候（他开始错误地卖弄风情），他会把头发留得太长，朝后面梳得平平整整的，或是在脖子上留下几绺不正经的鬈发；只这一点就让他失去了专业气质，变成了半似过时油腻的阔少、半似戴眼镜的奇怪歌手的模样，直到穆里埃尔给他一个提醒，像左轮手枪的枪管一样晃晃食指，把那个地方指给他看："阿尔贝托·奥古斯都，你那丛菊苣又长出来了，你这个样子就像一个窝囊的南部恶棍或者怀旧的前佛朗哥派。要是有人看见我们在一起，他们会怎么想我呢。"罗伊把手放在后颈上，惊慌失措；他像告别一般抚摸着自己蜗牛藤似的卷毛，立刻就去理发店把头发剪掉，把发胶弄掉。只要穆里埃尔不责备他，怎么样都行。

他永远都一副心满意足的样子，或者他是那种恰恰因为人生空虚，所以很容易就能找到理由每天做梦的人；我的意思是他们在微小的、朴素的愿望的帮助下轻松度过每一天，因为它们会变成巨大的期待（说到底，仔细想来，我们所有人都是这样，无论我们的人生有没有追求），从一部令人兴奋的电影要上映（就他的情况来说）到近期要与一位档案管理员朋友共进晚餐，或是（就他的情况来说）要与每隔一个或一个半月来一次的马拉加表兄共进晚餐，这位表兄姓巴林戈·罗伊，罗伊也会古怪地这样叫他；他崇拜对方活跃的性生活及其在该领域的英雄业绩，有时候他会给我们讲这些事，它们听上去都像是编出来的，但他每一个字都信——他不会放弃诱惑，更不会放弃幻想，并为此惊奇不已，恼火却又乐在其中。当然最根本的是他能够频繁进入穆里埃尔的圈子——如果要给那个圈子起名字的话，哪怕那样一个圈子根本不存在，有的只是一个鱼龙混杂的危险群体。穆里埃尔很好的一点是他大度而随和，不会反对或阻止身边的人彼此成为朋友，或是绕开他建立联系。他并不为所有权或优先权所困，也不怀疑在他视线之外策划的东西。其他黏合剂型的人物会想对通过他们互相结识的追随者的人际关系进行控制和监督，随时了解他们之间发生的任何结盟、走动或会面行为；而他不同，他给他们自由，看到他们彼此印象良好并发展出属于自己的关系，他甚至感到满意。还有，本着这一原则，他也不会反对每个人以自己偏好的方式与比阿特丽斯来往，以及后者主动与他们结交；相反，我觉得他祝福所有这些来往，而且很可能为此感到宽慰。于是，就像里科和罗伊这样截然不同甚至互为对立面的人，也对彼此怀有好感，互相取悦，交谈、开玩笑，他们当中的每一个人与家里的其他常客之间都是如此，尽管程度有所不同，如有例外也是不得已而为之。

这其中也包括我，还有范·维克滕医生以及比阿特丽斯那两个主要的朋友，她们让我觉得紧张，但其他人不至于如此，或者完全不会有这种感觉。我甚至怀疑她们其中一个跟我们的某些常客之间有滥交关系（事实、假设或近似事实），而且或许没有瞒着比阿特丽斯（我觉得她们三个人无话不谈，有点太无话不谈了），但可能的确背着穆里埃尔。穆里埃尔一开始会让人觉得他什么事都不知道，这更多是源于一种选择，而不是因为无能或糊涂，仿佛他很久以前就想好了似的，别人的丑事，以及别人引发了丑事的激情、迷恋、怀疑和多心，在他看来真的就是别人的事；仿佛他已经决定了只管自己过去的事就够了，因为它们终止时不总是会消失，而是积少成多，毫无悬念地成为他余下生命中的重压。

那两个女友中的一个跟他们还是姻亲，是穆里埃尔一个八年前死于交通事故的哥哥留下的孀妇。那场车祸发生在阿维拉附近，当时正值飘雪的隆冬，事故的情形对她而言不太愉快：被发现的尸体有两具，一具是他，另一具是一个漂亮、金发、更加年轻的法国女人，家里没有人知道她是谁，根据包括穆里埃尔在内的所有家庭成员的说法是这样的。无论如何，她都不像是个妓女，这从她身上裹的、或者更不如说是没裹住她身体的衣服上能看出来（除非她是那种非常高级的妓女，而且被调教得相当有品位）：尽管气温很低，她优雅的西装外套胸口的扣子却开着——露出了尺寸不够的胸罩，裙子拉到了肚脐上。这也许是两人在一次莽撞而欠考虑的超车中占用了反向车道，撞上了一辆从那个车道上驶来的卡车而造成的结果，但过于巧合的是，与此同时，男人的裤子也开着——裤子的襟门也是扣纽扣的。这不禁让人想到复杂的解扣子工作是撞车的主要原因，尤其是如果他们两个人都要帮对方解扣子的话，这会迫使人们将注意力从公路上移开，也可能会造成一种幻觉——对于快感的展望，让人觉得自己刀枪不入。这些都是穆里埃尔之后有一天跟我聊天时告诉我的——他事先没有准备这么做，却像一个不想要某样东西并对此不太介意的人那样，慷慨地与我分享了他人生的一些片段；相反，当我问起某件具体的事情时，他就会变得谨慎而戒备，就像那次我问他眼罩的事情一样，为了向我解释他的嫂子格洛丽亚为何反感他。

格洛丽亚在服丧期间并不安分。很可能是在一位业余侦探的帮助下，她进行了一番调查，并且查到那个法国女人曾经在她本国的几部电影、无处不在的佛朗哥和托尔斯的《九十九个女人》(如果电影名副其实，得有个海纳百川的人把这么多女人聚在一起）以及在西班牙拍摄的意大利式西部片中扮演过几个小角色，还曾经为了得到穆里埃尔一部电影中一个更有分量的角色而参加过几次试镜。尽管遭到对方的否认，格洛丽亚坚称她的小叔子不像他自己声称的那样对她一无所知，而且不止如此，可能就是他把她介绍给、差不多是献给或许是转送给了自己的兄长。或者，最起码的情况是，他把对迷人的年轻女配角进行筛选的地点和时间告诉了他，让他能看一眼候选人，之后由他自己来搞定她们。穆里埃尔发誓自己不记得那个法国女人（“我怎么记得住那么多求职失败的人的脸呢”)，也不记得他的哥哥罗伯特是不是偶然有一天在试镜的时候去制作室看过他，并在那里遇见了那个袒胸露乳的可怜女尸。事实上，格洛丽亚是因为两点不幸（她搞不清楚到底哪一点更让她难过，或是哪一点更加折磨她）而过分地责怪他：因为她丈夫的不忠——要想知道这是暂时的还是彻底的已经不可能了，因此，也因为事故和损失。“你还有你的电影和你的女演员，”她不止一次指责他，“罗伯特嫉妒得要死，然后真的死了，实实在在地死了，而且死得像个笑话。”穆里埃尔通常不会回应她，他不想卷入争吵，虽然这让他很生气。内心深处他感激格洛丽亚敢于表达，至少在他面前；再说，她说出的是应该在为数不少的夜里让她痛苦不已的荒唐事——在她无可否认的庸俗背后，她像那些优雅、轻浮并且相当有修养的女士一样，是个有着基本宗教信仰的女人，在西班牙甚至直到现在你还会有这种出乎意料的发现；她没有大肆宣扬这件事，她知道它属于更私人的范畴，但她很可能会恐惧地想到，罗伯特除了死得像个笑话，还死于或几乎死于致命的罪过。穆里埃尔相信她一定问过自己很多次，车里的那对男女在撞死之前到了哪一步，应该能够令她感到些许安慰的是，他没能在方向盘前面射精，他没有时间这么做。想到这一点，穆里埃尔短暂地苦笑了一下。又或者是有人对他说过他嫂子这种诡辩一般的精神胜利法。

然而还有别的东西加剧了她对他的反感：在他对比阿特丽斯的态度里（不知从何时开始："我没有让你厌烦，我们也不是真的失去了激情"），格洛丽亚无疑看到了自己丈夫可能在他生命最后的日子里给予她的东西的一种延伸、重复或变体。这使她感觉到，或者不如说是表现出，她与那个既是她妯娌也是她朋友的人之间有一种夸大其词而令人愉悦的情谊，或许她嘴上说的超过心里想的，因为就像我说过的，比阿特丽斯曲线毕露和丰盛饱满的外表很难引发同性的情谊或异性的怜悯；这也让她将穆里埃尔每一次恶言恶语或拂袖而去（她肯定很早就知道了这些），或是他为人所知或遭人谣传的每一次风流韵事，当成了对她本人的冒犯或背叛；这甚至让她验证了那两兄弟存在于基因中的卑劣，或者至少是残忍。穆里埃尔是这样理解的，当我的老板出门在外，我正忙于制作他的那些作者年表、寻找并补充他们的生卒日期、将剧本或梗概译成英语，或者调查某些信息时，我确实也听到过那两个女人（或三个女人，如果另外那个杰出的女友玛塞拉也在的话）谈话的片段。传到我耳中的是挑拨教唆的语气和话语，它们只会让比拉特丽斯更加头脑发热，类似“我不知道你怎么会这么纵容他”“他这么做是在耍你，他想羞辱你、打击你”“我不知道你那时候怎么就没扇他一巴掌”，或者“你要严肃地用离婚威胁他，离婚这几年就要合法化了，他们已经拖了不少时间”之类的话。我记得有一次我听到了比阿特丽斯对于最后那句话的回答，为了听得更清楚一些，我好奇地从手头的工作中抬起头来。当时我在我的地盘，也就是穆里埃尔的地盘上，她们则在比阿特丽斯的房间里，就像我不存在或者不作数一样敞着门，我猜是我打字机的声音确保了我没有在关注她们。有时候我觉得自己像一个旧时的仆人，随叫随到却沉默不语，在主人们自以为是的想象中，我们就像真实的雕像一样，之后发现这些雕像也有舌头时，他们被吓坏了。

“是的，从1977年就开始这么说了，但总也等不来，都怪你的那些神父和他们坚持要继续禁止离婚的政客同盟。还有，我不知道这算什么威胁，他可能在盼着离婚呢。我已经可以开始做准备了，准备等离婚法一通过，就与孩子们在一起，永远地失去他。事情就是这样。然后就真的不会有希望了。”

无论是什么事，比阿特丽斯都很难被煽动或是头脑发热。她总是显得悲哀多过暴怒，伤心多过气愤，至少与他在一起时是这样，当他是她们谈话的主题时也是这样。她平静，充满耐心，这不是因为她希望耐心能让他改变自己的行为，而更多是因为她确信若非如此，情况会更糟糕。她知道喊叫、发火、反抗、回骂和吵闹会让他变成有理的一方，让他的怒气更盛，使得他放弃转瞬即逝的温柔的、几近遗憾的、内疚的语气，以及我曾亲耳听到的他用这种语气说过的话："这一点我承认。"我不知道，仿佛比阿特丽斯是如此爱穆里埃尔，觉得自己前世欠了他，以至于她很难反抗他或在背后非议他，只要倾诉和抱怨就能令她得到纾解，她不需要口出恶言，也不会变得歹毒。然而，当她不在他身旁，也不谈论他时，比阿特丽斯并不会像一个哀怨的受害者那样什么也不做。她独立地过着自己的生活，就好像一点也不在乎她的丈夫或是正式放弃了他似的。

"你别这么想，"格洛丽亚回答她道，"这会让他掉块肉的，他提出申请前得想上十遍。我们不知道法律会是什么样，但夫妻中钱少的一方肯定会非常受益。要是孩子跟她的话就更是这样了。"她理所当然地认为，女人们挣得更少，孩子们会跟着她们，1980 年前后大多数情况就是这样，就像现在，虽然不乏例外，但也依旧如此，没有太多变化。"就我们了解的情况，他没有固定的情人。没有女人对他施压，要求他娶她。而且，你觉得他会再婚吗？我不觉得，这个男人没法忍受跟一个新的人在一起，新婚妻子总是爱嫉妒，而且黏人，他不会受得了有人要求他汇报行踪，并且坚持要跟他一起去旅行。本质上他这个样子很自在，无论他有多么看不起你，多么厌恶看到你。用即将合法化的离婚威胁他，你就会看到他被吓成什么样了。你会看到他克制自己，把不该说的话收回去，至少是最粗暴的那些，有时候我很难相信他会对你说那些话，不过当然了，它们不会是你编出来的。还有，我希望，当离婚法到来时，你能兑现这个威胁。你没有理由去忍受这一切，这超过了任何人能够忍受的极限。有的是人愿意收留你。”

我在最后那个动词里感觉到了某种恶意，“收留”，好像一旦离婚，比阿特丽斯就会不可宽恕地坠入寂寞或无家可归，需要另一个男人来抚慰她的空虚或寒冷似的。但比阿特丽斯没有在意，她想必习惯了女友们面带微笑，闭着嘴咬她一口。

“我不懂你怎么会劝我离婚，而且是马上，一旦能离了就离。你，一个如此虔诚的天主教徒。”

“是，我内心是虔诚的天主教徒，但这么说吧，”格洛丽亚回答，“面子上我可没这么虔诚，你也知道的。而且这也不是欺骗。如果能合法离婚，那你听好了。不只有不可知论者和无神论者会得到好处。你以为很多现在反对的人不会利用它吗？他们反对是因为必须反对，但我们大家都知道上帝是可以解读的，如果我们给出适当的解释并有合适的理由，他会理解我们所有人。每个人都能与他和解，你不用怀疑这一点。毕竟这就是我们一辈子都在做的：协议和免罪金，讨价还价和补偿。上帝都答应得烦了，至少对他熟悉的那些。”

“就像这样，像一个卖布卖疯了的店员，”比阿特丽斯说，她笑了一下，“你可别跟我说你会和罗伯特离婚，因为我不相信。”

“好吧好吧。倒霉的是，我不用考虑这个，比起他活着，我还有什么想要的东西呢。不过我会的，肯定会。假如他继续保持之前那段时间的状态，我会觉得有理由这么做的。有过错的是他，而不是我。主动提出的也会是他，这是最重要的。哪怕启动法律程序的是我，也会是由他来开头。注意了，我不是没有给过他机会。我不是没有等。但你想想：如果他是认真的，单单是阿维拉那件事对我来说就够了。这我永远也不会知道了，这是一个诅咒，你根本无法想象。你不知道你的丈夫是因为爱上魔鬼，爱上取代了你的魔鬼才弄死了自己，还是死于一场无甚影响的疯狂冒险。也许他不会再去见她。连想都不会再想起她。太烦人了。”她常常这样说起她丈夫的死和当时的情形，将其统称为“阿维拉那件事”。她接着说道：“就像你的情况是爱德华多有过错，而你没有。你那些事是之后才发生的，你总不能永远什么都不做。”

一阵漫长的沉默，比阿特丽斯仿佛陷入了沉思或犹疑。我已经有一会儿没敲打字机了，我担心她们会注意到这一点，会想到一旦没有我这边的噪声，她们的声音就会清楚地传到我耳边，然后出于谨慎不再说话。我打了几个字来让她们放心，哪怕是在潜意识层面——那时候人们还会这么说。她们想必已经忘记了我在家里这件事，无所谓了。

“奇怪的是，”比阿特丽斯·诺格拉终于开口道，“奇怪的是这种关系对我，一个不信教的人来说，比对你来说还要坚固，而你是信教的，虽然是以你那种相对不太严格的、随心所欲的方式。我是不可能离婚的，也不可能分居，我不可能主动提出这些要求，将一切过错都推给他对我来说根本行不通，因为那样我就要开这个头、要去推进这件事了。爱德华多要这么做又是另一回事，有什么办法呢，那样的话我只能忍着。但我不在乎他对我做什么或者不对我做什么，不在乎他对我说什么，躲着我，也不在乎发现他只要一看到我，就算不会一肚子火气或怒气也会受到刺激，因为有一段时间事情不是这样的，只要我保留着这段记忆，我就也会对事情可以恢复到从前的样子、恢复稳定的状态抱有希望。好吧，显然我不是不在乎，我过得很不好，而且觉得自己越来越畏畏缩缩，每天夜里我都痛苦地爬到床上，几乎睡不着；但我是不会因为这个走掉的。一个人不能随心所欲地将记忆抹掉，只要他有记忆，只要与之度过美好时光的那个人依然是离它们最近的人，是承载它们的实体。他是它们的象征与见证，我不知道你是否明白，他是唯一能够将它们带回，唯一有可能把它们还给我的人。我不想与另一个男人开始一段新的生活。我想和同一个男人，拥有我在许多年曾经拥有的生活。我不想忘记，也不想走出来，不想像人们说的那样从头再来，而是想继续同样的生活，延长曾经有过的一切。我从来没有觉得不满足，从来不需要改变，我从来都不是那种会觉得无聊并且要求变化、多样性、争吵了又和好、愉悦和惊吓并存的人。我曾经可以永远留在那时的生活中。有人心满意足、随遇而安，只希望每一天都与之前和之后的一天一样。我曾经就是这样的人，直到一切都变了。假如我离开他，假如我走了或者把他赶走，我就真的放弃了我想要的生活，那将是我最终的判决。我是不会那样做的。”

“可是这个男人已经不存在了，比阿特丽斯，你再清楚不过了。你每天这样没完没了地受罪，相信一个永远不会回来的人会浪子回头，这太荒谬了。他为什么要回头？一个人消失了，他就死了，跟我丈夫一样死透了，哪怕他好好地待在那里，我们看得见、听得见。如今跟你一起生活的是一个幽灵、一个篡夺者，就像那部电影里偷别人身体的人。至少对你来说，他是这样的。也许他依然与别人一起活着，但这与你无关，也安慰不了你，甚至还会凸显他对你的逃避，就好像他只决定在你面前死去或自杀，但可能在别人面前不是似的，这更糟糕。继续留在他身边有什么意义呢？这就像是跟那个人的背面、他的反面一起生活。这叫什么来着，跟他的替身。与你所说的恰恰相反，我想象不出比这更残酷的惩罚了。”

这些很可能不是格洛丽亚的原话，但时隔已久，我现在记得的是这样的，她说的就是这个意思。

比阿特丽斯再一次沉默了，仿佛在认真考虑她朋友对她说的话。她通常善于倾听，这与大多数人不同，大多数人是单纯出于礼貌（能做到这一点的人）而习惯于在交谈者说话时保持不耐烦的沉默，只等着说出自己想说的话。她不是这样，她会专心和仔细地去听，会对听到的话进行思考，然后给出或不给出回应。

“是的，你说得对，就是你说的那样。从表面上看，从外表上看是的，”过了几秒钟之后她回答道，“可是，你也说了，你必须想到这一点：与在你看来已经死掉的男人最相似的，依然是他，或者他的篡位者，或者他的幽灵。这与发生在罗伯特身上的事情不一样，罗伯特什么也不可能记得了，而关于那个会保护我的深情又快乐的男人的记忆，一定在那个从多年前就开始对我表现出敌意的男人身上存在着。那个进进出出的男人，那个不去旅行或没完没了地谁知道在胡闹些什么的时候在这个房子里起床和入睡的男人。那个对我恶言相向，连我碰他一下都无法忍受，于是从来不睡在我床上，也不许我去他床上找他的男人。这都无所谓。假如那个我深深思念着的男人存在于某个地方，他就只会存在于他而不是其他人身上。我离开他才是没有意义的，哪怕那只是他的影子。其他人我有什么好在乎的呢？我宁愿要这个活死人的苍白，也不要全世界的色彩。我宁愿耽误自己，在他的黯淡中死去，也不要活在所有活人的亮光里。”

这很可能也不是她的原话，但毫无疑问，当我从手头的工作中抬起头来，像动物一样伸直脖子去听时，我听到她所说的话就是这个意思。

IV

我不会在比阿特丽斯·诺格拉与这些熟人一起外出时跟踪她，自然，也不会在她骑上穆里埃尔的摩托去谁知道什么地方的时候跟踪她。有一次她说她只是喜欢将马德里甩在身后，自以为（她是这么说的，“自以为”，仿佛她知道这是一种幻觉）想去哪儿就能去哪儿，在树木夹道、少有车流的次级公路上感受大风吹过脸颊。有两次她说她去了埃斯科里亚尔（大约五十公里），而我知道的是有几个星期天，她包里装着棱镜望远镜跑去赛马场（最多八公里）待了一下午，看了六场比赛或者至少主要的四场。我很奇怪她会在无人陪伴的情况下去这种社交性质的场合，又或许她已经在由工程师爱德华多·托罗哈于 1941 年建造、之后被列为艺术文化纪念性建筑的旧看台上找到了同伴：她有两次说起过哲学家萨瓦特的趣事，他极爱赛马，与她相识，会为她金额不大的赌注给出貌似相当准确的建议，这个人完全是个行家，能帮她赢一点钱，开开心心地回家。不外出旅行的时候，他似乎不会错过任何一个有比赛的星期天，他会带着自己非常年幼的儿子和他的一个兄弟一同前往。也有可能是她会在半路接上一个同伴——比如说，另一个摩托车手，跟这个我看不到是谁的人一起去萨尔苏埃拉。星期天我经常在穆里埃尔家里加紧工作，他的图书馆就像一个藏宝库，能提供关于一个剧本或一个还在酝酿中的项目所需要了解的任何时期和事件的资料；最后，我一有需要就会从那里进进出出，就好像我也是那个家里的一员似的（他们确实给了我钥匙）；但我没有办法去跟踪一辆哈雷戴维森。

那是穆里埃尔没几年之前买的，我不知道它的型号是经典还是超级经典款至尊滑翔，他在第一次向我展示它时非常骄傲地告诉我："你看它真是绝了。"电影《逍遥骑士》已经有点遥远了，但他喜欢后来的一部远没有这么出名的片子，叫《郁蓝骑警》，我认为蓝色是美国交警摩托车的颜色，他们在那部片子里骑着摩托做了不少荒唐事。对了，他会看好电影、一般的电影和坏电影，并且从所有电影里学到东西，"好电影让你想模仿，但也束缚你；坏电影则会给你好的想法以及将它们付诸实践的厚脸皮"。我觉得他骑摩托（也许那对一个只有一只眼睛的人来说不是最合适的）时太像个疯子了，以至于有一天他像运包裹那样载着我从城里疾速驶过之后，我决定再也不要重复这种体验了。话虽这么说，他其实骑得并不多，狂热的新鲜劲儿和任性劲儿一过，骑得更多的人是比阿特丽斯。不过她骑得也不算太多，只是用于她偶尔为之、单身上路的短途旅行。我无从知晓她是否会在埃斯科利亚尔或其他地方与别人会合，她丈夫的哥哥罗伯特就是这么跟一个所有人都不认识的女人一起死在阿维拉附近的。(你永远都无法确定一个人在与谁交往或者会跟谁一起死掉。)她把自己塞进一条牛仔裤里，戴上头盔，把哈雷从车库里取出来。我从阳台上看见她全速离开，她高大的身躯在对我来说像一大块管子的庞大坐骑背上显得更加纤细，同时也更有自信，而且不那么脆弱，我觉得那个画面对任何一个男人来说都极具吸引力，而她清楚地知道这一点——一个肥胖的女人骑着一样快速而有力的东西，这是一个情色经典，实际上我看到她一跨上车，街上就有脑袋转过来，可是穆里埃尔没有在那里欣赏她。

所以，理论上，我热衷于在她没有私教课的下午独自步行出门时跟踪她。我从自己所在的房间里听到她梳洗打扮，哼着歌却对此浑然不觉，这一点很引人注意，因为我习惯了她独处时不是悲伤就是严肃的模样，在相当长的时间里我对她而言几乎是隐形的——她会亲切地看着我，待我很和气，但总体说来她忽略了我的存在，后来才有所不同。听到家里响起她细跟高跟鞋的脚步声时(她最后才穿鞋，对于留心在听的耳朵来说，每双鞋的声音都是不同的)，我就知道她快要出门了。我会在门关上之后等一分钟，然后小心翼翼地跟在她身后下楼，在距离大门口不太远的地方追到能远远看到她的地方，开始我的跟踪，她的背影足够高大，也足够显眼，不会在人群中从我的视线里溜走。除了时不时看一下商店橱窗或者等红灯，她几乎不会停下来，走得很坚定，步子很快，甚至在她高大的身材之外显出了一份潇洒。那些出行让我确定她能够踩着超过七公分的高跟鞋走得稳稳当当，一步不错，也不会踢到脚，而是挺拔地走着直线。我还能随心所欲地观赏她的裙摆恰到好处的摇曳，一种如今已不多见的摇曳，大多数女人已经忘了如何优雅地行走，那与扭腰摆臀不是一回事，或者说不是刻意扭动。从背后看去，她的整个肉体都是如此丰满而结实（就像一个被跟踪的人主动向跟踪者献出自己，一次又一次），没有任何布料能完全遮盖或掩饰它，你会感觉到自己不只是在欣赏裸露在外的健壮小腿，还有大腿和挺翘的臀部，哪怕它们被衣服遮住了。穆里埃尔因为这个才觉得她胖。或者他可能只是嘴上这么说她而已。

我第一次跟踪她的时候，她到了塞拉诺大街上一个古怪的地方，在大街北段的头上，有一些从前的小别墅，商店很少。我看到她从其中一栋别墅的大门里消失了。出于谨慎，我等了三分钟，然后才走了过去，这时我发现那不是富豪的私人别墅，而是某个类似于圣堂的地方，由瓷砖拼成的门牌上写着它名叫达姆施塔特圣母堂。我探头去看，从街上就能看见一个精心打理的小庭院和两道短短的台阶，它们通往高处一个宽敞的花园和两座看上去挺温馨的双层小楼，楼上有用漆成白色的木板隔出的方窗，就像北欧国家的窗子；花园和小楼从下面都依稀可见；一切都散发出某种贵族团体的气质，但听不到一点人声或动静。在门口的小院子里靠右的地方，有一座写着“问询处”的小房子，那是一个向公众开放的场所；左边有另一座一模一样的小平房，挂着一块写了“古斯塔沃·赫尔比格神父室”的牌子，也是白色的瓷砖上印着蓝色的字，与之相同的还有中间那块请人入内的牌子，“汝进便知”，我不知道为什么宗教团体会有这种缺乏教养的习惯，它们对所有人都以你相称，就连对陌生人也是。虽然这个地方可以随意进入，我一开始却不敢进去，我怕她会从之前进去的不知道哪个地方看见我。那里面无声无息，似乎没有人，我确认了问询处是空的，没有人提供问询服务，至少那会儿没有。我在街边待得无聊，于是决定冒个险，我慢慢走进去，就像秘密潜入一般，虽然那里全无遮挡，随便从哪一点都能看见我。我一路上没有撞见任何人，于是继续往前走去，爬上短短的台阶，朝那个精心打理过的花园看了一眼。花园尽头有一个难看的奶油色小礼拜堂，石板顶尖得夸张，正墙上只有一扇小小的玫瑰窗，窗口的位置很高，已经接近造型简洁的钟楼的高度，能从那里进去的光线很少。这个建筑有点像掩体，又有一点童话的感觉，一点德国味，就像那个地方（达姆施塔特位于黑森州，靠近法兰克福，离海德堡也不远）和那位拥有西班牙化教名的“神父”的名字一样。小礼拜堂的外墙是混凝土结构，门上有一张用玻璃罩保护着的纸，上面写着：“马德里达姆施塔特圣母堂。每日八至二十二时开放。”这首先就是在骗人，那时候应该是下午五点。接下来上面列了一个“圣餐”时间表，然后是关于什么“更新宣道”的特别弥撒的通知，我记不清了，它于“每月十八日”的二十点三十分举行的，根据季节不同，那已经是傍晚或入夜时分了。“某年某月的十八日那些人身上应该发生什么奇迹吧，”我徒然地想道，“或许是圣母在达姆施塔特的全体居民面前无差别显灵了。”最让我觉得奇怪的是，花园里除了花盆和花坛之外，好几棵大树的树荫底下还有供人坐的长凳，以及小圆桌和扶手椅，它们全部是白色的，有一些摆好了，有一些则像露天咖啡馆关门时那样堆在一起，好像那里可以提供饮料、小吃或开胃酒，或者举行节日聚会似的。“也许是为了在那个掩体里举行洗礼或者婚礼的时候而准备的。”我再一次徒劳地想。

不知道为什么（也许是因为那些矮楼的墙上爬满了常春藤，而草地看上去完美无瑕），那个地方的氛围令我隐约想起了《西北偏北》里加里·格兰特被绑架的午后既待过又没待过的房子；与此同时，我还想起了另一个与之迥异并且地处不同国家的地方（但风格强烈的作者会在所有作品中留下自己的印记并使分歧归于统一），《擒凶记》里詹姆斯·斯图尔特在伦敦寻找安布罗斯·查普尔时冒险的那片区域。我刚在电影资料馆的一次希区柯克专场上看过这两部电影，穆里埃尔没花什么力气就把我拖过去了，他说必须经常不停地去看他的电影，因为每看一次都会自我发现，学到之前未曾留意到的新东西。有一瞬间，我感觉到优雅的詹姆斯·斯图尔特或可憎的马丁·兰道会从花园里探出头来，或者一群怒气冲冲的动物标本剥制者，或斜眼的女演员布伦达·德·班泽会从圣堂里出来。穆里埃尔熟悉所有的二线演员（“你永远不知道是否会要用到他们”），为我指出他们的名字，教我如何区分他们。我突然想到，与电影中藏身于安布罗斯教堂[1]，所以才会跟动物标本剥制者查普尔弄混的布伦达·德·班泽一样，比阿特丽斯也有可能马上走进了圣堂——独自或与人同行，并从里面把门闩插上了。于是，我鼓起勇气，小心翼翼地从有一扇比正门的窗大得多也低得多的玫瑰窗的那一侧靠了过去。我一边避免有人从那里看到我的侧影，一边使劲偷偷朝里看。可是那里没有人，那个地方空空荡荡，而且其实暗得很，没有任何防护，它太不像一座南欧的天主教堂了，完全就是德国式的。

我无比好奇，好奇心会让我们失去谨慎。如果你习惯了偷看和偷听而不被发现的话就更是如此，而这些正是所有在别人家里长住或工作的人最后都会去做的事。再者，这也很难被人发现，你总是能够用偶然、无心、巧合作为借口，你待在那里，而其他人会忘了你待在那里。但我也意识到这种习惯正在茁壮成长，我渐渐喜欢上了这种间谍活动或偷窥行为，这取决于你想怎么叫它了，第二个词只是第一个词的浮夸版本。穆里埃尔也有一定的过错，偶尔良心有些难安的时候，我是这样为自己开脱的：从某种意义上说，他曾经要求我行使这项职责，他让我盯着范·维克滕医生，看看能取得什么效果，并且让我记住自己的感觉，也就是说，把它们珍藏起来，以备他向我问起；我已经说过，那时候无论他要求什么我都会去，我的想法

---

① “安布罗斯·查普尔”与“安布罗斯教堂”的发音相同。

就是要尽可能地令他满意。直到那一刻之前，我都准确无误地完成了他的指示。正如穆里埃尔曾经预见到的，我当然遇上了范·维克滕医生，我极为关注他并严格地保持着沉默（“你别自作主张地来烦我，好吗”，这是他的忠告），除非他来问我，问我对他的印象如何或有什么想法，或是让我忘掉那次谈话，“就像我们没谈过一样”。如果我还没有说到过豪尔赫·范·维克滕，这位几乎与里科和罗伊、格洛丽亚和玛塞拉以及其他人一样的家中常客，那是因为我的老板还不曾为我指明接下来要走的路，不过我很快就要说到他了。

我想不明白比阿特丽斯怎么能这么快就消失了，那里怎么会没有她的踪迹，实际上也没有任何人的踪迹。圣母堂显然是个有人居住、打理和供奉的地方，但在那一刻，似乎就连对圣母最虔诚和最狂热的灵魂也抛弃了它。“这可能是个巧合，可能所有人都同时出去办事了，或者一起去喝茶了。”我毫无逻辑地想道，就跟我在英格兰似的。我在花园里逛着，越来越放松警惕，我朝着那两栋矮楼走去，实际上我趴了过去，想从我能够到的底下那层楼的窗户里瞧见点什么。就像有人说的那样，“我伸出半只眼睛”。我没有看见任何人，于是几乎绕着楼转了一整圈，直到被一堵墙挡住，再也走不过去了，这个地方在这一侧就到此为止了。所以我又离开了，走到小礼拜堂的一侧，朝着矮楼的上一层或者第二层看去。因为一开始也没有看见任何人，我伸长了脖子。直到一个背影突然朝后面退过来，它一直退到或被人推到了一扇窗户上，所以有一瞬间出现在了我的视线范围内。我把脖子伸得更长，想变得更高，我踮起脚尖，想找一把梯子；我朝四周看了看，花园里没有梯子；我想过爬到一把椅子或一张小桌子上，但那样也高不了多少，而且还要把它们搬到我所在的地方来；我犹豫了，我没有动，而是待在原地，也许我觉得自己顿住了。

第一次只有短短的一瞬，那个背影出现又消失了，但在电光石火间我已经知道自己认出了那是比阿特丽斯，不枉我在跟踪她的时候看了她的背影那么久。我把视线固定在那一点，那一方位置，没过多久那个背影就又出现了，实际上就好像是它的主人被带有倾略性地、略微有些暴力地扔到了玻璃窗上似的。如果是这样，那么我完全无法看到的是那个把她朝后扔的人，那个推了她的人。我警惕起来，我担心有人在向她施暴，在伤害她，我甚至有一种不理智的想法，觉得有人正在试图把她从那些白色木板和玻璃窗之间扔出去，它们总是会碎的，总是会裂成碎片的，如果用力扔，身体是能够穿透玻璃的，那些玻璃很薄。“树，”我心想，“我可以爬到树上。”我旁边就有树，比桌子和椅子近得多。那时候我非常灵活，能做到这个，爬到树干上，抓住一根低处的树枝并从那里一直爬到树冠上，爬到最高处。但我担心自己会在爬树时错过什么，我意识到一秒钟也不能将视线移开，我看到比阿特丽斯的后背一下又一下地撞到窗子上，紧紧压在上面，然后又离开一点，此时它已经不再离开我的视线范围了，就像有人不让她离开，也不允许她向前走两步似的。“也许他们在打她，”我心想，“或者在撞她，每次撞的时候都把她压到这个地方，他们将她逼到了绝境，像困一个拳斗士那样困住了她。”我几乎要喊出声来，几乎要冲出去，我不知道会不会有人听到。另一个可能的办法是上去帮她，将她从不管什么情况里救出来，但我不知道应该从哪扇门（有好几扇）进去才能到那个房间，以及门是不是开着。

我是自己的天真的受害者，我还要活过比我那时活过的多许多的年头才会失去这种天真，如果我们这些容易轻信的灵魂也会彻底将它失去的话。我立刻明白了正在发生什么：有人（一个男人）正在干她，或是正在摩拳擦掌地压着她准备要干她；站姿，没有前戏，她还穿着衣服，或许他连她的一件衣服也没有脱，他急不可耐或者可能像有人说的那样毫无章法；在圣堂的看守们回来之前，他们很可能没有多少时间，他们利用了那个据他们所知圣堂依照惯例会出于某个原因而空无一人的时刻。我只能看到比阿特丽斯背后腰部以上的部分，或者看不到这么多，只有她胸部以上的部分和她竖起的衣领，她那天扎起来的头发。显然，那个正压住她或冲击她的男人（我不喜欢这个词，但它也许挺合适的）距离窗口更远，而且她健壮的身体挡住了他，她的肩膀有点宽，所幸，还没有臀部那么宽。我看不见他，他像个幽灵，什么都没有露出来，连头发也没有。当比阿特丽斯突然转过身——猛的一下，或者有人将她转了过来，并朝前弯下腰时，我已经对正在发生的事毫不存疑了，我觉得她的手撑在窗框的下沿或我不知道是不是窗台的地方，或是紧紧抓住了它。我不再看见她的后背和后颈，而是她的脸，此刻我能看见的只有她的脸，她的脖子和身体我一点也看不到，我感到一阵巨大的惊恐：正如我从下面远远看着她一样，她也能从上面远远看到我。我跳了两步，跑到一棵大树背后躲起来，从那里继续观察。我的小心是多余的，至少在最开始时，因为比阿特丽斯紧紧闭着眼睛，没有看向外面或任何地方，我猜她正沉浸在自己的世界和感官享受之中。我想象着，那个男人在将她转过来时会撩起她的裙子（它不会再摇曳了，或者是另一种摇曳），把她的长袜和内裤拉到大腿中部，他必然想舒服地进入她，因为两个人（尤其是他——她应该会弯下腰）直立的姿势相对而言是不舒适的。

我感到难为情，虽然我觉得自己在树后藏得挺好，恰好探出头去，依然送出半只眼睛。我已经不再因为会被人看见而难为情了，令我良心不安的是偷窥这件事以及我正在看的东西：比阿特丽斯的面孔，在我看来她正经历一次高潮，或者不止一次高潮，我也不知道，或者是一次预高潮。我从来都不太知道应该如何区分它们，女人的各个阶段更像是连在一起的，通常不甚清晰，也有人说她们精于伪装，更何况此时我眼前所见的只有紧紧贴在玻璃上的孤立的五官。那仿佛是一幅眼睛用力闭紧的奇异肖像画，绘画史上几乎没有这样的作品（表现睡容或遗容的肖像画上的眼睑不会紧张，而是平静放松的），我看不见她可能正在加速的动作或四肢可能出现的抖动或震颤，当然也听不到什么呻吟、喘息或说话声，如果她说了的话——似乎没有，这种情形下有的人会说话并相互鼓励，或者甚至会冒着闹出笑话或引起对方反感的风险而说出令人难以置信的淫言秽语，就像在准备为唯一的观众或他们自己演一场戏似的，有少数人会开玩笑，还有的人则全神贯注、一言不发。也有人会紧紧闭上眼睛，以便想象自己身边不是正抱着他们或抓住、触摸他们的人。我问自己这是否正是此时的情况，那些瞬间比阿特丽斯是否会幻想自己正与难以亲近的穆里埃尔在一起，或者她是否清清楚楚地知道是谁正与她亲密无间或彼此相连，他们的性器之间应该什么也没有，那时候人们不避孕，西班牙还不知艾滋为何物，甚至全世界可能都还不知道。

是的，我觉得羞耻，却透过玻璃看了又看那张在某一个瞬间几乎紧紧压在上面的脸（我能看见它呵出的气），有时候男人很难辨别自己正在干的女人的某个表情代表什么，他猜测那是享受的表情，但有可能像在忍受痛苦（他会停下来察看并问她："你还好吗？我弄疼你了吗?"），或者像是绝望、深深难过或苦涩的表情。某些时候，我怀疑某个女人与我一同置身如此私密的情景只是为了舒缓自己的悲伤，为了报复另一个人却不让对方知情（奇怪地想着"假如他知道的话"，而不是"等他知道的时候"，就好像她永远都不会告诉他似的），或是为了让她可悲的床榻从孤独中解脱片刻，甚至是为了在想象中清醒地堕落，感觉自己是个纠缠不清而肮脏的背叛者：那是暂时和虚幻的，那种烂泥般的感觉持续的时间很短，消融得太快，第二天就已无影无踪，你与从前一样干干净净，干净是长久的，几乎一切都可以清洗干净。有时候我怀疑自己只不过是一种机制、一个部件、一件工具。比阿特丽斯的表情可以代表任何含义，我不在她身边，不可能停下来问她："你还好吗？我弄疼你了吗？"因为就算他们在做那件事，其中也没有我的位置。

"如果有人在强暴她呢？如果她是受到了某种威胁呢？如果她是被迫屈服，被人讹诈的呢？"我开始东想西想。我一点也不相信这些想法，就像是在想着玩似的，然而它们让想弄清楚那个男人的身份、想看看他熟悉或陌生的脸的欲望战胜了我。我不认为他是那个爱献殷勤的罗伊，完全不可能，哪怕穆里埃尔（他肯定是为了折磨和戏弄她）已经在那个比阿特丽斯于门口耐心守候、苦苦哀求的夜晚确信无疑地将他当作了她的情人，哪怕在漫不经心的太阳，尤其是警觉的月亮之下，你无法排除任何可能性；他认为里科也是，他的确可能是，这件事不甚可能，却并非不可能，他在某些方面没有太多顾虑，在另外一些方面则有，有不少男人都像他一样，在交朋友时有颇多顾虑，但在女人方面没有，这种矛盾在有与朋友的女人上床的机会出现时令他们心如火燎，他们在灼烧之中忍不了多久。但在这件事情上，我想对于穆里埃尔的忠诚占了上风（也许穆里埃尔并不需要这种忠诚，也许他宁愿比阿特丽斯尽情享乐而不要去烦他），我已经说过他有多崇拜他。另外他深爱着他不到马德里来的妻子，也许他除了美滋滋地假想一下之外从来没有出过轨，就像他幻想与彼特拉克散步和交谈一样。

"为什么要在这里，在这个不合适又奇怪的地方，一个用于祭拜的场所，一座圣堂里？”我接着思考道，“就算他们没在礼拜堂里，我想这也是对神明不敬或渎神，或者两者都是。为什么要在穿着衣服，至少她还穿着衣服的时候就急着来？不管他是谁，我都无法想象他会在比阿特丽斯穿着衣服时完全光着身子，我觉得她没有脱光衣服，她一件也没脱，长袜和内裤扯了下来，但没有脱掉，这样反差太大了。为什么要在这个无关紧要、没什么吸引力却无论做什么都要费点劲的时间？为什么不在他家里，或者租一个酒店房间，为什么要冒着被园丁、看守和职员发现，或者更糟糕，被神父、修女或热心教民发现的风险？只要圣母堂没被废弃，这里肯定会有几个人的。”这个地方有一种那个年代非常活跃的而且丧心病狂的极端右派的味道；后者掌权三十七年，一直到短短五年之前才结束，我们所有人都非常熟悉那种臭味，事实上它太独特了，直到现在，三十年过去了，对于我们这些在它的窒闷之中苦苦求生的人来说依然如此：我们马上就能感觉到它，一处场所、一个大厅或一个区域，一个人，无论男女，一个主教，一个伪装成民主派并因有人投票给他而洋洋自得的政客，有一部分的西班牙永远都会是这个味道。“比阿特丽斯不信教，她究竟在这里干什么？她显然不是专门为了插蜡烛来的，要插也是别人插给她。”这个粗俗的念头或可怕的文字游戏让我吃了一惊，这不是我的风格，就算那时候也不是，有时候我们会忍不住溜出几句粗话，而脑子比舌头溜得还快。如果我们能够意识到这一点并就此打住那就没什么，就算没有也没什么，毕竟没有人会去听我们的联想、我们的神游、我们的胡说和咒骂。我也被自己对她的不尊重吓了一跳：也许是失望（我太爱她的丈夫了，见不得这个，仿佛这两者之间是有关系的）或一种无意识的柏拉图式的绝望；也许一个人不可能尊重被他看到在做这种事的人。“我必须爬到这棵树上去，”我很快转到了实际问题上，“在他们结束并离开之前，或者说在她离开之前，她是到这里来、应邀而来的那个人。要不然我就没法知道那是谁了，我就看不到他，看不到那个家伙了。”

于是我开始往上爬，没费多大力气就用手抓住了一根树枝，从那里挪到了更高的一根树枝上，然后挪到了另一根，直到爬到与窗户高度相同，甚至更高一点的地方，我甚至不用爬到树冠那里，那时候无论飞檐走壁还是演个小杂技，我都还能应付得来，只花了一分钟或更少的时间我就到了。我在选中的树枝上坐下来，伏低身体，注意让枝叶遮住我。然而我还是看不见那个人，他应该也弯下了腰，他依然藏在比阿特丽斯那张贴在玻璃上或距离玻璃很近的脸庞之后，而她从未睁开过眼睛。此时我与她正面相对，能够更好地解读她的神情，如果一个置身此刻的女人的神情之中有任何东西可以解读的话，一切都是猜想。她的面容比往常更加令人着迷，皮肤更加光滑而娇嫩，嘴唇更加肉感或丰满，就好像它侵入了不属于它的地方并变得更加松软和模糊，微微张开，愈发鲜红，她的睫毛因为完全遮住了原本被眼睛分隔的地方而显得更长或更明显，她的眼睑显然一次也没有睁开过，仿佛她不想去验证自己身在何方。我见过不那么美丽的女人在这种几乎忘我的情况下变得无比美丽，这种美在她们身上无法比交媾持续得更久，这么说很难听，却是实情。然而我觉得她似乎不在意与她在一起的那个人，他是个惯例，甚至连惯例都算不上，也许他只是个工具，就像我曾说过我有时候会觉得的那样，可能我们所有男人与女人都曾经历过这种感觉，而无法接受它的人也会机灵一点，不至于小题大做，在某些情况下，它还有可能带来一些好处。“这家伙挺持久的，”我心想，“在我折腾来折腾去的工夫，他已经干了她有一会儿了。”我有点嫉妒他，我还太年轻了，不是每次都能调整自己、克制住自己。后来我才学会了这一点，通过实践、疏远和胡思乱想。

正当我想到这里的时候，他停下或结束了，于是我终于看到他现身了，他从比阿特丽斯身上离开，朝后退了两三步。他站在那里，还是那样高高的个子，挺拔的身材，微笑着露出大颗的牙齿，他蓝色的眼睛显得心满意足，那不是一种他理所当然应有的性满足，而更像是心理上，仿佛他正在想“好啦”“就这么着吧”，甚至更加幼稚一点，“我进到了她的身体尽头”，或者是某种更加泛泛的想法，“他在持续造成危害，亏欠得越来越多”；仿佛他所获得的肉体享受给他带来的快感，比不上他知道自己在一个不恰当的地点和时间，与一个已婚女人，他一个朋友的妻子做了这件事，哪怕他的这位朋友不愿意碰她，更不愿意涉足他方才探索和进入过的地方。他穿着一件与他身份相符的医用白大褂；当然了，我从来没有见过他穿这个。他没有扣上它的扣子，里面是他平常穿的衣服，本白色衬衫上打着领带，外套可能已经被他脱掉了。范·维克滕医生金色的头发凌乱不堪，他在有节奏的撞击中弄乱了它，他的发型几乎坍落了，一绺一绺地垂在额头上，当他竖着整齐的偏分发型时，它是又密又高的一堆，远远看去不像头发，而像是头上顶着一条面包棍，它们与浅色的面包皮是一个颜色。他立刻用手梳了一下头发，而比阿特丽斯则离开了窗台，终于睁开了眼睛。但她应该没有看见我，这不只是因为我藏身在枝丫之间，还因为她应该什么也看不见，她的目光混沌而迷茫，就像结束了一次幻想、冥思或无意陷入的午睡，迈着虚浮而缓慢的步子朝房间的尽头走去，她的大腿或许因为之前的姿势而有些麻木，她很可能要去洗手间，他应该是把整理自己一番的优先权让给了她。我只能看见范·维克滕的躯干，腰部以上的部分，我猜他已经把腹部整个收进了裤子里，哪怕他还没来得及清洗自己，也许他手边有纱布，他用它把自己裹住了，那个部位没有进入我的视线范围。我看到他半坐在一张桌子上点了一支烟。他依然保持着他永不间断的大大的笑容，他知道自己的牙齿白得发亮，像一位外国演员那样引人注目，这是他主要的资本之一，他几乎从来都无法将它藏起来，哪怕是一个人的时候，他想必太习惯于永远在人们面前展示它了。我觉得他像石化一样将这种表情固定了下来，与我之前认为的相反，它或许没有任何含义，而我曾经将他当成了一个热情得夸张和自来熟的人。我甚至觉得那纯粹是洋洋自得的笑容，他只是在回味片刻之前刚刚发生的事。有些男人，甚至是成年或成熟的男人，会像计算勋章或胜利那样记下每一次性交。这更多是年轻人才有的一种行为，那个年纪他们的性经验还不太多，但也有男性终其一生都保留着这种追求奖牌一般的精神。

几分钟后，比阿特丽斯回来了，因为没有脱衣服，所以她应该不需要在洗手间里做太多事。他借机进去了一会儿，她则尽可能地将裙子拉直，用手指整理了一下头发，把包拿起来，就好像她看不出有什么理由要继续留在那里、立刻就要离开似的。交媾完成，来访结束，我觉得是这样一种情形：事前不多说，事后什么都不说。他应该是从洗手间朝她大喊“等一下”，于是她重新放下包，搁在桌子上，一只手握拳撑着胯，那是一个略微不耐烦的姿势。等他发型齐整地再次出现时（法棍面包像往常一样为他的脑袋加冕），他凑得很近地对她说了些什么，几乎是在耳语，比阿特丽斯摇头拒绝了，她显得有些严肃，非常坚决。她看上去显然不是一个幸福的情人，既不亲昵也不快乐，我问自己他们两人像这样见面有多久了，甚至这是不是他们的第一次——第一次你都会心生犹疑和怯意，立刻就会被悔恨包围。计算完几率之后我认为这是完全不可能的：我第一次跟踪她的时候也正好是他们这种关系起头的时候，而且正好是跟范·维克滕医生，这个穆里埃尔怀疑有着丑陋过去的、吩咐我加以注意的男人，这也太巧了。医生摸了一下比阿特丽斯的脸颊，她把脸转开了。“不，不要摸我。”她也许一边躲避那只殷勤的大手，一边这样对他说。（那一刻我想起了这句话的法语，仿佛我曾经在哪里读到过似的：Non，pas de caresses）可是我什么也没有听见。

“孩子，你在那上面干什么呢？你会摔烂你的狗头的。”

我倒是突然听见了这句话，有一个讨厌的声音从下面传来，我有几个世纪没听到过“摔烂狗头”这种说法了，只有老人会这么说，实际上说这句话的也正是一个老修女。她在我脚底下，也就是说，在树底下，这时候我意识到了我所处的情况和我的所作所为多么荒谬：我怎么会跑到这么高的地方，这很难给出合理的解释，年轻人会行为古怪、做一些难以解释的事情，我想不出其他的借口，这太没说服力了。修女穿着蓝色的苦行衣，头上戴着那种有荷叶边或帽檐的头巾或压发帽，我不知道那个叫什么，它让人想起纸折的鸟和轻盈的帆船，这在西班牙并不常见，也许在法国和意大利更多。无论如何，我的偷窥就这么结束了，我甚至想到我最好还是飞着从那个地方离开，在比阿特丽斯告别并下楼来之前，我不要在花园或入口处的小庭院遇上她，我应该尽快到街上去，走得远远的。往下爬的时候，我思考如何才能够让修女不拦住我，不让我过多解释我是谁，为什么进来，为什么会爬到一根相当高的树枝上去。落地的时候我只想出来假装生气的主意，以此转移她对我诡异地现身此处并爬到树上的关注。

“拜托，请不要叫我‘孩子’，老妈妈，”我用一种相当严肃和镇定地语气对她说，“因为我不是您的孩子，这样对我们都好。不管对谁，您都不应该这么自以为是。”因为她叫我“孩子”而训斥他，同时我又叫她“老妈妈”，这蠢得要死。但我知道这种称呼会让年纪大的修女们（有可能还是修道院长）高兴和心软，正如神甫们会在有人叫他们“父亲”时内心融化，他们对此心存渴望：所有人都有许多幻想。

她略微有些茫然，好奇地看了看我。她的眉毛高高上挑。

“没关系，孩子，”她无意识地坚持道，“你别往坏处想，这是个习惯。到这里来的年轻人都不介意。你我不认识。可是你爬到那上面去干什么？你可能会摔好大一个屁股墩的。”

她如此口语化的用词让我大吃一惊，我也有很长时间没听到过“屁股墩”这个词了。这个修女应该是从农村或小城市来的。

我迟疑了片刻，我必须快一点。我用脑子里冒出来的第一个蠢念头回答了她。

“我想看看圣母会不会在高处显灵。达姆施塔特的，”我毫无必要地明确道，“我知道她常常显灵。”

我对此一无所知，但我认为肯定是这样。没有哪个拥有圣堂的圣母没在半空、水面、岩石上，甚至树冠上（毕竟，那是我待过或几乎待过的地方）悬浮着显灵过。她们以此指明应该在哪块土地上为其建造圣堂，大家都是这么说的。她们也有可能在不同的地方现身，在这里弄个大教堂，在那里弄个小礼拜堂，在另外的地方弄个壁龛，她们总是欲求不满。

“她是不会依照信徒的愿望就这么随随便便出现的。那样太招摇了。我们就‘生发’了。”最后那个说法我甚至都没听过。

它听起来非常古老，虽然我能推断出它的意思。那个修女肯定来自某个隐秘之处，或者，我不知道，来自中世纪。

“我明白。她很慎重。她应该这样。而且的确是的：您说过了，那样我们就‘生发’了。”我重复了一遍那句话，就像我经常这么说、对它再熟悉不过似的。我朝那两道并排的楼梯看了看，我猜比阿特丽斯应该会从那里下来，往出口去。从我所在的地方我只能看见其中一道，另一道则被挡住了；我指望比阿特丽斯会从被挡住的那一道下来，既然我看不见楼梯，她也不会看见我。或者是范·维克滕再留她一会儿。无论如何，我都应该尽早从这里离开。“好吧，老妈妈，现在我有急事。请原谅我的反应、我的无知、我对您造成的惊吓和困扰。很高兴认识您。”

我像对待一位红衣主教或主教那样亲吻了她的手，我缺乏与教会人士打交道的实践经验，但我曾经看到过有人在某些教士巨大的紫色戒指上印下一个吻，顺便说一句，那些戒指招摇得很。这位来自遥远时间或空间的修女也应该得到这样的对待，虽然她的声音不讨人喜欢，她却是个温厚的人。我三两步就到了门口。我四处看了看，所幸，我没有看见任何人，而且我相信无论是比阿特丽斯还是范·维克滕都没有在我在树下与人交谈的那短短几分钟里走到窗边。我离开大门，开始健步如飞，还没走到二十步我就猛地停下了脚步。我远远看见了比阿特丽斯，她裙摆摇曳的模样太独特了，虽然此刻我觉得它摆动得更僵硬，她的裙子被外力弄皱了一点。她出来得很快，没有允许范·维克滕爱抚她或对她说话（“Non，pas de mots”，假如在书里，她可能会这样打断他），当我还在与那位老妇人交谈时她不知不觉地离开了。她准备去拉萨罗·伽尔迪亚诺博物馆里面，它就在附近，隔了一条大街，在另外那侧的路边。于是我没有再跟着她，我不认为那座建筑里还会有第二个情人在等她。

然而我的确想过，在我另外一次跟踪她的时候可能有第二个情人，那是几天之后的事了，依然是她丈夫不在马德里的那段时间。那一次比阿特丽斯也是在相似的时间步行出门的。她沿着委拉斯凯兹大街走了一会儿，她就住在那条街上，或者几乎可以说我们住在那条街上，不知是有意还是无意，我在那个家里待的时间越来越长了。到了利斯塔大街（我们那时候的马德里人依然这么叫它，它的官方名字是何塞·奥尔特加·伊·加塞大街，地图和导游手册上也是这么写的；其实现在我们也还是用旧时的名字称呼它），她向右转弯，又走了一小段路，来到马尔克斯·德·萨拉曼卡广场。我看见她走进那个广场上其中一道很高、很高的大门里。我等了几分钟才走过去查看边上那些小小的金属门牌（有好几个，几乎都是金色的），它们是给街上的行人看的，以免有人迷路，或者是为了低调地显示这栋建筑里设有哪些公司的本部，住着具有一定履历或名望的专业人士，或以此作为目标、想试试运气、因此提前入驻此处的从业者。那扇大门上有七块牌子：三块对我来说有些费解，“子午线”“221B BS”以及“盖考斯基”，这些应该是公司。

"马里乌斯·科切约维斯基，中东之旅"可能也是公司，至少指明了它是做什么的（宽泛然而明确，我想到它可能不是一家单纯的旅行社）。有一个引人注意的巧合是，其中有两个貌似波兰语的姓氏（我觉得它们像波兰语，那时候的马德里不像时隔十多年铁幕落下之后那样有那么多波兰人，在那之后来的波兰人也通常不开公司。"德韦尔内影业"无疑也是公司，却显得光明磊落，这个名字属于一家非常有实力和活跃的电影发行公司，同时也是多家电影院的所有者，有谁没见过影片开场时那幅占据整个银幕的巨型海报，上面写着："德韦尔内影业出品"呢？我想起来可能就像所有电影导演一样，穆里埃尔与那家人也有来往。实际上几个月之前，我曾经陪他去一家咖啡馆与创始人和他一个尚未年满三十，却已经参与经营的儿子见过面。这家发行公司也参与影片的拍摄，提前支付款项让影片得以问世；如果最终产品令他们感兴趣，他们会从一开始就保证影片能够上映，否则他们将其转让给其他发行公司从中获利。剩下的两块门牌可以说有些乏味，它们属于专业人士："胡安·莫亚，律师"，其中一块上面写着这个；而最后那块也无聊得要死，"卡洛斯·阿朗兹医生，诊所"。

我穿过威尔加拉王子大街，在一家名叫"欧陆"的商店门口等着，那里出售装饰品、家具、餐具等所有家居用品，很有格调。（或者我认为如此：我不知道它那时是否存在，现在自然是已经不存在了；然而留在我记忆中的就是这样一家商店，不知道是不是因为之后我与我的妻子在那里待了很久，为我们的公寓挑选物品，在无心之中，我像在纪念什么一般朝广场 2 号投去了几瞥。）我可以走进店里打发时间，这样我不会看不见大门，可以知道比阿特丽斯何时出来，我想至少能够知道她在那里面停留多久，虽然不管做什么都花不了多久，见面时间的长短其实说明不了什么。等待的时候我忍不住思索起来：我不认为她是去找律师或医生了，尽管一切皆有可能。“221B BS”那块牌子让我怀疑那是一家侦探社。在回味了三次这个奇怪的名字之后我无法不将它与贝克街 221B 联系起来，那是夏洛克·福尔摩斯和华生医生居住和接待客户的地方。我觉得比阿特丽斯更有可能去找这样的专业人士，不幸的人会坚持反复调查自己到底有多么不幸，或通过刺探别人的生活来摆脱自己的生活。当然她也有可能在拜访“盖考斯基”或“子午线”，不管它们是什么，或是提供旅行服务的“马里乌斯·K”，也有可能是没有在大楼外面挂上门牌的某个人。但我更倾向于“德韦尔内影业”，毕竟他们与她丈夫属于同一行业，她很可能与他们相识。我没有注意听他们在那家咖啡馆里的谈话，但我记得那位创始人一表人才的儿子，那个名叫米格尔·德韦尔内的年轻人，他比我大不了多少，但穿起西装、打起领带来却惊人的自然，他甚至戴了袖口，那对我来说是件老古董。他是个非常热情的人，笑声干脆而响亮，他能够吸引任何女人，甚至一个年满四十的女人，尤其是如果她的丈夫从很久之前就开始抗拒她、让她觉得心碎挫败的话。

几天前阿特丽斯与范·维克滕在一起的场景向我显露了她

崭新而活跃的一面，或是，这么说吧（事实上我什么也没看见，除了她双眼紧闭的脸庞），它遮盖或污染了这个人在我心中的形象，我开始不停地想象那个样子的她，这是非常不合适和不合理的，在家里她日间行事低调，有时候甚至有点畏畏缩缩（尤其在穆里埃尔面前，就像在为她的存在而道歉似的），他成功地缩小了她，让她这样一个身材高大健壮的人变成了小矮人，让她觉得自己是多余的，她的存在只是源自强加的习惯或者一个非常古老的诺言，而恰恰是这古老让人们不再质疑。在我面前她似乎也有点抱歉，她有好几个月都不敢与我过多交谈，因为我显然属于她丈夫那一边，她即便不直接害怕他，也对他有着深深的疑惧。于是我想到，无论她正与马尔克斯·德·萨拉曼卡广场上的哪个人在一起，他们的会面都是为了发生性关系，不管与此同时我是如何说服自己，她有可能约了莫亚律师，提前聊一聊等到离婚合法化之后离婚的可能性；或是因为某种担忧、症状或疑病症约了阿朗兹医生，而且这位医生有可能是精神病医生或心理学家，门牌上没有写明他的专长，比阿特丽斯去接受治疗以寻求纾解，更好地承受自己的痛苦，这也不奇怪；她可能去委托侦探就现在或过去的任何事、任何人进行私人调查（可能她希望深入挖掘她不幸的根源）；或是计划去埃及或叙利亚旅行一次；她可能是帮穆里埃尔去游说电影发行商一家，试图挽救他某个命悬一线或两线的项目；她可能在跟盖考斯基做生意，比如，我觉得这个名字很有可能属于一家秘密拍卖行，或者贵重物品的典当行，如果这些行当还存在的话。然而就算有所有这些理由，我依然想象着她正处于此前与范·维克滕同处的情境。在思绪漂流之中，我甚至想到她有可能为了让丈夫获益而出卖肉体——盲从与自相矛盾并不相斥，她自然什么都能做，盲从就是这个意思，主动向创始人德韦尔内投怀送抱，他应该有六十多岁了，肯定不会嫌弃她。

“她的床榻无人安慰，”我心想，“所以比阿特丽斯去找了别人，或者她甚至不到床上去，这样就不用每天夜里回到自己那张孤独冰冷的床，注意到它与别的床的反差。她不会安分，也不会甘心，她追求刺激和冒险。她也想与穆里埃尔一起追求，但没有他，她也不会消沉，不会总是在家里自我折磨，精神状态最好的时候，她会像所有人一样寻找替身，很少有人能够找到，或者找到了也留不住太久，谁知道她曾经拥有过多久呢。”我们会不假思索地努力去追求某些东西，全力以赴，它们从来都没有把握，很少能够维持，永远会有失去的风险，没有什么是能永远得手的，我们常常战斗、用计、说谎，变成小人、叛徒或罪犯，却记不住我们得到的东西可能无法长久（这是所有人存在已久的缺陷，我们把眼下当作结局，无奈而绝望地忘了眼下是转瞬即逝的），而战斗、诡计、谎言、坏事、背叛和罪行，它们的效用一旦作废或耗尽，就会被我们视为徒劳，甚至更糟，被我们看作是多余的：假如我们没有这么做，事情也不会有任何不同，我们做了多少无用功，太不值得了，太浪费了。我们被邪恶的紧迫感牵引着，屈服于有毒的急躁，这是我有一次听穆里埃尔说的，不知他是不是引用了谁的话。我们看不到比明天更远，把明天当成时间的尽头，就好像我们是小小的稚童，觉得母亲一旦离开就是永远不会再回来，是彻彻底底地抛弃；如果他们饿了或渴了，又没有人立刻赶来，他们就会一直饿着、渴着；如果他们抓伤了自己，这种疼痛永远不会消失，他们甚至想不到伤口会结痂；如果他们有一种受到保护和庇佑的感觉，那么它在一生中余下的时间里都不会发生改变，而他们其实只是在某一天、某一个小时或者某五分钟里感觉到了这一点。在这个方面，我们成年之后没有改变太多，就连老去之后也没有，只是这余下的时间缩短了。过去是不作数的，那是已经到期和被否认的时间，是错误或天真与无知的时间，也刚刚成了值得哀叹一番的时间，归根结底让它失效和隐身的是这样一个想法："我们以前懂得太少了，太愚蠢、太单纯了，不知道有什么在等着我们，现在我们知道了。"而在这对于现在的了解之中，我们没有能力考虑到的是，明天我们会知道其他不一样的东西，会觉得今天与昨天、前天以及我们呱呱落地的那一天同样愚蠢，或许我们落地的那一刻正是深夜，在那弯傲慢和厌倦的月亮之下。我们从一次欺骗到另一次欺骗，对此我们没有自欺欺人，就算这样，在每一个瞬间，我们还是会对最后一次信以为真。

我等了又等，我觉得自己等了很久。我在店里进进出出了无数次，看来看去却什么也没有买，想尽办法躲开殷勤的女店员（"不，谢谢，我只是看一下，等决定了我会再回来的"）。我朝广场上那栋建筑的各个窗口看去，没有看到任何人，完全不可能弄清楚比阿特丽斯去了哪一层。我想试试去问问门卫，但那样会显得很无礼，他会没好气地回答我，而且肯定会用“你”称呼我：“这跟你有什么关系，小鬼，你为什么想知道这个？那位女士去找谁不关你的事，是谁派你来的？我马上就去通知盖考斯基先生、阿朗兹医生、莫亚先生、福尔摩斯先生、科切约维斯基先生、德韦尔内先生，让他们采取措施并知道你在多管闲事。”要是只用一个名字威胁我，他就等于把答案告诉了我。我继续等待着，时间过得越久，我就觉得比阿特丽斯与人见面发生肉体关系的可能性越大，但在几秒钟之后我有了相反的想法，谈话要比事先约定干一场花的时间更久，再说一次，这么说很难听，但更容易理解。

不管她是跟他们其中的哪一个在一起，也不管她做了什么，几乎过了一个小时她才再次现身。一开始，我没有在她的姿态或外表上看出任何变化；也许在她的表情上有，我觉得（该怎么说呢？）她的表情有些脱线或走形，就好像她的一部分脸显得紧张而另一部分显得厌烦似的，仿佛刚刚有过某种猛烈但不愉快的体验。她开始沿着从家里过来的路步行。我继续远远跟着她，想看看她要去哪里，直到她走进奥尔特加·伊·加塞大街（从前的利斯塔大街）上的一家高档服装店。这时候我才发觉她的一只长袜破了好长一道，几乎被扯碎了，她裙子的下摆没有垂到原先的长度，而是皱得缩了起来，尽管她一边走一边努力将它向下拉。被什么东西蹭一下就能让丝袜开一道口子，这一点现在和当时的我都心知肚明，然而那时候，在我看来那是对我猜想的一种确认：无论她跟谁上了床（这是一种说法，你永远都可以靠着椅背、墙壁和桌子），这个男人都不像范·维克滕那么小心；如果穿着衣服，是有可能弄脏或弄破的。她从店里出来时已经换了长袜，她的裙子摇曳得当，不再有什么阻碍它了。她应该就是在那里买的长袜，她进去应该就是为了这个。

没有谁派我来，但假如我向门卫打听比阿特丽斯·诺格拉去那栋房子的目的，打听她去找谁，他可不会这么想。不，没有人命令我在她独自外出时尾随其后，那时候就连我自己也不完全清楚为什么要这么做，我不想逼自己考虑这个问题，或不想对自己承认，尽管我是个爱思考的人。这是年轻的优势之一：你更能由着自己凭借冲动拐弯抹角地做一些事情，你会在迅速做出奇怪决定的时候觉得自己与众不同（哪怕你其实不是，实际上你只是个平淡无奇的人），你会认为一定程度的荒唐、不负责任，甚至是假装的疯狂对你来说没什么坏处，或者不如说那正是应该允许疯狂的时候（偶尔的疯狂，就算这种游戏总是包含了一点风险），只要它不会带来什么后果，也不会让我们滑向更加严重和持久的疯狂；你离把自己看作小说、儿童画报或电影中人物的童年和青少年时期没有多远，你会有意无意地想模仿他们，也许此时我模仿的是希区柯克片中的人物，毫不反抗地被穆里埃尔引我进入的怪圈所左右，那些电影里会有很长一段没人开口说话，连一句对白也没有，只能看到有人从一边走到另一边，观众却着迷地盯着银幕，愈发好奇又极度忧虑，有时候毫无客观的理由可以对此作出解释。是单纯的观看引发了我们的忧虑和好奇。只要将视线投向某人就足以让我们开始思考并担心起他的命运。

我就是这样解释自己的行为的：纯粹的好奇，我好奇，也为比阿特丽斯的命运和她身边人的品性感到担忧；又或许是因为尽管我很年轻，尽管那个年代总体而言很自由，她这样故意为之而穆里埃尔估计一无所知的与人会面令我惶恐不安。无论如何，他是不会关心的，如果他知道，他甚至会感到高兴。尽管她比我年长许多，我对她的态度却带有一种奇怪而高尚的保护欲，就算我只是一个被忽略的陪伴者和隐形的见证者：这是一种与身份不相符的父性。仿佛她也是一个剧中人，一旦我们觉得他们重要，就会恐惧不安地盯着他们，在虚构的世界里，从黑暗中的座椅上或屏住呼吸翻动书页时惊恐的双眼中，一个孩子为一个成年人操心并不少见。那个世界里没有大人也没有小孩，没有年龄之分。我们会为更有力量、更有智慧、更有运气、年纪更大、经验更多的人感到苦恼，而一个还无法从本质上清楚地对此加以区分的孩子，会希望或努力地去告诉一个听不到他说话的人，有人在骗他或有暗藏的危险。他看到了，因为他是被选中的见证者（其实，当沉浸在正在看的电影或正在读的书里时，他会觉得自己是独一无二的）。比阿特丽斯身上有某种直观的迷茫，某种不被强调、她也不会加以利用的无依感，我说过我对她印象很好，她会勾起人们的怜悯之心（“真可怜啊，温柔、痛苦而又不幸的女人；或者这甚至是一个可怜的灵魂、一个懦弱的人”)，但这并非她的本意。如果我将它看作一种用来吸引别人的善意并获得好处的处世手段，我永远都不会以那样一种被动、遥远而沉默的方式照顾她（“照顾”这个词也许并不合适），反而会觉得有点生气和怀疑。我不喜欢过于自知的受害者。

穆里埃尔那次外出回来几天之后才终于委托我去做一件事。一个家中再无旁人的早晨，我们去了他书房旁边的会客室，他关上门，这不是他一直遵行的习惯。接着，就像往常一样，他自然而然地躺到地上，尽量伸展身体，把胳膊垫在颈后当作枕头：我甚至在想，这是他一种避免正视我的方式，让视线漫无目的地停留在高处、天花板上、书房的上部、卡萨诺瓦之弟的画作上，一种将事情说出但又有所保留的方式，一种假装自言自语或者让我从空气中而不是直接从他的眼睛和嘴唇中接收他的话语（他的指示、他的题外话、他的秘密、他温柔的命令）的方式。我觉得他在看那幅油画，上面画的是一个留着下垂的小胡子、戴着奇怪的便帽或装饰有羽毛的帽子的异国骑士，斜披着红色外袍，右眼永远凝视着俄国的叶卡捷琳娜女皇或另一个观众，只有右眼，他的左眼几乎藏了起来，或者可能看不见（露出的那一点眼睛看上去是有缺陷的，半闭着，或者也可能是画得不好)，他有可能像穆里埃尔一样是个独眼龙，是在战场上弄成这副模样的，他是个军人，穆里埃尔则不是，有时候我怀疑他戴眼罩是为了模仿约翰·福特、拉乌尔·沃尔什、安德烈·德·托特、尼古拉斯·雷，不知是否还有弗里茨·朗，他崇拜的导演们都戴眼罩，这些很大程度上依靠眼睛工作的家伙都有这种怪病。画面的更深处有另外六个骑士，他们所有人都正在骑着马离开，都是背影，都戴着帽檐更宽或更加普通的帽子（隐约带有委拉斯凯兹的风格），但前景中的红袍骑士不是，与其他人不同，他回眸而视，像是要在离开之前，记住死于他手下的人们的样子，仿佛他是唯一一个理会他们无声请求的人，所有战争中的死者都像从自己如同画中人一般静止的身体里发出低语："记住我们吧。至少是我。记住我吧。"

穆里埃尔拿出他带有指南针的药盒，开始看着笔直指向北方的指针。

"你记得我对你说过的关于范·维克滕医生的事情吗？"他开门见山地问我。

我觉得自己在听他提到这个几个月前我都听不懂的名字时脸红了——时间很短，只有一会儿，他应该没有注意到。现在不一样了。我不止认识他，在聚会、晚餐和赌局上与众人一起跟他打过交道，我还知道他某些同样涉及比阿特丽斯的私密之事——这次我要用一种慎重的表达方式。自从在达姆施塔特圣母堂部分目睹了那一幕之后，我就担心穆里埃尔有一天会再次提起那个医生。我不知道在这种情况下，我是应该把我爬到树上看到的场景告诉他还是保持沉默；这要取决于他向我询问什么或者要求什么，到时候再决定吧，我这样想道，我希望自己什么决定也不用做。

"记得。是这样，其实您几乎没跟我说什么，您没什么兴致，您记得吗？您向我提了一下，但没给我讲什么。您向我说明了您的怀疑。您还警告我，您也许会让我忘了那次对话，忘了您差点说到或提到的那件事情。到目前为止，我差不多就是这样做的。”我帮他回想他有可能让我忘了这件事，我希望他倾向于那么做，尽管显而易见他不会。从那个下午开始一切与范·维克滕有关的事情都让我不舒服，我觉得自己再见到他的时候会想逃走。“不过当然了，我记得。我没有刻意去忘记，那倒也没有。”

“好吧，胡安。我向你提了一下我可能要委托你去做的事。就是这个，”他继续说道，依然望着天花板或那幅画，“我想让你成为范·维克滕的朋友。不止如此，我想让你把他变成寻欢作乐的同伴，尽可能地让他加入到你的短途旅行和夜生活之中。你夜里经常会去那些地方，不是吗？去迪斯科舞厅、音乐会、酒吧，那些有名的好地方，不是吗？你请他跟你一起去。哪怕他年长许多，他也不会没兴趣的，我向你保证。他会很感激有人带路。把你的女性朋友或熟人介绍给他认识，不管什么年纪的年轻女孩，什么人都行，然后注意他与她们、与女性在一起时的一般行为。取得他的信任。跟他聊聊你的性生活。告诉他，你滥交，你有多么成功（你挺成功的，对吧？），你在这个领域的英雄事迹，要是没什么值得说的，你就编一些。他年轻的时候要难得多，机会要少得多。等他看到如今有多么容易，他会痛恨自己怎么没有晚生二十年。跟他谈到女人的时候你不用担心自己显得粗俗，甚至看不起她们。越这样越好，夸张一点。

套他的话并观察他。关键是他也能放开了跟你聊，不只是现在，还有过去，他最辉煌的那些年。他一直很好色，现在依然是，你可能已经注意到了。他战绩不俗，我说真的。但他碰到了一个女人端着架子的时代，尤其是这个国家。我的意思是，大部分女人都铁石心肠，刀枪不入，要依靠许诺和计谋才能拿下。看他会不会跟你说起过去吧。没有什么比夸耀自己的英雄事迹更能让对方说出他们的英雄事迹，哪怕是很久之前的事，这一招屡试不爽。你看他如何与女人开始来往，他如何行动，如何尝试去勾搭她们，他会经常尝试，这是肯定的。不过他要花的力气更多，看看他能到哪一步吧。你装出一副卑鄙无耻的样子，看他对此有何反应，看他会不会理解你甚至深有同感，是嘲笑你还是批评你。看看他会对你说些什么，给你留下什么样的印象。看看你能否帮我找出点干净的。”

“干净的什么，爱德华多？我没明白您的意思。医生一有机会就会去勾搭别人，不管机会多么渺茫，甚至是在看上去毫无机会的情况下。有万分之一的机会，他也会试探一番，不过，得是值得一试的女人，他的眼睛不会追着丑女人，或是没有性经验的女人，虽然他也算不上太检点。这谁都能看出来，他是一个捕猎的侦察者，我猜，他也会出手，只要没人看到。里科老师也是这样一位身上装着天线的朋友，但他是个食草动物，一个高尚、自重的人。一个观望者。这个您比我更清楚，您跟医生认识半辈子了。但我不知道您想让我调查什么，或者从他那里套出什么。要是一个人不知道应该对他说什么，从他那里套话是很难的。您不能再多给我一点指导，明确说一下您在找什么吗?”

穆里埃尔用指甲敲了敲他巨大的眼罩，它是用胶木之类的东西做的，咯哒咯哒咯哒，声音很好听，摸起来也很舒服。随后他那只幽深的蓝眼睛迅速朝我看过来，它能看透人心，有时令人心生恐惧，仿佛有它在就能弥补另外那只永远浑浊的眼睛。在那之前他一直没有看过我。他似乎花了几秒钟来思考答案，想让我满意。最后他吁了一口气，或许是对自己不得不拒绝为我提供信息和帮助而感到不满，也可能是气我记性不好。

“不，我不应该这么做。我上一次跟你说过了，如果我开始说出我的怀疑，如果我开始透露传到我耳中的那个可真可假的故事，也许我就会造成无法挽回的不公。你别忘了，医生是个伟大的朋友，我不想毫无理由地伤害他。好吧，除非能有隐约的把握，这两个自相矛盾的词足以说明问题了；除非发现更多的迹象。我向你解释过了，对我他不会说令他如此难堪的事情；另外一些事他会说，我知道其中的一些，我就不说明是哪些了，但这个不会。因为他在我面前会难堪。他了解我，知道我不是个清教徒，而且一点也不严格，但某一类不体面我是不会容忍的。”我想起上一次他说得更加清楚一些，那时他用了与之相对的形容词。“根据那个消息，”他说，“医生曾经对一个女人，或者不止一个女人做过不体面的事。”令我吃惊的是他这样总结道：“对我来说那是不可饶恕的，是最糟糕的。你懂吗？那是一个人能做出的最下流的事。”“在你面前他会有所不同，你给他铺个台阶。他有可能会告诉你。他几乎不认识你。”他不再说话了。他更深地看了我一眼，眼中有某种类似于好奇的东西，仿佛突然之间他第一次看到了我，或意识到了什么，他很快把它说了出来：“就连我也不知道你是什么样的。”随后他移开了目光，再次望向天花板或那幅画，他用小银盒子摩挲着下巴，尽情伸展身体。接下来的那句话他说得不痛不痒，就好像它再明显不过、用不着去说似的：“就连你自己也不知道。你还没完全定型呢。”

这件事之于他再明显不过，但之于我是个意外，甚至是一个不安的理由。也许任何人在任何时候都不会完全定型，年轻人就更不会了，年长者这样看待他们很正常：不完整，没定性，糊糊涂涂，就像一幅没画完的画、一本写了一半或读了一半的小说（区别不大），什么事都有可能发生或者不至于如此（但是这样的事也太多了），可能会有这个或那个人物死掉，或者谁也没死；甚至有人会杀人，那样他就完全定型了，或者说在作者或严肃的读者眼中是这样；小说中讲述的故事或许极有意思，或许无聊至极，一点意思也没有，那样的话你每翻一页都像是一种折磨，你的食指累了，已经不愿再重复这个动作，等不及要翻到一旦翻过就覆水难收的最后一页，与之相反的情况是，手指希望无限期地留在那个世界，与那些虚构的人物在一起。踏上生命之旅的人也一样，有些生活激不起一点好奇心，哪怕它们充满波折，我们也根本懒得去过；而另外一些毫无缘由地迷住了我们，就算其中没有什么特别引人注意的事情发生，或者最好的那一部分我们看不见，只能依靠想象。

然而每个人在生命的每个阶段都会觉得自己已经定型了，觉得自己有了一种只会发生细微变动的固定性格，认为自己偏好某些行为而对另一些免疫，但事实上童年和青年的时候，我们当中的大部分人都尚未经过考验，我们从未身处十字路口，更未陷入两难的境地。是的，也许我们永远都不会定型，但我们会毫无意识地渐渐成形并固定下来，从海洋中遥遥可见的小小一点开始，随后成为一个必须躲避或靠近的身影，随着时间的推移，我们会被身边事包围，渐渐地，我们选择、舍弃或由着别人替我们担起责任（或者貌似如此）。无论做出决定的是谁，一切都令人不快地无法逆转，从这个意义上来说，到头来一切都会被拉到同一个水平线上：有心栽花和无心插柳，意外发生和暗中策划，冲动之举和事先筹谋，到了最后有谁还会在乎原因呢？意图就更加没人在乎了。

如今看着我年轻的女儿们，我不觉得她们已被锻造完成，这在她们这个年龄再正常不过了；但她们会自我感觉已经定型，几乎是一个坚固的生命，我猜，就像我二十三岁以及之前对自己的看法一样，一个人很少会去关注自己的变化，他会忘记自己曾经的样子，忘记曾经经历的变化。我曾经顺顺当当地以优异的成绩完成学业；我曾经很快就找到了一份工作，还是为一位杰出人士工作（尽管是通过我的父母，多亏他们与穆里埃尔是旧相识），我毫无保留地仰慕他，他的认可和信任让我的眼前也粲然有光，我忍不住为此感到骄傲，忍不住觉得我的老板在我身上看到了某种东西，至少他对我印象不错，所以他才雇用并留下了我；有时候我会开心地感觉到他并非时时想着我的家庭背景，想着我是如何到他身边的，想着我是他年轻时的旧友德维尔夫妇的儿子，他与他们一直都很亲近，但后来更多是通过书信相交或偶尔见面，我的父母一直远在他们的世界，而我则很少跟他们在一起。我曾经读过很多书，我看过的画不少，看过的电影更多。我知识渊博，曾经的我无疑是个爱卖弄学识的年轻人，但我能在不应该这么做的时候控制自己，比如与我的朋友和女孩子们夜里一起出去的时候。我曾经有一门外语说得很好，另外一门也还可以，而且我知道我母语的词汇量很大，远超我的大部分同龄人，这让我能够自如地参与到穆里埃尔和他的圈子里那些年纪更大、更有学问（至少理论上是）的人的交谈之中，尽管那些场合我更愿意倾听而不太插话，他们的谈话经常会从任何一个高度滑落下来，在哈哈大笑之中流过非常低平的土地。我曾经在别的国家待过一段时间，因为我的父母曾在他们多次漫长的驻外任期中将我带在身边，通常情况下他们更愿意让我留在马德里，留在同一所学校上学，希望我能稳固地扎下根，或者这是他们在学期甚至假期中将我留给我的胡丽亚姨妈和路易斯姨父照顾的借口。他们觉得我与后者的孩子，也就是我的表兄妹路易斯和胡丽亚一起长大挺不错的，对我来说他们就像是亲兄妹，因为我没有亲生的兄弟姐妹。从来没有人在我身边管过我，大部分时候（除了我父母假期时过来看我之外，他们不是每个假期都来，他们经常会利用假期自己旅行）我在不同的保姆和管家（或者随你怎么称呼她们）的粗心大意的照看下独自住在我父母的房子里，她们待的时间不足以让我们建立亲密的关系或让她们对我形成真正的权威。我从青少年时期开始就习惯了不对任何人交代太多，习惯了很晚才回家以及选择在哪里过夜，是睡在我自己家里、我的某个叔叔家里还是某一天晚上两个地方都不住。这么说吧，我从很年轻的时候，从我十七岁上大学开始，就已经这样了。

二十三岁时的我依然保留了这种生活方式，或许还要更加独立自主：我父母的房子里只有我一个人，身边是换来换去的会给我在冰箱里留下食物并打扫房间的女佣，她们不常能见到我，我更加见不到她们。我的父母并不是那么有钱，他们当然也没有经济苦难，但家无隔夜粮，足够不刨根问底和大大咧咧。虽然我的父亲有点独特或狂妄，他的外交官生涯其实算不上辉煌，他最大的成就是在法兰克福担任领事，而且当得有点晚，然而他根深蒂固地保留了性格飘飘然的人那种年轻人式的乐观，并感染了我的母亲。我时常觉得我在他们的生命中略微显得多余，或许不至于如此，我就像是他们远远关心着的一位旧识，既不热情也不反感，但无疑是亲近的。他们的行为处事像一对没有子女的夫妇，或者就好像他们是我的叔叔阿姨或教父教母。我从来没抱怨过，他们让人觉得轻松愉快，或者无论我们一出生就面对的是怎样的世界和境遇，我们都会认为它们是正常的。不管怎么样，我没法指望拿到一份丰厚的遗产（公寓是的，这是他们买下来的），因此我很早就意识到，不管我在童年和少年时期享受过何种特权，我都必须像大家一样自力更生；因此我很满意能有一份工作和收入，哪怕是临时的，我不知道穆里埃尔不再需要我的服务时，我会去从事什么职业，而这是肯定会发生的。但那个时候我不觉得有必要去“独立”，因为我已经独立地生活很久了，也许从太早的时候就开始了，或许正因如此我才会在穆里埃尔的房子里待得越来越晚，那里毕竟有一个家庭，有来来去去、进进出出的人陪伴着我，渐渐地我甚至在厨房那头那间独立的客房中过了几夜，某种程度上它已经是我的了。使用权将我们变成了默认的主人，只要主人不赶我们走或禁止我们进入，有很多人都是路过一个地方，然后就赶不走了，在那里一待就是半辈子。永远也别让任何人进来，一天也不行，除非你准备好了让他永远留下来。

不管怎么说，我自认为已经完全长成、完全定型了，我觉得自己大致了解自己的性格。我不知道自己从哪里学会了某些我用来自我支配的准则和行为（肯定不是从我父母那里，他们没什么准则，或者隔一阵子就会变，作为外交官，他们应当如此），尽管没有特别郑重其事地公开说出来过，我从来都无法忍受爱说教和装腔作势的人，爱指指点点的人，将规矩强加给大众，而不是只用它们来约束自己、不坚持将其输出的人。也许我只是从电影、小说和画报中学会了它们，直到不久之前，在现实中没有清晰的榜样（现实生活中没有什么是清晰的，就连说都不能说）的孩子和年轻人依然会从那些地方寻找指引，尤其是当这些故事波澜起伏、模棱两可，并非愚蠢地说教时。我认为自己是一个相当值得尊敬、诚实和有所顾忌的人，能够在别人向我吐露心事并要求我沉默时闭口不言，保守秘密。我最害怕的就是欺骗自己喜欢或仰慕的人。从一开始穆里埃尔就属于后者，然后一点一点地成了前者——不，实际上他很快就成了前者。在相处过程中，你会难以避免地对一个你言听计从的人产生好感（中间情况几乎是不存在的，哪怕你再努力想做到，你也几乎不可能对一个人持完全中立的态度）。我对他正是这样，当然还有比阿特丽斯·诺格拉，以及他们的孩子们，特别是他们的大女儿苏珊娜，因为她像她的母亲，心地善良又可爱。可能还有弗拉维亚、里科和罗伊，格洛丽亚和马塞拉，尽管她们让我紧张和生气，我觉得她们是损友。甚至还有范·维克滕，在那个达姆施塔特圣母堂的下午之前，从那以后他毫无客观理由地让我觉得反感，比阿特丽斯做了什么事与我无关，更别说医生做了什么事，随他们去好了。我努力想遵循的其中一条准则差不多是这样：尽可能不去批判，不去掺和，更不去介入别人的生活。我所希望的本应是不在海洋中分辨出任何身影，也不必就此做出任何决定。然而这是不可能的，哪怕只是因为，每一个人也都是一个其他人或远离、或走近、或与之磕绊的身影。

V

就是这样，我不喜欢穆里埃尔交给我的任务的性质，不喜欢这件事情本身。我收回了一部分对范·维克滕产生的表面的赏识，它来得毫无缘由，也去得毫无缘由，对于擦肩而过的人，对于我们临时、偶然而不是选择见到的人，因别人而来或从别人那里继承的人，我们会更加由着自己任性而为。糟糕的是，如果这些人对我们来说很重要，我们会觉得自己有义务接纳，而且要照顾并保护这些继承来的人，如果交付他们的人还没有死，能够确认我们是否对此感到高兴，能够用一个飞快的眼神传达对我们的感激或不满，最起码也能够把这一点记在心上的话，就更是如此了。有时候某个我们深爱的人会明确地把它说出来（“你要像对我一样对这个人，把他当成我；他要什么都给他，无论什么事都帮他一把”），有时根本不必说，我们就会在心里提前想到（“我听到信号了。我懂了，我不会再多问什么了”）。如果我们无条件地忠于爱人、朋友或师长，我们会愿意去庇护他们身边的任何人，更不用说对他们而言必不可少的人：

愚蠢的子女，挑剔或恶毒的妻子，迟钝甚至专横的丈夫，可疑或讨厌的朋友，他们所倚仗的无耻同僚，我们看不出一点好也找不出一点可爱之处的人，以至于我们会扪心自问，我们渴望获得其认可的人对他们的看重从何而来：是什么样的过去将他们联系在了一起，他们曾经一同遭受了怎样的痛苦，共同经历了怎样的生活，他们知道对方什么样的秘密或耻辱之源；这是怎样一种不可超越的奇特眷恋。我们努力表现出可亲、可爱和聪明的样子，想让他们拍拍我们的后背（想要爱人给我们一个吻或通常会随亲吻而来的东西，至少是一个让我们延长一点希望的眼神），我们不明白如此过分、愚笨、迟钝或极其低能的，在我们看来一无是处的人，竟然能不费吹灰之力就得到了我们付出那么多才能、精力和心血才得到的东西。唯一的答案就是那些人通常到得更早，他们早于我们许多就出现在我们的爱人、朋友或师长的生命之中；我们不知道他们之间结下了什么，我们可能永远都不会知道；他们一起走过了长长的路，也许曾经深陷泥沼，而我们没有陪伴他们，也没有见证这一切。在人们的生命里我们总是到得太迟。

在某种程度上（并非完全如此），范·维克滕对我来说就是这样一个人。他当然不是什么傻子，但他缺乏里科的深度和敏锐，以及他半是自愿为之的喜剧性，缺乏罗伊的对穆里埃尔作品的热爱和全面了解（这能解释我老板对他的耐心和庇护），缺乏其他人的才智或善良。那时候，范·维克滕已经是一位非常知名的儿科医生了，他在萨拉曼卡区拥有极其成功的私人诊所，同时也担任穆里埃尔一家以及其他一些名门望族或关系密切的家庭的护理医生（我的意思是，因为与医生关系更好或离得更近，出于方便和信任，他们不管有什么事都会在第一时间打给他，寻求他的意见，哪怕病痛与他的专业毫无关系，哪怕病人已经完全成年；然后他会告诉对方应该做些什么或在需要时应该去找谁，偶尔认为有必要上门问诊的时候，他会从那家于 1968 年高调开张、由他担任儿科主任的大医院里派一位专科医生过去）。正如他的不少同行，他喜欢与传统上亲左派或者至少反佛朗哥的知识界和文艺界来往，他在这些圈子里挺受欢迎——我猜，其中一个原因恐怕是他的影响力和财富。虽然他曾在内战时期加入过佛朗哥的军队，与政府关系不错，并且他的事业也有一部分得益于此，但在占据了大部分独裁时期的仿佛没有尽头的艰难岁月中，他善待了受到追捕和报复的人。他原先的派别关系被淡化了，不然就是被遗忘了，之后的年轻人对此一无所知，同样的事情也发生在许多很快就懂得应该抽身、掩饰，或者在两派间左右逢源并对争斗中失败的一方表现出慷慨和理解的人身上：他们有些是真诚之士，是和解（不过，得是他们控制下的和解）的拥护者；有些则是能够做出长期预判的人，更确切地说是机会主义者。后者永远都知道，哪怕是在胜利一方完全占据统治地位，另外一方或其重伤四散的残余力量彻底被压制的局面下，他们也应该适度地对所有人示好，让所有人都多少欠他们一点，至少不要被任何人视为死敌。这种人知道所有的残余势力迟早都会重新聚集起来，恢复些许元气，都会在重组之后收复那些独裁者不屑一顾、因为想不到应该如何处理而放弃掉的地盘：比如，西班牙文化和艺术界里的人。

范·维克滕属于真诚之士，或者他的名声如此。据说早在镇压活动还盛行、他可能因为自己的政治同情行为受到伤害的四五十年代，他就曾经主动上门为受到清洗，以及因被禁止从业而失去收入或在能力和知识允许的情况下（有杰出的植物学家最后成了园丁，也有教授偷偷地跑到不起眼的语言学校去）通过并非本行的工作获取收入的人生病的子女看病，却不收取任何费用或回报；主动帮助他们的妻子和年纪大一些的女儿到那些压迫他们或者在谁身上都能捞一笔的有钱人家里做裁缝或清洁工。正如他的某些同行，范·维克滕支持和解，宽容富有同情心，他准时前去为遭到放逐的孩子治疗感冒、腹痛、麻疹、腮腺炎、水痘，甚至脑膜炎和其他更加严重的疾病。他抚慰并拯救了那些小小的生命，虽然不会有人因此付钱给他，或者要倾家荡产才能艰难地向他支付诊金。大家纷纷赞誉他是一个善良可亲、文明而富有同情心的人，随着时间的流逝（独裁年代的时间过得很慢，会把一切都变成神话，它经常被美化，如果有意者帮着进行宣传的话更是如此），拥护民主和有文化修养的人完全把他看成了他们中的一员，忽略了他在政府的庇护下得到了多少好处，或者将其单纯地归功于他出色的专业水准、他与所有人都保持良好关系的能力，以及一点点获得任何成就都需要的运气。他因此拥有了一道温和的、理论上的，却也带有一点英雄味道的左派光晕，作为一个在最艰难的岁月里借出肩膀，冒了一定风险去帮助甘心遭受放逐和苦难的勇者和能者的人。

没有人在意他在1940年仅二十岁的时候就完成了医学专业的学业，那是内战结束后的第一年，中间隔了一场持续三年、迫使大学纷纷关闭的战争；他二十三岁（正是我当时的年纪）就被任命为圣卡洛斯医院的儿科副主任；或是他三十一岁就能在新开张不久的鲁贝尔诊所（由精明的铁杆佛朗哥派医生兼企业家鲁伊斯和贝尔加斯于1942年创办，两人姓氏的头几个字母凑在一起给它取了个荒唐的名字）开设儿科诊室，并且立刻收获了成功和名望。或许仅仅是因为这一切都无人知晓，就像在过渡时期，大家都想忘记或否认反独裁者的过往，为他们送上一份完美无瑕的履历，尤其对那些磊落高贵的人，无论他们是否高调。没有人努力去追踪自己赏识或敬重的人的脚步和来处，更不用说如果他还对他心存感激。也没有人注意到，范·维克滕从一开始就拥有了特权、名声和财富。大家都以为他是靠他的才能、专注和努力，好不容易才挣到这一切的。

当然了，穆里埃尔委托我去做那件事的时候，我还对最后那一点一无所知。我只知道医生的好名声以及他为遭到政治报复而失去收入的人无私提供的服务，这是众所周知的事，而且不管你问谁，他都会这么告诉你。但对有关他生平和职业的信息进行调查并不难：虽然大家都懒得去查，这些信息就在那里，它们出现在西班牙百科全书上，比如德班百科全书，甚至是我在阿尔马格罗大街的英国书店里找到的新版《欧洲名人录》；我很惊讶会在那里面看到他，那时候我还不知道，要是一个人非常执着于此，被收入几乎任何一种人物名录都有捷径可走。自从受到委托之后，我才开始关心这个我要下套的人，想为自己多找一些这样做的理由。这就是我不喜欢这项诡异任务的地方，我要拉着他去胡闹并观察他，准备向穆里埃尔汇报他的所作所为，尤其是与女人在一起时的行为。哪怕我也被牵扯进去了（事实上我从一开始就能给我的老板提供非常具体的信息，至少是范·维克滕某个下午在哪里如何干了谁，但我决定闭口不谈或者暂时保密的正是这件事）；哪怕有人对穆里埃尔说了一件丑陋的往事，现在他对他的严重怀疑威胁到了他们的友谊，令他焦虑不安；哪怕我很快就会发现在遥远或者不那么遥远的过去，医生与佛朗哥派之间不应该毫无联系（也许只是被动的或默许的联系，大多数四十年来一直在追求成功或财富的人能怎么样呢？完全放弃希望需要很大的决心），我也讨厌从一开始就欺骗一个人，向他奉上某种程度上由我主动的同志情谊（叫一个六十多岁的男人夜里陪我出去玩，哪怕他看上去年轻十岁，还能意味着什么），却从头到尾都带着虚情假意。这不只因为那种情谊是装出来的，还因为它的背后隐藏着一个目的，我希望揭穿他的真面目，于是才放上诱饵去引诱他。

我意识到，无论出于多么好的理由，当特务都太难受了，我甚至都不太清楚理由是什么，我只是奉命行事而已。伪装成另外一个人，实施阴谋诡计，单纯为了背叛而去获取别人的信任，哪怕这个人是恶棍、敌人、凶手，这都是可耻的，肮脏的。潜伏者、告密者以及地球上到处都有的连最无害的领域也无法避免的卧底和双重间谍；还有，比如，有时候会在恐怖组织或黑帮内部潜伏数年，将自己伪装成其中一员的警察，他们的工作就是这个。他们一定深信自己的表演最终是高尚的，每天醒来或入睡的时候一定都想着，多亏了他们的谎言，他们才能够拯救生命或阻止罪行。然而，我想，我无法成为他们中的一员。或许问题在于训练、练习和习惯，在于事先就心怀仇恨，在于形成一种正义感和义愤，在于变得严肃、冷漠以及强硬，对你身边的所有人都不再心存顾虑，对良知进行修正和中和。但我能够想象到，当我发现罪犯或狂热分子对我越来越亲近，当他们慢慢抛开心中的怀疑，越来越信任我，当他们渐渐开始真诚亲切地对待我，随着日久天长而不再有所保留，如果这一切在他们之间都有可能发生的话，我会觉得多么难过。我想这是会发生的，任何人都能得到忠诚和友谊，哪怕是一头凶残邪恶的野兽。谁没有弱点呢？爱人、女儿、同事、同志。

我不费吹灰之力就说服了范·维克滕（甚至都不应该用说服这个词）。某种程度上，这是一个孩子的游戏，而他才是那个孩子，这让我的良心更加难过。那是一个放荡与自由的年代，它开始得要比佛朗哥死去早得多，已经持续了好几年，也难怪上几代的男人会用一种惊骇与嫉妒的眼光看待我们这些年轻人，想象我们过着纵情不羁的生活，一种他们在自己最压抑和严格的岁月中徒然向往的生活。有一次，穆里埃尔让我加入了一场与他年龄相仿或更年长者（我记得，参加的人里有一位斗牛士和一位演员，他们正好是那种有机会能与普通人或自己的同行乱搞一番的人，但与这两类人乱搞都已经不时兴了）的牌局，有几分钟里，大家的好奇心集中在了我身上，因为我年轻。我发现他们天真得令人感动，因为觉得我长得好看就理所当然地认为，只要我想，我就能在夜里从一张床干到另一张床——这句话是他们说的。所有人里最天真或者最好色、好奇心最强的，正是范·维克滕，他借着他有时候（仅仅是有时候）会引以为豪的那份随意，用一个直截了当的问题让那场短暂的审问或老男人的白日梦展览会达到了最高潮。

“这样吧，小德·维尔，”穆里埃尔是这么介绍我的，他的朋友们一开始也这么叫我，“老实交代，你这么个帅小伙，坦白地说，过去这些年，你跟被解放的娘儿们，一个月大概能搞上几次？情况好的一个月。我猜，你应该艳遇不断吧。”他色眯眯地看着我，打算等我回答，他的眼睛里提前显现出贪婪和钦佩之情，我随便告诉他一个数字，他都会听得兴奋不已。他们想象着一个不存在的世界，或者它只存在于最活跃、最幸运的猎手之间，他们与任何其他一个时代的猎手相似，只不过拥有更多的便利：一个没有道德或其他性质的限制和束缚的世界，一种以艺术片面貌呈现的色情电影中的新异教主义，那个时代的欧洲电影界染上了一种病，那些人会去看，不是杰斯·佛朗哥的，而是更加出名并且能够更好地将他们的癖好隐藏起来的电影。我说过，那时候还没有艾滋病，或者人们还不知道它的存在，因此也不会为此感到害怕和担忧。在这个范畴上那是一个得天独厚的时代，直到如今也未能重来。

我对于谈论这些事情是有顾虑的，对于自负好色更是如此，那不是我的风格。我意识到真相（一个正常、适度的数字，虽然我一点也没有觉得不满意）会让他们，尤其是范·维克滕感到失望，他是最紧张、最焦急、最想入非非的一个。我觉得他的幻想压抑、老式，有些可悲，与那些将号称自己先一步有了性经验的家伙团团围住的青少年并无多大区别，那个拔得头筹的小子正准备在学校的操场上向因无知而轻信的听众详细讲述自己的经历，而听众期待或者要求他能编些谎话、添油加醋一番，因为没有这些的故事根本不值一听。他的幻想让我有点可怜他，或者说厌恶他。在场的有两个女人，是演员和斗牛士或他们两人共有的情人、朋友或不如说是前任情人，她们不打牌，但是作陪、当花瓶并且互相逗趣，范·维克滕时不时拿眼睛瞟她们一下，她们穿的裙子很窄，高跟鞋衬托的双腿有一大段露在外面。我看到她们停止了交谈，等着我回答，这比只有男人在场时更加令我窘迫，只有男性的聚会上我们说话会更加自由，觉得自己没那么可笑。我犹豫了。我随即想到很多女人都不会反感一个拥有丰富的此类冒险经历的男士或小伙子。相反，她们会在想象中欣赏他，对他产生兴趣，这甚至会对她们形成一种刺激，让她们愿意立即或在未来加入他的冒险，就好像她们在记忆中上记了这么一笔似的："这个家伙很风流，讨很多女人喜欢，我应该考虑他一下，不要将他排除。"我看见穆里埃尔也在等着我的答案。他不会主动来问我（这不是他会问的事），但既然有别人问了，他也希望我能让他的朋友感到满意和有趣，仿佛这是他作为带我入局的人的责任。见我沉默的时间有些长，他便大胆地说了出来，这引发了比应有的更大的期待。

“怎么，胡安，你的舌头让猫给吃了吗？我看你很害羞啊。来吧，别让我难做，你回答一下医生，他想知道你们年轻人在没有现在这些限制时是怎么表现的。”

出于这样或那样的原因，我决定说谎，让老男人们流口水，既然这就是他们想要的：让他们惊异不已，痛恨自己生得太早。让那两个估计三十出头、把我看成一个在床上不知疲倦并且可能如狼似虎的小孩的女人想入非非。取悦我的老板，让他认为我有资格与老男人们一起待在那里。毕竟，大家就想找点乐子，那是个欢乐的场合。

“情况好的一个月，就像您说的，医生，”我终于开口道（尽管他反对，起初我是用“您”和“医生”称呼他的，后来等他开始与我一同出入他一个人永远都不会去的地方时，我就没办法再这样叫他了），“会有七八个落到我手里，只多不少。马马虎虎的一个月嘛，有三四个。”我想我脸红了，这更多是因为我厚脸皮地撒了谎，而不是别的什么原因。他们肯定以为我是因为承认自己这么饥渴才脸红的。

我的周围一阵骚动，有人惊讶地吹起了口哨，一瞬间我成了场上焦点。斗牛士和演员想必觉得自己作为万人迷的往事拿不出手了。我觉得穆里埃尔的反应介于吃惊和满意之间（“这么多，嗳?”他像个长辈一般说了这么一句)。女人们斜着眼睛看了看对方，挑了挑眉毛，她们两个人同时将腿分开又交叉起来(大腿一闪而过)，仿佛在跳一台排练过的舞蹈，或者就像是对双胞胎似的。范·维克滕的眼珠子几乎从眼眶里弹了出来，他反复往下拽自己的领带，又从领带结的部位向上拉、把它整好，那是他在面对某个前景或预兆感到不安或激动时会做的一个动作。最值得注意的一点是，没有人表现出怀疑，实际上无论他们多么老练，都不了解这个世界，或者他们只了解自己年轻时的世界，那个我们唯一能够不费力气就自然而然领会的世界：活着的时候我们就会经历一点我们死去时将发生的事，因为时光会以不可思议的速度将我们抛在身后，将遥远的往昔还给我们，把我们同化成旧日的模样。活着的时候我们就会意识到追随它的脚步是不可能的，等到精力不济、疲于奔波之时我们就会与它错开，我们会对自己说：“我的时代到这里为止了，之后来的我就不管了。接下来的不属于我了。顶多，我最多能做的是，假装不知道我正在一点点变成一个老古董，假装不知道我已经落后了。”假如里科教授在场，情况会略微不同。这并不是因为他更了解这个世界，完全不是，而是因为他不会允许自己在别人眼皮底下被震住，他会轻飘飘地评论说“多大点事啊”，或“不值一提”，甚至是“你管这个叫情况好的一个月吗，小德·维尔？我还以为你会更有本事、更加老道一些呢”。但那天晚上他不在马德里，所以没有人来减轻我的大吹大擂所造成的冲击，而范·维克滕，这个最倾向于相信它并且最为它的尺度所蛊惑的人，努力想从我嘴里再挖出点东西来，其他人也纷纷附和、表示赞同。

“好吧，你说，你说，”医生兴致勃勃地说道，就好像又有好戏开场了似的，“年龄？地点？场景？你在哪里把她们弄上床的？”单是“弄上床”这个说法就暴露了他是如何看待这些关系的，他来自怎样一个旧式的世界。“你只跟同龄人，还是只要算得上女人的都行？我猜，你是有底线的。还能挑一挑的人都有底线，至少我在你这个年纪是这样的。”他飞快地看了一眼两个女人，有些话正在他舌头上打转，我怕出现最糟糕的情况，他会卑鄙地报复她们，因为她们根本连看都不看他，不接他的话。我怕他会加一句类似于这样的话：“远的不说，就说这两位如此美丽的女士吧，以前我也许会觉得她们年纪大了点，但现在我会吃掉她们。”所幸他没有影射她们，但在当时的情况下，他瞥她们一眼已经有些不得体和不礼貌了。那两个斗牛士和演员的旧情人，她们相当漂亮，其中一个如同锦缎般华丽，另一个更为精致。她们不该被任何人瞧不起，哪怕在谈到假设的情况，或过去的情况时。她们没有忽略范·维克滕的那一瞥以及其中的意味。她们再次互相眨眨眼，仿佛是在确认彼此的理解一致，她们重新分开又交叉起双腿，这一次表达的不是对年轻人的赞赏，而是对老男人的不满。医生经常有些忘形、自我膨胀，不太能够意识到自己的年龄，因为它尚未在他依然光洁的脸庞和依然灵活的身体上显现出来。他的迟钝让人不得不在他面前把话完全说开。

我不打算在这条自己起头的路上走下去。为了不让他们失望，开玩笑般在几个数字、一两句话上对他们撒谎是一回事，继续在描述和情节上撒谎是另一回事，后者是一而再、再而三的欺骗，无可避免地带有炫耀的性质，哪怕炫耀的是编造出来的东西。他的问题中有某种令人反感和充满恶意的东西，即便他用的是一种玩笑戏谑的语气。那是一种对女性的不尊重，它很常见，无论现在还是过去都存在于西班牙和非西班牙人生活中的许多领域，却依然让我很不舒服。这并不是说我不会在一定程度之内偶尔为之（我也不会夸口说自己从来都是个绅士），但他的做法太过分了，近似于或者不如说是倾向于一种侮辱。有了女儿会治好我们太多男人都有的这种与生俱来的无意或有意的轻视。医生的轻视是蓄意的，据我后来得知，他有女儿和儿子，但他没有因此有所改变。

我微笑着推辞道："不，医生，您别这么想。您比我更帅。就像几乎所有人一样，我只抓了我能抓到的。我没有告诉大家的是我试着抓过多少个，要是算总数，我的败绩比胜绩更多。"

演员、斗牛士、穆里埃尔以及别的一个什么人在我的托辞面前笑了，这也是一个谎言，我不是那种无的放矢的人。前两个人应该是松了一口气，心里想着没有什么会发生这么大的变化，没有哪个时代的成功是不需要艺术、财富和努力的。范·维克滕没有笑，或者是过了一会儿才笑的，是对其他人兴致索然的模仿。他看了我一眼，就好像我向他隐瞒了有用的信息似的，仿佛我把他正打算开心地听，或许希望能从中学习不在他能力范围内的新世界的趣闻给变没了。他带着一种孩子般忿忿不平的神情将注意力投入到牌局之中。

过了一会儿，其中一个女人准备离开了，她已经觉得那晚的聚会没什么意思了。时间将近凌晨三点（牌局是晚饭后开始的，一直持续到将近半夜，那些年无论什么年纪的人都会熬夜，而马德里人总是能少睡一点），应该有人陪着她，然而斗牛士和演员（她与其中一位或两位一起来的）还不打算离开战场，更想捞回损失、转败为胜、赢点小钱回家。

“让这个小伙子送你上出租车，”斗牛士说，“他没有钱在桌面上。”他从口袋里掏出一张钞票递给我作为车钱，我不想让他的手就这么悬在空中，那样就太没有风度了，于是我把它接了过来。确实，我几乎没怎么玩牌，他们在穆里埃尔休息、牌不好和心情不佳的间隙腾出位置，让我替他玩了五六把。我甚至没有拿自己的钱下注，而只用了他的，我帮他转了牌运，这让他有兴致重新回到了座位上。

“好了，现在让我来吧，小可爱，看看我能不能沾沾你的好手气。”他一边说，一边亲昵地在椅子上拍了一下，让我把位置让给他。我觉得他叫我“小可爱”很好笑，他已经恢复了幽默感，大家只会这样称呼自己真心喜欢或亲近的人，而且通常只会用在孩子身上。或者过去通常是这样，这是一个已经渐渐被废弃不用的词语，就像大部分词语一样，我们的舌头正在变得越来越懒。“要是我的手气一直好下去，我就把赢来的钱分一点给你。百分之五，你别不信。”他打趣地补充道。

那个女人和我不得不走很长一段路来寻找出租车，我本应打电话叫一辆来，但她没耐心等车过来，她一打定主意要走，就急着赶紧从那里出去。没有出租车经过，不管是载了人的还是空车，我们所在的位置是一个住宅区，在埃尔·维索或者附近的地方，那里有别墅或小酒店，却没有哪怕一家亮着灯的商店、电影院、酒吧或餐馆，而且时间也晚了，路灯非常稀疏。那是个暮春近夏的夜晚，她没有穿外套，只穿着裙子和一件贴身V字领接近无袖的上衣，手臂几乎完全裸露在外，没穿长袜，她肯定没打算走超过二十步，或者只打算从房子走到演员或斗牛士的车里。高跟鞋让她走得有点慢，我不得不按着她的节奏来，但她走得很美，力求摇曳有度。这让我想到她并非不在乎我对她的看法，她希望我喜欢她，虽然这没有太大意义，有些人需要让他们面前的人喜欢自己，就算对方是来自地狱的魔鬼或他们从田野经过时遇到的一群猪。她是我定义为风格更加精致的那个女人，我的意思只是她比她的同伴更加精致，而不是说她本身精致。要说精致，她显然过于凹凸有致了（但我的目光并未对此加以批评），而且那对巨大的圆形耳环有些多余，她的裙子就算对当时无耻的时尚来说也过短了，几乎让人能够看到她小麦色双腿的全貌，她整个人都晒成了小麦色，想必天气好的时候她没有放过市里的或她那些有钱有势的朋友家的泳池。我问她叫什么名字（没有人正式地为我们介绍过对方），她回答她叫塞莉娅，还问了我的名字。整场聚会期间都没有人用除了

“小德·维尔”“小伙子”“帅小伙”，甚至“这个小家伙”之外的称呼叫过我。

“你跟那个豪尔赫医生很熟吗？”也许她没能记住范·维克滕这个姓，或者懒得费力气把它说出来。

“不太熟。我只在像今天这样的聚会上见过他。只在跟很多人在一起的时候。”

“他有点像猪。”她说得很笃定，没有等我确证。但我不知道这是因为她刚才听到的话，因为他打听我的事情，还是因为她曾与他有过接触并对他的为人或癖好有所了解。

“你为什么这么说？因为他坚持要打听？还是你跟他出去过，他对你做了什么？”

“不是，我连跟这个家伙到人挤人的丽池公园湖里划船都不会去。不过他有一次给我看过病，我有点不舒服，拉斐尔叫我去他的诊所让他看一下。”拉斐尔是那个斗牛士，拉斐尔·维亚纳大师。“我知道他主要是给孩子看病的，但因为是朋友，所以就让他看看我是不是哪里不对。”

“然后怎么了？你有什么病吗？”

“没有，他说没什么事，我很快就会好。他说得没错，因为我没再像那样不舒服过。哎，不是，他是个好医生，他挺有名的。但我觉得他摸了不该摸的地方，女人马上就能感觉到。他让我躺在一张小床上，脱掉一半的衣服，好吧，到此为止都是正常的。可是接着他就问‘你这里疼吗’‘这里有压痛吗’‘现在呢’，以及‘如果我再压得重一点会怎么样’。我不知道，时间太久了，而且是在离我的疼痛处有点远的地方。然后他说‘放松你的胃’，并在我的肚子上检查了半天，就好像他的手指往不该去的地方去了，你明白吗？他用白大褂的袖子和手腕摩擦我的胸部，就好像是无意碰到似的。但几乎没有摩擦是无心的，我们大家都知道，女人对身体接触几乎总是有所感觉的，我的意思是能够区分碰和摸，要是她不躲开，那就是默许了。别的我不多说，但的确有摩擦，有接触。我尽可能地把身体缩起来，但他不管。没有更过分的事情发生，但我离开的时候真是浑身难受。不是我来时的那种难受，嗳，那在他对我说没什么好担心的时候就像变魔术似的消失了。”“医生那安神祛病的手，”我心想，“与他慰藉般的话语。”“而是感觉被他假装无意地摸来摸去的那种难受。我想因为我是拉斐尔那边的，所以他不敢多做什么，因为他怕我会告诉他，然后他会发火，要不然……”

“要不然什么？他会对你不利，打算硬来？我不知道，医生会与病人有身体接触。这很容易被误解。在美国有很多疑神疑鬼的人，一发起神经来就会起诉他们。我的看法是大部分医生都已经习惯到对此毫无感觉了，就像在摸软木似的。我是说他们在面对病人时。”

“我知道我感觉到了什么，而且我不是一个容易害羞或反应过度的女人。我脑袋很清楚，”她听起来没有被冒犯到，只是想澄清，“不，他并不粗暴，他给我的感觉不是这样，我认识一些这样的人。但很讨厌，你知道的，那种会控制自己但控制得不彻底的人。我不知道，肮脏，像猪一样，就像那种把感觉收集起来、存着以后再用的人，你应该明白我的意思了。或者像那种不想要某样东西却一试再试，想看看是否得到什么好处、是否能被接受的人。他觉得自己最后能让你在无意之中兴奋起来，他摸一下你这里，拍一下你那里，或者他觉得你会逐渐让步，因为你不想让大家为难。有些男人会利用害羞、年轻、有教养的女人，害怕与人发生冲突或不敢明确拒绝的女人。就算你不信，这样的女人也是存在的。到最后她们会让对方为所欲为，只是为了不要难堪或者当众出丑。”

“是吗？都这时候了？这听着像十八或十九世纪的小说。而且是乡村小说，写少爷和乡下姑娘的。”

我无心的卖弄似乎没有惹她不快。她很可能比我一开始估计的更有学问。

“像狄更斯这些人的小说吗？我不知道这听着像什么，但我可以向你保证，这依然存在，而且相当普遍。他们求你一下，你就让步了。他们坚持一下，你就让步了。他们讨好你，我不能说他们不会讨好你，这也要算上，而且有时候能说服人。就是这样，并不是说你乐意这么做，但你让步几乎要比拒绝来得容易。听好了，我不是这样的人，但很多女人是的。”

“啊，是吗？”我想到了斗牛士，他比她大上二十岁，“你只会跟你真心喜欢的人走吗？跟那些你在他们让你意识到他们也喜欢你之前就喜欢上的人？有时候你关注某个人只是因为他也关注你。有时候我们只会考虑那个已经考虑过我们的人。别人的目光决定了我们的目光，决定我们如何看待这个人，这不奇怪。”

她笑了，只回答了我的第一个问题，想必觉得剩下的问题没意思。

“差不多是吧。永远都有例外。你肯定也有过例外，对某个非常亲切或者非常热情的女孩，拒绝她会让你觉得有点那个什么。来吧，说实话，追你人的不会少的。”她非常轻地用手肘撞了一下我的手肘，这个动作并不粗俗。我们正肩并肩走在空荡荡的大街上，她时不时会抓住我的手臂来更好地保持平衡。我们的脚步声太响了，她的脚步声因为穿了高跟鞋而更响（这个声音预示着什么）。每走一步，她的耳环都会优美地晃动，她迟早会考虑把它们摘下来的，我猜，如果我们还要过很久才能找到出租车的话，它们晃得这么厉害，会让她觉得不舒服。

我把那句话当成了一句可爱的恭维，而不是话中有话。她比我大了十多岁，可能更多，她有资格用一种临时的大姐姐之类的态度对待我。她懂得很多，但还不够多，或者她已经忘了很多年轻人是什么样的，因为她通常面对的都是演员或大师那样的老男人。她忘了对于大多数年轻人来说，任何性关系都依然是一个奇迹，或者一份礼物（或者 1980 年前后是），只要那个女人不排斥或讨厌我们，只要我们不是第一眼就将她排除在外，只要她不是一个令人难以忍受的软乎乎的胖子，或者一个无药可救的丑八怪。年轻时人们很少会担心得太多，几乎没什么顾虑，他们还只是一张粗略的草图，在这个方面以及其他方面都是。他们几乎不会拒绝任何一个可以接受的机会，尤其是这个机会唾手可得的时候。年轻人常常心术不正，我指的是男人，在这个方面。至少脸皮厚得很。我不会否认，当时的我就是这样，而且持续了好几年。我们会学会慎重，就像我们学会不那么冒冒失失建立关系的好处。虽然看起来并非如此，但关系永远比我们认为的更加普遍，哪怕这段关系是在鬼混一晚中建立起来的，哪怕过了一段时间之后我们都忘了那个人的名字，甚至他的存在，也差不多忘了有这回事。但事实上，若能重逢，你永远不会忘记往日的身边人，就算你的脑海中荒谬地不再保存那些画面，我的意思是，记忆。存在一种类似于心理记录的东西，那段信息被记了下来，在重新见到那张脸的一瞬间，或者有时如果容貌变化太大，在听到那个名字的一瞬间，它便会再次出现。你知道，知道你曾经历过那一切，曾在另一段人生中进入过这个女人，那是另一个你，却在记忆之外，还有证据可循。就是这样，这没什么意义，你会知道一些你不记得的事。

我打算回答塞莉娅“是的，的确是，我也有过，这让我怀疑是不是有女孩也曾这样对待过我，这个想法让人不太舒服。可是又能怎么样呢？谁也不是谁肚子里的蛔虫。这样更好，要不然我们永远连一步都迈不出去，连一只手也摸不到”。正当我打算作出类似的回答时我们看见了一辆空出租车，一道非常遥远的绿光，我们开始像被流放或溺水的人那样挥动手臂，她的脚肯定疼了，却极为自重地没有抱怨什么，而且从来没有想过要脱掉鞋子，就连到了车上也没有。我让她先上了车，我还没学会应该由男人先上车，尤其如果女人穿了裙子的话，要是裙子短而窄就更应该如此了。坐下之后她的裙子更短了，几乎让人有种她没穿裙子的感觉（但她穿了，这正是有趣之处），我忍不住用余光去看她笔直而结实的小麦色的大腿，走在她身边的时候我完全错过了它们。我问起她的住处，她回答在华托街，然后开始复杂地解释了一通，我完全不知道它在哪里，也不知道这位画家在马德里拥有一条以他命名的街道。司机也觉得完全没有听过，于是掏出小册子寻找地图，她为他把街名拼了出来（“操，有时候他们起的名字真是见鬼了”，终于找到 W 和剩下的字母时，那个男人这样骂道），最后还是她帮他指了一下路，我没怎么注意听，然后我们出发了。很快我就到了一些我完全不认识的地方，就好像他把我拉到了另一个城市似的，计价器跳得很快。“幸亏维亚纳给了我钱，”我心想，“如果他没算错的话。”

我们没有继续之前的话题，那已经过去了。我问她在什么地方工作。

“在一个部委里，”她简单地告诉我，“我是公务员。”

“啊，是吗？”我想我没能掩饰住惊讶之情，为了补救我又说道：“级别很高吗？”

“这个嘛，”她微笑道，“不低。”

我这么做不是为了再跟她多聊聊，我关心的是另外一件事，那种会让你长话短说、屏住一点呼吸、在它发生的时候将注意力完全投入其上的事情。塞莉娅没有坐到出租车的最里侧（也许是因为她一时懒得动，或者是她很懒，也许是因为裙子），而是几乎留在了座位的正中间（或者没那么夸张），我别无他法，只能贴着她坐，她的右腿因此明显蹭到了我的左腿，或者与其说蹭到不如说是两条腿挤在了一起。她显然不在乎这个（她本来可以挪过去一些的，她有地方）。可能她已经累得不想再去思考这个细节了，或者她并不关心，在她眼里我几乎就是个孩子，她甚至不会思考我是不是不知疲倦或者愤怒，她不考虑我。我也没有躲开。我的余地不多，但还是有一些的，或者我本可以请她挪一下，给我多留一些空间。我根本没有。我不想向她提出这个要求。那不是肉碰着肉，而是肉碰着布，但无所谓，我能够感受到她，感受到这具肉体的密度和热度，我宁愿继续感受她。我问自己她是否能够感觉到我，还是根本毫无感觉。就在几分钟之前她还因为范·维克滕医生说到了这个问题，她说："但几乎没有摩擦是无心的，我们大家都知道，女人对身体接触几乎总是有所感觉的。"我还需要什么呢？然而我的确还需要更多：就算别人眼里英俊帅气的年轻人也是不自信的，就算胆大包天的年轻人也是害羞的。这个"几乎"是有例外的，她可能认为我们在出租车上的摩擦恰恰是无心的，这可能就是她对身体接触毫无感觉的一次例外。她还说："女人能够区分碰和摸，要是她不躲开，那就是默许了。"如果她是想试试我这个被碰到的人会躲开，还是"默许"与她坚持留在那里的大腿的那种接触呢？我没有缩起来，没有挪开，也没有退走，这个我很清楚。她也没有，但旁人从来都弄不清楚，那永远都是不可捉摸的，我们甚至会觉得看不透我们的妻子和孩子，总之任何人都无法进入别人的思想，有时候旁人甚至没有在思考，只是作出反应，只是行动或对刺激作出回应，他们跳过大脑、没有理会它或是回避了它，没有给它时间表示或表达，我从来没有指望过能走这种好运，也许吧，这更是好运而非厄运。

虽然在年轻的时候也没有指望过它，但我选择了一种有意的、一定程度上经过深思熟虑的做法，它同样能够保护我，即便无法消除，也可以帮我减少疑虑。我给了她一支烟，那一刻她拒绝了，虽然她是抽烟的。我点上了自己那支，一反常态地（我一直都用左手抽烟）用右手的食指和中指夹住了它，让攥着打火机的另一只手落到在火焰一般的路灯或时隐时现的月亮下闪闪发光的大腿上。显然不是手心，那样太无耻了，我用的是手背。当然，我也没有完全放上去，而是从边缘，或者说裙角开始，再多碰一点，就好像手是自己一点点爬上去似的，或者说偶然出现的坑洼或司机赶绿灯时过快的车速让我的手歪过去的。这似乎有点蠢，手就是手，但手背与手心天差地别，手心会碰、会摸、会说话，而且常常是蓄意的，手背则伪装和沉默。

她的大腿没有动，一毫米也没有移开，她没有回避或躲开新的身体接触，她要那么做很容易，她左边是有地方的。现在是肉碰着肉了，虽然依旧小心翼翼，几乎静止不动，躲在巧合的面具之下。在剩下的旅程中，我大胆地略微移动了一下我的手背，就好像是因为车辆驶过弯道、转弯或经过转盘时（马德里到处都有）造成的轻微晃动似的。我们没有说话。我们没有说话。我们没有说话。等得越久，想再说话就越难，不对，只要张开嘴巴，说出一两个有意义的音节就够了："对""不""什么""怎么"；或是"来""走开""还有""没有"。或许是"你想"，接下来总会有更多话的。然而我们一路上都没有开口，甚至都没有必要再为司机指路，因为他已经知道该怎么开了。抽完烟之后，我在自己那一侧的烟灰缸里摁灭烟头，但我的左手依然留在原地，像攥着护身符或圣物那样攥着打火机，这让我得以把手背留在她的腿上，每经过一个小小的转弯，它都会轻轻抚摸一下，就好像没有发生过似的。没有反对，没有躲闪，塞莉娅甚至没有费事换个姿势。"现在怎么办呢，"我心想，"等我们停下了呢？我们亲两下脸颊，然后就那么分开了？这是正常的做法，我们只是一起走了一段路，仅此而已，一段我们甚至都不会记得的夜间（这些年里有太多个夜晚了）小插曲。我会下车，让她从上车的那一侧下来，从左侧车门下车总是有点危险，不陪她走到大门口不太好吧，我们走了这么远又转了这么多弯，我根本不知道我们在哪儿了。要把她平安送到家，就算这样她也无法平安到家，我听说过有人在电梯里袭击女性，在她们自认为已经安全的时候，那些人知道她们晚归就会一直在那里等着，或者从暗处冒出来，在门关上之前混进去，然后她们就会被困在距离她们的家、她们舒适或痛苦的床榻咫尺之遥的地方。也许我应该陪她上去，送她进屋，装一回几乎已经不复存在的绅士，这样我就能尽可能地靠近她的床，这似乎有点蠢，但近水楼台先得月，距离上的接近会让人起意，甚至会引诱自认为免疫的人、从一开始就拒绝的人作出尝试，让他突然发生转变，屈服于一个最不充分却又最具决定性的理由。‘为什么不呢？’他会对自己说，‘如果我想的话，这件事就会像是没有发生过一样’。”

华托街又短又窄，与其说是在向那位法国画家致敬，不如说是一种羞辱。我惊讶地发现附近有一条与它平行的街道叫作胡安·德·维拉街，几乎与我同名，或者说它因其得名的那个人几乎与我同名，我认为这是一个信号和一种鼓励，我问自己那个人究竟是谁。不管怎么说，他在市政府眼里都比华托更加重要，几乎可与贝尔奇特之战媲美——那是与华托街交叉的一条街道的名字。我不认识其中的任何一条街，却突然认出了那片区域，虽然晚了一步。我突然想到司机可能带我们绕了路，以此拉长车程来不慌不忙地掂量我。塞莉娅同意他这么做，或者他从她指路的方式里推断出了这一点。我们一边的两步之外是德利西亚大道，另一边挨着铁路博物馆，还有一边离河不远。几乎就在塞莉娅住处正对面的地方有一个女子综合监狱，它的牌子上是这么写的。她该不会是内务部下属的监狱工作人员吧，我脑中突然闪过这个令人难过心凉的念头。我看了看围墙和没有灯光的窗户，它们都很高。女犯人应该在几个小时之前就睡熟了，她们没有欲望，或是仅存在于梦之类的地方，那些狂热岁月里的所有夜晚对她们来说应该都一样。她们无法避免地散发着相同的气味，那种气味有时相当浓烈，而我从近处闻到的塞莉娅的气味是清淡的，哪怕在走过了让我们有点呼吸困难、让她不算太小的脚疼痛不已的一段路之后。车停了。我故意（我假装走神、犯迷糊了）没有阻止司机按停计价器、竖起空车牌，装模作样地叹了口气。

“哎呀，他已经把空车牌翻上去了。”我说我早就应该提醒他我要继续走的，我没注意。他得把我拉回家，或者换一辆车，这是肯定的。

“因为您什么也没说……所以我们继续走？……怎么办，我再把牌子放下来，还是帮您算个价钱？”

我无需回答，犹豫，迟疑，用眼神询问塞莉娅，在我的苍白之中死去片刻，吐露我期待说出的话。我有种被铃声拯救的感觉，这是个更早之前才有的说法，那时候还有拳击比赛，它还没有被禁止。

“你想上来一会儿吗？”塞莉娅问我。她问得很自然，或者还不止如此，她问得很明确。她只说了“上来”，不是为了喝一杯、因为我们相当投缘或是为了不中断我们不曾有过的热烈交谈。她比我大十多岁，在她面前我从第一分钟到最后一分钟都是透明的，此刻也是。也许我在回答范·维克滕医生时说的那一番大话让她对我产生了兴趣，虽然它马上就遭到了我本人的部分否认。有些谎话和玩笑话会激起人们的好奇心，因为对它们你永远都没有完全的把握。考虑到我也许会怀疑她的问题是句谎话或玩笑话、是出于礼貌的口是心非之辞，或者是在考验我，她用肯定的语气向我重复了一遍：“好，你想上来。那就来吧，我们走。”我没有立即回答，没有马上做任何事。她似乎以为我在发愣，于是微笑道：“走吧，你在等什么？把钱付给他。”

她打开车门，从自己那一侧下了车。直到此时她才把腿移开了，我立刻觉得少了点什么。我还在算我的钱够不够稍后或第二天早晨再打一辆车，年轻人都会这样担心地算一下，我们的钱总是不够花。好吧，到了早上我可以坐公交车或地铁，那有什么呢。我们这个年纪的人想去哪儿就去哪儿，可以在回去的时候走上好几公里的路、横穿整个城市，可以在凌晨时分滞留在最遥远的角落，只因为我们期待、推测或者仅仅觉得可能会有一段值得一试并且值得铭记的风流韵事，我们就是这么不成熟又这么粗俗。大多数情况下，这种毛病会随时间痊愈，一个人从三十五岁左右开始就会变得更为谨慎和懒惰，开始懒得在别人的床上醒来、不得不与一个憔悴不堪又蓬头垢面的幽灵共进早餐，懒得在深更半夜脱光衣服，虽说不是必然的，也懒得与别人有所牵扯，建立起那种对方可能不会忘记，或者不会像他那样转眼就忘的关系。他会去考虑忠诚问题，忠于那个正在家中守候或在外旅行的人，也忠于那个女人不知情或不在场的、他也许从未见过的伴侣。他学会设身处地为所有人着想，甚至包括一个陌生的傻瓜（从情人的角度来看，几乎所有丈夫都是傻瓜，无论这段关系多么偶然和短暂，正如所有的情人在丈夫的想象中都是蠢驴，哪怕他们不知道对方是谁，也无法确定他们的存在）。但二十三岁时，恰恰相反，这一切都是不可能的。一个人在那个年纪有能力欺骗，耍心机，以诡辩服人，对伴侣不忠，把一切都豁出去，别有用心地卑躬屈膝，获取别人的无限同情，装出痛苦或病弱的样子，对女人说谎并背叛朋友，做下日后会为之羞愧的卑鄙之事，或者他会努力不再去记得它们，幻想它们不曾发生，那个曾经做下这些事的人已被埋葬："那已经不是我了，那是个孩子，孩子做的事情是不作数的。从今天，或许从明天才真正开始计数。"一个人会随心所欲地延长他认为的不用负责任的年纪。

我把钱付给司机，从自己那一侧下了车。出租车离开了，一秒钟就已消失不见，我们两个人站在窄窄的华托街上，中间隔着之前出租车占据的地方。我没有注意看房子或大门之类的任何地方，对此我没有记忆。我的眼里只有塞莉娅，那是我在很长时间里第一次从近处看着她，她的高跟鞋，她的整个身体，她一直都没有把鞋脱掉。她的裙子缩上去了一些，它在车里被弄皱了。她向我伸出手，又变了主意，改为挽住我的手臂，我们朝入口走去。也许对她来说，带某个年轻人回家也是一件大事。不，实际上我不这样认为，她想引来多少年轻人就能引来多少年轻人，有的急躁而热切，有的自卑而感恩，还有的贪得无厌。也许这三者我都沾了一点。一瞬间我忍不住用观众或收藏家的眼睛打量我们，那是想象的眼睛，它们最能记得一个场景，之后也最能将它回忆起来。我忍不住想到假如范·维克滕医生看到我们的话，他会给我记上一笔，会有一点为我感到骄傲。然后他会恨我。

然而那时的我不知道有什么会随时间痊愈、平息，不知道一个人会变得谨慎和懒惰，会考虑忠诚问题，而忠诚能发挥箩网、指南和刹车一般的作用。另外我也见过不少多年以来都并非如此的例子，见过成熟但从不退缩、永远都贪婪而热望的人，我的意思是，至少在精神上是这样，仿佛他们的所作所为应该继续只为了满足专横的大脑，后者从不休息、不知停顿，在太多年里（青年和盛年非常漫长，它们终止的边界是模糊不清的）太过于习惯自己，它独立于身体的需求、兴衰和能力之外，日益将其视为必须加以鞭策的恼人的工具。大脑习惯了进行不可放弃的计算——比如，这一年里跟多少女人上过床；多少是不用付钱的；谁将是下一个为我填补这一空缺的男人；我只要再有一个就够了，我会跟他在一起，然后我就不会再问更多问题了。（同样也有貌似平和无害的老人，他们的大脑神秘莫测、反复无常或者无从窥探［没有任何人能进入别人的思想］，甚至一刻不停地冒出卑鄙的想法，积聚着针对周围所有人的恶念。大脑，被欺骗的大脑，它们永远不会投降，它们的感觉永远相同，看不到改变的理由。哪怕它们远远回顾，也只是在想："我犯下的错已经过去了。岁月已经洗刷了它，我是清白的了。我可以重新启用另一本账了，哪怕也是为了记录我犯下的错。但那是另外一本账，是新的，不一样的，而且更薄，因为我只剩下一部分时间了。"）

我看到比阿特丽斯没有放弃这种计算，我认为她午后出行的一部分原因正在于此，虽然以外人的直觉来看，它们似乎是合理的、常规性的，甚至在某种程度上是满怀希望的，虽然她知道本质上对她而言，下一个男人就是一直以来的那一个，她长久以来从未舍弃（“不管你怎么样躲着我，我只对你感兴趣，我爱的是你，我应该怎么对你说呢”），却已经站到她的对立面折磨她的那一个。心情不好或与托尔斯闹得太不愉快的日子里，穆里埃尔不止叫她“海豹”“面粉袋子”“浮肿病人”“脂肪球”和“肥牛”，不止将她比作艾尔阿拉莫的大钟、《关山飞渡》里的大马车、最臃肿时期的谢利·温特斯或“波莱德尔笔下的女巨人”（其中的隐喻那时候我没听懂），还说她像胖子特型演员（“你只差一撇小胡子就和奥列佛·哈台一模一样了”，或“我希望你别掉头发，不然我会把你跟泽罗·莫斯苔弄混的，你记得吗？他是我们的朋友帕兰斯那个爱出汗的朋友”），他明明知道，她比我更加能够听懂所有这些电影方面的事。他的侮辱毫无道理，完全失实，实际上它们是那样过分、恶毒和荒唐（几乎摸到了幽默的边，也许正因如此才没有对她造成过多伤害），可能在她心底的最深处，甚至能引她一笑，哪怕它们听起来无疑让人很不舒服，会影响她的情绪并导致她严重地自我怀疑。有时候我会想，她为什么还没有彻底灰心、放弃前往丈夫房间门口的夜间奔袭，也许她能从拒绝中恢复过来，能因为与范·维克滕在极端宗教性的环境中会面，或与马尔克斯·德·萨拉曼卡广场上那个不知是谁的男人在某个世俗环境中（那两个地方她都去过不止一次）会面而冷静下来，而且谁知道她是不是还在埃斯科里亚尔或其他骑摩托车才能去的地方见了别的人呢？也许她猜到了她无从得知而我却知道的事情：尽管穆里埃尔当着她的面口出恶言，却永远都不会在她不在场时说出这些话，我的意思是他不会在其他任何人面前说比阿特丽斯是“仿蒙蒂亚酒酒桶”或者“查尔斯·劳顿”，她永远都是第三者面前的“比阿特丽斯”或“我的妻子”，他们孩子面前的“妈妈”或“你们的母亲”，弗拉维亚面前的“夫人”或“比阿特丽斯”，而且他很注意不让别人听到这些难听的外号，一开始也包括我，只不过在我面前他会不小心脱口骂人（我已经是空气了），另外我还会偷看，会去听我不该听的话。在我看来，这是他尊重她的一种微弱表现，或是史前时期他可能对她有过的爱意的一点微弱残余：避免当着其他人的面粗暴地辱骂她。

我也没有看到，年近或年过五十的穆里埃尔彻底放弃对于女人的热情，如果可以这么说的话。他似乎从来都没有在渴望或追求任何人，他对她们一副不上心的样子，或者他在这个方面就是不上心，而且保持着一种随意和观望的态度。当他发现自己成为一位异国美人或迷人的贵族女子的意中人时，他给人的感觉是大吃了一惊。然而，在这种情况下，他不会停下来去想那些追求者是否另有所图（在一部电影里出演一个小角色，或仅仅让自己的名字出现在通告中），也不会在对方的确另有所图时回避她们。表面上他对别人的引导和控制听之任之，但之后会表现出兴趣索然和冷漠的样子，或者甚至不记得（他这么说过，而且我也提到过一个例子）自己曾与一个渴望之后能够再次爬上他的床（当然是在床上有他的时候）或大胆提出让他帮个小忙的女人同床共枕过。既然没有做出任何许诺，他便觉得自己没有任何义务，她们想在没有人坚持的情况下爬到哪张床上去是她们的问题。我从来没有见过他认真地跟任何一个女人成为“一对”，他最多愿意反复跟某个特定的让他印象不错并且讨他喜欢的女人出去，后者通常是作为他在首映式和鸡尾酒会上的女伴，都是些面子上的场合，一般是有更多人在场的集体活动，我想，他想必觉得单独跟她们吃晚餐或在进行完我想象中有些机械化的、卫生而不会致病的、当然也毫无激情可言的床上运动之后跟她们聊天太无聊了。无论是年轻女孩还是轻熟女性，无论是异国美人还是贵族女子，可能都会让他打哈欠，如果她们完全不知道谁是泽罗·莫斯苔、安迪·德怀恩、尤金·佩里特或西德尼·格林斯垂特，这些他可能会在暴怒或出奇刻薄的日子里拿来与比阿特丽斯·诺格拉作比较的其他胖子演员，也不知道身边有或没有女巨人的诗人波莱德尔的话。至于他真正仰慕、感兴趣或迷恋的女人，那些像塞西莉亚·阿勒曼妮一样的女人，她们数量稀少，他还不常能有与之相处的机会，她们属于另外的领域，他在其中只是个小人物，或者充其量只是一个能为晚餐添些旁彩或趣味的奇特艺术家。也许正因为她们是白日梦，他才能放任自己赞美她们并宣布自己将会爱上她们。有时我会想，穆里埃尔也许曾经在生命中有过两三个如此重要和智慧的女人，也许曾经毫无保留地向她们臣服，她们太完美了，他很难不嘲笑其他任何一个接近他的女人。我相信这两三个女人里（如果是两三个的话）有一个是从前的比阿特丽斯，那个曾经在美国居住并成为他妻子的比阿特丽斯，那个依然有迹可循的热心、乐观、爱笑的比阿特丽斯，那个还未几近精神失常，也没有整日畏畏缩缩（或者，应该怎么说呢，浑浑噩噩）的比阿特丽斯。

里科教授要比穆里埃尔年轻不少，还没有到被治愈的年纪，虽然也相去不远了。尽管已经年近四十，他依然像个孩子一样出言不逊、喜欢发表意见和自吹自擂，而他的有趣和可爱之处（当然，是对那些能看到他的有趣和可爱之处的人来说，也有人很讨厌他）很大程度上也在于此，这为他赢得了不少芳心，我想我已经解释过了，至少在理论和假设的层面上。他可能属于那种会进行我之前提到过的那种计算（“跟多少女人”）的男人，只不过他一看到自己“诱惑到”或肯定能诱惑到某个人，一旦他确信，正如他有时会带着感人的喜悦（不，是得意）表示的那样，“这个女人在我想要的时候就可以成为我的，这是显而易见和毫无疑问的”，他就会在心里记上一笔，也正因为如此，他并不总是认为有必要将诱惑付诸实践，或是“完成临门一脚”，后者更多是范·维克滕而不是他会用的词。

不，我觉得我身边几乎没有任何人能够彻底消除渴望（也许是因为这个崭新的、骚动的时代），最不可能的就是那位著名的儿科医生。他恰恰是年纪最大的那个，比穆里埃尔大十多岁，比比阿特丽斯和里科大二十多岁，而与我的年龄差则将近是与后者的两倍。虽然我说过他看上去只有五十多岁，依然皮肤光润、身形灵活，我邀请他跟我和我的朋友一起出去这件事还是不免有些令人费解和不合常理。然而，我很轻易就说服了他，他没有摆架子，没有不情愿，也丝毫没有扭捏作态，这太简单了，不费吹灰之力。他已经饥渴到了一定程度，他太担心自己错过一个放纵和风骚的时代了，一想到由于愚蠢的时间问题（年轻时我们认为时间是可以倒流的，不然也是可以挽回的）而从他身边溜走的东西，他就感到如此尖锐的绝望，以至于实际上当我鼓励他在我的陪伴下首先光顾几个酒吧，然后马上去舞厅和现场音乐演出厅的时候，他欣喜若狂。那些地方有各种年纪的人，人们在高分贝的噪声中谈笑，时不时会坐一会儿，他不会觉得自己格格不入，尤其是因为有些地方他再熟悉不过了，它们重新流行起来，拥有了一批热情的新顾客，他们普遍对过去一无所知，有着与它们各自的大洪水前时代的顾客几乎相反的特点。我想花园街上的太阳酒吧就是其中之一，之后的女王街上的公鸡酒吧也是这样，当然还有格兰维亚大街上的奇科特酒吧，要是我没记错的话，它从内战之前就在那儿了，就是海明威总在他的新闻报道和最像游记的小说里写到过的那个。随后，在战后时期，它曾经属于相对高级和体面的妓女，斗牛士、男演员、歌手、足球运动员、女演员，佛朗哥派的高级官员，亲政府的企业家，有时候还有某位喜欢热闹的部长，妓女主要是去找后面三类人，后面三类人也主要是去找妓女，所以大家都很方便，直接就能在那里找到对方。我问自己在那个长似永恒的时代里，范·维克滕难道不是那里的常客吗？因为正式说来他与赢得斗争的一方（好吧，人们总是忘记，二十世纪四十年代他曾经是他们当中的一员）交好，并且从与他们的关系中获得了好处。他难道不会陪着当权者和有钱人喝上一杯奇特科著名的鸡尾酒，朝吧台前的高脚椅瞄上一眼吗？没有男伴的女人常常靠在吧台上，半侧过脸（为了避免仅仅单调地展示她们的背影），假装彼此交谈，直到有人邀请她们成为座上宾。1980年前后，依旧会有某个迷惘年迈的女人，也许是看到这个地方在没落多年后重新热闹起来，于是大胆地坐到她过去的高脚转椅上，她觉得光辉岁月奇迹般地重新回来了，时光倒流了。实际上其中的一个老女人曾有一次走到我们的桌子旁边，定定地看着范·维克滕，亲切地对他说：

“我认识你，对吗？你那一双蓝眼睛，那一头金发。你的头发没白，依然那么浓密。你几乎没有任何改变。”

可是范·维克滕一点也不紧张，他带着真诚的惊讶之情，但毫无疑问是充满恶意地从座位上回答她：

“不，女士。您想必把我和我的父亲弄混了，我长得很像他。您没看见现在光顾这个地方的人，”他残忍地停顿了一下，仿佛因为他是我们中的一员而感到满足和骄傲似的看了看我和我的朋友，“全都非常年轻吗？”

范·维克滕医生非常放得开，以至于我起初的担心不仅毫无根据，甚至还挺可笑的：我担心他会觉得，我像朋友那样建议他应该时不时在晚上跟我一起出去有点可疑和不合适。但穆里埃尔太了解他了，所以才会毫不担心地吩咐我那么做，他知道在范·维克滕看来，没有什么讨好和恭维是他没有理由享受或配不上的。一开始，我觉得这是由于我老板估计错误，因为他似乎对现实缺乏了解。然而不是这样，慢慢地我发现无论对人还是对势，几乎没有任何重要的东西能够逃过他的眼睛。在他漫不经心的，有时沉浸在自我世界的表象下，他记录和了解的东西远比看上去的多。当我完全猜不透他心思的时候，我会觉得他正在心里计划着什么，我的意思是他正在设想未来某部电影的镜头和相机走位，这是可能的，但他从来不会因此忽略他正在讲的或别人给他讲的故事，或者是正在困扰他的想法。他有一种鲜明的风格，但无论在电影还是生活中，他都不是一个单纯的风格主义者，更不是唯美主义者。他喜欢假装对身边发生的事所知甚少，宁愿对他感知到的东西保持沉默。我觉得他能感知到很多，而且几乎什么都知道。

范·维克滕的确有一双非常蓝的眼睛和一头金发，这让他在西班牙通常很容易就被人记住。这个国家有比大家以为和承认的多得多的人拥有这样的目色和发色，但不像他的那样纯净，或是混合了其他的颜色。这里的蓝眼睛经常发灰或发绿，像各种烈酒的颜色，或者像穆里埃尔唯一看得见的那只眼睛那样蓝得很深，而浅色头发的人也很少有北欧人的那种金色或淡金色。事实上他像个外国人，就好像他众多来自阿勒瓦罗的祖先每次结婚的时候都跑到荷兰去了。因此他很难被误认，奇科特酒吧的老妓女很可能没有弄错，虽然在我看来他完全不符合那种经典的嫖客形象。他的眼神依然年轻，会发光，它的确有着南部人的那种烈度，然后可以变得下流和带有侮辱性。他的面孔哪怕称不上英俊，也相当端正（年轻时他应该不会为此烦恼），微笑时会露出白得发亮并且看起来非常健康的牙齿（是大颗整齐的长方形牙齿），下颌十分强壮，脸型偏方。他唯一不好看的地方是像精灵那样略有点尖的鼻子和耳朵，以及下巴有点凸出，但还没到像女巫的程度。我有一次对穆里埃尔说他像一个几乎总演配角的二线美国演员，他演过上千部电影，但很少有人知道他的名字：罗伯特·J. 威尔克。作为一个爱卖弄的年轻人我想表现一番，他很快表示赞同。“几乎整部《正午》都在等火车的那三个枪手中的一个，”他回答道，他什么都知道，“你说得没错，恰如其分。而且很有意思的是，除了在数不清的西部片中出现过之外，我记得威尔克还穿过不止一次白大褂。”那时候我已经见过这样的范·维克滕了，当他在达姆施塔特圣母堂里站着并且穿着衣服干同样站着并且穿着衣服的比阿特丽斯的时候。可穆里埃尔不知道我记得这样一个画面，医生敞着白大褂的样子。

从他的脸上能看出一种膨胀的胜利者性格，从他为人处事的方式里也能看出来。他非常自信，有一种过度稳定所以难免显得有点虚伪的亲切（或许这很适合一个理应让母亲和孩子产生信任感的儿科医生），他的开朗不可否认，脸上永远带着热情的微笑，一个会根据不同对象来讲带或不带颜色的笑话的男人，他很轻易就能开玩笑，快得过了头（好像那是他的名片似的），那是一种讨喜的幽默，然而我觉得它过时了（不过也许这是正常的，我们有不小的年龄差距），可能还因此有失公平地将它与正全速远离我们的佛朗哥年代联系在一起，毕竟一切都曾在那个时代出现和发生过，换一个政权又有什么不同呢？从他小时候起应该就有人这样建议过他："你有这么漂亮的牙齿，就应该永远微笑，小豪尔赫，不管有没有用。这会帮你赢得追随者，还有人心；这会帮你铺平道路。"他个子很高，跟穆里埃尔差不多或者更高一些，而且相当胖。我想，这让他能够自然地拍拍别人的后背，挽住他们的胳膊，在机械化的哈哈大笑中把他们拉过来，或是友好地摇晃他们一下。他力气很大，要是故意的话，他肯定能把别人弄疼，有好几次他为了示好而亲昵地撞我，或是用他的一只大手拍我的肩膀，把我弄得有点疼，他的手就像是从相当高的地方垂直落下似的，然后自以为友好地按住你，却压得实实在在，你立刻就会想把它们甩掉，摆脱它的重量和钳制。

除了不拘小节，你还会在他身上看到某种贪婪和焦虑，仿佛没有什么能让他完全感到心满意足，仿佛他是那种永远想要更多、到最后不知道自己要的是什么的人：他们很难获得更多的职业成就、金钱、与其交往之人的赏识、他们所在领域的权力和影响力。他们环顾四周，一转身就开始寻找新的目标却已经找不到了，因此他们不知该如何去引导那种拒绝放过他们、撤去包围圈、就此罢手的野心和能量。从某种程度上可以说年龄背叛了他们，它既没有给他们正常的教训，也没有安抚他们，没有软化他们，也没有令他们变得更加迟缓或温驯，它过于尊重他们的个性，不敢冒犯他们，或者是懒得费劲与他们和解，更不用说让他们变成与年龄相符的样子了。就这样，他们变成了几乎对时间的流逝毫无意识的人，他们感到时间是一种不变的永恒，他们在其中构筑自己的整个生活，难以预见它会消失或改变，会离开或抛弃他们，他们是它的人质，它甜蜜的受害者。有必要为其开脱的是，时间并不忠于他们，它拒绝履行自己的一部分职责，只是慢慢侵蚀他们，却（该怎么说呢）没有知会他们。他们是那种要是有人告诉他们得了绝症、很快就会死去，最初的反应会是完全不相信或怀疑的人（实际上，是相当傲慢），他们差不多会这样回答："哎，您看，我不知道跟您说什么。这时候死了对我来说可不太好。我有很多事情要做，我没料到会这样，这不在我的近期计划内。要是您同意的话，我们以后再说这个。"（本质上这是可以理解的，无论现在多晚，除了自杀的以及筋疲力尽的人，谁不想以后再说这个呢？）然而，穆里埃尔永远都不会这样回答，虽然就像我一开始说过的，他与范·维克滕一样对时间的流逝免疫，岁月在他的外表上投下的同样只不过是一场缓慢的湿雪或阴影。但与他的朋友不同，他身上没有贪婪、焦虑或巨大的不满足感，更多的是静止、舒缓与平和。他只是不理会时间的流逝，仿佛那是一件人所共知的事，不值得花哪怕一分钟去哀叹或称颂。或者仿佛在他身上一切重要的事都已在过去发生了。

对在永恒欲望的驱使下毫无明确目标和方向地寻寻觅觅的医生来说，我的建议，或者说他所认为的我的诱惑再好不过了：在一个向导或者内部人士的陪同下，进入那时候的年轻人放纵无度的生活。事实上我对他来说并不是必不可少的，这是一个如此骚动的时代，一切都突然解禁、变得寻常，与之形成反差的是佛朗哥时期那铅一般沉重的几十个年头，尽管从距离后者的肉体消亡尚有五年的时候，那个时代就已经开始走向终结，或者已经被人们坚决抛弃了。任何年纪的人都感到自己可以自由地出入任何场所、任何环境，仿佛全世界都第一次有了新的习惯，甚至新的青春。有人不久之前还因年龄受限而认为自己没有资格一星期好几天外出玩乐、至晚方归，现在却觉得没有什么能阻止他们，更有甚者觉得沸腾骚动的大环境在逼着他们这么做，让他们去与其年龄、地位和长久以来在他人眼中庄重谨慎的形象不符的地方冒险。但是，就算存在这些便利和激励，能有一个真正的二十多岁的年轻人带你进入那些时髦场所，把你介绍给他的朋友并帮你融入他们，并且，这么说吧，允许你在相对平等的条件下与他圈子里的任何一个女孩交谈，假装你属于一种得天独厚的群体，那是不一样的。那段时期的马德里几乎没有人睡觉，因为在放肆狂欢的夜晚之后，除了学生、艺术家和闲散的专业人士之外，所有夜猫子第二天早上都会令人难以置信地出现在工作岗位上，去得还相当早。我就是，范·维克滕也是，他一次出诊也没有耽误过，穆里埃尔、里科和罗伊都是，比阿特丽斯和格洛丽亚夜里出去的时候也一样。所有人都时不时会这样，没有谁能逃过那些年里沸腾不息的夜晚，那是一个反常的年代，充满政治风险和各种不确定性，却像节日一样快活，但凡你有点钱，哪怕你再倒霉。那时候堵车并不奇怪，很多地方都会发生，星期三、星期一，甚至悲伤的星期二的凌晨时分。我们警惕而冷漠的月亮想必曾在某天夜里眨了眨它那只慵懒而蒙眬的睡眼吧。

我记不清有些地方是在1980年前后还是稍早或稍晚开张的了，不过我想除了之前提到过的地方，我还带范·维克滕去过狄更斯酒吧、咖啡咖啡、摇滚浪潮、雷克莱特斯的好几家露台酒吧和宇宙酒吧（这家可能没有，我觉得它是之后才开的），以及几家迪斯科舞厅。迪斯科舞厅是那些年里我度过太多时间的地方，有时候有他，有时候没他，谁记得住呢？比如帕查、乔伊·埃斯拉瓦和另外一些我忘了叫什么名字的舞厅，有一家在河边（里维埃拉？），有一家在查马丁车站隔壁，另外一家在奥塔莱萨街上，还有一家在佛尔图尼、杰内尔或者马尔克斯·德尔·里斯卡尔街那里（也许叫亚契舞厅？）。我把时间和人物都混在一起了，酒精不能让人头脑清晰，可卡因在它效果持续的时候可以，但事后不行。经常会有人给你可卡因，你吸它是为了能在夜间聚会上熬到更晚，并能继续在对抗喧闹的必败之战中大声说话。我不可能跟医生去过那么多地方，那段时间很短，我一完成任务就离开了他。我能肯定的是带他去过一家重新装修得很时髦的跳舞厅（在它古老的发源地是这么叫的），名叫画家戈雅，它在与它同名的那条街，也就是戈雅大街上。

就像在那晚的牌局上对待塞莉娅和她的同伴那样，他管不住自己冰冷而又饥渴的眼睛，它们会追着任何年纪的女人跑（在合理的范围之内，那个年代的娱乐场所相当“跨年龄”），甚至包括开始在卡斯蒂利亚大街与贝克尔兄弟街交汇那一段互相比拼谁更撩人和厚脸皮、随后四处扩散并占据了附近地区的异装癖。我一直很奇怪他们竟然会流行起来，而且他们的顾客大多是异性恋，似乎还有很多是已经当了父亲的人。无论他们打扮的女人多么相像，你必然需要一个在我看来难以理解的心理过程，一种自我欺骗，才能说服自己他们真的是女人，以及在做那件事的时候，不会从哪个地方冒出什么不合适和令人出戏的性器官。我记得，当我们从范·维克滕医生闪亮的汽车里看见他们时，他并不相信他们是服过激素、动过手术或者两者一半一半的男人。他一边开车，一边斜着眼瞄他们，假装转过头看我和我的朋友。

“你们说什么？他们怎么会是男人？她们很明显是女人，我完全知道。看看她们的胸，她们的腿。你们是想看我的笑话吧。”他微笑着，一半觉得有趣，一半觉得迷惑，他那锦上添花的微笑。

“她们大多数都太高了，你年轻那会儿有这么高的女人吗？”我回答。我很快强迫自己对他以“你”相称。“很多人的腿太粗壮了。胸太僵硬了。有些人的手太大了。大部分人的脚不小于三十九码。不过，最重要的是，他们有喉结，你仔细看看。”

“离得这么远，车速又这么快，我怎么看得清这个？”卡斯蒂利亚大街有很长一段是笔直的，夜深的时候你可以开得像流星一样快，但他在接近异装癖所在的地方时压住了车速，他们最起码让他觉得非常困惑。“从这里我一个喉结也看不到。你们说什么傻话呢，她们肯定是女人，而且相当好看。人种改良了，所以她们个子高。或者她们可能是外国人，以前也有高得让你连嗝都打不出来的黑白混血人。你们疯了。你们是想把我弄疯。”这时候你就能很明显地看出来，他属于很遥远的那一代人。还有他有时候会脱口而出的过时用词：我的同龄人里没有人会说“让你连嗝都打不出来”。

“这样，你去找一个过上一晚。你只要停下车，把她接上就行。如果你不只是要口交的话，很容易就能证实。据我所知，这也花不了你太多钱。然后你再给我讲讲。我的意思是，讲讲你的恐怖经历。”

我之所以知道他们要价很低，是因为我当时有一个临时的朋友，名叫骑士团长，比我大五六岁，我觉得他不时会叫他们来服务一下。他一直都是异性恋，实际上那时候也是，还有一个喜欢得无法形容的女朋友。他曾经试图向我描述那些暧昧相会的细节，但我直截了当地制止了他，我宁愿不要听。他觉得他们是令人眼前一亮的女人，这是肯定的，正如他也肯定清楚他们不是女人。我觉得这一切都非常诡异。

范·维克滕会沉默一会儿（与我刚才提到的类似的对话我们进行过不止一次），像是在犹豫。他会看看人行道，接着看看前面，然后重新看着那些穿着很短的裙子或短裤、几乎袒胸露乳的貌似女人的家伙，色眯眯地欣赏他们。有意思的是，他之所以犹豫，似乎是因为另一个问题，而不是难以确定或具有欺骗性的性别问题。

“不，不，没得好说，我这辈子都没付过钱。”最后他这样说道，排除了这个可能性，“我可不会在这个时候付一次钱。”

就我看到的情况，这应该是真的，而且他的确不是嫖客。也许他从来没有过这个需要，也许他的身高和浅金色的头发，他迷人的牙齿和清澈得在某些光线下甚至水光潋滟的蓝眼睛，足以模糊或隐藏某种我在他身上感觉到的令人反感的东西（我不知道该如何定义它，一种自负、刻意和戏谑的亲和以及残忍无情的混合体；这一切都写在他那张令人捉摸不定的脸上），在我看来它不可能不被女人察觉，无论是他现在的女人还是他过去的女人，那是一种固有的、与年龄无关的东西。当然我经常在这个问题上犯错，也曾见过高贵的女人坠入爱河，见过她们完全臣服或屈从于实际上令人作呕的家伙，而他还不至于令人作呕。尽管此时他身上已经完全没有青春的痕迹，但我说过，他保养得相当好。不过，这还不足以解释为什么我的一些女性熟人和朋友不仅不会在夜里一起出去玩时避开他或无视他，还会欣然地与他交谈，我指的不是她们在跟所有人说话时允许他加入（毕竟他在那儿，还有我的引荐），而是会出现她们只跟他一个人说话的情况。看着她们笑的时候，我在想，也许是因为只要他愿意就能一个接一个地说下去的老掉牙的玩笑和笑话，也许是他的恶趣味和讨好人的能力，年轻人对于讨好太敏感了，经常只需要一番恭维就能从他们身上得到很多东西，在几乎所有领域都是如此。

我一刻不停地观察着范·维克滕，我任务的一部分就在于此，而且我想对穆里埃尔有所帮助。我有两三次看到他跟某个年轻姑娘一起朝我们所在的地方的洗手间走过去。我在心里计算他们离开的时间，我觉得他们不是每一次都有时间去做除了诸如抽一口（可卡因还没有像几年之后那样泛滥，但已经开始有了，而且人们开始不再恐惧它，而范·维克滕有很多钱，可以轻易地买到它，以此假装自己是我们中的一员，也就是说，以此讨好我们）之类的以外的事情，甚至来不及进行一次快速的口交。跟在他一起时，我会使用这个以及其他更加粗俗的词语。我无法很自然地把它们说出来（我一直相当有教养），但这是穆里埃尔命令我做的，他还有另外一些我更难遵循的指示："炫耀一番。吹吹牛皮。跟他谈到女人的时候，你不用担心自己显得粗俗，甚至看不起她们。越这样越好，夸张一点。你装出一副卑鄙无耻的样子，看他对此有何反应，看他会不会理解你甚至深有同感，是会嘲笑你还是批评你。"这一切都让我觉得陌生或者反感，但我强迫自己这样做了，仿佛我是穆里埃尔远程盲导、不可能获得（他看不到我的演出，这让我觉得挫败和难过）他的祝贺或称赞的电影中的演员。很快我就能毫无顾忌地吹嘘自己不曾完成过的所谓的壮举，以物化的方式谈论女人，就好像她们没有人格，是可以交换的，是物品，甜瓜、洋蓟、西瓜、面粉或者肉。一开始听到我这么口无遮拦时，范·维克滕会眯起眼睛看着我（它们因此显得冷冰冰的），半是容忍半是惊讶地听着，仿佛他先入为主地记住了我谦恭有礼的一面，认为我的态度与他在穆里埃尔家中、在晚餐和偶尔的出行和牌局上、在看到我与比阿特丽斯和她的孩子以及弗拉维亚相处时对我形成的看法不符——我对弗拉维亚通常很绅士，就连对阴险的玛赛拉和格洛丽亚也是，我努力不在她们面前表现出我对她们的厌恶之情。

但所有事情都可以很快习惯，所有看法都可以被取而代之。我想他认可我在工作时伪装了自己，而我在无拘无束时展现出来的才是我的本来面目，他很快就逐渐习惯了我粗鄙下流的语言和强盗一般的行为。但“行为”这个词并不准确，因为我依然以我固有的方式对待我的朋友、女伴以及新认识的姑娘们（在那些年热情的夜晚里你总能认识人），否则会让第一种和第二种人提不起精神，但之后我会像个心术不正的人那样谈论她们，向范·维克滕讲述很多时候不曾发生过的奇遇以及有些卑鄙的招数，如果它们确实发生过，那也不是出于那样的功利主义和利用，我也不像后来告诉他的那样有过那么多花言巧语、反感和欺骗。比起我的行为，更为傲慢和恶毒的是我对它的描述。我听从了穆里埃尔的建议：“没有什么比夸耀自己的英雄事迹更能让对方把他的英雄事迹也说出来，哪怕是很久之前的事，这一招屡试不爽。”是的，穆里埃尔是对的，这一招几乎屡试不爽。

VI

有些人享受欺骗、狡诈和伪装，会极富耐心地织就他们的网。他们能活在漫长的当下，将一只眼睛放在一个不确定的未来，没有人知道这个未来何时到来，或者他们会在什么时候决定时间到了，最终让它成为当下，因此这个未来很短暂。有时候他们会延长或推迟复仇的时刻，如果他们在追求复仇；或是获得的时刻，如果他们正渴望达到某个目的；或是他们的方案完全成熟的时刻，如果他们正在策划某个方案。有时候他们等得太久，什么都来不及完成，一切都在他们的想象中腐烂。有些人一直都在隐瞒和掩饰自己的行为，同时耐心地从来不把网拆掉。奇怪的是，他们不会对此感到疲倦，也不需要活得透明、简单和干净，不需要摊牌，直视着对方的眼睛说："我想要这个，我会这么做。我已经不想再迷惑你或是跟你开玩笑了。我骗了你，伪装了自己，我这么做已经很久了，几乎从我认识你的时候就开始了。这是必要的，我不得不这么做，我是奉命行事，我的幸福取决于此，我是这样认为的。我曾经是个弱者或者忠于别人，我害怕永远地失去你或者有人说服我如此行事。你对我太重要了或者我根本不在乎你，欺骗你并非我的本意，也违背了我的良知，或者对我来说毫不费力，对我而言你就是一切或者谁也不是，无所谓了，现在都无所谓了。我觉得很难受，筋疲力尽了。我用尽全力隐瞒事实或者说谎，维系谎言是一项大工程，要记住哪些是谎言更是如此。对于说错话、无意识地自相矛盾、谎话被当场戳穿、不小心自我否定的恐惧逼着我从来都不能放下戒备，让我疲惫不堪。我的过错已经减轻，不能再阻止我的意图了，所以我要对你说出真相。毕竟我的谎言过去很久了，木已成舟，无法改变，也没有时间再回头了。事到如今，真相不存在了，被取代了，只有从它被取代之时起我们经历的东西才有意义。也许那个遥远的谎言已经变成了真相。没有什么会因为此刻你得知曾经的真相而发生改变。它已经不再是真相了。而我要去休息了。”

是的，有些幸运的人从来都不会想说出这些话，不会想纠正错误并说出真相。遗憾的是，我没有这么幸运，因为我恰恰属于守着某个秘密，无法向生者，更加无法向死者吐露的人。有人会相信那是个小秘密，无关紧要，不会对我们的生命造成任何影响，是很普通的、年轻人都会做的事情，是那种不用想就能去做、本质上毫无意义的事情，根本没有必要知道。然而我没有一天不记得它，没有一天不记得我年轻时做过和发生过的事。实际上它不是什么大事，当时不是，我想它没有伤害到任何人。但以防万一，我最好还是继续保持沉默，为了我们好，为了我好，或许也为了我的女儿们，尤其是为了我妻子好。即使我在这里把它说了出来（但这里不是现实），你们所有人也都要为我保守秘密、保持沉默，你们不能把风当驿马，从东方一直到白日下沉的西方到处泄露这个秘密，就好像它已经变成了属于你们的琐事，你们每个人都成了载着流言的舌头似的。拜托了，假如有其他人想从你们这里打听我的故事，你们一个字也不要说。他们这么做只是为了取乐或收集无用的信息，一旦冷漠地传播完毕，就会将它抛到脑后，抛到远之又远的地方。

我不喜欢拐弯抹角、遮遮掩掩和等待。我本想告诉范·维克滕我在找什么（哪怕由于穆里埃尔有所顾虑，我对此不太清楚），并尽快结束这场闹剧，不再与他为伍，从他眼前逃走，我讨厌面对他，或者马上就要开始讨厌了。这不是因为他这个人待人不好或是太过刻意地对人好，尽管有着巨大的年龄差，我的大部分朋友都对他印象不错，他比我想象的更受欢迎。起初，当我跟他一起出现时，他们看他就像在看一个火星人，但他很快成功地融入（当然，在他力所能及的范围内），不会再被看成一个彻头彻尾的入侵者、障碍物或看管人。他与他们站在同一边，他快活而又谄媚，会给需要的人提供建议，在我的朋友看来，他必然是一个经验丰富的人，他们还会因为身体不适和担心的问题向他咨询，医生在任何地方都吃得开，他们太有自己的优势了。他会请大家喝酒，这种做法总是能让大家接纳他，夜里到了最后（如果他能坚持到最后的话，有些晚上，我们年轻人还差得远的时候他就已经累了，这也是可以理解的），他会用他那辆闪亮的汽车把我们一个一个送回家，就好像我们突然有了司机似的，这很方便，简直太棒了，我们因此不必支付昂贵的出租车费或在无论什么过量的情况下艰难地走路回去。为了能够这样“自找麻烦”，范·维克滕会借口说他无法允许女士在深夜独自回家，女士一定要有人陪，他从小就是这样被教育的，我们应该利用一下他这个老古董。

我注意到他几乎从来不走最合理的路线，不会根据能够让他避免绕路或节省不必要距离的合适顺序将我们放下，而总是试图把某个女孩留到最后一站，也就是说，在我们其他人离开之后单独跟她待在车里。我几乎与所有女孩都很随便，所以能够像开玩笑那样笑着问她们：“那天晚上你跟医生怎么样？他明显是想在没有别人在场的时候跟你在一起，我觉得你也不讨厌这个主意。”我知道原则上一个老男人很难在一个年轻女孩身上有任何收获，但我也从来都知道，她们当中的很多人（至少是在她们一晚接一晚整夜玩乐的时候，很多女孩都会有这个阶段）会被财富或者它的表象或象征，以及稳重所打动，知道经验丰富的人很容易就能让她们眼花缭乱，尤其如果他还在得到某样东西之前和之后都擅长甜言蜜语的话。有些年轻女孩会在注意到一个年长许多的男人对自己感兴趣时觉得脸上有光，在发现自己能够为他带来无与伦比的快乐时更是如此，这正是他对她们所说的话：“这是我的生命中从未有过的，你听好，是从未有过，而且你看我这个年纪都见过多少女人了……”我很快就学会了不要排除任何事情，最令人难以置信的结合也是可能发生的。在成熟人士看来，承认年轻人有时是多么好骗会让他们觉得不好意思。

每当我向女性朋友、熟人或前任女友提出这样或其他相似的问题时（最广泛意义上的女友，包括一夜情），她们都会几乎有些严肃地沉默下来并飞快地岔开话题，就好像那段旅程的最后发生了什么事情，而她们宁愿不去谈论它，或是想忘了它。于是我问他：

“那天晚上你跟玛茹怎么样？你显然想跟她独处。你为了让她最后下车绕了多大一圈啊。”

那是我第一次开诚布公地问他。范·维克滕毫不慌张地露出微笑，就好像很开心自己被抓包或是有人欣赏他的诡计似的，哪怕这是个再常见不过的把戏。或者他很感激能有机会自夸一番。

“我有这么明显吗？”

“这个嘛，我不知道别人怎么样，他们全都晕晕乎乎了。我已经有两三个晚上都注意到了。你放心，我不会在你送我们回家的时候说这个来让你难堪。我不会拿这个取笑你。我要是取笑你，那早完了。女孩们会起疑心，觉得尴尬，就不会愿意留到最后了。不过你告诉我，情况怎么样？还有另外那几次，你得手了吗？”

在这第一轮审问中，他完全没有借机自夸。我还没有成为他的同盟，医生（“豪尔赫”，他请我这样称呼他，尤其是当着其他人的面）还不知道，如果他露出真面目，我会在何种程度上是或不是他的同类。他似乎有点懒得跟我说，懒得答话，他回答得很含糊。

“好吧，有些晚上得手了，有些没有。不过你的那些姑娘表现不差，你真有运气。考虑到我和她们的年纪，其实我没什么可抱怨的。”

“我可以给你一些指导和建议。我想，你不需要，以你的经验对付她们应该绰绰有余了。但她们中有几个要比其他人更骚，这种情况所有团体都会有，所有地方都会有。”本来我永远都不会用这个词去评价任何一个女人的行为，可是穆里埃尔建议过我要更加粗俗和看不起人，用这种方式引诱他也变成这样，如果他是或可能是这种人的话。他看起来完全可能是这种人。几乎所有男人，只要他们想，都知道应该如何成为这种人。我是知道的，哪怕我通常不是这种人。

几天之后，我在他面前炫耀自己在刚结识不久的女人身上取得的虚构出来的战绩，我挑了按理说最光辉、最令人嫉妒的几次：有个女人接近我，最后在那个好像叫里维埃拉的舞厅的一个幽暗角落里为我口交，那里有一些地方是露天，种有植被；有个部长的漂亮女儿在“画家戈雅”跟我调情，所有人认识她都出于两个原因，她是部长的女儿以及她的美貌，我带她去了我家，干了她两次。显然，我用了这个词，或者比这还要糟糕。这些事情一件也没有发生过，但我告诉他，它们是在他没有出来玩的夜里发生的，要知道这个男人并非每次都跟着我们，他无法保持我们所谓的节奏，最主要的原因是他在家庭和事业上的负担。我之所以说“所谓的”是因为在那段时期，有很多个我没有带他出去的夜晚我哪儿也没去，而是在家待着，或者甚至在穆里埃尔也不在家的时候（他开始拍摄我赶上的唯一一部电影，制片人是哈利·阿兰·托尔斯，我在剧本上帮了他一把）在他家里留到很晚，忙着帮他完成详尽的作者名单或其他琐事，默默陪伴着比阿特丽斯和他们的孩子，听她弹一会儿钢琴，她弹不了多久，很快就倦了。那时候我已经清楚地知道，她与范·维克滕偶尔的骶部接触对双方而言都纯粹出于实用。对他来说，就我所见到的情况，他不会拒绝时不时跟一个几乎比他年轻二十岁的女人上床，属于比他年轻三十五岁的女人的世界才刚刚向他打开大门。

医生上钩了，他兴奋地说起细节，年龄阻挡不了他。他有一种与年龄不符的年轻人脾气，一种无法改正的不成熟。

“那个玛茹在车里帮我口交了，在她父母家大门口，那天夜里我送她回家的时候。你觉得怎么样？”

我钦佩地吹了一声口哨，不只是为了向他表示祝贺，而是真的大吃一惊。不过，他的英雄事迹可能跟我的一样是无中生有。但我觉得不是，我觉得那是真的。

“真的吗？都这样了？说实话，我真是没想到。你是怎么做到的？哎，我不是看不起你，你知道你非常有型，像个美国或者英国演员。可是很显然，你至少都能当她父亲了，我印象中她不会这样，不好意思。我想的是她最多会让你摸一下胸，或者她会给你看，但不让你摸，而且是在你坚持要求的情况下。要是我冒犯到你了，请你原谅，不过你明白我的意思吧，你的确很有说服力。是怎么回事？跟我说说吧，你给她什么东西作为交换了吗？终身的医疗咨询服务吗？你提出帮她听诊，然而事情跑偏了吗？”

我的语气很轻松，玩笑里带着惊讶。从与塞莉娅一起打牌的那天晚上开始，在他向我提出那些直白的问题之后，我已经有胆量稍微取笑他一下了。也许此时我做得过头了。我立刻注意到我的反应没有让他觉得有趣，似乎我认为他没有能力凭自己的本事吸引到女人的想法严重伤害了他。他的目光变得冰凉而坚硬，当他在给自己挂上小小的奖牌、当他向我显摆时脸上挂着的大大的微笑消失了。他是那种因为外表比实际年龄年轻许多，到最后会认为自己与年轻的时候相比没有任何改变的人。好吧，如果他们不是傻子，就只会在独自一人时才偶尔这么想一想，会知道自己其实变了，但范·维克滕不是傻子。他为自己出色的外表感到骄傲，也会对此加以利用，但他不是一个简单的自大狂，在镜子前面也不瞎，或许他的镜子是一个他每天早晨都会见到的女人，她远比他苍老，会让他记起自己的真实年龄。他的那个妻子，他几乎不带她去任何地方。也许他们的生命就像穆里埃尔和比阿特丽斯的一样各自流逝，或者更甚，他们只是在等待离婚能在西班牙彻底合法化。不计其数的夫妻正在焦急或绝望地等待着。在四十多年的时间里，那些可怕的夫妻都不得不忍耐着。好吧，他们已经忍耐了几个世纪，三十年代短暂的间歇几乎算不了什么。

几秒钟之后，他的目光柔和起来，他重新露出微笑，他主要的魅力和武器。不止如此，他被我的俏皮话逗笑了，我不知道他是否笑得有些勉强。

“终身医疗服务，听诊，”他重复道，“你真聪明，你很幽默。你忘了还有检查，我可以直接提出摸一下她们，找找有没有囊肿，不是吗？虽然这个年纪的女孩根本不会想到这个。但我没有付出什么，我这么跟你说吧。我从来没付过钱，而你半开玩笑地建议我做事情跟付钱类似。虽然说是很低的价钱。”

说最后几句话时，他的笑容没有变化，但语气略微变得严肃。我马上解释，不希望他误解。

“那不是半开玩笑，豪尔赫，那完全是开玩笑，好家伙。可是然后呢？事情是怎么发生的？是什么情形？就这样，一下子就成了。你惊到我了，真的。应该脱帽致敬。”我冲他做了脱帽的手势。

“你别指望我会把我的办法告诉你，胡安。”此刻他重新露出毫无保留的微笑，恭维能软化我们所有人，我们常常因此受到惩罚和损害。当然，它也会让我们管不住自己的嘴巴。

“至少给我个提示吧。我要向大师学习，”我立刻咬了一下自己的舌头，我的音调太夸张了，还有点激动，“得了，别让我求你。说到底，这些娘们全都是我介绍给你的。”

他犹豫了。不，不至于，我无法试图让自己相信他想跟玛茹做的事情是由她提出的，或者就那么发生了，在他没有用任何花招、没有请求、没有使诈的情况下。就算玛茹是个相当疯狂的年轻女孩，不管是不是在合适的场合，随时都会哈哈大笑，甚至能因为医生那些老掉牙的笑话笑得直不起腰来。可是这与在马德里市中心为抓着方向盘的医生口交之间隔了十万八千里。他耸耸肩膀，打算保持神秘感，但我看出来他有意卖弄一番他还不想透露的手段。我丝毫不怀疑下一次他会说得更多。

“那不仅仅是如何达到目的的问题，胡安，”他说，他用上了一点大师的语气，也许我之前的音调没那么夸张吧，“而是在达到目的的同时获得最大程度的满足。没有什么比她们不愿意却又无法拒绝更能让人满足了。然后她们就会愿意的，我向你保证，大部分人都会，一旦她们发现自己不得不说愿意。她们在试过之后就愿意了，但她们永远都会记得、会知道、会怨恨，因为她们第一次的时候别无选择。你很可能不会了解，但这是最好的：掺杂着陈年旧怨的新鲜欲望。”

他说的话即便算不上隐晦，也相当令人费解，但我觉得它值得一提，我的意思是应该把它告诉穆里埃尔。范·维克滕提到了一些可能与我的老板最开始时遮遮掩掩说的话，与某个“愤怒、扭曲”、对他的朋友“怀有无法消除的刻骨仇恨的人”在他心中播下的怀疑种子有关的事情。穆里埃尔猜测，如果自己向医生问起有人告知他的丑事，医生会这样自我辩护，会这样定义那件缓慢开启我的任务的事情：“一个谣言，一次肮脏的报复”，只是一些居心不良的废话而已。他最开始时说的话刻在了我的心里，实际上，几乎所有人说的所有话都刻在了我的心里：“我之所以无法将这件事束之高阁，无法完全不去相信它，甚至无法拒绝听到它，是因为根据那个消息，医生曾经对一个或者不止一个女人做过不体面的事情。对我来说那是不可饶恕的，是最糟糕的。那是一个人能做出的最下流的事。”现在范·维克滕说没有什么比“她们不愿意，却又无法拒绝”更能让人满足，还提到了“被迫”“第一次的时候别无选择”和“陈年旧怨”。我努力在他说的时候把他的话准确地记下来，我一直很擅长这件事，能够一字不差地转述人们在我面前所说的话，而不是代之以概括、解释或意思相近的话，除非他们滔滔不绝地说上一大段。尽管那些话令我觉得难以理解，我依然能够向穆里埃尔复述一遍，它们对他肯定比对我更有意义，或许他能完全听明白。最让我困惑的是，既然范·维克滕既没有付钱，也没有付出什么东西，我想象不出玛茹或者任何一个我认识的女孩会有理由违背她们的初衷说愿意。如果是通过暴力、身体上的威胁，我完全看不出医生有能力这么做。而且，假如那个陈年的指控是指这个，穆里埃尔就不会用“不体面”这样明显带有道德倾向的词语了。毕竟对于强迫行为，或者强暴来说，它太微不足道了。

于是我大胆地在我老板电影拍到一半的时候打扰了他。两天后，他借着回马德里拍摄几个棚内场景的机会，一大早召见了我。赶上拍外景的时候，他会出门好几天，很多时候是在阿维拉、萨拉曼卡、拉·格朗哈和埃斯科利埃尔，之后还要去巴埃萨和乌贝达，最后是巴塞罗那。那次短暂停留期间，他不会进家门，他太忙了，所以会和演员们一起住在酒店里。我到的时候他正在拍摄英国演员赫伯特·罗姆一次严肃发言的镜头，他在我眼里并非杰克·帕兰斯那样的神话，但我认识他、欣赏他，实际上从小时候两场连播的电影院里开始我就害怕他，我在一大堆电影里见过他，他经常扮演或多或少有点奸猾或者异国风情（他常常身穿东方服饰）的坏人。我亲耳听到他动听的声音和优雅的英式发音，尽管在最近他以九十五岁高龄去世之后，我已经知道，他出生在捷克（更确切地说是奥匈帝国），二十一岁时为了躲避纳粹入侵才到了英格兰，他有一个无比难读、错综复杂的长姓，而出于职业需要又选择了一个那么简单、好念的短姓：他本来叫库查切维奇·泽·施卢德帕切鲁，我都怀疑他们会不会允许他在银幕或海报上用这个名字。他曾经在重要的电影中饰演过配角，比如《战争与和平》里的拿破仑，这可能更多是因为他个子矮，而不是长得像，他散落着一绺额发的大脑门也帮了一点忙。他曾是尼摩船长、歌剧魅影以及《老妇杀手》中的杀手之一，也曾在《斯巴达克斯》中化身为一个苦行使者。但最让我害怕的是他在《万世英雄》中扮演的阿里莫拉维德王朝的本·优素福，他在整部片子里都身披黑衣、遮着面容（只能看见他的眼睛），狂热引领着他的军队大张旗鼓地登上我祖国的土地。那次登陆行动发生在十一世纪，但这不重要，恐惧很容易就能在故事或一个人亲身经历的事情里传播。

事实上，当穆里埃尔中断拍摄来接待我并听我汇报时，组里的其他人也暂时解散了，但赫伯特·罗姆在听穆里埃尔向他介绍完我之后没有离开，而是留在那里，也许是为了避免分散注意力。他从烟盒里拿出一支烟，把它放进从一个微型盒子中取出来的烟嘴里，像来自另一个时代的人那样优雅地抽起烟来。六十年代末，他演艺生涯的上升势头已经停止了，他一边落到克鲁索侦探手里（他在《粉红豹》系列影片中栩栩如生地扮演了他茫然无助的上司），一边被托尔斯甚至杰斯·佛朗哥收入麾下（他参演了女同性恋监狱电影《九十九个女人》以及一部不会被任何人视为最佳版本的《吸血鬼》）。然而穆里埃尔将他视为一位伟大的艺术家，给予了他最大的尊重（“他曾经在维多和休斯敦，麦肯德里克、库布里克和安东尼·曼，达辛和卡罗尔·里德手下工作过呢”，他陶醉地感叹道）。据他对我说，他还是一个极有文化的人，写过一本关于剧作家马洛的小说。里科向我介绍过，有些人认为马洛伪装了自己的死亡并创作了莎士比亚的所有作品。于是，为了避免怠慢这位艺术家，让他听得懂，我老板要求我用英语向他汇报。“毕竟他不会知道我们在说什么，就算知道也无所谓，”他先是用西班牙语这样对我说，“但只要他决定留下来陪着我们，无论如何我都不想让他觉得，我们把他排除在外或是在回避他。”“您不能让他离开，或者我们到一个角落里去吗？”我担心地问他，“您和我说英语会显得很刻意，而且您也别以为我有多习惯说英语。”他去美国拍过电影，我只去英国旅行过。

尽管罗姆个子很矮，他的在场还是让我感到很大的压力和恐惧，这不仅是因为我童年时期在黑暗中度过的时刻（我的脑海中闪过他在与劳伦·白考尔和肯尼思·莫尔共同出演的《西北前线》中戴着帽子的形象，那又是一个狂徒和叛徒式的人物）。他玻璃般的眼睛像有磁力一般，冷得让人发慌。他极薄的上唇（与他有点厚的下唇完全不成比例）无疑是一个武器，他用它来释放自己残忍的讥诮，那时他应该已经有六十多岁了，那份残忍却不减分毫。然而他的态度是亲切的，表情是友好的，在结束电影中一段冗长的激情演说之后，他显得放松而满足，一只手拿着烟，另一只手正几乎像个魔术师似的把玩着一块亮绿色的真丝手帕。"不，我怎么能这么做呢，孩子。"穆里埃尔用他唯一的眼睛训斥了我，"你得学着有点风度，胡安。尊重一下这位杰出人物。来吧，重新开始拍摄之前我们没有多少多时间。但你别把重要的东西省掉了。来，给我讲讲。"为了让我这就开始说英语，他又加了一句："So tell me。"换成这种语言对他来说并不难，我见过他跟帕兰斯和托尔斯说英语。

于是我努力了一下，尽我所能地向他讲述了我与范·维克滕的谈话。我时不时会转头看看罗姆，就好像这也涉及他似的，我这么做正是为了避免将他排除在外。我们说的事情跟他没什么关系，他也不会听得太懂，但我注意到他听得极为专心，仿佛他是一个警惕性很高的人，无法不去关注周围发生的事情，仿佛任何故事和谈话都能引起他的兴趣。也许他是那种把一切都吸收进去，以备万一有什么对自己有用的演员吧。当到了要向穆里埃尔转述医生最后那些在我看来可能让调查取得进展的话时，我将它们翻译成了蹩脚的英语，然而立刻请他准许我用西班牙语重复一遍。我预先向罗姆这位对我来说是本·优素福和拿破仑的杰出人士致歉：

“抱歉，罗姆先生，但是我们提到的这位朋友在此处所说的话有些含糊和复杂，我最好还是将它们原原本本地转述给穆里埃尔先生听。”

赫伯特·罗姆摇了摇拿着手帕的那只手，做了个慷慨大方的手势，他的手势太夸张了，以至于手帕都扫到了我的鼻子。这让我开始打喷嚏，打了一个又一个。

“来吧，”他在灵活地避开我并确认我已经停止打喷嚏之后说，“当然可以。这一切都很有意思，如果你们不介意我这么说的话。拜托，请随意，胡安。”

他一下子就记住了我的名字。我觉得非常荣幸，鉴于他演过的电影，这又让我有点担心。我曾经无数次见过他给予那些他打算料理掉的人同样的尊重。

在原原本本听到从自己的老朋友口中吐出的句子时，穆里埃尔脸上满是忧虑，又或许是沮丧和失望。就好像他宁愿我两手空空、毫无进展地来见他，或者希望能够对我提供的信息视而不见。然而它似乎打动了他。

“他真是这么说的？”他哑着嗓子问我，试图寻找可供怀疑的漏洞，“他说的是，‘没有什么比她们不愿意却又无法拒绝更能让人满足了’？你确定吗，胡安？”出于对罗姆的尊重，他依然在说英语，并以我在转述中无法做到的准确性将那句话翻译成了这种语言。

“我想我没记错，堂·爱德华多，爱德华多。”那位伟大艺术家的在场促使我加上了堂这个前缀，我已经从来不会这么做了。我不想让他觉得我太过随便。我的意思是，我用“你”称呼他。“我的记性很好。可能差几个字，但他就是这么说的。您能听明白吗，这对您有所启发吗？”

“有可能。那你是怎么回答他的？你没有趁机套他的话吗？我让你去套他的话，让他说漏嘴。那似乎是个好机会。”

“是的，当然。我回答他说我不太明白，问他说的怨恨是什么意思。我让他为我解释一下。”

“然后呢？”

“没了。他开始笑起来，没有回答。加西亚·洛尔迦的一个常来这家舞厅的侄女过来了，谈话就散了。那个侄女是半个美国人，曾经在纽约跳过舞。非常漂亮，比我大几岁。医生的眼睛追着她的腿看，想跟她搭话，但我不认为他跟她能有一丁点的可能。她跟一位画家在一起。然后，事实上我也不想再回到那个话题上，因为我不想显得太感兴趣。也许我做得不好。但我觉得要是我不坚持的话，他改天更有可能再说。”

“好吧，挺好的。”穆里埃尔宽宏大度或是心不在焉地说。他被忧虑压垮了。

于是我对他说了最让我感到困惑的事：范·维克滕如果既没有付钱，也没有付出什么，他是如何能从玛茹或我的那些年轻女性朋友那里有所收获的。这对我来说是个谜。穆里埃尔陷入了沉思，仿佛他也正在思考这个问题。或许他在思考过去的事，其实那才是他所关注的。

见我们两人陷入无声的沉思，赫伯特·罗姆甩着他的大手帕加入进来，这一次是一个表示他要插话的手势。他的手帕尖戳到了我的一只眼睛，我不得不眨了好一会儿眼，就好像有一粒灰尘或者什么更糟糕的东西，比如一只勇敢的虫子进去了似的。或者像是被穆里埃尔硬邦邦的眼罩击中了。

"根据我对这个问题的性质的理解，"他用优美深沉的嗓音说道，他的目光像一对钉子，他在日常生活保留了这个特点，"如果两位的这个朋友，这个荷兰医生，没有付出什么，也没有花钱的话；如果他既没有许诺什么，也没有勾引，那么他就是要求了。原则上不会再有其他可能性了。"

穆里埃尔和我惊讶地看着他，我们本以为不管我们如何"反自然"地说了英语（那时候我的英语水平中等，后来提高了），他都几乎不知道我们在说什么。然而他似乎已经飞快地把事情正确地联系到了一起。一个聪敏、智慧，也许与他的角色一样可畏的男人，谁知道很多角色是不是根本为他量身定做的呢？

穆里埃尔想说话，但我抢在他前面开了口。

"您是什么意思，罗姆先生？要求什么？"我都不知道我怎么会有胆量如此直截了当地质问他。尽管他个子很矮，我在他面前却感到非常拘谨。

“这很明显。”那位电影配角之王坦然自若地回答，就好像那一点也不足为奇似的。他模仿饲鹰人迎接飞回的游隼的样子，把手帕抛向空中又用手腕接住。这一次手帕没碰到我，但我已经开始讨厌那块亮绿色的布了，或者那有可能是尼罗河绿，那时候这种颜色应该正流行，我见过里科教授有同样颜色的领带或者从衣服胸部外侧口袋里露出头来的小手帕。“如果有人想得到某种别人拒绝给予的东西，并不为此付出什么或者花钱的话，那就是他有条件要求得到它。如果他什么也不给，那他用于交换的筹码就是放过。”

我没有听懂。穆里埃尔似乎听懂了，因为他回答了他。

“医生作为交换给出的是他不会去做或说可能对那些女人造成伤害的事情。你的意思是这个，对吗，赫伯特？”不合适地说一句，他们彼此之间的确以“你”相称。

此时，罗姆已经把他的丝绸手帕从袖口塞到了衣袖下面。它几乎整个挂在外面，就像服务生的餐巾，但起码不会甩出来。他趁机做了一个等于“Voilà”的浮夸手势，飘舞的手帕让它显得愈发花哨了，一个长袖善舞的男人，库查切维奇·泽·施卢德帕切鲁，毫无疑问。接着他像从一段对话里引用似的把它说了出来——“Voilà”。

“Voilà。如果你给我我想要的，我就会闭上嘴巴，不去动手，不会用我能做或说的事情来伤害你。”“I shall not harm you”，英语是这么说的，也可以翻译成“我不会对你不利”或者“我不会伤害你”。我没想过范·维克滕的武器和态度会是这些，我很难想象他会在什么事情上放过我的朋友和熟人。穆里埃尔想到了，因为他痛苦地表示了认同，或许他是不得不认同。显然他知道他在寻找关于医生的什么事，而我还不知道。

“我担心情况也许正是如此。”他低声说。他似乎不想再说什么了。

然而赫伯特·罗姆兴奋得很。

“不管怎么说，”他又说道，“如果他是朋友，我们就期待他不要卷入像给我们亲爱的制片人在联邦调查局那里带来那么多麻烦的那项活动吧。终于有人刚刚帮他解决了那件事，但你知道的，”此时他的话只是说给穆里埃尔一个人听的，“他付出了二十年不得踏入美国一步的代价。或者更确切地说他自己也避免这么做了：我估计他一只脚刚踏上去就要直接进监狱了。这些事情的结局通常不太好。”

“哈利？被联邦调查局通缉？我不知道你在说什么，赫伯特，我也不知道那项活动是什么。好吧，既然你说了，我隐约记得赫苏斯·佛朗哥跟我说过一次。但我完全不知道这件事。跟我说说，发生了什么事？”穆里埃尔的忧虑突然间全部蒸发了。他的好奇心被激了起来，而且占据了上风，毕竟听说一个算是半个朋友，或者一段时期内假装是朋友的人（雇你干活或你付钱请他干活的人）是或者曾经是联邦调查局的逃犯，总是能够引起人们的兴趣。

赫伯特·罗姆明显是那种喜欢让人大吃一惊和讲故事的人。他露出愉快的微笑，薄薄的上唇消失了。也许他说起那个故事的唯一目的就是为了传播它。

“啊，真的吗？你不知道？”为了给自己的大嘴巴开脱，他又补充道，“好吧，既然他已经支付罚金，他们也收回了对他的指控，我想让你知道也无所谓了。但即便如此，以防万一，你在他面前还是不要表现出你知道的样子。我不认为他会介意，在我面前他不止一次公开拿这件事说笑。但你永远说不好。有时候他的确也抱怨过自己因为那个错误而没能在好莱坞站稳脚跟。”

托尔斯曾经跟赫苏斯·佛朗哥和罗姆说起过这件事，这不奇怪。他担任过前者八九部电影的制片人，有几部极其色情，与后者则至少合作过五次，现在这部片子本来将会是第六次，但由于我们的项目最终没有完成，也从来没能上映，根据我不久之前在网上确认的情况，它没有出现在任何人的作品年表中：穆里埃尔、托尔斯或罗姆的都没有。

“我向你保证。告诉我，发生了什么事？”穆里埃尔喜欢听别人八卦，只要它们足够离奇和有趣。没过几秒钟，他就已经忘了范·维克滕，着急听他制片人的那起意外犯罪事件。后者是一个外貌平平的男人，头发花白，下巴松弛得快要被颈皱盖住，鼻子又扁又宽，眉毛相当浓密，比头发的颜色深。他六十多岁，我曾经见过他一两次，他几乎没跟我说过话。这说明不了什么，这在秘书和下级身上经常发生。

“当然，这个故事不完整，而且前后矛盾，令人费解，”曾经的拿破仑说道，他仔细地把另一支烟放进烟嘴里点燃，似乎很满意引起了我们的关注，“我知道（我并非全都是通过他知道的）的是哈利在1960年或1961年把一个名叫玛莉艾利亚·诺沃特尼、有一半捷克和一半英国血统的女孩带到了纽约，与她开始了一段冒险。自然，是点到为止的那种。他承诺帮她打造一条作为电视广告明星的职业道路，那个女孩很容易满足。那个时候哈利正在好莱坞、多伦多和纽约打拼，因此在北美有很多熟人。他们两个人住在一家酒店里，玛莉艾利亚开始在那里接待在政治和其他领域拥有影响力的男人，她一直都是应哈利的要求，也从来都是由他作为中间人。再往后，她也在他和他母亲一同居住的公寓里接待他们，我们制片人的这位母亲可谓独一无二。至少诺沃特尼是这样向联邦调查局供认的：他为她提供重要的客人，向她保证取悦他们能帮助她获得成功，因此是他引诱她卖淫，还将她通过各种性服务（包括三人性爱，这是不可避免的）赚到的钱的百分之七十五据为己有。她还说大部分聚会哈利都在场，这似乎不太可能被女孩的高端伴侣所接受。（她的面孔和身材都有点像安妮塔·艾克伯格，是后者的平民版，这肯定对她的成功很有帮助。）当然，据联邦调查局说，当他们两人被逮捕时，哈利在一个装满衣服的衣柜里，所以谁知道他是不是一直偷偷躲在那里的呢。不用说，他对此全盘否认。”赫伯特·罗姆有几次忍不住短促地笑出声来，他的笑声传染了穆里埃尔，可能也传染了我，我何必否认，那整件事情都带有某种喜剧色彩，或者因为它是从复活的本·优素福嘴里说出来的才好笑。“玛莉艾利亚很快就开始经常出入某些聚会，胡佛手下的一个人也时常秘密前往。”我的电影知识让我得以知道胡佛是谁，联邦调查局的局长。“哈利这个出了名的玄虚狂说，胡佛之所以起了戒心，是因为得知诺沃特尼在其中一个聚会上见到了彼特·劳福德，并在一系列后续之后与他建立起了联系，后者是肯尼迪总统的妹夫和传信人。”他的用词要更加优雅一些，他叫他“中间人”。“事情到那里还没完。在之后的另一个聚会上，在歌手维克·达莫内的家中，玛莉艾利亚刚刚被正式介绍给肯尼迪，就被带去一间卧室跟他上了床。那个玄虚狂还说了别的，他暗示他们两个人的性交被中断了，因为他们躲进卧室之后不久，大厅里就发生了一阵骚动：达莫内的亚洲女友把自己关在浴室里，割脉自杀，不用说，那没有造成什么无法挽回的后果。但那个房子立刻被清了场，第一个消失的是肯尼迪，与他的小跟班和保镖们一起。”

“这件轶事可能是真的，”穆里埃尔插话道，“这是某些女人的经典做法：把自己关在浴室里割手腕。你会发现她们几乎从来找不到血管。”

“毫无疑问，”罗姆彬彬有礼地回答，“不过我不知道。那时候没有哪个自负美貌的女人没跟肯尼迪在床上待过。要不然，就是在泳池里、船上或电梯里，随便哪儿。要是所有女人说的都是真的，他就没时间治理国家了。甚至也不会有时间去达拉斯，那他现在还能活着。不过，哈利有一次给我看过胡佛本人关于普罗富莫事件的内部备忘录的复印件。那上面提到了玛莉艾利亚·诺沃特尼，括号里写着‘见肯尼迪兄弟文件’。它也简短地提到了‘她的皮条客阿兰·托尔斯’。他哈哈大笑，得意洋洋地给我看了一下关于他的那些话：‘似乎他现在长期住在铁幕之后。诺沃特尼说托尔斯曾是苏联间谍，苏联人需要信息来要挟杰出人士。’好吧，”罗姆带着介于好玩和怀疑之间的微笑继续说道，“那份备忘录可能是冒牌货，是哈利伪造出来迷惑朋友的，我觉得他有能力做到这个以及更多的事情。但确实，这正是玛莉艾利亚因招来客人进行皮肉生意被捕后对联邦调查局供述的，”罗姆所说的话简明扼要得多，他只用了一个词，“soliciting”，“而且不同于哈利违反《反拐卖妇女法》和我不知道的其他什么指控，这项指控很快就神秘地被撤销了，”那项法案的英语名称听着还要糟糕，他称之为“White Slave Traffic Act”，“他们指控他将玛莉艾利亚从伦敦送到纽约，令其从事卖淫活动并从中获取利益。另外很重要的一点是，他们闭口不提维克·达莫内聚会上的意外事件，尽管有很多目击者，而且胡佛的人也在那儿，这个家伙负责的任务挺舒服的，而且肯定在逮捕那天吩咐他部门的一个同事打电话（对话会被录音）叫玛莉亚提供服务。她被逮捕的时候刚刚在哈利和他母亲的公寓里为了上述这位探员客人脱光了衣服。据我们尊敬的制片人说，他对自己门徒的这些肮脏生意一无所知，他不知道她是妓女，”“a hooker”，这是尼莫船长选择的词语，“他辩解说正当他在旁边的房间里安安静静地写一个剧本的时候，那个女孩赤身裸体地闯了进来，说另一个房间里有一个警察。哈利在联邦调查局面前是这样辩护的，在我面前也是。他说自己太傻、太天真了，但联邦调查局不相信他，出于这个原因，他选择利用自己在牢里待了两星期之后被保释的机会，在开庭之前潜逃去了英格兰。他损失了金钱，而且这些年来都没有能够回到美国。现在，就像我对你们说的，他已经解决了问题，终于可以回去了。”

穆里埃尔沉浸在那个故事里，已经忘了组里的其他人还在等他。听的时候他的唇间留着一丝微笑，我看见他的眼睛就像突然想到一个关于情节或场景的好主意时那样闪闪发光。

“他就那么逃走了？哈利决定一辈子当个逃犯？”他半是怀疑半是开心地问，“他冒了很大的风险，不是吗？虽然美国奉行清教主义，那件事情似乎也没那么严重。我不知道，我怀疑最糟糕的情况也不过是对他处以象征性的刑罚。二十世纪六十年代大家对这种堕落行为还有一定的体谅，我觉得。”

“啊不，他做得对，幸亏他及时离开了，”罗姆回答，“他也不觉得有什么，还拿这个说笑，但过了一段时间后，当他已经不在美国司法机关控制范围内的时候，他们指控他领导了联合国内部的一个犯罪网络，”“a vice-ring”，英语是这么说的，“这的确更加危险和严重，因为它的政治后果和其他因素。那是冷战中一段糟糕的时期，1961 年。你肯定理解，联合国大楼跟一间与母亲同住、有前女友在里面背着他为所欲为的公寓可不是一回事。这一切的前提是第二项指控是真的。哈利说它不是真的，所以对我来说它就不是真的。不仅如此，实际上我在思考为什么联邦调查局一开始不相信他：他一直都在写剧本，玛莉艾利亚在隔壁房间神不知鬼不觉地脱光衣服，准备像妓女和她们的情人通常做的那样悄悄地小心做爱时，他为什么不能是写得正入迷呢？而且我也知道他天真得无可救药，我是相信他的，我当然相信。”现在赫伯特·罗姆坦荡荡地笑了出来。他最后用他的手帕画了个花体签名，这会儿它已经变得皱巴巴了，意识到这一点后他嫌弃地把它扔到了地上：“怎么，我们今天还要不要继续拍了？”

既然现在有了能让几乎一切事情都有迹可循的互联网，我开始回过头对哈利·阿兰·托尔斯事件和那个故事（尤其我曾经间接地为这位直到2009年才离世的制片人工作过）感到一丝好奇。我证实了库查切维奇·泽·施卢德帕切鲁先生（可能他已经用回了原名）向我们讲述的故事相当符合事实或是他知道的事实，因为正如优秀演员罗姆所预言的，似乎直到今天，事实依然是不完整、前后矛盾和令人费解的。

我曾在某个地方读到过，实际上托尔斯在纽约所图甚大，超过在他公寓中发生的事情，而在那个他更有所谓的野心和能力去驱使权势人物的时期，他长期保持联系的主要有两个人：他的母亲（“我们制片人的这位母亲可谓独一无二”，罗姆曾经这样神秘地评论过，但没有多作强调）和“一个什么莱斯利·查特里斯”，1980年前后根据我在电影电视方面的知识，我应该知道他是谁，《侠探西蒙》好几个系列所依据的小说和故事的作者。我读到过一件有趣的事，说查特里斯曾在相当长一段时间内因为受到《排华法案》的影响而被禁止在美国长期居住，上述法案禁止拥有一半或更多东方血统的人移民美国，而侠探创作者的真实姓氏竟然出人意料地是鲍耶–尹（鲍耶是母姓，尹是父姓），他的出生地是新加坡。也许这一点让他在 1937 年负责翻译和编辑西班牙人马努埃尔·查韦斯·诺加勒斯的著名作品《斗牛士胡安·贝尔蒙特》的英文版这件事显得更加奇怪了。然而我没有找到查特里斯与联合国或者任何“vice-ring”之间的更多联系。另一件引起我思考的事情是，我得知罗姆本人也曾经被美国驻伦敦大使馆拒签过，这断送了他在好莱坞的事业。没错，他从纳粹手里逃了出来，但他们似乎认为他同情共产主义或者是“同路人”。没有哪个人不曾因为这样或那样的原因在美国当局那里遇到过麻烦，这个传统由来已久。

我想，我之所以提到所有这些事，更多是将它作为一种迷信而空洞的补偿方式，因为我很遗憾穆里埃尔不会知道了。他喜欢这些有关文学和电影的秘辛（他在电脑前一待就是好几个小时）。你永远无法习惯不去与你曾经相识的死者交谈，不对他们说起你认为他们可能会觉得好笑或有趣的事，不向他们介绍新的重要人物或他们死后出生的孙辈（如果有的话），不与他们分享影响我们、假如他们还在世并能知晓的话或许也会影响他们的或好或坏的消息。某些时候你会自私地因为他无从知晓而感到庆幸，否则他们不只会感到不快或者担忧，更会勃然大怒地咒骂我们，会收回对我们的情谊和祝福，甚至有可能跟我们作对，让我们倒霉，跟我们同归于尽。“我在他们活着的时候保住了面子，”你会想，“现在他们无法将它视作背叛了，他们肯定会觉得这是一种背叛。死去的人将永远身处欺骗之中，因为他不知道之后发生的事，或是他那时候已经发生，他却没能发现的事”。说到底，所爱之人消失也有积极的一面：你会无法言喻地思念他们，但你也会为从此永远免受惩罚而感到轻松。我很高兴穆里埃尔永远都不会知道的事情不止一件，尤其是他生命中发生的一件事，以及之后发生的另一件事。第二件事完全不可预见，第一件事则是我瞒了他。

不过他的确会希望知道玛莉艾利亚·诺沃特尼的同行克里斯汀·基勒几年之后对她作出的描述，后者是1963年爆发的普罗富莫事件的主要原因。我之所以认为他会想知道这个，是因为我们之后有一次见面时，他依然在反复琢磨罗姆所说的故事，而不是我说的关于范·维克滕的事情，看得出来，得知他那位虚假或短暂的朋友从前在高端政治和高端应召届的行动之后他有点想不明白。

“要是赫伯特·罗姆跟我们讲的事情是真的，”他嘟囔道，“那个诺沃特尼到底有什么名堂能勾引到或者抓到这么多重要的男人呢？你看，胡安，可能包括肯尼迪兄弟以及他们的妹夫劳福德，某些千万富翁，谁知道还有多少联合国的高级官员。你不能随随便便就让这些人去冒那样的风险，就算在二十世纪六十年代大家还没那么小心的时候也不可能，这不是一个大众脸的妓女能做到的。除了长得像安妮塔·艾克伯格之外，她想必有些特别之处，”他沉思了一会儿说道，“你知道吗？我在想象，她就像塞西莉亚·阿勒曼妮这个伟大的女人一样迷人。顺便问一句，我们最近有她的什么消息吗？我的意思是报纸或者电视上，我忙着拍戏，什么也没听说。她从来不会屈尊打电话给我，这个我已经知道了。”

如今，任何一个人都能找到他那些疑问的其中一个可能的答案。克里斯汀·基勒在1983年写道：“她马蜂般的纤腰衬托出她醉人的身材。她是一条美人鱼，拥有奥利匹克等级比例的性爱运动员——她无所不能。我知道。我见过她做爱。她知道人们追求怎样奇异的快感并有能力提供它们。”有些人叫她玛莉亚·卡佩斯、玛莉亚·查普曼或者斯特拉·卡佩斯。赫伯特·罗姆曾有一次称呼她为“玛莉亚”。后来我想过他肯定认识她本人，因为他们两个都是捷克人，而且好像都出生在布拉格。那时候我不知道他的这个情况，当时我们要是问他就好了。

玛莉艾利亚·诺沃特尼在1983年2月被发现死在自己的床上，时年四十一岁，据警方说死于吸毒过量。1978年她宣布要写自传，表示会在其中吐露她为军情五处做事的细节。1980年她透露了更多消息，她会讲述有关“一个让杰克·肯尼迪声名扫地的阴谋”的细节。她还说：“我有一本记录了我在联合国大楼里所有会面的日记。相信我，那是甘油炸药。现在它在中央情报局手里。”那本书从未问世。克里斯汀·基勒表达了自己的怀疑：“威斯敏斯特的审理法官判定她死于意外……我依然认为那是一起谋杀。”并不是说基勒的想法值得考虑，但《龙虾》杂志肯定：“有小偷在诺沃特尼死后不久闯进她的家里并盗走了她的所有文件和详尽的日记，它们记录了二十世纪六十年代初到七十年代那段时期发生的事情。”

这一切都是穆里埃尔乐于知晓的，他是如此热爱传奇，也会乐于见到几张玛莉艾利亚、玛莉亚或斯特在网上流传的照片，她的面孔的确有些像安妮塔·艾克伯格。其中有一张照片是我最喜欢，也是最会令他着迷的，它看起来就像出自一部电影，拍摄时间不会迟于1961年，甚至更早。它更多像是在证明随着时间的流逝，所有真实之物都会获得一种虚构的表象，后者会在我们远去时成为我们的肖像，仿佛属于杜撰出来的、从未存在过的人物。面对比阿特丽斯和穆里埃尔的相片时，我已经渐渐有了这种感觉，他的黑色眼罩让人愈发觉得那只是一个单独的电影镜头，或者也许是一本书里的插图，虽然之于我他们的的确确存在过，而且我知道他们那个至少被讲述过一次的微不足道的故事。

这张照片里的玛莉艾利亚·诺沃特尼有一种沉思的或心不在焉的眼神，紧挨着一顶滑稽又相当端庄的小帽子——一直盖到了脖子，那是她在托尔斯的公寓中被逮捕或不久后走进警察局的时候。看守她的联邦调查局探员是个身材魁梧、长了一张胖脸的家伙，眼神严厉，嘴角显露出轻蔑之情。也许他就是伪装成客人给她下套的人，但愿不是，不然她就太傻了，因为他一看就是警察，或是个惯于威胁恫吓的人。当然，也许他现在更像了，时间已经在他们两人身上投下了足够的不真实。

无论如何，穆里埃尔没有彻底忘记我，也没有忘记我为何坚持要在拍摄过程中见他，哪怕是在赫伯特·罗姆占据了舞台中心的那一天。在将我撵走以便继续与后者拍摄他的那一幕戏之前（他不希望有不必要的人在场，所以我没有再看到那位伟大而可畏的演员表演），他用西班牙语单独对我说："听着，小德·维尔。关于你一开始对我说的那件事，继续沿着这条路，接着走下去。看看医生会不会对你说起过去，说他是否曾让一个不情愿的女人没法拒绝，他是这么说的，是吧？他现在做的事情对我来说不重要，现在时代不同了，而且一切都没那么严重。行吧，你自己尽量小心点，你那些女孩跟我没什么关系。看他会不会告诉你他是怎么做到的，"他留下了一丝希望作为总结，"如果事情真是这样，而且他做到了的话。"

与他第一次向我提及他的朋友可能对某个女人做出不体面的事情时眼中的幽暗与狂怒不同，我惊讶地发现在面对托尔斯无可置疑地对好几个女人做出的不体面行为时（尤其是如果联合国犯罪网或"vice-ring"的故事属实的话），他的眼神平和，还带着一些幽默。那件事似乎一点也没有困扰他，即便他怀疑托尔斯利用了她们，不只像个妓院老板那样舒舒服服地挣钱，还以此向杰出人士和名人敲诈勒索，罗姆的故事甚至让他对那个人物产生了一种附加的迷恋，认为值得为他拍一部电影。现在他很遗憾托尔斯几乎从来不会来看他拍戏，几乎总在国外到处转悠，而他却忙着完成他筹备的某个项目，为下一个项目寻找资金来源。他希望更多地见到他的雇主，想看看对方是否有兴致直接对他说，再多给他讲讲自己二十世纪六十年代的可疑活动以及他与联邦调查局之间不清不楚的事，为他证实他从前轻佻的情人诺沃特尼是否曾经与肯尼迪和他的弟弟罗伯特以及妹夫劳福德通奸，那一切到底是真事还是杜撰和谎言。网上的事不可信，但我曾经在哪里读到过，玛莉艾利亚和另一个名叫苏茜·常的妓女会化妆成护士，卖力地照顾假扮成病人的总统。倘若如此，那么肯尼迪的口味跟任何一个庸俗的男人也相去不远。我老板对于托尔斯的这种反应让我吃了一惊，但我能够理解其中的一部分：他与几乎所有电影人一样，无论是知识分子还是艺术家，要说故弄玄虚，谁也不比谁差。

我也注意到在哈利·阿兰·托尔斯激荡疯狂的电影生涯中，在我们夭折的项目后有一处醒目的空白，就好像穆里埃尔的失败和不幸也给他带去了类似于厄运的东西：下一部由他担任制片人的电影一反常态地直到 1983 年才问世。但那时候他已经从我们的生命中消失了，而我们从他的生命中消失得更加彻底（好吧，我从来没有在他的生命中存在过），乃至变成了他应该扔掉的不祥回忆。甚至有可能，自我们从他视线中消失后，托尔斯已经能够偶尔造访他曾经逃离的国家以及禁忌之城纽约。让我怀疑的是，他从未被允许在那里安顿下来。我看到他继续在南非和保加利亚这样偏僻的地方拍片子，拿到了加拿大国籍并在 2009 年死于多伦多，时年八十一岁。事实上作为一个很快就精于此道的妓院老板，他活得足够长，才得以在电影界和其他某些领域有所成就。然而，这个妓院老板从一开始就立刻得到了穆里埃尔的原谅。

穆里埃尔在余下的拍摄时间里几乎没有机会去调查。一方面哈利不停地旅行，另一方面他向罗姆承诺，只要制片人不谈及陈年旧事，他就不会表现出知情的样子，他不太可能开口去问。借着托尔斯到马德里对整个项目进行监督，并对他本人不在期间拍摄的工作片进行审看的机会，穆里埃尔邀请他和他的妻子奥地利人玛莉亚・若姆在某天晚上一起到他家中用晚餐，他还请了罗姆，范・维克滕和里科（这两位能说点英语，当然比罗伊说得好），牛津西语文化学者皮特・维勒（这位智慧过人的男人恰好途经马德里），一对来自英国使馆的夫妇，以及那部电影里的两个女演员：老资格的雪莉・伊顿，她因为在詹姆斯・邦德对抗金手指的冒险中被涂成金色而成名；非常年轻的丽莎・雷恩斯。除此之外，比阿特丽斯自然也在场，她从来都会帮着她喜怒无常的丈夫在家中接待客人、张罗晚餐以及款待某位制片人或潜在的投资人。他的目的是将谈话引向二十世纪六十年代的政治及性丑闻领域，维勒完美地帮了他一把。就像那么多牛津和剑桥的"堂"一样，他对军情五处和军情六处的诡计了如指掌，另外他还非常熟悉普罗富莫，那起以其命名的丑闻爆发时的英国陆军大臣。穆里埃尔相信能够以此诱使托尔斯与狡猾多话的西语文化学者争当谈话主角，并且洋洋自得地把事情说出来，哪怕是不那么刺激的、对他最有利的版本（视情况而定；在警方和法官面前是，在普通的聚会上不是），那个说他完全被蒙在鼓里、太傻太天真的版本。

但恰恰因为女主人的过错，那次晚餐没有举行。所有宾客都在穆里埃尔家里聚到了一起，我为他们开了门，并帮助弗拉维亚和苏珊娜接待他们，看着他们来来去去。我像往常一样赖在那里，因为与丽莎·雷恩斯年龄最相近，我要负责哄她开心。但餐桌上甚至坐不下我，我也根本没有被邀请参加晚餐。

VII

比阿特丽斯表现出抑郁或者我认为是抑郁的样子已经有一段时间了。拍片期间穆里埃尔很少在家，夜里经常不回来睡觉，原因是他忙于拍摄外景或者更愿意住在酒店里，而尽管他们的关系糟糕，他的缺席有可能导致了妻子的沮丧或萎靡——当你习惯了自卫和抵抗，习惯在月光下劝说和恳求时，你最需要的是一个对手。也许在她看来，这段空白预示了有一天离婚法案最终获得通过时，等待她的将会是什么。早上和傍晚作为英语老师的工作她没有疏忽，与肖似自己的子女相处的时间也越来越长，但其他时候我没有看到她出去：没有与里科一起外出，没有去达姆施塔特圣母堂或马尔克斯·德·萨拉曼卡广场，也没有骑着摩托去没有人知道的任何地方。相反，我长久地听见从她的房间传出节拍器的嗒嗒声，最少也有每分钟四十次，有时候伴随着几个音符，但大部分时候没有伴随其他任何声音，只有光秃秃的嗒嗒声，摆锤敲击摆动着，像一只邪异而吵闹的钟，计着某种不同于时间的东西：未被演绎的音乐或依其节奏思考并保存下来的语句，倦怠的脉搏或一种可疑的倒计时，一次又一次地，一直在被中断和重启。既然穆里埃尔不在那里，那它就已经不是为了提示她的存在，不是一种威胁、呻吟或痛苦的有声表达，她手指的敲击声不是预示着一场爆发。虽然我老板跟我说过（“不。她不赶时间，她会凝思，会坐在那里睡着。她在那里的时候没什么好担心的”），我还是会在一个多小时里只能听到不祥和烦人的嗒嗒声时心生不安。我会停下自己的工作，走近那扇通往她房间的紧闭的门，把耳朵贴上去，期待能听到一声埋怨或叹息，某种低吟、感叹或抽噎；听到她像疯子、与世隔绝或过分自怨自艾的人那样自言自语，听到她发出一句咒骂。当我依旧只能听见冷漠的节拍器时，我会鼓起勇气，像某些夜里比阿特丽斯在穆里埃尔卧室前面所做的那样用指节敲敲门，等到她答复“啊？哪位？”，或者甚至满心希望地（我认为）回答“是你吗，爱德华多？你在家吗？你回来了？”的时候，我会有一种轻松和荒唐的感觉，然后回答：“不是，抱歉，比阿特丽斯，我是胡安。我只是在想你是否需要什么，你好不好。我有很长时间没听到你弹琴了，你知道我喜欢听你弹琴。”对女人要毫不犹豫地立刻以“你”相称，就好像她们是小女孩一样，或者她们会鼓励对方这么做，似乎她们远比男人更难接受在她们看来会令自己衰老的“您”。毕竟那时候她四十一或四十二岁，正是玛莉艾利亚·诺沃特尼被杀、死去或自杀时的年纪；放在今天，毫无疑问，无论如何大家都会觉得她还年轻。然而那时候她在我看来并不年轻，原因在于那个时代以及她与我的年龄差。但她也不老，否则我之前说过的那种模糊而理论上的性崇拜，她来自另一个时间和空间的，或是一个无生命和属于过去的维度之上的肉体对我的吸引，就不合情理了。

“你不用担心，胡安，我很好。我不弹琴的时候也让节拍器响着，它能让我感到平静并且能够帮助我思考。”她从门的另一边对我低声说了这些或者类似的话（她的声音慵懒而微弱，仿佛是从睡梦、幻想或者阴谋手中夺过来的），我这样敲门，她是不会开的。我怀疑她是否赤身裸体，或许她穿着内衣，然后我又回到自己的工作上去。

晚餐那天，她在进行准备工作，没有打开节拍器。她已经向马略卡、亚尔迪餐厅或皇宫酒店的某家餐厅订了主菜，我不知道。但她在吩咐弗拉维亚做这做那，忙着准备红酒和甜点，我也不清楚，这轮不到我来关心。穆里埃尔在摄影棚里拍戏，估计八点一刻左右才能回来，和两位女演员以及赫伯特·罗姆一起，他会在酒店等他们洗澡更衣，再亲自开车带他们过来。他安排了里科（他年轻的时候比现在更加殷勤）去接托尔斯夫妇和维勒，其余的人则会自己过来。尽管大部分客人是外国人，穆里埃尔还是让他们八点半才过来，他的想法是九点钟左右让他们入座，那时候是春末，太阳落山已经很晚，他经常说，天还亮着的时候吃晚餐会让他感到压抑。六点之前（孩子们放学回家前），比阿特丽斯似乎已经完全准备就绪，她换了衣服，很快收拾好自己，穿上高跟鞋出去了。除了上课，她已经有太多天没出去过了（她正处于一段情绪低落或者更为消沉的时期），我没能抑制自己的好奇心，像之前几次那样跟着她出去了。我想知道她突然对谁产生了需要，或者是谁从厌世情绪的手中夺走了她，是范·维克滕还是住在马尔克斯·德·萨拉曼卡广场上的那个人，或许她甚至不准备去见他们两人中的任何一个。她穿着裙子，所以不太可能骑摩托，但也不是不可能，我有一次看见她把裙子拉得高高地跨在摩托上，几乎像公务员塞莉娅那样露出健壮的大腿，一副满不在乎、毫不害羞的样子。

她没走太远，很快就到了目的地。我看见她停在威灵顿酒店门前，就在我们这条街的同一侧，没隔几米。她向上看去，像是在等某个住在临街房间里的人给她信号，等着也许有人用脑袋和眉毛告诉他："上来，上来，我已经在这里了。"如果是这样，那就是她的又一个情人，我心想，她为什么要在一个不同于往常的地方跟范·维克滕、波兰人科切约维斯基或盖考斯基、德韦尔内、莫亚或阿朗兹见面呢？还离她家这么近，在一个她为了讨好穆里埃尔而需要招待一大堆有一半是不得不应酬的客人的夜晚之前的下午。或许她正是因为这个才这么做的，为了留在附近，免去不准时的风险。她朝窗口或阳台看了大约三十秒钟，之后进去了。于是我走到高高的大门前（有一个穿制服的门卫守在那里，我猜现在也有，我有很久没从那里经过了，或者更确切地说是我避免从那里经过），试着从外面朝里面观察她，想看看她会留在大堂、朝酒吧走去，还是去乘电梯。但我没有再看见她，尽管我在人行道上等了四五分钟，连着抽了两支烟。假如我走进去，门卫也根本不会有反应，这家酒店里一直都有斗牛士，我可能是个年轻的随从或者甚至是一个未来的优秀斗牛士。但最谨慎的做法是不要冒险让她察觉我在那里，否则这么短的路程、这么近的距离，我无疑跟踪了她。也许她要去酒吧找格洛丽亚和玛塞拉喝一杯，她不想无聊地在家里一直待到晚餐时间，一想到要进行那种社交活动她就无法在嗒嗒声中安下心来。正当我在观察的时候，从一辆右舵车里（我想是一辆戴姆勒或捷豹）走出交响乐团指挥奥东·阿隆索，他就像已经准备好要开始一场音乐会那样身着燕尾服。他把钥匙留给一个代客停车的人，哼着歌微笑着从我身边走过。据说他在威灵顿长期租用一个套间，奇怪的是他几乎总是和他的妻子一起过去。我突然有了一个念头，比阿特丽斯是去见他。不知道为什么，我排除了它。

于是我回家等着。如果不进门厅，我就没有办法调查，而我不允许自己这么做。

正如预计的一样，八点一刻穆里埃尔和曾经的“歌剧魅影”、“金手指的情妇”和“受害者”，以及将在托尔斯另一部电影中成为范妮·希尔的丽莎·雷恩斯出现了。我从自己的房间里听到他向女孩们和弗拉维亚问起比阿特丽斯，他有点吃惊她没有在那里。

“我们从学校回来的时候她不在。”苏珊娜回答。

“她出去了，”弗拉维亚说，“她应该快到了。”

“几点？”他问。

“六点不到一点。”

“她说了要去哪里吗？”

“没有。只说会及时回来吃晚饭。但一切都准备好了，您不必担心。”

“她应该是去理发店或是什么地方了，”穆里埃尔推测道，“那小德·维尔呢？”无论是当着我的面还是向别人提及我的时候，他叫我这个远比叫我“胡安”多，就像他叫里科“教授”、叫范·维克滕“医生”一样。

“他在他的房间里。”

“我现在去找他。我给他带来了一个与她同龄的美人，他必须接待一下。”

我在厨房旁边的房间里度过了我在这个家里的第一个夜晚，它已经变成了“我的房间”，我留在那里过夜已经不是什么特别的事了。我暂时不想出去，免得穆里埃尔直接问我比阿特丽斯的事，让我不得不骗他。不告诉他我自己看到的事情（比如在圣母堂的事，与回答他“我完全不知道她去了哪儿）她没有跟我告别就出去了”是不一样的。虽说后一句话也是事实。我恼火地想道：“穆里埃尔糊里糊涂的，他都分不清楚：与我同龄的美人。”丽莎·雷恩斯也就十六七岁，她的确是个小家伙；对于二十三岁前的我来说，她几乎就是苏珊娜那样的小女孩。

穆里埃尔没有马上来叫我，他需要照顾自己带来的宾客。但四五分钟之后门铃响了，他三两步就走到了我的房间门口，没进来，而是对我说：“小德·维尔，你愿意帮忙开一下门吗？弗拉维亚在忙她的事情，比阿特丽斯还没到。而且我不知道小雷恩斯是不是已经开始无聊了。来吧，去跟她打个招呼，别假装生气了。你在桌上没有位子不代表你就不用帮忙了。说不定我们最后能给你找个地方，要是那个奇迹女孩认可你的话。”

我立刻出去了，看见他背对着我穿过走廊走进客厅，我则一直走到了临街的门口。门铃讨厌地响个不停，里科、托尔斯夫妇以及维勒（不，教授那时候也不殷勤，除了对穆里埃尔和比阿特丽斯，只要他们也邀请了他：我觉得他奉命去当司机是因为他对那位优秀的牛津西语文化学者感兴趣，他用西班牙语与后者交谈，而制片人或他的妻子对他来说一文不值）到了。我带他们来到客厅，不一会儿英国大使馆的那对夫妇也出现了，所有外国人都相对守时。我又做了一次同样的事，六七分钟后，敲门的是面带无可逆转的巨大微笑的范·维克滕，我在想罗姆是否注意到他像罗伯特·J. 威尔克，他们俩曾经在《斯巴达克斯》中合作过。进门时他看到有那么多人，于是用上了西班牙电视播音员式的平庸而浮夸的英语，满意地说：

“糟糕，我应该是最后一个吧。抱歉让在场的各位杰出人士等我了，”他不合潮流地碰了碰鞋后跟，向所有人做了自我介绍，“乔治·范·维克滕医生。”他可笑地把自己的教名也翻译了一下，他说的不是“豪尔赫”而是“乔治”。

事实上没有任何人在等他，没有一个外国人听说过他，而客人里面唯一一个认识他的人，里科，只是知道有这么一个人，对教授来说他不过是又一个在穆里埃尔鱼龙混杂的家里进进出出的人。

“你不是最后一个，医生，”我老板用西班牙语单独跟他说了一句，“我们正好还差比阿特丽斯。她还没到，真奇怪，”他看了看表，“或许你今天碰巧有她的消息？”

范·维克滕回答的时候有些戒备，但只有我能够注意到这一点。

“没有，没有，我怎么会知道？”

于是穆里埃尔转向我。因为要应对各种人员和语言，他直到那一刻都没有向我问起这件事。已经过了九点，那群凑到一起的英国人和他们的同伴快要撑不下去了。

“小德·维尔，你也什么都不知道吗？”

不，我不会对穆里埃尔说谎，或者我只会说一半的谎，为了保护自己不得不说的那些。

“那个，我不知道。下午我出去买点东西，碰巧从对面的人行道上看见她进了威灵顿。但那已经是很久之前了，差不多六点钟的时候。”

穆里埃尔的眼睛怀疑地对上了我的眼睛，警惕地闪了一下，就像有人给他演了一场只有他能看见的戏，也许是因为他在生命中曾经见过这一幕，也许是因为他的视觉想象力可以到达比其他人更远的地方。他的眼睛闭了一瞬，仿佛对着即将到来的任务或他所见到的东西，他看够了，或者事先就看累了。仿佛他以此积聚起了能量与耐心，在行动之前，能有时间告诉自己：“又一次，又得忙一次了。或者可能再也不用忙了。”

“她进了威灵顿？威灵顿酒店？你为什么之前不说？”

他的声音太慌乱，也太高了，以至于宾客不再小声交谈，全都担忧而不解地看着他。皮特·维勒教授是唯一一个能完全用西班牙语交流的人，但使馆的那对夫妇也能听懂，虽然他们在这里待的时间不算太久。

“我不知道，您没有问我，爱德华多。怎么了，这有什么关系吗？那是几个小时之前了。我没想起来。”我在支支吾吾说出这些话的时候已经感觉到自己犯了一个严重的错误，但我无法确定是什么错误。

但穆里埃尔不是为了让我回答才问我的，实际上我觉得他甚至没有听到我的回答。

“我们快走，豪尔赫。”他对范·维克滕说，“你也过来，胡安。”他向里科请求道：“帕科，麻烦你照料一下这些人，编个解释出来。我不知道是不是要取消晚餐。我会尽快告诉你们，或者我让胡安通知你们。”

这一次他叫了我们三个人的名字，这意味着他连像他与自己的观众和日常同盟在一起时通常做的那样随口开个玩笑都做不到了。我已经成了他们中的一员。此时他心里只有痛苦和一种致命的严肃。

我从来没见他跑过，连三步也没有。“跑是不体面的，小德·维尔。”他有一次对我说，那是在他因为我为了能在绿灯前追上一辆出租车跑了一小段路而训斥我的时候，或者在他看见有人令人痛心或热火朝天地进行一种那时在西班牙被称为

“jogging”或“footing”的运动时，我不知道，总体而言这是一个毫无语言天赋的国家，大家老爱用一些既不理解其意也不知该如何发音的外来词汇。我从来没见他跑过，我想我从来没有见任何人在街上这样跑过，他就这样从家里跑到了威灵顿，跑得绝望而飞快，那是一段很短的距离，他的不体面没有持续多久，而且那个时候，那是他最不可能想到的东西，在极端的旅程中一个人不会认为自己在旅行。作为一个五十多岁的人，他跑得太厉害了（敞着外套，衣服下摆和领带像旗子一样向后飞起），就算不到他一半年纪的我也无法再保持这种节奏超过两百米，更不用说范·维克滕医生，哪怕他在健身房跑得再多，他也比穆里埃尔大了十岁。因为距离太短，我们三个差不多同时到达，但他是最先到的，这不只是因为他跑得像被魔鬼带走的灵魂一样快（这个说法是存在的，而且大家都明白它的意思，哪怕从来没有人见过），还因为他最清楚要去哪里和做什么。在这段短暂的路程中我猜到了，范·维克滕医生也猜到了，如果他不是之前就猜到了的话：穆里埃尔担心的不是比阿特丽斯迟到，不是她因为沉迷于自己的需求、激情或性欲而忘乎所以（某个固定的情人，那里的经理；某位客人，或许是罗伊不同凡响的南部表兄，巴林戈·罗伊；某个服务生或临时的侍者，都一样），我觉得他根本不会想象这样的场景。他脑海中浮现的是我试图从外面遥望她的身影时不由自主想到的事：比阿特丽斯订了一个房间，也许是早上，甚至是前一天晚上就订了，所以她不必在前台花时间去申请钥匙，也没有填什么表，他们一看到她出现就把钥匙给她了，或者她已经把它带在身上了，这取决于酒店的类型；她已经上楼去了那个房间，在街上停下来朝它的窗户看时她已经在想象自己身在其中的情景，就像一个人在欣赏自己的棺材；她要了酒或是从小冰箱里搜到了酒，开始服用药片，倒在床上，光着脚，也许为了更加舒适而穿着内衣，开着电视机，让自己不觉得那么孤独，看着那些不会看见她也不会干涉她的面孔，听着背景音，让活在世上和不再活在世上之间的过渡（不可逆转的变化）不再那样令人难以忍受，就好像家里有客人的时候，孩子们远远听着父母和某位客人交谈的声响会睡得更加满足，就好像他们能在清醒的成人世界里多逗留一会儿，他们不想离开，还不想，还不想。月亮应该还没出来，或许比阿特丽斯会等到看见在傍晚阳光的淫威下尚且十分暗淡的月亮出现，在它的暗淡中死去。

或许她已经不慌不忙地把浴缸放满水，躺进去之后才开始割脉——如果你在那之前就割，血会马上开始滴或者流下来，会弄脏酒店的地面、浴巾以及一尘不染的浴袍，几乎没有哪个自杀者会对自己弄出的乱子和死后房间呈现的画面完全无动于衷。如果是这样，一切都将取决于好几个因素：伤口的大小和深度，割的刀数以及下手坚决的程度，是只割了一只手腕还是两只手腕，水是热的还是不热，因为低温会让刀口收缩并延缓死亡，还不行，还不行，以及温度过了多久才开始降低。还有两种可能会导致死亡来得更快或更慢的因素：如果她因为逐渐失血而失去意识，脑袋滑到水里，她会死于溺水，除非她的身体卡在浴缸里，使得鼻子和嘴巴没有被水淹到；在后一种情况下，如果她没沉下去，她会继续无意识地活到心脏无法再泵动血管中残留的少量血液而停止跳动为止。因此，一切问题都取决于她何时用刀割脉、割了几次以及她的决心，她是六点多钟刚进房间不久就那么做了，还是等了一会儿，花时间去预想或者品味等客人都到了却发现她不在时她家里会发生的事；或者她过分犹豫，想到一旦划破皮肤割开肌肉就再无后悔或推后的余地，现在可以了，现在已经可以了，血已经在喷的时候要保持镇定、阻断出血口可不容易；或者她有兴趣想知道哪个陌生人会赢得那天下午电视里的竞赛节目（有时我们会被无所谓的事情耽误，而时间在她没有注意的时候过去了，或者她觉得过不了多久，那个蠢笨的参赛者就会遭到淘汰或被宣布获胜。服药自杀也一样，重要的是她什么时候开始吞服药片，以及节奏（喉咙会抵抗，需要停顿），还有酒精的分量。根据这些情况，我们三个人也许能够及时赶到，也许不能，医生的在场能保证我们不会有哪怕一秒钟的犹豫或惊愕，他会知道每种情形下应该最先去做的事，可能他是那个最能决定比阿特丽斯生命的人，如果比阿特丽斯还有生命的话。还有一种尚未排除的可能：她那时还没从阳台上跳下去，并不意味着她没有坐在栏杆上，她跳下去的时候我们正好狂奔而至（我跑的时候没有往上看，或许我会看到她爬上栏杆准备让自己坠落），或是在前台询问她在哪个房间，或者正在说服工作人员，在一起不幸事件迫近或发生时必须强行开门或使用万能钥匙，工作人员一开始会反对或不愿意这么做，他们会叫酒店经理或负责人过来接手这件事并批准他们闯入房间，也许我们会因此错失关键的几分钟。还有可能比阿特丽斯会借助撕成长条的床单，爬到椅子上把自己吊起来，再用自己的双脚把椅子踢倒，这种情况下我们就没什么可耽搁、没什么事可做，也没有任何余地了，她在我们进到那个天色已暗、或许从里面看来已是黑夜的房间里的时候就已经死了，她把所有的灯都打开了，不想死的时候看不清楚，或许也是为了不要在黑暗中死去，她不可能不去想象在那之后只有漫长的黑暗，而提前经历它是毫无意义的，除非有人希望睁着眼睛，在濒死的意识以及最后的几缕生息之中逐渐适应这种黑暗。

属于自杀者的时间肯定非常奇特，因为它的终结完全取决于他们自己，决定何时终结的人是他们，也就是说，那个时刻，它可以早一点或者晚一点。这应该不是一个容易做出的决定，他们也很难知道，为什么是此时此刻，而不是几秒钟之前或者几秒钟之后，为什么是今天，而不是昨天、明天、前天或后天，为什么是今天我有一本书读到一半、追了好几年的一部电视剧很快就要播出新一季的时候，为什么我决定不再继续看下去了，决定让自己永远都无法知道结局，或者为什么我要停止心不在焉地收看一部我在这个酒店房间（我选择在这里暂时停留，让它承载我无人见证的孤独死亡）偶然换到的一个频道上正在播出的电影。任何东西在我们即将向它以及其余一切作别时都会激起我们的好奇心：告别我们的回忆和我们耐心积累起来的知识，此时在我们看来徒劳或不重要的风浪和努力；告别从我们眼前经过的无尽画面以及我们耳朵听到的话语，无论我们是出于被动还是全心投入；告别无所顾忌的笑声和狂喜，圆满的时刻和苦闷的时刻，悲痛的时刻和乐观的时刻，还有从出生之日起就陪伴我们的不停的滴答声。我们有能力让滴答声安静下来并且对它说："你已经到了这里。有些时候我对你置之不理，另一些时候我则靠着你活下去，听着你的声音，等待另外某个声音能有足够的力量盖过你，让我得以将你忘记，几句渴望的话或激情的声响，喘息，满怀爱意的怒吼，时断时续的淫言秽语，它们既让我生气也让我着迷，一说出口就摄人心魄。现在我要让你停下来，终止你对我的无动于衷。我知道没有什么能够真正阻挡你，你会继续存在，但那是别人的事，与我无关，从这一刻开始我将逃开，远离你的控制，这样你就不会再计算我的时间了。"是的，决定那一刻何时到来并不容易，古老的生存本能会让我们去想："还不行，还不行，我为什么不能在这个世界上再留几分钟，看着那弯瞭望的冷月升起呢？它一定见过许多像我一样抛下这个世界的人，甚至不会眨一下它蒙眬的睡眼，它看够了会说话的人类对着枕头没完没了地哭泣和告别的场景。但至少我能看着它。"而厌倦和折磨则会让我们去想："好了，是时候了，还有什么可拖的，何必再多留几分钟，或者再多留在我们不自觉地延长生命之时令我们感到难熬和相似的几天，并且继续保留让我们无比痛苦的主动意识；何必再一次问自己我们的孩子将如何，我们再也不能见到他们长大成人了，他们必会像他们之前的那么多孩子一样，设法在没有我的情况下生活下去，爱德华多会帮助他们，既然他在我的时间尽头继续活着，而且没人能向我保证他不会一直活下去，在我眼中他就会永远活着，对我而言他永远不会死去；但是要求我去无止境地照顾和引导我的孩子们就太过分了，我没有活下去的意志，痛苦太沉重，他们不足以留下我。我已经撑不下去了，一切都无所谓了。我会麻痹自己，让自己像不曾离开那样离开，等到我不在这里、已成过去，人们就可以指责我自私，惩罚我，责备我，严肃地审判我，因为我什么都不会知道了。到那时候，到那时候，他们什么都可以冲着我来。”

那段路很短，却变得很长，一如每次我们害怕赶不及去做某件事的时候，搭乘一趟火车，澄清一个误会，截留一条消息或催一封信，收回一道最后通牒或一句威胁，当然还有避免一次死亡，就像现在一样。酒店的工作人员显得很体谅：尽管心存怀疑（跟他们说话的是一位知名的医生，而不只是一个年轻人和一个独眼龙），他们还是决定不去咨询上级，更确切地说是决定先斩后奏。他们中的一个去找经理了，另一个陪着我们去了房间，用他有力的指关节叩响房门，比阿特丽斯是用她本人的名字登记的。他敲完门后等了一会儿，然后再敲，一共三次，这似乎是必须遵循的惯例，或是在不经允许强行进入之前至少要做的事，穆里埃尔则催促他干脆用上万能钥匙、备用钥匙，或者不管什么钥匙。门一直没开，也没有任何能够令人安心的回应（哪怕那也可能是个假象，应声的人正要踢倒椅子，让自己吊在半空）——“我就来，马上”，或是“谁啊？我现在不能开门，请你们晚一点再过来”，于是他决定自己想办法开门，他无法确定那位女士是不是出去了，她有可能在咖啡厅或某个大厅里，但也有可能的确在她的房间里，他已经开始动摇了。穆里埃尔是第一个进去的，接着是范·维克滕，他们两个都是冲进去的，然后是带我们过去的那名工作人员，他也被带得加快了步子。我是最后一个，我害怕看到那一幕，尤其是如果她上吊了或者流了血，与此同时我既然到了那里，就不想错过那一幕，我还没见过死人呢。穿过门厅之前，我在长长的走廊上看到一个正在匆忙赶来，却由于身材庞大跑不动的人，他想必就是接到通知的经理。我还隐约看见一对衣着正式的夫妇正要从他们的房间里出来，他们注意到骚乱，于是停下来观望。

那个房间很大，类似于某种初级套房，现在是这么叫的，也许那时候不是。比阿特丽斯应该不在乎价格，因为她不会自己走出去了，结账的也不会是她。房间里没有人，她没有在那里上吊，也没有在药物的作用下瘫倒或蜷缩在床上。剩下的就是浴室了，要打开它的门不容易，门闩被插上了，里面没人回答，也没人抗议我们破门而入。

“您有办法把这个打开吗？”穆里埃尔问工作人员，几乎与此同时撞了一下门。痛苦让他面容扭曲，尽管眼罩让这一点看上去不是非常明显。

“这里显然不行。实际上我不知道有没有办法开浴室的门。”胖子这时候现身了，仓促间他的外套穿得歪歪扭扭，又宽又长的领带盖住了裤子上特别大的一块地方，那很可能是一种遮肚子的简便方法，但效果适得其反，那块布让人忍不住往那里看。工作人员对他说：“有办法打开浴室的门吗，堂·埃尔南？”作为补充，他又突兀地介绍他道：“堂·埃尔南·戈麦斯-安第古埃达，酒店经理。”我无法避免地注意到这个花哨而且有点奇怪的名字，但随即发现他的姓氏并不少见。那对衣着正式的夫妇进来打听情况了，他们两个似乎是法国人，房间里一下子有了七个人。

戈麦斯-安第古埃达一边做出要握手的样子，一边回答“不知道，这要问维修部门”，但没有人去握他的手，因为穆里埃尔和范·维克滕已经在用脚踹门了，我们其余的人则心惊胆战地看着他们，看上去只要他们一直踹，门就会裂成碎片，而它很快就被踢出了一个破洞，所幸它不太结实。

“也许我们应该给它们装上钥匙，而不是门闩，”看到这堆乱子，经理专业地顾左右而言他，“但得费不少劲，才能把它们全都换掉。照我说，这种事也不会经常发生。”他像在自言自语似的，而且有点上气不接下气，之前赶得太急，他还没缓过来。

门终于开了，我们全都急着拥上前去朝里面看，但穆里埃尔首先做了一个不容置喙的手势，让我们退回去，他似乎不想让我们看见穿着内衣的比阿特丽斯和被染红的水，这是我在听从他的命令退开之前隐约想到的一点。我恳请聚集在那里的人也这样做，逐渐有其他住客被哄闹声和踹门声吸引过来，没有人会放弃这样一个猎奇的机会。我推测，比阿特丽斯意识到酒店的工作人员有可能会发现她，所以在躺到浴缸里的时候没有完全脱光衣服，她出于害羞留下了胸罩和内裤，不过我没有看到，只看到她被红色和泡沫覆盖的上面那一半胸衣，她应该洗过它了，想让它闻起来干干净净的，却忘了血液也有气味，就连我都能闻到奇怪的金属气味，像是铁。所幸她的一只手肘放在浴缸边缘，她没有沉下去，没有被水淹没，也许这尤其让她感到恐惧或憎恶，她考虑到了这一点，所以用胳膊撑住了。但她可能已经因为失血过多死去了，我向后退的时候并不清楚。

“大家让医生工作，让他做事。”我一边将人群朝外面推，一边低声说道。戈麦斯-安第古埃达帮了我一把，带着挤进门来的人出去了，跟他们一起留在外面。他看起来糟糕极了，头昏脑涨，脸色发黄，他把他的雇员留在那里作为酒店的代表，或者以防我们有什么需要。这个插曲很难不传遍整个酒店。

是的，她割脉了。我没有看到，但我猜范·维克滕尝试用布或衣服压住了伤口（他让穆里埃尔给他递一条床单，后者一把将它从乱糟糟的床上［比阿特丽斯应该躺过］粗暴地扯了下来），由于血还在流，他临时做了止血带。房间的门已经关上了，我贴着门站在那里，看着穆里埃尔从浴室里进进出出，听着范·维克滕下达指示，他有好几分钟没有现身，我看不见他，不知道他的表情和焦虑的程度，或许他丝毫不觉得焦虑，他是唯一一个知道那个女人能否活下来的人，而且无论如何他都在为此努力。我也听到有水刚刚从排水口流走，他应该是拿掉了塞子，在没有液体，或者只有更黏稠和无法控制的液体的情况下，他能够更好地做事。

“爱德华多，你去打电话给诊所，打给鲁贝尔，那里离得最近。让他们派一辆急救车过来，就说是我要求的。你找特罗亚诺医生，或者恩西索医生，要是他们不在，找谁都行，你跟接电话的人说，所有人都认识我。你告诉他们，我让他们不要做记录，这是非住院病人，他们就会明白的。让他们派车过来，我会陪着病人，到了那里我就会告诉他们该怎么办做。”他把电话号码告诉他，穆里埃尔没有写下来就一下子记住了，他的记忆力因为情况不明而保持着高度警惕。

我看到我老板出来，朝床头柜上的电话机冲过去。他身上斑斑点点，衬衫上面有许多明显可见的被水稀释过的血点以及一些纯粹的血迹。医生身上可能更脏，也更湿，他们两个人身上穿的是要去安安静静享用一顿晚餐的衣服，我很庆幸他们没让我过去，庆幸自己逃过一劫，不然我肯定要把我的衣服扔掉了。

“怎么接外线？”

“拨零，等待信号音，然后拨号。”工作人员熟练地回答。

过了一会儿，我猜测出血已经止住或者至少减缓了，因为穆里埃尔再次从浴室里出来，他平静了一些，对我说：

“小德·维尔，你在这里做不了什么，”他又这样叫我了，这就意味着他已经从惊吓中恢复过来，比阿特丽斯必然性命无虞，“你到家里去告诉客人，告诉那些还没等够而且没有离开的人，让他们散了吧。”他看看表，接着用中指敲了敲表面，这个动作显示了他的颓唐和沮丧，“让所有人都走吧。你以我的名义请求他们的原谅，明天有空的时候，我会一个一个给他们打电话的。”

“要是他们想知道发生了什么事呢？”

“不，不用他们开口问，你一开始就把实情告诉他们。向他们说明发生了什么。他们会知道这是一个不可抗力事件，他们会理解，会明白的。电影圈里的人习惯了有人试图自杀，也包括那些自杀成功的；没有人会大惊小怪。不过，你不需要说到细节，不需要描述这么夸张的场景，”他用头朝那个方向示意了一下，比阿特丽斯还躺在那里，而且很可能要着凉了，除非范·维克滕已经用浴袍或浴巾将她裹了起来，“如果他们问起她是怎么自杀的，就说你不知道。”

我想起不久前，当罗姆说起1961年在歌手维克·达莫内家中发生的打断了一场好戏并让肯尼迪受到惊吓的事情时，穆里埃尔无礼地取笑了比阿特丽斯片刻之前效仿过的女人。“这件轶事可能是真的，”他语气中有一种理所当然的轻蔑，“这是某些女人的经典做法——把自己关在浴室里割手腕。你会发现她们几乎从来找不到血管。”也许现在他已经不记得这些话了。或许他记起来了（心中苦涩，怪自己当初太天真），要是比阿特丽斯没有割到静脉，只要割破皮肤也是会流血的。

“好吧，可是如果你们的孩子在场呢？我也一样说吗？”

“把男孩从那里带走，他还不习惯这个。女孩们可以听，那有什么呢，她们不会太吃惊的。”

“不会吗？怎么会这样？”

我立刻想到就我老板的偏好而言，我又问得太多了。但我已经问了，再想收回问题也晚了，问题是收不回的，而且我觉得自己有权利这么做，毕竟穆里埃尔将我卷入了一起与我无关的事件，如果到了那个时候还有什么与我无关的话；你会越来越退让，越来越迁就，你会做好准备最大程度地取悦对方，突然之间你发现对方能要求或命令你去做任何事，甚至是犯罪。无论如何都渐渐到了穆里埃尔要回答我某些问题的时候。当然，不是那个时候，但也快了。他用海一般的眼睛从上到下打量了我一会儿，仿佛是在记录我未曾言明的要求，并且接受了它。

“这个嘛，”他没有理会我的评论，“他们既然摊上了这样一个母亲，最好还是想着有一天可能会失去她。女孩们已经想到了，你不用怀疑。好了，去吧，托尔斯肯定有点懵了，要不然就是发火了。他太太就更不用说了。”

“她怎么样？”离开之前我问了一句。我模仿他的动作，用头指了指那个房间，它内部的情形在我的视野之外。除了最开始刚进房间时的那一瞬间，我几乎没有看到比阿特丽斯狼狈的样子。因此，我也没能见到她穿着内衣的模样（胸罩的带子滑落下来），而我羞愧地意识到，哪怕在这样一个令人震惊的情境下，那依然是我想看到的，或者这是因为此时最危险的时刻已经过去了。一个失去意识、深受重伤的女人跟一个死掉的女人不同，或许两者之间的区别没有这么大，如果那个死掉的女人刚刚死去，还没有发生任何变化，我的意思是如果因为时间不够，她的迷人之处还没来得及消失的话。我尽可能地摆脱这些念头或幻想，我是年轻，但不是没有心肝。虽然说大部分年轻人的心，怎么说呢，都会迟到。

这时一直没从浴室里出来过的范·维克滕出现了，他的身上全是血，袖子一直湿到了肩膀。医生们经常会把自己弄得脏兮兮的，他们需要一大柜子的衣服，就算他很快脱掉了外套，那套西装也没用了。我的问题由他来负责回答，他是最了解情况的人。

“幸亏伤口不多，也不太深，她应该是被那种痛吓到了。还没有痛到让她反悔的程度，但已经足够让她在无意之中本能地收住手了。而且水温也不是太高。我觉得离她开始动手只过去了一个小时多一点。她不会有危险的，尤其是救护车能他妈的赶紧过来，我们能送她去医院的话，× 他妈的。”

“他妈的堵车。”我说，脏话是会传染的。

话音刚落，我就听见了汽笛声，车应该开得极快，因为汽笛声立刻就离得很近了。范·维克滕走到阳台上，确认是我们的车来了。

“到了。”他说。

“比阿特丽斯找对血管了吗？她割断它们了吗？”准备离开、一只脚已经踏到走廊上的时候，我还是斗胆问了一句。我看到依然有几群住客在那里交头接耳，那个犹疑不定、身体有些不适的胖子正站在稍远的地方控制着他们。不过是的，我的确要走了：我宁愿不去看担架工们演的好戏，而且穆里埃尔催我赶紧回家。

“当然了，”医生面露不快地回答了我，“这算什么问题?”

突如其来、骤然出现、新近萌生的感激是一件很糟糕的事，它会让我们突然忘记曾经蒙受的羞辱或抛弃复仇的计划，会让我们的怨恨变得麻木，让一切对于正义的渴望偃旗息鼓；我们对过错视而不见，随时准备打消疑虑，或者放下好奇、中止调查，耸耸肩膀安慰自己，用一些理性的表象说服自己放弃打算：“说到底，那有什么呢？有那么多人逍遥法外，多一个也不会有人看出来，世界也不会因此有所改变。我不提醒你们又有什么关系呢?”如果某个人曾经伤害过我们或是与我们亲近或疏远的人我们对他有所亏欠是一件很糟糕的事，有时候觉得自己欠了某个曾有过不体面行为、犯下最严重的不可饶恕之罪、做下最下流之事的人也是一样，因为在那种于关键处亏欠对方良多的感觉面前，这一切都可以一笔勾销。有时伤害者会有意识地、蓄意地，甚至处心积虑地借助这一点。“我要结束这条战线，我要跟这个厌恶我、被我伤害过的人扯平，出人意料地帮他一把，拯救他于水火，让他觉得高兴又因此不知所措，在他最急迫、最需要的时候借钱给他，或者如果他不接受我的钱，就通过第三人把钱给他（第三人会在他已经把钱花掉的时候吐露真相，他想拒绝已经晚了，我还可以通过不让他还钱让他对我愈发感激涕零），让他千钧一发地保住工作，向他惹上麻烦、对他而言最重要的子女伸出援手，挽救他试图自杀的妻子的生命。”

当然，范·维克滕不是这样，他甚至不知道他的朋友多年以来的煎熬和怀疑，更不知道后者针对他过去可能做过的事情启动了一次狡诈而冒险的调查（既狡诈又随意，只有业余人士才会这么做），借助的是一个听命于他、不知道自己在寻找什么所以全凭摸索行事的年轻人。他那一晚提供的帮助是真诚的，慷慨的，所有医生都会这么做，他肯定也会这样去帮助任何人，甚至是一个拿着一把小刀把自己关进浴室里的陌生女人（比如，歌手达莫内的亚洲女友，假如1961年的那次聚会他也在场的话），更不用说那是他好友的妻子，他还时不时会干她一下，因为就我在达姆施塔特目睹的场景，这么说才恰如其分、符合事实，他们根本不是上床、做爱或成为彼此的情人，我觉得不是，即便只是肉体上的情人。穆里埃尔自然对此一无所知，其中一个原因是他并不关心比阿特丽斯的生活，奇怪的是他竟然如此在意她会失去生命，我眼前的他痛苦、失色，他的脸色像某一刻的安古埃达经理一样焦黄或者更甚，好像离了那个激起他的怒火、被他如此折磨的女人他会活不下去似的，他像个疯子那样在委拉斯凯兹大街上奔跑，他以前从来都不跑。出于对范·维克滕的这份新生的或者不如说再度萌生的感激之情，他中止了交给我的任务。医生在威灵顿所做的常规工作导致的结果是，两天后，当比阿特丽斯尚在医院接受观察和照顾时，借着一次从她身边离开回家去处理事情并稍作休息的机会，作为对医生的回报，穆里埃尔取消了自己之前下达的指示和我的使命，如果称之为使命不是过分夸大其词的话。

"听着，小德·维尔，我要跟你说一件事。"他再次躺在客厅的地上，尽可能地伸长身体，我越来越强烈地感受到这有时是一个花招，让他得以不必直视我的眼睛，让我在他跟我说话时无法准确理解他的表情，身处不同高度时这是很难的，所以国王总是要求高高在上，这也是当权者依然在追求的一件事，很多人会在鞋子里衬上鞋垫或者把头顶的头发垫高。他选择降低高度，但结果是类似的，一定程度的不透明性。“你看到前天夜里医生表现得多么出色了。这不是我欠他的第一份大人情，我这一辈子欠了他好几份；虽然他没能救回那个孩子，但他用了心，尽了力。现在他救了比阿特丽斯，我却用怀疑和阴谋回报他、派人去刺探他，那不公平。你告诉我的事情是不是真的都无所谓。就算那全都是真的，还有其他更重要的因素，即我与他的关系以及他为我和我的家人所做的事。如果他做了那么多与我有关的好事，我却因为某些与我无关的事情收回对他的友谊，那我就是个不知感激、不讲情面、头脑发热的人。”“也许那些好事里也包括某天下午让比阿特丽斯的注意力从你身上移开，把她从你身边弄走吧，”我突然冒出这样的想法，“而你就在那条街的尽头，甚至还帮了他一把，穆里埃尔。”我的大脑比舌头更愿意用“你”称呼他。“前天晚上的事让我不得不去回忆，去反思。所以随它去吧，你全都忘了吧，不要再继续做我吩咐你的事情了，不必再带他去那些龌龊的地方，更不用去套他的话和观察他，停止吧。如果他之前做过什么卑鄙的事，那是受害者自己的事情，不用由我来进行调查或做出决定。我甚至不用知道它。我被流言牵着鼻子走了。”好几句话之前我就想打断他，但我意识到还不是时候，他之所以停顿了一下，只是为了继续说下去，或是为了收尾。他的眼睛再次盯住卡萨诺瓦的画（那个可能是独眼骑士的人，那些可能因他受难的人从画框之外，从观赏者所在的地方向他发出请求："记住我们"），尽管我不知道他是不是在看它，只能猜测。他接着说："实际上别人口中的所有事情，所有你没有参与的事情，都只是流言，无论他们怎么赌咒发誓自己说的是实话。我们不能一天到晚关心流言，更不能以流言的风向决定自己的行为。等你不再这样做了，等你不再想去了解无从了解之事，也许那个时候，就像莎士比亚说的，也许那个时候坏事开了头，而更坏的事却已经被甩在身后了。"

现在我觉得他真的说完了，我可以问他我急着想知道的事情了。但因为他提到了莎士比亚，我的记忆里首先出现了里科像僵尸一般伸出一条胳膊、用明显的戏剧腔朗诵过的其中一句戏文："我这些舌头吐出无穷尽的诬蔑，用各种语言，我把它们宣布，以虚假的报道塞满众人的耳朵……"也许穆里埃尔非常用心去听了教授的朗诵，而那一天他认真考虑过，采信别人对医生的指控是否有些不公平。如果是这样的话，它不足以让他停止怀疑和焦虑，试探而不是调查的想法已经占据了上风。

"他没能救回那个孩子？什么孩子？我不知道您在什么，爱德华多。"一入耳就让我心急火燎的正是这件事，穆里埃尔是顺口一提，他似乎觉得不管他说什么我都应该一清二楚。我马上凭直觉找到了答案，差不多与此同时（他脸上露出了真诚的惊讶之情，如果不是惊愕的话），他用食指指着放在显眼处的照片，照片里年轻时代的比阿特丽斯怀中抱着一个大约两岁、身穿短皮衣、头戴一顶顶上有一个大球的白色滑雪帽的男孩，但她没在看他，那是个面容清秀的孩子，他的眼睛正专注地望向自己的左侧。那正是那张装在相框里摆出来，而我从未问起过的照片。实际上自从穆里埃尔因为我打听他戴眼罩的起因和缘由而呵斥我之后，我就很少再问起什么了（虽然我会在暗中窥探，但本质上我还是个谨言慎行的年轻人）。

"还能是什么孩子？哈维尔，我们的长子，我们死去的孩子。就是那个。我以为你知道的，你怎么会不知道呢。你在这里待了多久？"

"我不知道您是否想过这一点，爱德华多，但您几乎什么也没告诉过我。我问起您失去的那只眼睛时，您直截了当地打断了我。您怎么也不肯告诉我您在怀疑医生什么事，所以我像个瞎子一样在他身边乱转。我也不知道您妻子对您做了什么，以至于您会如此粗暴地对待她，您不是每次都会努力在其他人面前掩饰您的怨气的。听着，我不是要问您这个，上帝宽恕，我管不着这个。可我不知道您为什么会惊讶于我对此一无所知。从来没有人对我说过这个，而且如果不是非知道不可的事，我都会避免去问。说到不知道，我到现在也不知道比阿特丽斯为什么要自杀，虽然看到她进酒店的人是我。不过说到底，我也知道这个问题或许没有答案。"

穆里埃尔用手肘撑住地面，将身体直起来一点，他看我的角度更接近于正面了，当然，还不是从我的高度。

“你说得对，胡安。有时我会理所当然地认为你们所有到这里来的人都对我一生中的大事有所了解，我的意思是，没有经过证实或公开的事。我认为你们亲眼见证过，或者彼此说起过这些事。当然了，你们也不一定说到我，虽然这是你们共有的联系。我能肯定其他人都知道那个孩子的死，有些人当时在场，我指的是他们参加了葬礼，并且在最开始的那几天里努力安慰我们。我忘了你是最近才来的，你的年纪不一样。”

“发生了什么事？”

穆里埃尔像他偶尔会做的那样把拇指放到腋下，好像那是一根细棍或可笑的拐杖似的，仿佛他正在寻找某种象征性的支撑物托住整个身体。也许他这么做都是在心情沉重的时候，在那种情绪侵入他的腹部、四肢、胸腔以及大脑时。

“好吧，我不喜欢过多谈论这件事，”他的确说得有些艰难，像是突然得了轻度失语症，或者至少是一秒钟之前还好好的嗓子哑掉了，“没有人清楚是怎么回事。豪尔赫没能说出原因，我们也不能给他做尸检，可怜的小身体，有什么必要呢？他已经死了，原因不是太重要了，在这件事情本身的严重程度面前都无所谓了。那时不像现在，凡事都要找到罪魁祸首，想看看能不能从自己的不幸中捞到好处。有一天下午他病了，发起了高烧。我们不觉得有什么严重，可能是咽峡炎，小孩子很容易发高烧，但我们马上打电话给医生了，他像往常一样迅速赶来，他对我们一直都很上心。我对你说过，他尽力了，劳心劳力，我们三个人谁都没有离开他的床头，我们都看到了当天夜里他是怎样突然死去的。不，不是突然。是逐渐地，但快得令人无法承受。事实上我们从来没有担心过他的生命，一直到无能为力地看着他死去。你能想象，这是无法理解的。我的意思是，超出了我们的理解范围。我觉得比阿特丽斯从来没有接受过这件事。至于我，我不知道。”

“可是不知道是什么病吗？连像什么病都不知道？”

“这个，豪尔赫跟我们说的是扩散到肾上部位的脑膜炎，有可能是。肾上腺被脑膜炎双球菌摧毁了。非常罕见，至少那时是无药可救的。无法及时作出诊断，也无法治愈。他向我们保证没有人救得了他。没有人，也没有药。我不知道。我们没有追问，这些年来我们从来没有再追问过。何必再去深究呢？那只会让我们更加难过。事情发生了就是发生了。”此时他叫他“豪尔赫”，叫我“胡安”，就像自杀事件那晚一样。严肃时人们会叫回本名，无法容忍亲昵或嘲讽的外号。他再次指向照片：“比阿特丽斯坚持让他留在那里，留在我们眼前，好像她害怕我们会遗忘似的。或是为了让他的弟弟妹妹记得他，哪怕他们从来没有认识过他。或是她喜欢经过时能看到那个孩子。那是他最后的照片，在苏珊娜的洗礼上，她比他小差不多两岁。你看到了，那个孩子好好的。直到那天下午之前都好好的，一点征兆也没有。”他伸出的手指停留了几秒钟，只用一个手肘撑住身体，陷入沉思或回忆，“幸亏我在马德里。要是我在外地，我根本无法相信。但是我在，我看见了。”我所理解的是，他参与了那件事，而不是谁对他说的，所以它不是流言。我在心里重复了一遍刚刚听到的那句话："也许那个时候坏事开了头，而更坏的事却已经被甩在身后了。"

"比阿特丽斯也看到了。"片刻之后我说道。他已经不再指着照片，而是放下手臂，再次躺了下来。在那之前他从裤子后面的一个口袋里取出了指南针，开始用它慢慢腾腾地摩挲一边的脸颊（我的意思是那个小盒子），像是在修剪不存在的胡须，他似乎有留胡子的趋势，总有一天他会把它留起来。"对于女人，对于母亲而言，这通常更是一个悲剧。她们恢复得更差，不是吗？如果她们能够恢复过来的话。孩子在她们体内成型，她们很早就与他相识了，这一切都是原因，不是吗？"除了这些毫无意义的话，我也不知道应该说些什么。

"除了冷漠的母亲之外，的确如此，"他回答，"有些母亲是冷漠的，你别不信，例外总是存在的。不过是的，这一切从某种程度上让她更加脆弱，让她更加精神失常。不是说她会在其他子女的问题上更加敏感或多疑，这倒不是，正好相反。既然她能想象到的最糟糕的事情已然发生过了，那么它就不会再次发生。它的作用类似于疫苗，对女孩们她远比她过去对哈维尔要放得开。也许因为他是第一个孩子，也许因为他是男孩，而且我们总是听说男孩更容易有麻烦，她担心他超过任何其他人。我有时会想难道不正是那种不祥的预感让预感成真了吗？恐慌会带来不幸和灾难。有时候我们会促使我们最恐惧的事情发生，因为唯一能让我们从恐惧中解脱的办法就是坏事已经发生了。让它存在于过去而不是未来或概率的王国。”“将它甩在身后。”我在心里重复了一遍，忍不住去想这句话。“无论过去多么可怕和难熬，我们都觉得它比未来无害，或者我们能够更好地应对它。我不知道。可能是这个原因，或者是她意识到我们有多无力，采取预防措施、保护我们自己或保护任何人都毫无用处，所以事先就苦恼是可笑的，无论一个人做了什么、如何未雨绸缪，最严重的事情还是会发生。只要它发生了，就已经晚了。只要它发生了，就已成定局。你已经看到了，现在她对孩子们相当顺其自然。甚至到了会让他们骤然失去母亲的程度。”

“这个，”我说，“我可不信比阿特丽斯的忧虑会让她的孩子得那种病。您说过了，它非常罕见。”

他没有回应，他之前说的那番话显然是文学性的，不能从字面上理解，是一种对于无法解释之事的迷信说法，文学就是这样，差不多大多数情况下都是。他换了个话题。

“好了，我已经告诉你了。来吧，你还抱怨了什么来着，‘没有人跟我解释任何事’，”他模仿我说话的样子，“你还想知道什么？啊对了，我眼睛的事。这里面没什么秘密，只不过我不喜欢说，或者是回忆这个，它让我难过，让我变老了。那是在我小的时候，内战刚开始。我哥哥和我在父母家里的屋顶平台上玩。一个帕科射出的子弹在附近反弹起来打中了我。我变成了独眼，那时候挺惨的。但总之，我从三十六年开始就这样了。就是它让我变老了：一个战争的伤口，虽然当时我没多大。

但说我在交战中失去了眼睛听起来就好像我那时候已经到了上战场的年纪，你听着难道不是吗？还有别的事情吗？”

我没能忍住，于是我错过了那个机会。我们大多数人都无法忍受听不懂别人当面对我们说的话。

“一个帕科？”我问，我没有借机追问医生或者比阿特丽斯的事。假如我有耐心，我本可以在之后去查字典的。据他说，这个词一开始指的是西摩战争中的摩尔伏兵，之后就流传开来。显然，它没有流传多久。

“人们这样称呼狙击手，最初几周或几个月里有很多这样的人，他们在马德里造成了灾难，我这样说不只是因为我自己。之所以这么叫，是因为他们开枪时的声音会响两次，我不知道第二次是弹击的声音还是回声：‘帕——科’，或者更像是‘帕——克’。甚至有个动词叫‘帕科射击’。当然，你未必知道这个。”

“我不明白的是，既然高处有狙击手，那您和您的哥哥在屋顶上干什么呢。”

穆里埃尔抬起头，他那只没有被帕科击中的眼睛嘲讽地看着我。

“因为孩子们从来不会不听话，或者从来不会去做他们不被允许的事情，对吧？你是哪种孩子？其实我哥哥和我，我们正好在玩这个，帕科游戏，拿着几根木棍假装那是步枪。小孩总是会去玩他们看到或者听说的最危险的东西。我不止一次问过自己，打伤我的那个家伙是不是没注意到我们是孩子，他把我们当成了同类，所以开枪打我们。或者他其实注意到了，即便如此，他还是开了枪。那段时间人们都很卑鄙，所有人都可能这样。我永远不会知道了。不过我们离题太远了，放过医生吧，小德·维尔。别再调查他了，不要打扰他的生活。”他又叫回了外号，他的危急时刻已经过去了。

这道撤销令让我不太开心。在不情不愿地接受命令之后，现在我变成那个感到好奇的人，无法成功完成某件已经开了头并且需要耐心和才智的事情总是让人觉得遗憾。我想所以才会有刺客提醒自己的顾客开弓没有回头箭吧。哪怕对方无论如何都会支付酬劳，他们也不想白白浪费用于研究受害者的习惯和出行路线以及踩点的时间，那些准备工作，他们出色的劳动成果。一番心血付诸东流太让人恼火了。

“我不能突然这么做，爱德华多，就这么随随便便地，”我回答，“他喜欢跟我一起出去玩，见识如今的夜生活和年轻人。我告诉过您，他做梦都无法想象他能接触到我带他接触到的那些女孩。您想怎么样，是让我突然哪里也不带他去了，告诉他我不带他一起了吗？他会抗议，会缠着我，会异常不高兴的。”

“没有必要这么突然，而且总有合适的借口，”穆里埃尔说，“你把出行的间隔拉长。告诉他你很忙，你在帮我做事，拍摄因为比阿特丽斯的事情陷入了困境，然后我们再看结果如何。不幸的是，这是事实。我不知道托尔斯还能允许我旷工多少天，他暴跳如雷，每过一天都是在浪费钱或者白花钱。第二组的导演正在山里提前拍摄几组动作镜头，但这些镜头不多，你知道的；演员们无法忍受无所事事地待在那里，他们会觉得无聊，这是不可持续的。或者告诉他，你有了一个正式的女朋友，你们每天晚上都要见面，你不能再不务正业了。眼下，你也可以告诉他另外一个事实：明天或者后天比阿特丽斯会回家，我如果重新开始拍摄的话就几乎不会在家。我马上要去巴塞罗那，去拍奎尔公园和其他一些场景。我不太指望女孩们能做什么，弗拉维亚是弗拉维亚，她能做的就这么多。至于玛塞拉和格洛丽亚，最好还是管着她们一点，这种情形下最好让她们离得远一点，你想象一下她们多么能害人和歇斯底里吧。我希望你把一切都安顿好，至少是我不在家的第一个星期。你睡着的时候也要睁一只眼，要非常关注她。我不是担心她马上会再试一次，在两次尝试之间她通常会隔上几年。但你永远都说不好。你要陪着她，试着跟她说话，哄她开心，带她出去。不要让她抑郁，或者尽可能不要。我不知道教授是否会在马德里停留几天，但他不会留下来过夜。还有罗伊，好吧，罗伊。年轻人比中年人更能令人振奋。告诉医生你在看着比阿特丽斯，他会接受的。但他会来看她，我请求你不要再问起他的过去或试图进行调查了，”虽然他说了“我请求你”，他的语气依然是命令式的，“在前天的事情之后，他不应该被这样对待。你也不要再像我建议过你的那样，向他炫耀你有多么卑鄙无耻了，不要再引诱他了。如果他曾经有过一次或好几次卑鄙无耻的行径，那也不是当着我的面，而且我已经不想知道了。对不起，当我委托你做那件事时我被牵着鼻子走了，被蛊惑了。实际上你该管只有你看到的以及与你有关的事。你不能谁告诉你的故事你都听，也不能假装自己是世界法官。你不能惩罚某个也许曾经在某个时候做过某件坏事的人，哪怕是在态度上，或是通过收回友谊的方式。不然我们就没完没了了，其他什么也别做了，”他停顿了一会儿，然后总结道，“其实我们应该想到所有人都在某个时机做过坏事。你也一样，或者哪怕你没有，你拥有整个世界的时间，今后还有太多年要过；这是年轻的缺点。所以你总是会去做的。”

我再次感到有一句话如鲠在喉，再次等着穆里埃尔说完，或是告一段落，就像我们在读一本沉默之书时也会等待，在把书放下出门或者去睡觉之前都不能被打扰。

“您刚才说，在两次尝试之间？那么，有过几次？”

穆里埃尔同时竖起了小拇指、无名指和中指。

“这是第三次。”

“一直以同样的方式？”

“不。每次都不一样，之前发生过的事无法让我们有所准备，也不会让我们起疑心。但我跟你说了这些并不意味着你什么都能知道，所以你别问我是哪几次，我也不喜欢提。我们就到这里吧。我觉得你今天已经知道得够多了。”

此时穆里埃尔努力重新亮出身上的刺，但他确实已经软化或者累坏了，或许两晚之前的惊吓令他暂时变得温驯，削弱了他的冷硬和魄力。直觉告诉我，我还可以再强行碰碰运气。

“请您至少告诉我是谁对您说了医生的事。要是我都没去套话，有一天他就给我讲了一件下流的事情，那该怎么办？我怎么知道那就是我们之前追查的事？”我是故意说“我们”的，我想帮他想起他此时已经消散的、被赶走的，或是被感激之情束缚的焦虑与愤怒。“您是这么说的，一件下流的事情，不是吗？对一个女人所做的一件不体面的事。我猜是受害者告诉您的，也就是说，是一个女人。”

穆里埃尔从地上爬起来，坐到他的桌子旁，我把自己的椅子搬到他对面。他将一侧的脸颊撑在一只手上，而不是把手放在脸上。就好像他的脸很重，或者是站起来的时候觉得头晕，他站得太快了，没有过渡。无论一个人多么想控制和权衡，话头一起，再想刹车就不容易了，最后他总是会吐露比他预想和希望的更多的东西。说话时他没有看我，垂着头，目光落在桌子上面的信件上，那是我放在那里以便他在有兴趣或有时间时拆阅的，并不紧急。就算他现在看什么，也是无意识的行为，他什么也看不进去，也丝毫不会在意我放在那里的东西。

“是的，首先是一个女人，后来她又带了一个女人来找我，”他回答道，或许他没有过多意识到自己正在回答我，也就是说，他没有意识到自己面前有一个听众，也没有意识到后者听到了，并且正在心里默默记录，“一个原则上完全值得我信赖的女人。一位老朋友，一个曾经的女演员，虽然我认识她的时候她还不是，那是之后的事了，”他停顿了一下，中断了讲述，但有时候舌头会被自己邪恶的速度所累，“一个从前的爱人，”他又停顿了一下，却更加轻易地向那种速度屈服了，“就像人们常常说的那样，我一生的挚爱。或者我在很长一段时间里是这样认为的，那段时间我一直觉得自己亏欠了她。所以现在，当她再次出现时，我觉得自己必须严肃地对待她，不能怀疑她所说的话，要相信她的故事。当然，我会有最低限度的保留。我必须尝试制止我的朋友那些在她看来令人无法容忍的行径。用一个与医生有关的谎言来骗我，她有什么好处呢？让我失去一位老友？假如她是为了某件非常久远的，她已经接受，或者至少保证她理解的事情而想要报复我的话，这对我来说可算不上什么报复。‘做你认为应该做的事，’她曾经这样对我说，‘做对你影响最小的事，最能让你接受的事。但如果你那么做了，就不要再回忆我们，回忆我和你了。永远不要回忆我们在一起，除非你愿意每一天、每一夜都在自怨自艾之中度过。你也不要单独回忆我们中的一个，因为当你回忆的时候，我们最终都会合二为一。’她曾经这样对我说，这样建议我。我尽可能尊重她的意愿。亏欠另一个人，亏欠比阿特丽斯，对我来说会更加沉重。那时候我尽可能地履行了我的责任：这是年轻的另一个缺点，一个人在成熟的过程中会欠下不少债。糟糕的是，当有人告诉他，他曾经是多么愚蠢的时候，他已经迈出了那一步，没有机会回头了。电影已经拍摄和剪辑完毕，演员和团队都解散了，没有办法再增加场景或对剧情发展或结尾进行修改了，它就是这样了，而且永远都会是这样。有太多生命在欺骗或错误的基础上形成，很可能从这个世界开始存在以来的大多数生命都是，我又为什么能够幸免呢？我的生命为什么不也是如此呢？这个想法有时于我是一种安慰，让我相信自己不是唯一的一个，相反，我也只是看不到头的名单上的其中之一，我们都想正直做人，忠于承诺，虽然它越来越被看成一句过时的蠢话，但我们都因为能这么说而感到自豪：‘你们看，我说到做到’，虽然已经几乎没有人会说到做到，那已不再被视为一种美德了……”他不再说话，从纸页上抬起眼睛，看到我，用锐利的目光盯住了我。他偏离了我的问题，把回忆大声说了出来。他不是不知道我在场，不是忘了我在那里或幻想我不在那里。他更像是暂时沉溺在自言自语中，不在乎我这个听众，就像舞台上的剧中人也不在乎听众，他在对自己说话，知道我们其他人听不到也无所谓。现在他重新开始在乎了，也许他后悔了。他用持续的沉默扼制了那种邪恶的速度。他看了一下表，用手指敲了敲表面。他终于又说道：“我要去医院了，我去换苏珊娜，她在那里过夜了。但我们彻底把话说开吧，胡安，我认为医生不太可能跟你说起任何下流的事情，除非你不听我的，为了满足你自己的意愿而去套他的话。这个我拦不住你。但是假如这件事发生了，我甚至都不希望你告诉我它发生了，你不要想着考验我的好奇心。你自己留着吧，把嘴闭上。我好不容易才下定决心不想知道了，但这个决定从前天夜里开始就不会再发生改变了。你也不要在那里说来说去。这么多年来这里发生过很多恶劣的事，但大家已经与做下这些事的人和平相处了，而且他们有些人也做过好事。直到我们全都死去之前，我们都不得不与他们和平相处，于是一切都开始变得没有差别，没有人会去追究那些事情。我们会像无视拿破仑时代一样无视那个时代，我们没有任何一个人切身感受过它，对吗？它会像从来不曾存在过一样，或者就像是虚构出来的。我把我自己包括在‘我们’当中只是一种修辞手法，我也是必须死去的。是的，现在还早，我知道，而且这么多年来这里发生过很多恶劣的事。可是哪个时代、哪个地方没有呢？”

Ⅷ

将不久之后发生的事情定义为恶劣有些夸张了。当然一切都取决你怎么看，听故事和读故事的人（他们关注的归根结底都是一个流言，无论叙述者怎样保证他讲述的是第一手的故事，他本人就是当事人或者参与者）的看法从来不同于经历和构筑它的人。听到或读到某件事的时候，我们总会觉得它令人失望、不值一提（“这算什么事”），不过是又一个故事而已（“这有什么新鲜的”），一个与其他事件类似的事件，从有人第一次对我们说话开始，在我们于众多事件中浸淫已久之后，它几乎是可以预见的。被讲述过的故事已经太多了，我们很难再被哪个故事惊扰、震慑或勾起兴趣，我们觉得一切都已经在生活中或想象中发生过了，这种想象由不计其数的印刷品和与日俱增的屏幕散播开来，旧时电影院的银幕、电视、电脑，甚至如今所有人都当作水晶球一般随时查看的可笑的手机屏幕，在某种程度上它们的确就是水晶球：就算它们不能预言未来，也能告诉人们一秒之前还不存在也尚未发生的事情，这个星球上任何一个角落里刚刚被获知的现在，有时候它们太急了，甚至会告知我们还没有发生的事，一个谎言，一句诽谤，一条难以澄清和撤回的假消息，我们再次变得像中世纪的人那样容易轻信，凭直觉感到整个世界都陷入因巨大的悲伤而受孕的负重的时代（从东方一直到白日下沉的西方），并且不愿加以验证，我们认可它是真实的，因为一切都发生过了，或者我们是这样认为的。

我们越来越像我们生命中那个年迈的瞭望者，在它看来，之后发生的那件我也参与其中的事永远不会是恶劣的，只不过是又一个再熟悉不过、再俗气不过的插曲，自世上空无一人之时起，乏味就开始夜复一夜地折磨它，无法将它拯救出来，或许最初的男人和女人对它来说是一种新鲜的消遣，直到他们无可避免地开始重复。但我曾经说过，或许比起战斗和千篇一律的大众造成的纷纷扰扰，比起卖弄和吹嘘，它更愿意注视那些踮着脚尖行走，在活着的时候就过着借来的日子或成为生命过客的人，那些终将完成自我的人，那些你立刻就能发现不会留下沉淀或痕迹、一旦消失就几乎不会被铭记的人（我也像飘落而不凝结的雪花，一只在夏日阳光下的土墙上攀爬的小壁虎，千年前一个老师在黑板上利落写下，又在下课后由她自己或下一个占用教室的人擦去的字迹），那些亲人连一件轶事也记不住的人，那弯月亮知道他们中的某些人隐藏了自己，比起占据了大半个地球，弄得它发懵，咋呼得令它疲惫不堪的爱尖声怪叫和爱出风头家伙，他们藏着更加新奇或有趣、更属于尘世，也更加磊落的故事。

尽管我们越来越像它一样冷漠和饱和，但我们这些还在经历、还在做事的人所持有的看法通常会对我们所经历和所做的事情产生影响，即便它不影响已经发生的事情，而且一旦我们决定将它说出，一旦有人听见，它的影响就会消失（唉，对我们也是），它会让“说出口的”那一栏变得更加拥挤不堪。“啊行了，”听到、读到或看到的人会这样想，“这个故事听着很耳熟，而且事先就能猜到，虽然我现在已经知道了；它没有发生在我身上，所以我没什么好惊讶的，随便听听就可以了；别人身上发生的事总是很冗长，让我们觉得不至于如此，甚至都不值得说出来。”而讲述它的人会在说出口的那一刻有一种类似的感觉，仿佛用语言或图像对它进行表达和整理等于让它失去了价值和意义，仿佛只有不去透露和说明才能保留它的名望、唯一和神秘。“那件在我看来具有重要性或严重性的事情——也许是我的一次恶劣行径，变成了一个普通的故事，令人费解并且可以交换，最多只是一个可供娱乐的原创故事。”一个人在完成叙述之后会这样想，无论他是以口头、文字还是图像的方式，都无所谓，“那件在隐秘之中和不为人知之时对我而言独一无二的事，一旦被曝光、被扔进装满故事的口袋，就会变成陈词滥调，所有故事都会被听见、搅乱和遗忘，而且任何一个有所耳闻的人都能传播和曲解它们，因为它们在被说出口之后便悬浮在了空气中，没有什么能够阻止它们在雾的裹挟或风的推动下漂远飞走，穿过空间和岁月，因为一重重回声的遮罩与一次次重复的切割失去了原来的模样。”

比阿特丽斯回到家里，穆里埃尔则动身前往巴塞罗那，与他同行的有满心戒备和疑惧地前去巡视项目的托尔斯，以及为发生在导演身上的事情难过不已的罗姆和其他演员，但后者更多感到的是迷惑，他们怀疑穆里埃尔在自己几乎是刚刚自杀的妻子远在六百公里之外的情况下能否继续拍摄，他们不知道他是如何对待她的，如何不停地拒绝她，时不时还会辱骂她。“脂肪，从来都是脂肪，在我眼里你就是脂肪”“我觉得我已经无法忍受她了，我必须关上门，就应该这样”，于是在很长时间里门就一直紧紧关着，在他错误地爱了她“这么多年，比我能爱的还要多，却什么也不知道”之后，尽管她不是他一生的挚爱，“就像人们常常说的那样”；或者如她所说，他爱她是对的，“你很可能没有做过比这更对的事了”。对此，他带着温柔和惋惜，奇怪地回答道：“这一点我承认。”当然他立刻又补充道：“足以让我相信我浪费了我的生命。我生命的一个维度。所以我不能原谅你。”然而，或许曾存在于过去那么多年，“过去所有这些年”里的旧日之爱，能部分解释在面对比阿特丽斯有可能成功的第三次尝试时穆里埃尔的惊恐反应，它发生的地方太近了，很可能不怀好意，就在威灵顿酒店，而且正好是在一个他们家中聚满前来吃晚餐的宾客的晚上。同样令人感到恐惧的是，这次完美尝试的见证者会消失无踪，即便他不这么做已经很久了，而且已用对这个见证者本人而言伤害最大和最糟糕的方式做出了补偿。

或许长子之死曾经将他们有力地连接在一起，这样的事情带来的后果通常无外乎以下两种：夫妻中的一方不理智地责怪另一方没能预见危险并且保护和挽救孩子，两个人逐渐彼此隔绝、互相逃避，直到几乎无法交谈和对视；或者两个人互相依靠，成为彼此的镜子和支柱，在目睹另一个人的痛苦时，一个人最终会心生怜悯，于是他会时常握住对方的手，突然爱抚他或在幽暗的走廊里与他相遇时拥抱他，那里已经不会再有小小的脚步飞快经过了，孩子们不会好好走路，只会着急而又鲁莽地从这边跑到那边，但他们还活着的女儿苏珊娜那时还不会走路。她现在十五岁多了，距离她哥哥消失也已经过去了十五年，她曾与他在这个世上短暂相遇，却没有能够好好认识他。

我一直都对比阿特丽斯·诺格拉有好感，她给我留下的印象不错。自从知道她有一个早夭的孩子之后，我不禁对她更有好感了，另外还多了一种类似于尊敬的东西，你不可能不对一个失去了年纪尚幼却已经会走路、正在牙牙学语、会因为对周遭所知甚少而问些蠢问题的孩子的人同时怀有这两种感情。你也会更加重视一个据你所知肯定战胜了巨大的痛苦，而且对此闭口不提、从不以此博取同情的人。因此当比阿特丽斯回来时（她瘦了一些，但看起来很不错，几乎没有留下任何表明她曾经自愿接近死亡的痕迹）我比任何时候都更加想照顾她、守护着她、让她开心、陪伴她，就像穆里埃尔吩咐我的那样。其实他给了我一个接近她、跟她说话的借口，应该说我一直以来都对她怀有一种疏离而又羞涩的期待，或者我一直都害怕她会注意到我理论性的悸动或模糊的性崇拜，就像一幅画勾起的幻觉，我说过了，再无其他。

比起住院，她更像是经历了一次睡眠治疗，她的皮肤紧致，目光由于平静，甚至是轻微的迷离而更加动人，她走路的样子也更轻盈了，她的脚步更加轻柔，或是不那么生硬了，她几乎总是穿着高跟鞋，就好像她想尽可能多或者尽可能久地感受自己的魅力，或者马上要出门赴约似的，只不过那些天她没有出去，除了宣布留在马德里就近提供支援的里科现身的时候——但可能不是这样，而是因为对他而言至关重要的俗事需要他留下，他说服她去购物、参加讲座，甚至在下午去看电影，也没有放弃就她刚刚经历的、很可能不愿提及的绝望时刻开一些无关紧要的玩笑。

“哎，你什么时候把你割的那些口子给我看一下吧，比阿特丽斯。你别让它们好得太快了，我还想看一眼它们红彤彤的样子呢。”他毫无顾忌地对她说，他就是这样的人，认为对于任何精神上的病痛，没有什么疗法能比冲击治疗更好，也没有什么比风趣的玩笑，也就是戏谑更能治愈它；而他会指着她手腕上的纱布，她那场酒店事故或冒险留下的唯一的痕迹。“我想看一下你是怎么弄的，是纵切还是横切，是有条理地还是非常随意地割，是叉形还是十字形，是割得有点最起码的艺术性还是像得了帕金森病的理发师那样；我觉得换作是我，我也许会用小刀玩连三子打发时间。乌尔菲，提尔斯托，艾尔巴达斯。”有些日子里他会比往常更加喜欢发出他那让人听不懂的有点像拟声词的声音，有时候他会连续说上两三个。所幸他没有生活在他所推崇的中世纪或他所热爱的文艺复兴时期，那时的人们会将它们当成魔鬼的语言或召唤撒旦的咒语，教授最后会被烧死，我忍不住去想象他被绑在几捆木柴上那一刻的样子，他戴着眼镜、嘴里叼着一支烟（绝对会），在被吞噬之前朗诵着华美的诗章。

比阿特丽斯并没有不高兴，或许她甚至感激这份坦诚、轻松和嘲弄。她常常笑，足以让人觉得教授对待那件事情的不恭不敬的态度不是完全错误的，而且她向他保证有一天会允许他看那些伤口，在她皮肤的颜色重新恢复一致之前。

“这个还要很久呢，教授。而且我永远都会留疤的。你的好奇心迟早能得到满足。”

“你别骗我了，比阿特丽斯。如今的美容外科能把你想去掉的都去掉。我了解你们这些女人。如果你不去那儿，你就会用手镯那样的粗手链把它们遮上，那就什么也看不到了。你别以为你以后不会因此觉得羞耻，你会的。”

“我没骗你，教授。下一次换纱布的时候我叫你。但不管怎样你就别期待什么艺术性了。”比阿特丽斯的回答要严肃得多，仿佛她提前体会到了预言中的羞耻，或是再次经历了一种液体侵入另一种液体，第一滴血在水中扩散开来的那个时刻，那是她开始死去，在黯淡中死去的信号。实际上当她小声说出接下来的话时，她的声音颤抖了一下。里科正在忙着小心翼翼地往烟盒里装烟，但他感觉到了，于是理解而心痛地抬起目光，而我也觉得心痛。我感到一种年轻的欲望，想站起来抱住比阿特丽斯，轻轻地在她耳边说："好了，没事了，已经过去了。"我没有想去追随这种冲动，那样太不合适了。"一个人有勇气割脉就已经够了，我可不想去看。泡沫让我不用去看见。"

某种类似于拥抱的东西是在不久之后到来的。

将近中午的时候，范·维克滕医生到家里来了一会儿，检查伤口愈合的情况并给她换绷带。他没有多留，这是一次朋友间的，但更是工作性质的探访，当着我的面，没有任何迹象能够表明他与比阿特丽斯之间存在我知道存在或者也许已经不再存在的那种关系（你永远都不知道别人之间的关系是何时开始又是何时结束的），他们无疑非常惯于伪装；或许，既然没有感情或澎湃的激情，他们就什么也不用伪装。有一天，我陪他到了门口（"你别动了，比阿特丽斯斯，我去送医生"），并借机在楼梯平台上问他了一下，我虚掩上门免得被人听见。

"她怎么能不去看精神病专家或者心理医生呢？"我用头指指里面，"我还以为这是自杀未遂后必须做的。或者至少是有好处的。"

他抬起眉毛，吸了一口气，他的鼻翼张开了。他像为了让自己耐心似的把气呼出来，然后回答："她之前去过了。我们让诊所不要记录她入院的事情，所以精神病科没有介入，这样更好。我不认为她还想再去就医，不情不愿地重复那些话，沉默地听着一遍又一遍的泛泛之谈。我恐怕那些对她没有好处而且也帮不到她。她这种情况没什么可查的，也没什么可问的。她是个不幸的女人，到了这会儿你想必也知道了，你在这里都待了这么久了。有些时候她承受得了，有些时候承受不了。只能希望她在下一次承受不了之前多过上几年吧。”他想必觉得这么说太简单了，因为他马上补充道：“或者，要是你喜欢另一种说法的话，大部分时候她缺乏决心，但有些时刻不是这样。但愿这些时刻能够尽可能地晚一点重现吧。”实际上他说的是同一回事，但也许他认为第二种解释更加复杂。

我估计他对比阿特丽斯的夜袭一无所知。既然她会冒险那样做，那就是因为有些时候她对改变穆里埃尔的心意抱有希望，哪怕是虚幻的希望，而不是因为她没有彻底了结的决心。

“我听爱德华多的意思，这件事以前也发生过。”我不想承认他开诚布公地将它告诉了我，我不知道自己为什么要如此谨慎。

“是的，而且除非她妥协了、累了，或者是被恐惧打败了，正常的情况下这会再次发生，早晚的事，而我们总有一次会无法及时赶到。”

“既然这样，有什么办法吗？”

“不多。没有。当一个人决定自杀时，你没有办法阻止他。当一个人决定杀死别人并且不在乎能否逃脱制裁、保住性命时也一样。如果他真的要这么做，就一定能做到，总有机会的，哪怕那个人被保护得再好、警惕性再强。不然，你给我解释一下行刺是怎么回事。没有办法躲得过去。如果有人打定主意要杀你，不管你怎么做，他最后还是能把你除掉。唯一的可能是谋杀或自杀者失手，因为他们太笨或太不灵活了，或者内心深处还不够坚定，所以犹豫了。比阿特丽斯是运气好，没有别的了。直到下一次为止。如果她继续尝试，总有一次她不会这么幸运了。”

“你觉得那天她犹豫了吗？”

“可能有，可能没有。她的伤口不是太深，但这说明不了什么。用刀切开自己的肉不容易，手会本能地往后收，会绷紧，会缩回去。这与意愿无关。你的大脑也许想自杀，但手拒绝伤害自己。实际上，如果你没有看到她进入酒店，她也会差不多弄上这么久，但只不过在那之后她会失血而死。所以，我们运气不错。她肯定没想到这个，没想到你会看到她，而且会在她迟迟不到时把这件事说出来。”

“我是在距离晚餐还有几个钟头的时候看到她的。她本来有足够的时间让自己无法得救，假如她更努力一点的话。”我嘴里冒出了这个冷酷的形容词，我被范·维克滕传染了。我加了一句：“可以这么说吧。”

医生做了个无聊的手势，似乎受够了向我解释在他看来显而易见的事，他比我要有经验得多。

“如果这些事情是事先策划好的，不是仓促行事或失去理智的结果，那么它们就需要时间；越拖越久是正常的，你知道的，再多等一会儿。或许她是担心，如果很快躺到水里，她会消化不良，我怎么会知道。这似乎很可笑，但就是这样。你准备好了要自杀，但也许没准备好消化不良。有人会因为注意到外面天气太冷或看到雨下得太大，所以没从窗口跳出去。在跳下去时被冻僵或被淋湿比摔扁在地上更让他们不高兴。天知道那时候他们最讨厌什么，天知道什么东西重要，他们脑海中想到了什么。”当然了，即便是假设，他也不会像我们大多数人会做的那样将自己包括在内，不会想象自己陷入类似的处境，“好了，听着，我还有事。”

是的，他被我的问题弄烦了。比阿特丽斯试图自杀这件事似乎没有对他造成太大的影响。更确切地说，他心里想的是，那不关他的事，如果她执意这么做，那也只能随她去，只能等着瞧。他在委拉斯凯兹大街上跑得很厉害，在威灵顿也没有丝毫松懈，他做了自己能做的所有事；也许他救了她的命，所以穆里埃尔感激他。他是一位尽职尽责的医生，在有人身处险境或身患疾病的时候履行了自己的义务。但他没有责任采取预防措施或阻止任何人去做他想做的事。或者他知道这没有用，他是这么对我说的。尽管如此，我震惊于他那种听之任之的态度，那甚至都不是达观。我觉得没有人会为比阿特丽斯尽心，或者没有人会认为她的存在至关重要，毫无疑问，对于像她这样的人，没有人会激动地想：“她不应该死。她永远都不应该死。”

我说过，下午里科会出现（起初那几个最小心翼翼的下午），他带她出去或者跟她聊天，让她振作起来，有意地对她百依百顺，说些蠢话逗她笑。罗伊也会来，他更加害羞，只是陪着她或待在那里，他没那么有趣，但非常想帮忙。弗拉维亚在她负责的领域无声地守护着，女孩们则努力比往常更多地待在她身边，也不再长久地将自己关在房间里，能看出来她们有点为母亲感到难过和不安，尤其是大女儿，但并不夸张，仿佛她们已经对她偶尔的尝试或它们预示的风险有所了解，并且尽可能地接受了这一点。男孩不知道这些，他还太小了。我们不让比阿特丽斯一个人待太长时间，而穆里埃尔每天都从巴塞罗那打电话来，一次或两次，要看他有多忙，就好像他是一个关心周到的丈夫。（当然假如他真的关心，他会放下一切，也不会离开；但考虑到他往常对她的粗暴态度，我真心觉得，远距离地关心一下已经很不错了。就好像他判断比阿特丽斯有极大风险会死掉似的。即便这件事已经屡见不鲜，想必每一次都会吓到他。毫无疑问，他愿意让她像个死人一样，几乎离开他的生命，但他一点也不想让她消失；不止如此，他很可能无法承受她的消失。）如果是我接电话，他会问我："你觉得她怎么样？"我会回答："我觉得她挺正常的，一如既往，没什么新变化。"之后我会把电话给她，他们会说上几句，但时间不长（要想没话找话也挺不容易的），我会走开，但有一次我听到了比阿特丽斯说的话："是的，你别担心，我很好……好……不，豪尔赫说伤口还在愈合，情况正常……是的，我当然会留疤，但现在有什么办法呢……我以后会考虑的……不，我不觉得虚弱，一点也不。就像我一滴血也没流过，真的……大家都说我看起来很健康，而且我不觉得他们在说谎，因为我自己也觉得气色不错，我不是那种自我感觉良好的女人，恰恰相反，不是吗？……谢谢……”这时候我在想穆里埃尔是不是恭维了她一句，但又排除了这个想法，因为它太稀奇了，我听过他太多针对她外表的残酷侮辱，但谁知道呢，也许那是一句出于怜悯或鼓励的恭维。“是的，他们非常关心，他们自以为不会有人注意到，但一眼就能看出来……好吧，这让我觉得很有意思，是的，看他们如何掩饰……不，真的，你去做你的事，工作是第一位……托尔斯已经平静下来了吗？……唉，我很抱歉给你惹了这个乱子，你当时不会想，事后才会，现在我的确全都想了……是啊，糟糕的是现在他不信任你了……不，怎么能是赫苏斯呢，绝对不行；如果它还要继续，就应该由你来完成……”我推测穆里埃尔不是非常专注和投入，而且可能一再拖慢了进度，托尔斯失去了耐心，正在考虑是否有可能让快如旋风的杰斯·弗兰克取代他。“好吧，你向他保证，说服他……啊，我？他担心的是我？不，听着，你帮我跟他说让他安心，我再也没有打扰他拍电影的打算了……当然没有，我完全没有这个打算……爱德华多，一件事是在它发生的时候发生的，这不意味着它会继续发生。相反，发生过的事情就已经成为过去了……”作为告别，他们又说了几句话，之后我听见她挂上电话，而我回到了客厅。挂上电话之后，她奇怪地把一只手留在上面，做梦一般定定地看着它，仿佛希望通过这种视觉和触觉的方式延长与穆里埃尔的接触，或是将她从电话里听到他说的某些话存留片刻——也许是称赞，如果他称赞过她的话。或是仿佛她在某件事情上欺骗了他，正在期待谎言消失，让他不会当时就起疑心，在她将用过的工具放下之前就立刻重新打电话给她。就像一个用完了手枪的人正等着它不再冒烟，等着它在他的手心冷却下来。

但夜里不会有任何人来，于是我成了那个顶上去的人，我需要就近待命，逗她开心、与她交谈或坐在她身边看电视里播的电影或电视剧，以免凸显她夜间的孤独，她对此已经习以为常；我现在收到的指示是要小心，但这不会持续太久，大概也就是恢复期和我们所有人都从惊吓中恢复过来并且相互信任所需要的那几个星期那么久，任何警报状态都不是无限期的。穆里埃尔在巴塞罗那拍片的十天里，我觉得自己跟比阿特丽斯·诺格拉说的话比我在为她丈夫工作的其余时间里说的总和都要多。基本上没有什么私人对话，没有什么棘手和难以应对的情况，但你知道，在这样计划外的亲近中很容易就能产生一种虚假和暂时的同志情谊，一种迅速建立起来的日常感。没有什么比将两个并不可恨的人困在彼此的陪伴中更能令他们觉得一生便可能如此度过，或者在一切都出于某种原因没有改变、这种非常情况持续下去的前提下，一生便可能如此度过。短短两天中惯例就会形成，人们会开始重复，甚至每个人都会开始坐在同样的地方，下象棋或打牌的时候坐在同一把扶手软椅上，看电视的时候坐在沙发的同一边，就像那些连续两晚同床共枕的人会坚持各自睡在床的同一侧，这点时间足以让人们将一个位置据为己有了。

她回到自己的房间之后我会等上一个小时再睡，那会儿我还不太困，等我终于到自己的房间时，我即使没有像穆里埃尔吩咐的那样睁一只眼睛，也会留着一点意识保持警惕，就像父母留心自己年幼的孩子，只不过哪怕离得很远，我也不可能这样关心比阿特丽斯。无论如何，我能听到她从她的房间里出来，每天晚上都有那么一会儿，她会去客厅或厨房待几分钟，一支烟或者可能两支烟的时间，之后就会回到她的房间，关上门；而我则会平静下来重新入睡，就像她在自己的房间里更加安全似的，我想实际上正好相反。如果她要再次尝试自杀，她会避开公共区域，在那里被她的孩子或者弗拉维亚发现的风险更大，更可能有人会阻止她，或者再一次及时地在她断气前让她的愿望落空。

有一天夜里，我听到她在厨房里多忙了一会儿，一边打发时间，一边等着自己筋疲力尽或犯困。她离我睡觉的地方太近了，我无法不去注意和理解她的一举一动。她将冰箱开了又关三四次，点上烟（一个总也打不着的打火机的声音），给自己倒了一杯冰饮料（液体入杯，冰块相撞），我听到一张椅子或凳子被拖动的声音，她坐下来没几秒钟又站了起来，然后重新坐下去，我无法分辨的是她的脚步声，我猜她光着脚在走路，或者是穿着她无声无息的拖鞋，它们让她得以在丈夫门前从一边走到另一边而不让他发现，直到她决定用指节敲门宣布自己的存在。此时她并不小心，也许她不记得我就睡在附近，或者她不在乎吵醒我，最有可能的是她完全入了神，除了自己心里想的东西之外什么也想不了，失眠是自私的。凳子或椅子不停地被拖来拖去的声音（也许，她只是不安和焦虑；那里既有凳子也有椅子）让我想到一件危险的事。“她不会爬到那上面去吧，”我心想，“把它们踢倒，然后上吊；她不会在做准备工作吧。”然后我尝试徒劳地回忆天花板上是否有什么东西能把绳子或布条之类的东西系上去。这个一闪而过的念头足以让我竖起耳朵，努力分辨她的每一次走动，长久的静止和安静都会令我感到担忧。午夜时分一切都有了真实性和具象。

只要比阿特丽斯在那里，我就忍不住疑神疑鬼，我有这个自知之明，于是我从床上爬起来。天气已经热起来了，我只穿着从年轻时起就开始穿的平角内裤，它类似于很短的短裤，那种所谓的三角短裤我一直觉得很女气，而且很扎眼。我心想，我不能或者不应该这样出现（哪怕这也算合情合理，那里已经是我的地盘了，可以这么说），因为我不穿睡袍，所以我套上了牛仔裤和衬衫，我懒得系上衬衫的扣子，任由它拖在外面。我小心翼翼地（我不想吓到她）打开我斗室的门，自从我第一次在他们家里过夜，弗拉维亚就将它整理了一下，它变得舒适了一些，也不那么像被人废弃了。我看见她背对着我，她的确坐在厨房里的一张凳子上，那是她经常吃早餐的地方，每个人都会自顾自地或按着自己的时间去吃，只有孩子们会一起吃，而且只有在要上学的日子里，没有人像核心一样将大家凝聚到一起，那一家人的关系松散得很。

她开着灯，所以我开门时门外的光没有让她注意到我，她在专心想她的事情。此时她也没有穿睡袍，虽然穆里埃尔不在家，她不用拿她有点短的睡裙去诱惑什么人。它长及大腿中段，与那个已然遥远的夜晚我远远看到她穿的那件一模一样，只不过它既非白色也非本白色，而是非常浅的蓝色，也许她当时认为这个款式很适合自己，所以买了两件或三件。她之所以这样衣着轻薄地出来，是因为天气炎热，我猜，还有她沉浸在思绪之中，以及尽管房子里还睡着另外五个人，她依然有一种孤单的感觉，也许在失眠的夜晚，雇员和孩子，我们算不了什么。她这样坐着，所以我无法确认，她是否像那个逡巡和哀求的夜里一样没有穿内裤，但她显然没有穿胸罩，另一方面这也很自然，谁会穿着一件具有支撑和收紧效果的衣物上床睡觉呢？我这辈子都没见过哪个女人在床第之间还穿着胸罩的。令我惊讶的是，我竟然第一眼就去注意或者试图想弄清楚，那件丝绸睡衣下面有什么或没有什么；或者我并不惊讶，而只是毫无诚意地自我批评了一下，毕竟目光无法控制自己，它常常会不理会我们的指令和谴责擅自行事，或者我们以此为借口允许它不听指挥。而且，我立刻发现，我不介意这种无拘无束，仿佛穆里埃尔不在家这件事这一次给了我随心所欲欣赏任何东西的自由，包括他的妻子，不管有多么不负责任，多么不合适。考虑到比阿特丽斯的外表在他看来有多么无关紧要，或者他有多么唾弃她，那种视觉上的突然失控关系不大。但主人不在的时候，你会更有主人翁的感觉，仿佛你暂时占据了他的位置，并且篡夺了它。所以这个世界上所有的用人才都会一看到主人离开就瘫在沙发上、在床上打滚，起开酒瓶，跳进泳池，或者至少幻想一下这么做而不被发现的可能性，因为清除痕迹也是他们的活。说到底我也是他们中的一员，是某种用人，尽管我假装自己不是。我也意识到，我的厚颜无耻还和比阿特丽斯不久前试图自杀的事有关，面对可能死于自己之手的人，我们会有一种诡异的放肆。“就是嘛，”我们对自己说，“他已经躲过了最坏的事，幸运女神已经对他笑得够多了。这段时间是白送的，他没什么可抱怨的。他从现在起经历的一切，都是他曾经努力避免、决定放弃甚至不想了解的。”其实我在厨房里的时候也是这么想的，或者那只是划过我脑海的一个念头，根本不像此时我所解释的那样完全成型：“要不是因为我，这个身体已经在腐烂了，没有人会去看它，它已经被放进墓穴，埋在地下，或许已经化成灰烬无法辨认了，所以某种意义上它所幸存的时间，或者其中的一部分，几分钟或几小时，是属于我的，我为自己赢得了随时用它取悦我的双眼的权利。”是的，在有些文化里，如果你救了别人的命，就要对他接下来发生的事情负责，保证他被延长的生命不会充满不幸，成为一种折磨；而在另外一些文化里，你即便没有成为他的主人，也会变成某种类似于在他身上享有收益权的人，被拯救者会听命于拯救者，或归他所有，或向他臣服。突然之间我有一种骄傲的感觉，如果比阿特丽斯为自己能够继续活着感到高兴，那么她就欠了我；反之她会认为我欠了她，如果她对此感到遗憾的话。她一只手里拿着一杯加了冰的威士忌，另一只手里是一支未点燃的烟，旁边的烟灰缸里有两个烟头。她裹着白色绷带的手腕与她裸露的手臂形成鲜明对比，她的睡衣是吊带款式的，她的肤色并不黯淡，正因如此她偶尔的黯淡才令人恐惧。

“怎么，你睡不着吗？”我在短暂的沉默后问她，我想分成两个步骤提醒她，尽管是连续的两步。

她转过身淡淡地笑了，显得兴致不高。她没有回头，而是整个身体都转了过来，双腿交叉坐在那里，露出大半健壮的大腿。（因为衣服有褶皱，我还没能弄清楚。）没有像公务员塞莉娅在出租车里那一次露得那么多，但已经相当、相当多了。她像为自己开脱似的指了指威士忌，她不是个爱喝酒的女人。

“对，我在看这个能不能放倒我，”她说，“既然我不太习惯喝酒……”她补充道：“我吵醒你了，抱歉。有时候我会忘了你晚上在这里。好吧，这几天晚上你是被派来做我的看守了。行吧，还有其他时候，你似乎不喜欢待在自己家里，对吧？”

她没说我在她家里待的时间长得有些出格了，但那句评论是中性的，听起来不像是在影射什么或抱怨我待得太久。她也清楚穆里埃尔在六百公里之外拍摄他的怪诞场景时我的职能是什么。

“不，我喜欢，”我回答，“但有时候我会想有人陪，这里有太多人陪着我了，真的。但愿我没有做得太过分，没有打扰你们。如果我打扰了，请您告诉我。”

她干脆地摇头否认，仿佛在说：“还不够呢，胡说什么。”仿佛我的顾虑太愚蠢了，都不值得开口打消。

“来吧，跟我坐一会儿，到我困了为止。既然我把你吵醒了。”她把另一张凳子拉过来，放在自己身边。我在她左边坐下，从这个角度我能看见她衣服领口里的一部分，我的意思是，她右侧乳房的一部分，当然，还有乳沟，我已经不再为自己的眼睛首先关注这些方面而感到羞愧了，但我是用余光看的，你不能一开始就不礼貌地看来看去，无论何种场合你起初都需要掩饰一番，甚至是那些你知道一切以及你所求的将有什么样的结局，知道两个人出于什么目的才会见面的场合。这一次不是这样，完全不是。我一点也不知道（我仅仅是起了一些基本的欲望，在年轻人身上这种情况实在太常见了），她那时候根本连想都没想到，比阿特丽斯只是在与自己的失眠作战，也许还在毫无内容地思考，这件事足以让她忽视其余的一切，几乎注意不到外界的东西。她四十一或四十二岁，那时候接受荒唐而效果适得其反的外科手术的女人还不太多，我从她领口里看到的东西是天生的，它会动，会随着每一次呼吸有一点起伏，既结实又有弹性，它依然结实、丰盈并且高高耸起，摇摇晃晃，看上去很柔软，穆里埃尔也许反感也许不反感它，毕竟那天夜里他抚摸了它，哪怕他的本意是为了侮辱和轻慢她。我是不会用那种方式去触碰它的，原则上不会，完全不会，无论是那一夜、今夜还是其他任何一夜。今夜我的指尖恨不能摸上去，当然没有真的摸上去，这只是一种说法。她沉默了几秒钟，正忙着点烟，然后用力吸了一口气，她半遮半露的乳房升了起来，是的，两边的都升了起来，但左边的那只仅在布料之下隐约得见。这时她第一次说到了我插手的那件事：“你救了我的命。你是那个把死亡从我身上拿走的人。”

她第二句话里选择的动词在我看来有点奇怪（但失眠的夜里你的意识会变得稀薄，贯穿其间的语汇也是），也让我怀疑她是否在向我传递一种责备或感激之情，或者两者都不是，她只不过是在说明一个事实。至少她没有说“把死亡从我身上抢走的人”，那样听起来就既造作又不满了。

“不是。好吧，只是非常间接地。我看到你进去是个巧合。”那不是巧合，没有人知道我有几天下午跟踪了她，而且要不是因为这个习惯，她就会在无人目睹的情况下走进自己的结局。“但把事情联系到一起的不是我，我是怎么都不会想到的。我想那是一种幸运，至少对我们来说是这样。对你我不知道。我希望是。”

“但愿是吧，过一段时间我会告诉你的，”她用一种讽刺的语气回答道，“我能否问一句，谁是‘我们’？你说的包括哪些人？”

我不知道我为什么说了“我们”，我猜是为了避免特指我、突出我或必须对此加以解释。在那一刻，在那个密闭的夜里，我觉得她活生生地活着于我是一种幸运，就算只是因为我那种已经不再模糊和微弱，而是相当具体、鲜活和蓬勃的性崇拜，我的目光已经完全不顾年龄、地位和等级，剩下的只有礼节上的顾忌，或是用来伪装的顾忌。欲望也是自私的，在得到满足之前它几乎什么都不在乎——欺骗、恭维、冒险，用计服人，许下虚伪的诺言，让别人忍辱负重地继续活在世上，以便在此时享用她。之后就是另外一回事了，之后一切都会重回正轨，你会笑自己竟然下了那么大的赌注，将那么多东西弃之不顾去追求那个随即就会跌价、有时候一旦发生就开始遗忘的东西。

“我不知道，包括所有人，”我回答，“我觉得我们这些与你有接触的人里不会有任何一个对你的死无动于衷。对苏珊娜、阿丽西亚和托马斯来说那将是个灾难。对弗拉维亚。对你的朋友们，对爱德华多。对我，对里科和罗伊。对范·维克滕。对所有人。还有对其他我不认识的人，我想。”我想起了那个住在马尔克斯·德·萨拉曼卡广场上的人，不管他是谁。

“你不要夸大其词，胡安。也许你会对此感到遗憾，我不是说你不会，但对你来说那不会是个灾难，你跟我不熟，而且你非常年轻。对爱德华多也不是。”

“你应该看看他是怎么跑过去的，我们去找你的时候他有多么痛苦。”

“好吧。这个豪尔赫对我说了。他拍过不少电影。”她站起来朝冰箱走去。她打开冰箱，看一下，但又不知道自己想要什么，然后拿出一瓶可口可乐，在自己的那杯威士忌里倒了一半。这时我看见她是穿了内裤的，当她背对我时，我透过丝绸看到了，她的屁股不小，却勾画出一道赏心悦目的挺翘弧线，所有真正的胖女人，真正的面粉袋子或肉袋子，所有的脂肪，所有的海豹和艾尔阿拉莫的大钟都会嫉妒它，穆里埃尔疯了才会这么叫她，或者那不是疯话，而是持续多年的冷酷惩罚，或许他在愤怒之中真是这样看待她的，当一个人决定戴上有色眼镜的时候，没有什么东西能够幸免，甚至昨天还非常顺眼的东西也会让我们觉得充满了瑕疵和缺点，没有东西能够抵挡有色眼镜，人就更加无法抵挡了。可能我自己看比阿特丽斯也会有所不同，如果她满足我的欲望，我的意思是一旦我的欲望得到抚慰，她就会大不如前，在得到之后开始埋怨，这一点也不少见。但我没有把这个当作一件真事来想，我依然停留在看的那一步，任何故意或有意的接触在我看来都是不可能的。她的头脑里甚至都没有想过这件事，她甚至尚未注意到我目光中的贪婪，也没有注意到它们不再那么隐蔽，每一次都越来越大胆。可能在她眼里我更像是一个孩子，像她自己的孩子们，而不是像穆里埃尔、里科和范·维克滕那样完全成年的人，毕竟比起后者我的年龄更接近于前者，远的不说，我大苏珊娜的岁数就要远远少于比阿特丽斯大我的岁数。也许正因如此，她才穿得很少，虽然那时候的整个社会也的确甩掉了独裁政权与教会从第一天起就强加于它的忌讳，那是一个在生活习惯方面放肆无忌的年代，一个挑战的年代。“出于某种原因，我不常喝酒，”她这样解释自己为何要将它们混合，“我不太喜欢它的味道。你也给自己倒点什么，好吗？”

“我现在就去，马上。”然后我毫无过渡地问她，“那是怎么回事？你为什么要那么做？我指的是威灵顿的事。事实上我的确救了你，我想；但我也有可能没看见你。”

她还没有重新坐下，我看到她站在我身边，她丰满高大的身体离我很近，我觉得她的睡衣蹭到了我的肩膀或手臂，但那也可能是我的幻想，焦虑会让人幻想。我再一次用余光观察她，从上到下，我的眼睛不用抬得太高：她没有穿胸罩的乳房上下起伏，仿佛她在我提问之后有点呼吸急促。

“胡安，你觉得是什么呢？”她语气温和地问答我，我没有从这个问题里听出可能有的讽刺，这些话也不会让人以为她觉得我迟钝，那更像是她除了甫一开始就承认之外别无办法似的，因为那太明显了。“你在这里待的时间足以让你意识到爱德华多和我之间的问题，意识到我对爱德华多毫无办法。这让我活得太苦了，我承受不了。从床上起来开始一天的生活对我来说越来越难。如果是为了我自己，我根本就不会醒过来，我这个样子已经有很多年了。有些时候我会再也受不了，那天就是这种情况。或者说，是之前就已经出现过的情况。有些时候我有点问题，”她马上更正道，“有时候我的脑袋有点问题。我去精神病科看了好多年，去得很频繁，我不知你是否知道。当这两件事情碰到一起的时候……好吧，那些时候什么事情都有可能发生。连我自己也不知道。当我身处其中的时候，我是无法预见的。”

那一刻，我不知道该说什么。她重新在我身边坐下来，用一只手撑着前额，她的手掌整个张开，包住额头，那是夜里呕吐时我们会做的动作，会让我们联想到小时候母亲在我们胃部痉挛的时候扶住我们的额头，而当她们已经不在了，就要由我们自己痛苦地撑住它，假装我们是她们或者至少是另一个人，就像孤独的垂死之人攥紧手指，幻想有人在临终时刻陪在他们身边。

“你在吃什么药吗？”

“是的，我吃过。现在，因为这个，”她向我展示左手腕上的绷带，“他们当然重新给我开药了。它有用，有所帮助。但它改变不了事情的本质，也无法消除痛苦。”

“你们为什么不分开呢？你为什么不离开他？离婚很快就要合法化了。也许你应该离他远一点，彻底结束这个章节。”她无从得知我已经或多或少知道了这个问题的答案，她所给出的答案：我听到过她在她那些用心险恶的女友面前所说的话。

她把手从额头上拿下来，转过身对着我。这样做时她的膝盖碰到了我的右腿，我感觉到一阵轻微的挤压，她没有退开；她很可能没有察觉，尽管我相信所有人都会对身体接触有所察觉；或者她并不在意。我趁机用眼梢瞄了一下她的大腿，现在它们正对着我。也许它们有点粗，却非常吸引我；它们裸露在外，如此健壮，合得这样拢，两腿之间毫无缝隙。

“这个你得去问他了，他为什么还没有离开，他为什么不离开。至于我，你很难要求一个人离开自己最爱的人。假如他抛弃了我，那么我就不得不接受，他是有可能会这么做的，有可能在允许离婚时完全合法地抛弃我。但你不能指望我去帮他的忙，指望我这个不愿离婚的人提议离婚。假如我这么做了，他也许会反对。人们会有一些奇怪的反应。我们一起走过了很长的路。或许正因如此，他才无论如何都不走，也许这一点影响了他。”

“是的，的确如此，”我心想，“我们不知道在我们之前的那些人之间铸下了什么，而且我们很有可能永远对此一无所知，因为在人们的生命里我们总是到得太晚。”

“我不知道，”我说，“很难理解你为什么依然深爱一个在语言上如此虐待你的人。”我不能说在行动上也是，不然会暴露我之前的夜间特务活动，“抱歉，有时候我没办法不听到他说的话。哦，不是你不在的时候，你不在跟前的时候，他从来没说过你一句坏话，我从来没听到过。但我听过他跟你说话。好吧，你已经知道了。”

她露出微笑，回到她最初的位置上，喝了一口酒。现在她没有任何地方碰到我了。我必须让她注意到我的欲望，它越来越膨胀（这永远都是必不可少的第一步，要让对方察觉，有时候也是最后一步，爆发的一步），以至于我开始不再满足于看的阶段，而是开始想象各种可能，开始在听她说话时头脑一片空白，就像一个人在走过场。在此情此景之下，总有一刻你会什么都不在乎，除了你的心潮。

“你当然听过，要是他能在有旁人在场的时候克制一下就好了。在有些人面前他会更加小心一点，因为他知道他们尊重我。豪尔赫，帕科，我的女友们。在阿尔贝托·奥古斯都面前他没那么小心。在你面前，在你面前他太惬意、太自在，也太随便了。他从一开始就把你当成了他的延伸，这有好，也有不好。但你有所不知的是他以前并不是这样，而是完全相反。他从很久之前就开始这样了，从托马斯出生之后不久，你想象一下。但还有很多年里他是另外一个样子，对我而言那些年更加重要。

我经历过它们，而爱德华多……”她停顿了一会儿，似乎接下来要说的话让她觉得难为情，但她还是说了，“爱德华多是你能认识的最善良和最正直的男人。他这段时间以来对我的所作所为，这种憎恶，这种对待，与他的性格相悖，他是强迫自己这么做的。或许你认为我在做白日梦，但我还是觉得有一天他会受不了的，受不了跟他自己和他的本性作对。那时候他就会停下来，会希望补偿我。”

“最善良和最正直的。”我在心里重复了一遍。也许他是，除了心怀仰慕之情，我对他的印象也好极了。我已经说过，我对他是无条件的。然而从唯一一个让他在我眼前和耳边显出残忍一面的人嘴里听到这样的赞美是一件怪事。那不是恶毒、蛮横或傲慢，所有这些他偶尔都会表现出来，还是以相当风趣的方式，因此不太会有人怪他。那是他尖刻而暴虐的一面（当然他也不会一直都这样对她）。我想起比阿特丽斯对她朋友说过的话。“我不想与另一个男人开始一段新的生活。”她是这样提醒、告诉她们的，“我想和同一个男人，拥有我在许多年曾经拥有的生活。我不想忘记，也不想走出来，不想像人们说的那样从头再来，而是想继续同样的生活，延长曾经有过的一切。我从来没有觉得不满足，从来不需要改变，我从来都不是那种会觉得无聊并且要求变化、多样性、争吵了又和好、愉悦和惊吓并存的人。我曾经可以永远留在那时的生活中。有人心满意足、随遇而安，只希望每一天都与之前和之后的一天一样。我曾经就是这样的人，直到一切都变了。”

现在是我站起来走到冰箱前面，就像不久之前的她一样，我不知道自己想要什么。我拿了个杯子，装上冰块，随意地朝冰箱里看了一下，又看了看周围，我看到桌上的那瓶威士忌，决定来一点，还有可口可乐，我完全模仿了她。站在那里的时候，我感觉到了她并从上面观察着她，我能看到更多的领口，我的意思是领口里的风光，尤其有几秒钟我就站在她身后很近的地方，我想把一只手伸过去或是把两只手放在她的肩膀上，从那里向下移动，不是突然一下子，而是缓慢而又漫不经心地，等着她打断我或不打断我，等着她冲我喊“你干什么呢”，我会吓一跳、羞红脸、向她道歉并离开，或是等着她默许我这么做，她自然是知道的，却不想表现出来或想再等一会儿，等到再也不可能不开口表示她感觉到了这种或许别有意味的身体接触，虽然她的确也可以说得含含糊糊，没有什么是你必须说或必须做的，或者她也可以用喘息表达，甚至喘息也是可以被扼制的，一切呻吟都可以被扑灭，有很多人不得不隐藏自己，像不存在一样悄无声息，实际上相连的人们之间毫无准则可言，也没有什么是不可能的。

于是我站在那里，在她背后拖延时间（已经不止几秒钟了），我想我可以在比阿特丽斯不会察觉其中有任何可疑或不当之处的前提下做出第一个动作，像朋友，或是像有人进行抚触那样把双手放到她的肩膀上；而且很多事情在失眠的时候都会变得可以接受，仿佛到了最后，不眠会被本该占据它位置却拒绝前来的睡眠所污染，在它的统治之下，一切在某种程度上都发生在一个借来的、云遮雾障的、假设和平行的人生中。我这样做了，轻轻地把手放在她的肩膀，同时通过说话来掩饰这个放肆之举，以免它成为那一刻她唯一需要应对的事情。

“然后发生了什么事？为什么一切都变了？为什么爱德华多会变得如此粗暴和刻薄？”

她耸了耸肩，但幅度极小。她可能是在借着这么做摆脱我、躲开我。只要她多用一点力，我就会明白她在拒绝身体接触，我的双手就会腾空而起。但她的动作太轻微了，更让我觉得那是一种回应，仿佛她的肩膀领了这份情，于是轻轻挤了一下，以便更加靠近和贴合我的手掌。或者我想这样认为，我很可能是在强行碰运气。

“因为一件蠢事，”她说，“因为他发现很久以前，我曾经对他撒过一个谎。一个他应该一笑而过而不是大发雷霆的旧谎言。这中间发生了那么多事，我们两人之间发生了那么多事，它不应该再像当时那么重要了，我不知道该怎么说，它已经过期了，已经被我们共同经历的生活废除了，我们甚至失去了一个孩子，如果这件事没有毁掉我们，那就没有什么比它更能将我们紧紧连在一起了。正因为这样，那个谎言甚至都不是他发现的，而是我有一天生气时突然决定向他坦白的，”她沉默了几秒钟，“我从来没想过他会有那种反应。太不是时候了。”

这让我再次想起穆里埃尔穿着德古拉一样的深色长睡袍在门口现身的那天夜里我听到他说的话：“我那时真是太傻了，才会爱了你这么多年，比我能爱的还要多，而我什么都不知道。”之后他训斥她道：“要是你什么也没对我说，要是你一直将我蒙在鼓里就好了。有一天你改正错误，突然说出真相，这有什么意义呢？”作为总结，最后他责备她：“唉，你那时候太傻了，比阿特丽斯。不是傻了一次，而是两次。”他所说的与比阿特丽斯此时说的应该是同一件事。

“可以告诉我那个谎言是什么吗？”她陷入片刻的沉思，也许懒得去说细节。她喝了一口她的那杯混合威士忌，她一直没有躲开我小心翼翼、毕恭毕敬地连一毫米也不曾移动过的双手，仿佛一开始的放肆让它们在相当长的时间内都有了放肆的资格。见她没有立即回答，我将那个问题补充完整以方便她回答：“还是不可以？”

“他愿意的话就让他告诉你吧，到时候你就知道了，小德·维尔。”她并不经常这么叫我，只有在她心情不错（非常少见）以及跟着家里其他人一起叫人外号时。“太可笑了，我竟然会羞于启齿，那么点大的小事竟然会决定我的人生，那么点小事，”她又停顿了一下然后说，“那个谎言意义最重大的地方（对我来说最重要的，你明白的）是让我得以证实爱德华多有多么善良和正直，而他不知道我对此有多么了解。男人很容易被骗，不管是多么聪明、谨慎、狡猾的男人。”她没说“你们男人”，这让我怀疑她所指的究竟是男性还是整个人类①，或者她

① 西班牙语中，“hombre”一词有“人”和“男人”两个含义。

是不是还没有完全将我看成一个男人。“但爱德华多的情况非常极端。他是如此善良和正直，以至于他活在世上就不可能不被骗。所以不如由我来骗他，至少是在婚姻问题上，因为我那么爱他，不会想对他造成一丝一毫的伤害……而且恰恰相反，我想，有我在他身边，其他人在其他方面要骗他会更难。”

我意识到，那一刻，一切都让我觉得有点无聊，或者不像在其他任何情形下那么令我感兴趣，或者我是在事后，在之后几天里独自回忆起它的时候，才更加强烈地感到兴趣和好奇。而在那个时候，在夜半时分，在那间厨房里，我觉得那是我为了一个遥远甚至是任性的希望而必须支付的一笔过路费，我还不敢设想会有任何出乎意料或非同寻常的事情发生，但焦虑和渴望无法控制地吞没了我。行为和动作的确可以控制，作为文明人我们学会了克制它们、将它们留在想象中以及推迟它们，把它们扔到幻想的口袋里并且知足，至少是暂时地知足；相反，我觉得感觉不是这样，它们到最后永远都会传播开来、告发我们，所以感觉非常强烈的人具有优势。一个人，尤其是一个不懂熟练掩饰的年轻人所释放的渴望，最终会在空气中凝结并充满它，就像四处弥漫的雾气，它会到达被渴望的那个人，后者必须对此采取行动，要么离开，从那里走掉，消失不见并彻底打消它，要么冒险接收它，被它包围其中。无论如何，他都必须对并非因他而起或由他创造的东西负责，这常常是不公平和令人不快的。最大的危险在于（如果能用危险这个词的话），在觉察对方的渴望时，一个人会提出或想到它的可能性，尽管他永远都不可能想到自发地去做这种事。发现有人想与我们发生性关系迫使我们去考虑它，哪怕那是一个转瞬即逝、完全没有成型的念头；如果没有当场推辞或拒绝，没有立刻逃离那团雾气，那么我们就很难不去感觉到对方释放的信息，它们通常不会消散，会一直持续，甚至不常因为疲倦、自知无用或无效而退却：它们毫无原因可言，也不管有没有用。所以是对方将那个念头接种或植入我们身上，将它给予或传染给了我们，随着它凝结得越来越多，他的优势每一秒钟都在扩大，只要它没有爆炸或被终止，只要没有人将它戳破。有时单凭激情就足以达到貌似不可企及的目的，只要我们将激情释放，让它飘走，给它自由，为它松绑或是让它不经许可就溜了出去。甚至是违背我们意愿地溜了出去。

那时发生的可能就是这样的事情。这是最有可能的。构成诱惑的是我有意或无意，或是时而有意时而无意的呵气，有时候我已经无所谓她是否有所察觉，另一些时候却会突然被羞愧和自责击中，怪自己准备背叛穆里埃尔，哪怕他离开这个战场已经很久了。或者我在发觉自己双手麻痹、几乎僵在比阿特丽斯肩上的时候是这么想的，它们被她的手稍稍往下拉了一点，还留在睡袍外面，而不是里面。我看不见她的脸，她依旧背对我坐着，而我依然站在那里，从上往下望着她的头发，我不知道她的神情如何，是睁着眼还是闭着眼，是完全知道那是我，还是在想象抚摸和按住她的是另一个人，而那个人除了她思念的丈夫还有谁呢？我此时站的位置与范·维克滕在达姆施塔特时相似，只不过我还没有推她，也没有处在能够这么做的高度，我最多也只能用肚子贴住她的背，让她感觉到它，但我甚至没有积聚起能够建立这种过于明确的身体接触的勇气，我强忍着，现在还不行，就算她将我的双手引到了它们无法完全把握的乳房上也不行。爬到圣母堂的大树上时，我的确能看见她的脸，她紧紧贴在窗户上的脸，事实上那是自从医生将她转过去之后她唯一展示在我眼前的东西，在那之前我相当紧张地看了一会儿她几乎撞到玻璃上的后颈。于是我一边抚摸她（这似乎令人难以置信，但我抚摸她了），一边这样想象着她，她紧闭的眼睛像是来自一幅奇异而罕见的肖像画，她的皮肤更加光滑而娇嫩，嘴唇更加肉感或丰满，就好像它侵入了不属于它的地方，变得更加松软和模糊，微微张开，愈发鲜红，她的睫毛也更长或更明显。然而所有这些都是高潮、连续高潮或临近高潮时特有的，此时她还不可能经历任何高潮。

然后一切都加速了，一切都发生得很快。她站起来，把凳子拉开，朝我转过身来，只一下她就把整个身体贴到了我的身上，就像那天夜里，在穆里埃尔最终意外满足了她的欲望之后，她对他做的那样。我同时感到了来自她的胸部、腹部和四肢的拥抱，如果也可以说所有这些都会拥抱的话。她的胸部压着我的胸部，她的胯部压着我的胯部，她的大腿压着我的大腿，她的手臂太过用力地环抱着我，甚至她的脚也在我的脚上，就像为了够到我而踩了上去似的，只不过她个子高，不需要这样，其实她穿上高跟鞋比我还高。有那么一会儿我觉得自己贴住了一个超自然生物，或许是一个女巨人，不是因为她的块头，她虽然丰满但还是个正常人，而是因为我跟她贴得这么紧，我和她的身体如此严丝合缝，一瞬间就开门见山地彻底黏在了一起。唯一没有碰上的是她和我的嘴，当我寻找她的嘴时她躲开了，而是把脖子和脸颊送过来："不，不要吻我。"这让我有时间去思考，就像他们神圣而亵渎的交媾之后，比阿特丽斯也许曾对范·维克滕说过"不，不要摸我"，而我从树枝上听不到。"Non，pas de baisers，pas de caresses"，我肯定曾在某本法国小说里读到过类似的话，所以这些想象中的禁令才会以这种语言出现在我的脑海里。在那场奇异而完美的结合中，我们两个人就站在厨房里靠近冰箱的地方，无论是她还是我都一直没有再说话。所以还有"Non，pas de mot"，或者"不，不要说话"。

我失去了耐心，开始急于让期望中的事情发生。我害怕她会退缩、离开，或者我会推开她，突然之间把一只手放到她肩上与她保持距离，穆里埃尔在遭遇比阿特丽斯的过分主动时也是这么做的，在那之前他刚刚给了她一时兴起的、也许是出于同情的拥抱。我的拥抱没有任何这种性质，它来自一个好色的年轻人，或者在本质上是色情的，我说过年轻时人们很难放弃机会，他们会认为所有机会或大部分机会都应该利用，除非它们会造成明确和纯粹的不愉快，甚至称不上念想、回忆以及被一个成熟或苍老的人视若珍宝的画面，我们在当时没有打算，也没有预见有一天自己也会变成这样一个成熟或苍老的人，然而不知为何，后者已经像一个未来的幽灵那样进入我们的潜意识。正是这个老人会在我们正当青春的时候不时地在我们耳边低诉：“用心去看这段体验，不要错过细节，经历它的时候你要想着我，而且要把它当作一段你永远不会再重复的体验，除非在回忆中，我的回忆；把它当作一部电影里最值得铭记的镜头和场景，刻在你的视网膜上；你将无法保留，也无法重新体会那种激动，但你能够保留胜利的感觉，尤其是知觉，你会知道这件事发生过，你永远都会知道；请你用力感受一切，好好看看这个女人并且小心地记住她，因为之后我会向你索要，而你必须把它给我作为安慰。”

我清楚地知道那一次就是这样。其中没有任何不愉快，一切都恰好相反，但是假如我存在退缩的风险（事实上非常少，对此我立刻就有了自知之明），那是因为我被一种可能正在行恶的想法包围了。不只是因为我对穆里埃尔的忠诚，还因为我怀疑自己是乘人之危（为了采用一种与恶行相对应的表达方式），利用比阿特丽斯·诺格拉可能的迷茫、混乱和脆弱，自然还有她长期的不幸遭遇，甚至是她偶然的失眠。她比我年长许多，所以对某些方面更加习以为常，而且她似乎不在意自己的情人，也许她是在有意识地利用他们来安慰自己，感觉自己不是单纯的脂肪，也不是面粉袋子或肉袋子，她的目的仅在于此，只是为了在想象中进行一次虚构的复仇（“假如他知道的话”，而不是“等他知道的时候”），因为当受害者既不归咎也不痛苦时，真实的复仇是不会存在的。然而她也是一个再也无力承受或方才经历过绝望的人，刚刚割过脉（她还裹着绷带的手腕是其中的一个附加因素，是其中一个将在多年之后把未来的我带回她记忆的细节，当时的我已经知道了这一点，因为它们加剧了我的渴望），一个正如她自己所说有时脑袋会有点问题的人，一个遭受了挫败和拒绝、对于那次尝试之后命运给予的一切满不在乎的人，在那之后她的日子就是借来的，或是白送的，有谁会在乎自己死后发生的事呢？比阿特丽斯已经死过三次，至少是她的灵魂。她被迫成为一个容易得手、已然屈服、意志力薄弱或被漠然削弱的猎物，不仅对我，对任何一个人她都可以说："你想做什么就做什么吧，我不会反抗，我反抗的时间已经过去了。"我惶惑地发现我的脑袋里冒出了"猎物"这个词，她才是那个站起来、转过身、扑到我怀里或者更确切地说是我整个身体上的人，她甚至踩着我的脚，像个小女孩那样爬到上面，而她早就不是个小女孩了。即便如此，即便如此……我忍不住想去相信是我的试探让我征服了她（另一个不合适的词语）并引发了她汹涌的回应。我无可救药地将自己视为诱惑者，一个趁火打劫的人，某种程度上的罪人，也许会有这种想法的总是更加饥渴的那个人，虽然你永远都无法知道谁是更加饥渴的那一个，有时候人们一直会掩饰到再也无法掩饰为止。也许我是在那时做下了最恶劣的事，为了摆脱暗中伏击我的其他恶行，那仅仅是一种想法，却亟待实施，无法停止："有什么关系，我救了她的命，我将她从血与水之中拉了出来，没有其他人会注意到。"我再一次有了这个卑鄙的念头，而这一次它的确在我脑中像此时我说出口的那样成形了。我摸索着新的地方（完全不是侮辱性的，而是充满热情与赞美），隔着丝绸睡裙将她的内裤褪到大腿上，我拽了一下，两下，它们就遮不住什么了，我已经可以用一两根手指爱抚，中间再无阻隔，甚至将手指伸进去。“她之所以在这里，之所以在呼吸，这身肌肤之所以如此芬芳而这具肉体之所以丰盈鲜活，都要感谢我，我为自己赢得了品尝它们的权利；这个不是回忆、不是灰烬、不曾腐烂，也未成白骨的女人，这个活下来的女人是我的，她在今晚有一刻是我的，毕竟这些结合都持续不了多久，然后我们都会去把自己洗干净，仿佛它们从来不曾发生，只有善良的记忆会为我们上演那些无迹可寻的事情，所以再没有其他人会知道它们，若无人目睹便无人得知，之后有人说起也只是流言而已。她说过，我是穆里埃尔的延伸，也许正因如此她才像抱紧他一样抱紧了我，那是同一种拥抱，就像他一给她机会或她一旦能做到时就会做的那样；也许她是为了找到他的替代品，为了闭上眼睛欺骗自己，或者也许是为了惹火他，哪怕他很可能永远都不会知道我干了她，我不会告诉他，她也不会。但即便她有，也知道理由，她的理由对我来说又有什么重要呢？到我随心所欲的时候了。”这时候我开始着急了，我想到了那个词，一个感情肤浅而欲望放肆的时候你常常会想到的词语。它很粗俗，但我们之所以说出来，只是因为其中有一种彼此的亲密和乐趣，或者是作为不知羞耻的陌生人之间一个默许的游戏，否则我们只会在心里想一下。我们的所思所想没有目击者，我们没有必要在思考时恭谨有礼。于是我毫不迟疑地想："我现在就要进去，我要快点不用前戏就做，要不然她会退缩，会中途反悔，马上就要发生的事会被毁掉，那样就没戏了；如果我只有一步之遥却失手了，让画活过来，让它拥有体积和震颤，然后又没有进入它，让它原封不动地溜走，我是不会原谅自己的。一旦我进去，事情就无法回头了，我会感觉到湿度和热度，它会发生，而我将拥有这段回忆直到生命尽头，什么时候都可以想着：'我干了比阿特丽斯·诺格拉，有谁能想到，有谁能预料到；事情就是这样，没有人能将它改变。'就算她精神混乱、不太清楚自己决定了什么，她也迈出了那一步；就算她会遗忘或失去意识，就算她死去、被埋葬，就算她将远在我之前离开这个世界，很少有人知道她，几乎没几个人记得她，也根本不会有人，哪怕是轻声低诉地，讲出她私人生活中微不足道的故事，这件事也将会发生，没有人能从我手中夺走，也无法从我的意识中抹去。"

这些也都是年轻人的想法，当你还生涩得无法相信你所经历的事情和你自己的行为，当一切都还令人难以置信，仿佛属于他人，仿佛那些体验不完完全全属于我们，而像是从别人手里借来的。不只年轻人的灵魂会慢半拍，他们的意识也会。它慢慢吞吞地，要等很久才会占据自己的位置、安顿下来，我们要过很长时间才会意识到发生在我们身上的事情真的发生了，我们不是黑暗中的观众，我们所面对的不是一个舞台、一块银幕，或者一本被台灯照亮的书。

它必须马上发生，这样才能成为已发生的事，不会失败，也没有风险，才能不再是预兆或未来，甚至不再是将至未至。我谨慎（但我的谨慎来自急躁）而温柔地拉着比阿特丽斯，就像为了不吓坏她似的，我温柔地拉着她朝我的“用人房”走去，走进对她而言几乎陌生的陋室，这是我罕有人至的流放之地；最好还是不要让这件不可逆转的事情发生在厨房里（但它还不是不可逆转的，还不是），有人可能会走进来或探身进来看，失眠可能会侵袭这个房子里任何一位想喝水、吃点什么或者在打开的冰箱前面凉快一会儿的居民，我们在那里太暴露了，那是一个公共区域，是弗拉维亚的领地和大家会经过的地方。我关上我小房间的门，却没有听到啪的一声：我没有再耽误时间去把它关紧，不管怎么样都没有人能从外面看到什么，而且我已经等不及了。我几乎只用了一个动作（神奇的是我们竟然如此分身有术，我们在不想让别人作出反应、退缩或清醒时竟然能够如此疾速）就完全脱掉了她的内裤和我自己的裤子，平角短裤不需要脱，它的开口这会儿完全发挥了作用，衬衫也不用脱，我没有系扣子，我的胸口能够毫无阻碍地贴上任何它应该贴的东西。我轻轻将她仰面推倒在床上，她由着我掌握了主动，只是张开双臂（绷带，绷带清晰可见），等着我完成仅有的准备工作，再一次紧紧抓住我。我拉下她睡裙的肩带，以便能够更加清楚地看到她的乳房，让她或我在我身体上选中的部分触碰到它们。她不会选择什么，也完全不会引导我，这一点我再清楚不过。于是我往后退了一点，盯着她紧紧并拢又闪闪发光的大腿看了片刻。我把它们分开，坚决而小心地打开它们（如果可能同时发生的话），当她再次用力拥抱我的时候，我立刻想道："现在可以了，这下行了，我的 ×× 已经在里面了，谁也不能让这件事停下来，让它没有发生了。"我想去看她的脸，她不在乎我的脸，她看不见我，就像与范·维克滕在达姆施塔特那次一样紧紧闭着眼睛，唯一不同的是那时她背对着他，而现在她是面向我，我在她的对面。我努力想赶走那个画面，但有几秒钟它令人不快地占据了我，让我觉得不自在和难以集中注意力。它很快被我自己的感觉驱散了，还有我的思想，它试图用粗俗无礼的语言让自己相信一件显而易见的事："对，我正在干比阿特丽斯·诺格拉，我的 ×× 在她的 × 里，什么也拦不住了。"她的嘴拒绝了我，她也拒绝了我的嘴，但她一直不停地亲吻我的眼睛，这让我不得不把它们闭上。我看不见了，也许正因如此我其余的感觉变得更加敏锐，触觉毫无疑问是这样，听觉也是。我听到了离得很久的脚步声，飞快的脚步声，好像短跑。我停了一会儿想听得更清楚一些，比阿特丽斯注意到了我的停顿，但她应该不知道那是因为什么，她正在灵魂深处徜徉或是已经完全沉浸到了自我之中，谁知道呢，也许就像在威灵顿酒店的浴缸里那样。然后我就没有再听到什么了，那很可能是有人匆忙离开的脚步声（光脚踩在木地板上的脚步声），而不是正在靠近。我回头去看门，它关着，尽管没有关紧，最多只留了一道窄缝，从那里应该什么也看不见。

"你怎么了？出什么事了吗？"比阿特丽斯毫无警觉地说。

"没有，没什么，没什么。"不，我不想让她有所警觉，不想让她逃走，那太糟糕了。

但那个人是有可能听到些什么的。不是说话声，没有人说过话，也许他的确听到了急促的呼吸声、惊叹声或是轻微的呻吟声，尽管比阿特丽斯嘴上很谨慎，我也努力不让自己发出声音，但我一刻也没有忘记三个孩子都在家这件事。我用尽全力希望那些脚步声属于弗拉维亚而不是哪个孩子，弗拉维亚的年纪足以让她不气愤，或者不那么气愤，她也许已经知道、怀疑或猜到了。但我也不是没有想到，光着脚飞快走过更像一个孩子或少女而不是一位妇人会有的行为。“糟了，”我心想，“可能有个孩子醒了，过来找他的母亲。如果是这样，但愿那是托马斯，要不就是阿莉西亚，他们有可能不能完全明白，可能不会把事情连在一起想；如果是苏珊娜的话，她会对这件事进行合理的组合，现在她可能正两颊发烧地醒着待在床上，等着听到她的母亲回到自己的房间去。无论如何都已经没有办法回头了，明天我会无地自容，但今天不是明天。这是我的机会，我应该随心所欲一把。”

我身下的身体需要我的关注，实际上它吸引或绑架了我的注意力，在那样的情形下，就算受到了短暂的惊吓，走神太远也是不可能的。我借着抬起头、比阿特丽斯无法亲吻我双眼的机会看着她的脸，以此更好地记住这一刻，她描画得修长精致的眉毛，浓密却不卷翘的睫毛，鼻梁笔直，微微上翘的鼻尖让它显得特别可爱，她肉感而宽阔的嘴唇间露出有点分开的牙齿（她半露梦幻般的微笑），这为她增添了一种轻佻和不自觉的放荡气质，与她孩子气的面容形成反差，那张嘴会让男人们立刻想象出某些意料之外的不当场景，哪怕他们努力想把它们清除出去，只不过我既不用清除，也不用想象什么，我正与她一起演出，她在我眼中已然比往常更加迷人，正如许多女人会在这样的情况下变得更为美丽和年轻一样，她的嘴唇更加丰满、鲜红和松软了，她的皮肤如此光滑而娇嫩，这让我不得不再一次诅咒逼着我想起苏珊娜的脚步声，因为有那么几秒钟我不适地感觉到我正和她而不是她的母亲在一起。前者是后者的翻版，她们有着相同的长相和同样的天真神情，女儿已然显出了（已经在她身上喷薄而出）拥有此刻与我相连的身体那般迫人、具有爆发力的身材的迹象。那种不和谐的感觉又一次击中了我：我看着她的脸，她的乳房，她的胯部和大腿，在视线允许的范围内尽可能地去看她的臀部，我随之发现她的五官的确与她圆润的身体不相称，仿佛她的五官需要一副不那么有力的更加纤细的躯干、腰腹和双腿，而她骄慢的体型则需要一张不那么天真和单纯的面孔。苏珊娜要年轻许多，等到她岁数稍长的时候，她身上的这种不和谐会更加明显。我不知道我是怎么了，母亲让我在最不应该的时候想到了女儿。但我并未因此忘记前者，完全没有，一点也没有，我把一切深深看进眼里，存进记忆之中。我依然清晰地记得它，尽管已经过去了很多年，还有许多其他记忆与它相伴而生，她死去也已经有那么多年了。

IX

“坏事就这么开了头，而更坏的事已经被甩在身后了”，这是穆里埃尔意译的那句引自莎士比亚的话，他想说的是放弃了解不可知之事、回避一生中别人对我们所言之事的种种变化能为我们带来好处或便利，或是相对而言更小的伤害。我们耳闻的事情远远超过我们经历和见证的事情，甚至有时候我们会觉得后者也是听来的，当它们随着时间流逝渐渐远去、染垢，或是随着每天的滴答声变得模糊或暗淡；当月亮朝它们呵气、岁月令它们蒙尘，我们不会因此开始怀疑它们的存在（虽然有时候我们的确会这么做），但它们会失去颜色，它们的重要性也会变小。曾经重要的事情已经不再重要，或者不太重要，而且需要付出努力才能让它有一点重要性；曾经关键的事情变得无足轻重，那些撕裂我们生命的东西在我们看来变成了一件琐事、一种夸张、一句蠢话。我怎么会如此痛苦或者感到如此内疚呢？我怎么会想去死呢，哪怕是说说而已？它没到这个地步，现在我知道了，它的后果渐渐弥散、被人遗忘，曾经的我已经几乎消失无踪。过去发生的事，发生在我自己身上的事，我做过的事，我不曾说出和曾经略过的事，现在还有什么严重性呢？死了一个小孩子有什么关系呢？只要不是长子，死了几百万个孩子也不会有人抬一下眉毛，有时甚至他的父母都不会抬，世上多得是冷漠的母亲，她们总是沉默，总是忍受，或许只会在孤独的夜里，将哭泣的脸庞埋进不会说话的枕头，以免有人看见。一个年轻人在一个失眠的夜晚与这样一个母亲上床有什么关系呢？如果有一个女儿知道了这件事，光着脚慌乱地跑过走廊，想将它忘记，或者恰恰相反，想将它珍藏在心中，让她未来的婚姻，因此也让她的生命决定它何去何从，又有什么关系呢？一个女人曾经说过一次谎有什么关系呢？不管她因此造成了什么伤害，或许归咎于她谎言的伤害也被夸大了，说到底谎言是生命自然流动的一部分，没有虚假的成分，没有真实与欺骗的平衡，后者将是不可想象的。一个正直的男人多年来一直拒绝和侮辱这个女人有什么关系呢？家庭中到处散布着拒绝和羞辱，伤害与咒骂，尤其是关起门来的时候（有时会有一个人错误地留在门里）。这样一个母亲杀死自己有什么要紧呢？既然她已经在生死线上逗留过，她的家人也已经有所预料，甚至她自己在弹或不弹钢琴的时候打开的节拍器的嗒嗒声都已预示着这一点。另一个不幸的男人利用自己的权力和智慧，对某些脆弱的女人做下了不体面的行为，她们几乎都是别人的母亲，她们全部都是别人的女儿，这又有什么关系呢？正如事到如今，一个我们为之效力的电影制片人是否曾在肯尼迪时期在美国拐卖妇女，拐卖那些容易受伤或是刀枪不入和铁石心肠的女人，都已经不再重要了。试图阻止、避免、监视、惩罚甚至了解是多么没有意义啊！那个故事里有太多我们无能为力的小恶和大恶，因为它们像雪崩般铺天盖地，我们去调查又能得到什么好处呢？所有发生的事情都已经发生了，无法改变，成舟之木就是具有这样可怕的力量，或是难以举起的重量。也许最好还是耸耸肩，点点头，无视它们，接受这个世界就是这个样子。“Thus bad begins and worse remains behind”，莎士比亚用英语是这样说的。只要点了头，耸了肩，实际上更坏的事就被甩在后面了，因为至少它已经过去了。这样开头的就只有坏事了，因为它是尚未到来的那个。

当我终于突然走了好运，得以向穆里埃尔提供关于范·维克滕那些年所作所为的信息时，穆里埃尔想到的应该是这个，或者与之类似的东西。那些年里范·维克滕是如此善待遭到佛朗哥政权的追捕和报复的人士，并因此获得了如此优良的声誉，他被认为是一个有善心和同情心的人，不愿因为替收入微薄者的子女治疗百日咳、麻疹和水痘而向他们收取费用。但我们在人们的生命里的确总是到得太晚，从来都是。穆里埃尔已经下定决心闭耳不听，不去理会我可能偶然发现的东西，如果我能通过这种无法控制的方法或我个人的坚持发现什么东西的话（“你不要想着考验我的好奇心。你自己留着吧，把嘴闭上”，他曾经这样警告我），他已经命令我停止调查和套话，甚至让我不要再跟医生出去，即便是以一种循序渐进的方式。但我不可能不去尝试，不可能不带着那个故事去找他。将它告诉我的不是范·维克滕本人，而是另一个医生，年轻的比达尔·塞卡内尔医生，我家人和我的朋友，虽然我们只是偶尔碰面。实际上，如果那个故事是真的，那位儿科医生绝不会对我坦诚相告，哪怕是他哪天夜里喝多了、把牛皮吹上天了或是悄悄向我吐露了自己的伤心事（最后那一点在他身上是难以想象的）；就算我们一起出去胡闹过一万次，发展出了最亲密的同志情谊，从他嘴里也不会说出一个有关那些行为的字，那些是一个人要永远隐瞒、带进坟墓的事，如果取决于我们，我们都知道生命中的哪些秘密是最好让它们安息、将它们埋葬的。然而，事情永远都不会完全取决于我们，一旦有别人介入（总会有人介入），不管那个人是同伙、中介、证人还是受害者，流言就上路了，哪怕它走的是一条地下的路，然后就再也没有什么是安全的了。在那个故事上，很能说明问题的一点是，范·维克滕本人有一天晚上对我说了那些我的确告诉了穆里埃尔但还不够的话：“没有什么比她们不愿意却又无法拒绝更能让人满足了。然后她们就会愿意的，我向你保证，大部分人都会，一旦她们发现自己不得不说愿意。”当然，假如不了解比达尔语气轻蔑地向我说起的那个故事，我不可能理解那些话的意思。而穆里埃尔理解了，因为最有可能的是，别人告诉他的恰恰也是那个故事，或者具体一点说，将它告诉他的是“一个从前的爱人；就像人们常常说的那样，我一生的挚爱”。

那件事没有立刻发生，但也相去不远，没过多少时间。我的意思是它不是在穆里埃尔从巴塞罗那回来之后立刻发生的。他又过了几天才回来，面色不虞，明显能看出来他很暴躁，而且得到了什么坏消息，受了侮辱。托尔斯放弃了他，将他解雇了，没有允许他完成拍摄，而是去找了赫苏斯·佛朗哥，想看看靠他的不拘小节和八面玲珑能否让电影顺利杀青。赫苏斯答应了，但说他要再过一个半星期才能接手，他需要完成另外一些工作。令人震惊的是他居然准备找个空当出来，因为现在我在网上看到，他有不少于十三部电影的拍摄日期都是1980年或1981年。他信任的唐·夏普也没有时间。托尔斯不能让赫伯特·罗姆和其他演员再歇上十天，于是他让他们各自回家，暂时中止了拍摄。项目再未重启，因此，正如我说过的，那部影片没有出现在任何人的作品年表中，一部未完成的幽灵之作。我问过穆里埃尔到底发生了什么，但他并不打算给出解释。

“不对付。哈利是个剥削者，也有这个原因，但我不能说我事先不知道这个。”他只是这样回答。之后他有分寸地补充道：“很大一部分是我的责任。当然，还有比阿特丽斯，她上台演出得太是时候了，我不得不咽下去；她选了个好时机。你别再问了，我不想说这个。啊，你去看一下能不能找个别的工作吧，胡安。”那一连串动词说明他很小心，或者想掌握好分寸，不想催促我。“我认为我相当长一段时间内都不会再有项目了，我恐怕不会太需要你。但这个不急，我不想对你造成损害。你可以一直留到你找到工作为止，然后你自己来告诉我你什么时候离职合适，我把这个交给你来决定。我认为应该早点告诉你。”

他的坏心情持续了几个星期。他对比阿特丽斯的尊重、他的担心、他突如其来的深情（如果可以这么说的话）、他的关心都结束了。事实上他再次开始侮辱和厌恶她，连个借口都没有，仿佛他后悔自己在威灵顿的虚惊一场之后，在让他在委拉兹凯斯大街狂奔、导致他不体面地跑了一场的恐惧之后，与她停战了，哪怕停战的时间短得不能再短。所幸他没有很多机会挖苦她，他几乎不在家。现在他每天都要去找那个兼电话接线员、会计、代理和钥匙管理员身份于一身的女人，她叫梅赛德斯，与他共用一个办公室。他一吃完早餐就去那里，我不知道他到底在那个地方干什么或者他是不是在那儿待着。我觉得托尔斯的羞辱和他的坏情绪于他是一种激励，让他不能投降，而是去疯狂地寻找投资拍另一部电影。也许他和梅赛德斯整天都在打电话，约见更多的火腿商和更多的畜牧场主，鸟蛤罐头制造商和饮料代理商，向后者承诺所有场景里都会出现能看清楚他们商标的瓶子。或许他还再一次约见了女企业家塞西莉亚·阿勒曼妮，打算用更巧妙而不那么卖弄的策略说服她，也约了各种职业和业余的制片人，前者是强盗和自大狂，后者是脑袋不清楚的自大狂。也许他一天到晚都在疲于应付他们。不管怎么样，他通常直到晚上才会回来，或者甚至要到凌晨（赌局和酒局，我猜），而且他很少带上我。我不知道他是不愿意让我看到他在有钱人面前低声下气，还是已经想开始适应不再有我的生活，或者是将怒气发到了我身上，因为我无意充当了拯救他妻子的工具，也许他会想，她都试第三次了，也应该成功了。有些时候我会突然想到，现在穆里埃尔可能认为她死掉是件好事。这种想法无疑是暂时的，但当它存在时他的怨恨会变本加厉。

不可能有谁会怀疑我与比阿特丽斯的关系发生了改变，因为它真的一点也没有改变。在那个失眠的夜晚之后，甚至是穆里埃尔回来之前，比阿特丽斯完完全全就像那一晚什么也没有发生，或是那个夜晚根本不存在一样地对待我。仿佛她回到了画里，回到了属于平面和过往的维度，从来没有过血肉之身（质感和震颤），也从来没有把脚、大腿和乳房放在我所在的维度上。我也不敢再次靠近或提及已发生过的事，我的直觉告诉我，如果这么做了，我会得到一个令我沮丧和无措的回答："我不知道你在跟我说什么，胡安。你肯定是做梦了，小德·维尔。你们年轻人总是跟自己说一些想象出来的事。你别搞混了。"我觉得这不难接受。尽管我珍藏了，也依然记得斗室和厨房里的画面与感觉，但我们都知道哪种眼神和态度是不能要的，以及哪些是与自己的年龄、地位和等级不相符的，放弃它们，摒除而不是克制它们，换上遮掩和中立的眼睛，这些都不难。我这么做了，没费太大力气，这恰恰是因为我的眼睛见过了，并不中立，也毫无遮掩。渐渐地比阿特丽斯恢复了一贯的生活，她重新去上课，重新与里科、罗伊或她的女友们一起出去，她成功地向她们隐瞒了自杀那件事，告诉她们自己有几个星期不在是因为陪着穆里埃尔去了巴塞罗那。她也重新开始独自上街，穿着高跟鞋，打扮得光彩照人（不幸的肖像，我一直这样看她），但我没有兴致再去跟踪她，我的好奇心变小了，因为我已经有了我想要的，尽管在那之前我都不曾承认我想要我现在拥有的东西，有时候一个人会在得到之后才发现自己想要什么。我想，不仅如此，我确定她会继续时不时地与范·维克滕一起去达姆施塔特圣母堂（他们两人之间多了一种联系，拯救者和被拯救者之间的联系，未必是出于刺激），去萨拉曼卡·德尔·马尔克斯广场与不知道什么人见面，或者骑着哈雷戴维森去埃斯克里埃尔或格雷多斯，某一天下午，我曾经从阳台上看见她跨上摩托离开。在我看来她没有出路。

不用说，从那个奇幻之夜后的早上开始，我就试图想从那三个孩子和弗拉维亚的状态、眼神和言语中看出变化，想看看是否有人会暴露自己是我在比阿特丽斯身体里的时候光着脚跑过走廊的脚步声的主人。当时我进入得很深，没有用安全套，我说过那时候人们还不知道艾滋病，没有人会想到要采取常规预防措施。我没有在任何一个人身上发现变化（没有敌意、谴责或怀疑，甚至没有一句有言外之意的话），虽然我偶尔会感觉到女孩们看我的眼神比之前更好奇或关切，但这可能是我的想象，或者是因为之前我从来没有在她们看我时注意她们的目光，而现在会这么做了。有些几乎还是小女孩的姑娘会仰慕一个比她们年长、在她们家里待这么长时间的年轻人，这不奇怪。就算她们不声不响地爱上了他也没什么可奇怪的，她们就是这个样子。

遇见何塞·马努埃尔·比达尔的那天，里科教授拉着我一直陪他到了与两三个学者一起吃午饭的时间。教授认为他们特别迟钝，也正因如此，他觉得应该在自己耐心允许的范围内表现殷勤和恭维，也就是说，他的殷勤和恭维极为有限，其效果很有可能适得其反，到了吃甜点的时候他们已经变成了死敌。他们是西班牙皇家语言学院的学者，尽管教授相对年轻，但他计划最多再过六年就成为其中一员。他对学院的其他成员极为尊敬，并且，因为觉得他们是聪明人，他想当然地认为对方也会毫无保留地赏识自己，不认为有必要在他们身上下功夫。等着去吃午饭的时候，他到穆里埃尔家里来打发时间，但爱德华多在自己的办公室里，比阿特丽斯在上课，于是他说服了我去巴尔莫拉尔餐厅喝一杯餐前酒，我已经不记得那个地方当时在或者现在依然在埃尔默西亚还是阿亚拉大街上，我不知道它几年前关门了还是依然开着，总之我已经很多、很多年没有在那里的桌边或吧台边坐下来过了。

正当教授费尽心机地说他在巴塞罗那的几个同行（其中有几个是他曾经支持过的，而他已经后悔了）的坏话时，比达尔朝我们走过来，他亲切地微笑着，一如既往地有点爱嘲弄人，至少他对我是这样。他比我大七岁左右（那时候他差不多三十岁），长得很像歌手麦卡特尼，他的鼻子、颧骨甚至眼睛都足以让人想起这位前披头士，只不过他脸上的皮肤更加沟沟壑壑。他们一家是共和派，一直都与我们家交好，尤其是我的叔叔们，他和我从小就认识，或者，更确切地说，是从我的童年和他的少年时期起。年龄差距让我们无法完全成为朋友，但也正是这样的年龄差距让他能够像兄弟一样对待我，自然，他扮演的是兄长的角色。他是那种你认识了一辈子的人，你一般不会打电话约他见面，但是一旦遇上，你们立刻就会变得亲密无间。他的祖父既是眼科医生又是律师（奇怪的是在二十世纪二三十年代，当眼科医生竟然不足以让你维持生计），在内战末期进了监狱。出狱时，作为附加的惩罚，他被禁止从事他的两种职业，为了谋生，他不得不开了一家私人代办处。他的祖母则一开始就被剃了头发，被派到长枪党人家里洗厕所。至于他们的儿子，也就是比达尔·塞卡内尔的父亲，则因为从很年轻的时候起就在共和国阵营参加斗争而被判了叛乱罪，但幸运的是那个案件被停止审理了。后来，五六十年代，他在墨西哥创立了西斯巴沃唱片公司的一家分公司，并因此发了财，这让比达尔上了一所很好的学校、学了医科并在休斯敦完成了住院实习，这对他的专业（心外科）发展很有帮助。尽管他的家人曾经支持共和国，但他很容易就摆脱了那一切，靠着他的勤奋、效率和一点点狡猾，也就是一种出于职业或政治原因而选择模糊界限、不激怒为己所轻视者的能力。与其相反的是里科，他的言行总是傲慢无礼，不是乐呵呵地口出狂言，就是欢快地趾高气扬，而比达尔则是那种知道克制和按捺自己的厌恶之情或者说是道德审判欲的人。他会在必要的时候将它们收起来，也会在合适的对象面前将它们释放出来。我无疑是一个合适的对象，哪怕这仅仅是因为我们之间那份由来已久的信任。

“天哪，你都不知道我看到你不像前段时间那样与坏人为伍有多高兴。我之前都开始有点担心了。”他几乎一来就对我说。然后，他一边向已经频频登上报纸，甚至上过几次电视的教授伸出手，一边热情地继续说道：“很荣幸能问候您，《世界的小人》的作者弗朗西斯科·里科教授。”比达尔是个饱学之士，或者至少是个博闻强识的人。

里科懒洋洋地向他伸出一只手，但没有起身（另一只手里拿着一支烟），他忍不住立刻纠正道：“您想说的应该是《人类小世界》吧，我怎么会写关于小人的东西呢？那是《大拇指汤姆》的作者应该写的。或者《霍比特人》的作者，如果您知道这是什么的话。”他已经在羞辱对方，或者做好了这样做的准备。这部作品当时在西班牙还没有那么出名，“那么先生您是……？”

我适当地为他们作了介绍。比达尔抛下了跟他一起坐在吧台的一小群人（两男两女，可能是同事），跟我们坐在一起。他向一个服务生指了指自己几乎空掉的杯子，让对方替他再拿一杯啤酒到我们桌上，他要待一会儿。

“你指什么？”我不安地问他，这种不安常常会引发兄长式的责备，“我们最近没见过面。实际上已经有好一阵子了。”

“你没看见我，但我可看见你了，有两三次。我之所以没过去也没让你看见，正是为了避开跟你在一起的那个超级大混蛋。你怎么会老去找那个人？就算有人老去找他也应该是我，我们在同一家诊所工作，他是我的同行。可是你就连这个借口也没有。”

我突然明白过来。比达尔在露天餐座、迪斯科舞厅或酒吧里看到过我和范·维克滕在一起。就像我说过的，1980 年那会儿整个马德里的人，不分年龄、名望和职业，夜里都会出去玩。

我有一点不知所措，只有一点，毕竟我的任务（此时已经被取消了）就是大致查明医生是否或者在遥远的过去曾是比达尔话里话外所说的那种人。我正准备连珠炮般地向他发问，好好听他说说，但里科还没听明白，他抢在我前面，好奇而又毫无疑问是不怀好意地问了出来：“哎，哎，小德·维尔跟哪个混蛋成了好兄弟？我不知道这件事。您说，您说，比达尔医生，我对那些缺德事非常感兴趣，哪怕它们发生在我们这个时代。它们在经典的恶行旁边黯然失色，但那关系不大，它们能把所有的都为我缝补上，放猎兔狗去追吧！”他热爱习语、俗语、谚语、格言，有些是他编出来的，不然就是他的用法让我无法理解，我不知道缝补和猎兔狗在这里是什么意思。最后他用他其中一个无从破译的拟声词完成了这个请求：“福尔法罗。”

“哪里混蛋？”我终于插上了话，“作为医生？他的名声正好相反。他是他那个领域的名家。所有人都在说他在二十世纪四五十年代多么仗义，你应该听到过。对吧，教授？范·维克滕医生真的帮助过受到报复的人吧？像你自己家里人那样的人，何塞·马努埃尔，你肯定知道。有很多人可以作证。”

这时比达尔将他的椅子朝桌子那边挪了挪，把声音压低了一点，根据他说的内容，我猜测（只在刚开始听的时候）那更多是因为我们正在萨拉曼卡街区，那里直到今天都依然聚集着一批怀念独裁者的人，更别说那时候后者才死了五年，虽然几乎所有人都觉得更像过了二十年，人们如此迅速地告别并遗忘了他，大家都等烦了，也受够了。

“是的，是的，我知道那个故事。这是官方的版本，大家感兴趣的版本，这个流传下来的神话完美地让他被所有人接纳了。这个家伙一辈子都是两面派，而其中一面别人是不知道的。你不得不承认他很有本事。”

“来吧，比达尔医生，赶紧把实情说出来吧。我洗耳恭听。”里科高兴地说，就好像对方是讲给他听似的。他与范·维克滕的良好关系对他来说似乎一文不值或者只值一文，继续使用那些可笑的习语的话应该这么说，只要想起来，它们就像粗话一样会传染。

“听着，胡安，”幸好比达尔依然在对我说话，他流露出一种真挚的担忧之情，甚至是责备之情，“我不知道你是否知道我现在盎格鲁–美洲医院工作。不到一年之前纳瓦尔医生被提名担任这所医院的院长时，他把我也带过去了。因此我们两个离开了鲁贝尔诊所，之前他是那里的主管医生，我则建立起了动态心电图团队。纳瓦尔曾经在智利待过很多年。他在皮诺切特政变期间出逃了，因为他是一位著名的社会党党员，他比我们都更加清楚每个人在战后时期在这里都做了些什么。曾离开过西班牙的人更加努力地想去了解并记住这些事，而这里的人几乎什么都不知道了，更容易就能把讨厌的事情掩盖起来。鲁贝尔的老板贝尔加斯医生是一个铁杆佛朗哥派，他会让纳瓦尔当主管可是件稀罕事，你由此可以想到他的能力有多强。就像在所有地方一样，在鲁贝尔大家什么都说，尤其是对我这样一个喜欢问来问去的年轻人。既然你看起来跟范·维克滕是朋友，你可能知道，他在将近二十年的时间里都在那家医院拥有一个儿科诊室；他的名声是从那里起来的，他经常会回去看看，而且与那里保持着非常好的关系。"是的，因为关系密切，他在威灵顿的时候让人打电话去这家诊所，传达他的指示。"所有人都认识我，到了那里我会给出指示的，"他在穆里埃尔打电话时对他说，"纳瓦尔医生是个低调的人，但他也见不得范·维克滕出现在那里到处跟人握手；他对他的经历一清二楚，而且忍不住把那些事告诉了我。注意，他不是唯一的一个。之后有人向我佐证了那些事，包括一个范·维克滕的支持者，他赞同他的这种行为，更确切地说，是赞同它的第一个阶段。比如，特伊赫尔医生。"又一个外国姓氏，后来看到它的拼法时我觉得它是德语。比达尔按照西班牙语发音读将它读作"特伊赫尔"。

"听我说，医生，有三个皇家语言学院的家伙在等我吃午饭，"里科一边看表，一边粗鲁地打断了他，"要不您长话短说，要不我就要迟到了，他们会看我不爽的。他们很容易看别人不爽。您直接说这件事的关键吧，别用这些我记不住又不在乎的人名把我的头绕晕了。到现在为止，您说的都对我一点用也没有。"

幸亏比达尔脾气好。他一下子就了解了教授是哪种人，而且觉得他很有意思。他没有生气，而是笑了。

“何塞·马努埃尔，”我对他说，“你确定你不介意教授听到这件事吗？我告诉你，他可不是一个以谨慎著称的人。”那是一种要求对方讲故事的方式，主要是讲给我听，而里科，就像有人说的，他是搭便车的。

比达尔坦率地笑了，很爽快地承认他说得对：“教授说得对，我直接说关键。要是您听完了告诉别人，也完全没问题。相反，那还更好。范·维克滕的伪善太让人气愤了，跟他的同伙阿朗兹一样，那是另一个有名有钱的儿科医生。对于这种成名已久的人我们也没什么办法，但所有名声都可以被破坏，越多的人知道他们有多么虚伪……好吧，每次他们在社会上吹嘘自己的高尚行为时就需要摸一下自己的衣服了。”

“阿朗兹？卡洛斯·阿朗兹医生？”我忍不住阻止他继续说下去，打断了他朝着关键内容去的话头。我不止一次看到过这个名字，在一扇大门上，一块门牌上，后面跟着的是“诊所”。

“你别告诉我，你跟这个人也成了朋友，”比达尔回答，“事情比我之前想得要严重。可你跟这些人混在一起干什么？你都跑到什么地方去了，胡安？行吧，鉴于他们以前看上去都像大好人……好一对杰出人物，王八蛋们都装得人模狗样的，这一点毫无疑问。”

“你说的这个阿朗兹，你知道他是不是在马尔克斯·德尔·萨拉曼卡广场开了个诊所吗？确切地说，是在二号。”

“我不知道，有可能。我只是听说过他，听纳瓦尔医生说的。好吧，还有别的人，他也几乎总是头顶光环地出来。他不像范·维克滕那么有名，也不与那么上层的人士来往，但他过得肯定不差。怎么，你也跟他出去喝酒还是怎么的？你等我跟你讲讲他们两个人的事。而且他们比你大了不知多少岁呢。”这让他的责备听起来不那么直白了。

里科手里拿着烟（他一支接一支地抽）像演戏一样站起来，尽管桌子上有两个烟灰缸，他还是生气地把烟灰抖到地上，或者他就是因为这个才这么做的。

“我就到此为止了，我觉得都有一千年了，我的少爷们，”他说，“我听了这么一会儿，算上您的，医生，都出来六七个医生的名字了，而且您还是双名。”确实，他之前说自己叫比达尔·塞卡内尔。“我已经不知道谁是纳瓦尔，谁是贝尔加斯，谁是阿朗兹，谁是塞卡内尔，谁是比达尔，也不知道谁是皮诺切特、谁是特伊赫尔了。”最后那个名字，他是按照自己听到的来发音的。与他片刻之前刚刚说过的恰好相反，他完美地记住了所有人的姓，还给皮诺切特加上了称呼。“我要走了。我对范·维克滕做的坏事特别感兴趣，幸亏这个人我还能认出来，他的事情勉强能留住我。但是如果你们一直不开始或者你们继续在一些无关紧要的医生名字里出不来，我也不能允许自己因为你们的过错让我的那群人空等。他们已经看我相当不顺眼了，因为他们既爱嫉妒又愚蠢。我说过了，”他把香烟当成笔那样指了指我并说道，“小维拉，你把你朋友说的全都记下来，给我一份详细的报告。什么都比不上一份熟人的罪行清单，不管那些罪行是真是假。你一个细节也别落下。”

“有意思，那位里科教授，真是天才。”比达尔等那位嘟嘟哝哝、长吁短叹地一走便说道。我见他虽然很着急，但伸手拦一辆出租车的样子还是懒洋洋的，跟希特勒回应纳粹式敬礼的动作差不多，把手向后甩，而不是像附属于他的全体德国人民那样向前伸。“他是一贯如此还是看在我的面子上这么做的？”

“这倒不是。他的戏很多，而且总是换来换去。不过你说范·维克滕，”我催促他道，“但是为了让你安心，我得告诉你，我跟他打交道是受人之托。跟他是朋友的是我老板，爱德华多·穆里埃尔，那位电影导演，最近一段时间我在给他当助手，或者，好吧，是当秘书。实际上是穆里埃尔让我去套他的话。他似乎曾经怀疑范·维克滕在过去有什么丑闻。我之所以说曾经，是因为他不久之前命令我忘了这件事。他从前和现在都欠了他人情，最后，他决定不再调查了。”

“好吧，总是这样。他肯定讨好了他，就像他讨好了许多人那样。如果一个人掌握了资源，还拥有绝对的权力，他就可以向被压迫者施予恩惠，后者不得不对他心怀感激，因为这个人没有像原本可以的那样残暴地对待自己而去亲吻他的手。好吧，所以大家就什么也不去翻了。这很可能是最明智和最值得推荐的做法。但我们应该知道事情的真相，这是最起码的，不是吗？好吧，没有人会被送上被告席，也没有办法送，我们无能为力。你想象一下那该有多麻烦。可是你看，如果时机合适，我是不会对我所知道的事情保持沉默的，至少让他们别那么轻轻松松就能把奖牌挂上去。”比达尔是一个热情，更确切地说是温和的人，但他已经有点激动了。尽管如此，他还是压着声音。“所以他过去有些丑闻，嗳？你不太清楚，你老板虽然与他相识已久，但可能也不清楚。范·维克滕极为有效地将与他有关的一切都掩盖了起来，而且是从第一天起，你听好了，那个家伙很有预见性，就像阿朗兹和其他很多人一样。你知道那个加泰罗尼亚画家，叫什么来着，最受推崇的那个，他曾经是个杀人放火的长枪党人吗？所有人都对此一无所知，知情者则三缄其口，我们可不能往已经被神化的著名左派人士脸上抹黑啊。这里的人像变魔术一样从佛朗哥派变成反佛朗哥派，整个民族都轻信了他们，为他们的表演鼓掌，记者首当其冲。没有太多办法能够改变这种情况。你看，就说我自己，要不是因为纳瓦尔医生，这个我完全信任的人（好吧，还有我自己家人后来向我证实的事），我估计我自己也会把范·维克滕当成艰难岁月中一个慷慨、团结和正派的典范。而且，他来鲁贝尔拜访时，总是一副面带微笑、平易近人的样子。他也会与我击掌，虽然我谁也不是。是的，他们两个人照顾那些在战后惹上麻烦的家庭，一直持续到了六十年代初，我说真的，那时候独裁政权已经放宽了管制，渐渐忘记了自己的手下败将。只有受益者知道为什么以及以什么样的代价。当然，一部分的代价是永远不要让别人知道这种代价，只把门面上的东西留在外面，好的形象，好的名声，说胜利一方的医生上门给孩子看病而不收一分钱，不要任何回报。注意了，那是敌人的孩子，阿朗兹和范·维克滕，他们是楷模式的人物。我想，还有更多像他们一样的人，整个西班牙的各行各业都有（律师、公证员、警察、法官、市长、所有的公务员），这么多年以来，这好几十年以来，有几个人没从这种情况里面捞到过好处呢？大部分人不要钱，他们收的是实物。至少这两个人是。到别人家里去很合适。我说的是他们。”

“实物？什么实物，这些家庭已经一无所有或者几乎一无所有了吧？”

“他们有过去。他们有秘密和女人，胡安。足够了。”比达尔说。说这些话的时候似乎有一团雾包裹着他，他痛苦，低落，带着压抑已久的、应该会继续压抑、或许会永远压抑下去的不忿。此时他在将它发泄了出来，只有一瞬间，而且是私底下，几乎是在窃窃私语，就像私人生活中的故事，而故事绝大多数都是私密的，能低声轻诉也是一种成功。被公之于众的是少数，让人感兴趣的是少数，人们想了解的是少数，大家只盯着自己的事，每个人都只顾自己，其他人的事有什么所谓呢？是的，我们有时候会听，听得心不在焉，带着浮于表面的好奇心或出于尊重，因为别人的事永远都比不上发生在自己身上的事。哪怕别人的事令人恼火，充满苦痛，而我们的只是一件如过眼云烟的小事。

“我不明白你的意思。”我这样回答他，但这已经不能算是实话了。我开始明白了相当多的东西，或者开始将事情联系到一起，开始猜到了。这不仅是因为穆里埃尔在退缩之前对我说的话，还因为范·维克滕本人在我们夜里出去玩时告诉我的那一点事情，以及他对待我的女性朋友的方式（他突然问我用什么能要挟她们），还有那个有着闪闪发光的双腿、曾找他看过一次病的女部委公务员塞莉娅对我说的事。

“你可能知道，范·维克滕曾经在佛朗哥的军队里注册过，内战期间参过军。那时他非常年轻，如果我没记错的话，他出生于1918年或1919年。战争爆发时他好像正在阿维拉，在他父母的度假屋里。”我想起这个很多代以前是佛兰德人的范·维克滕家族，他们是从阿雷瓦罗来的。“在大学关闭之前，他上完了医科的头两年。因为是大学生，他很快就被任命为临时少尉。但我认为他完全没有参加过战斗。他很柔弱，受他极为右倾、人脉极广的家庭的影响很深，他从一开始就被派到了一个情报部门，以免他在前线拼命。我不太肯定他是在那里还是之后才认识了阿朗兹，也许是在1940年的‘爱国审查’中，这个不重要。”他用了从美国进口来的烦人手势表示引号。我不知道那是什么考验，但我不想打断他。“他将听说的信息收集和归档，其中包括马德里的第五纵队成员在力所能及时向他传递的信息，或者是来自在使馆避难的人员的信息，毫无疑问，他们能收到外面的消息，有时可信，有时则是胡编乱造或失实的。显然，这其中的许多信息在马德里为共和国所有时毫无用处，但一旦首都最终陷落，它们就将变得价值连城。他是保存、筛选和整理这些信息的人员之一，尤其是马德里一投降，他就能够毫无障碍和困难并且绝对安全地这么做了。在这里，就像在所有地方一样，有人会从石头下面冒出来，主动讲述在将近三年的时间里发生的或真或假的事，人们都急着想博取欢心、争取功劳。他通过这种方式知道了许多人曾经做过什么、说过什么，有些人讲过蠢话，有些人纯粹是同情共和国，有些人是这个或那个报纸的读者。不管什么他都知道。总之，到内战结束时，范·维克滕已经是一个手握大量信息的人，而且那个时候如果有人想陷害别人，捏造信息也很容易。如果有人被证明是效忠政府的，他不需要证实任何人犯下了罪行，而是只要提出指控就足以将其定罪，除了极少数的例外情况。他在需要时与警方合作，以告密换取对方的尊重和信任。等到最紧迫的清洗工作完成之后，我猜他意识到如果合理运用所知的信息，他可以在长时间内用它们为自己谋利。他重拾学业，决定将儿科作为专业，从那以后他走上了一条康庄大道。1940 年的‘爱国或国家审查’，”比达尔再次在空气里画了个引号，那可能是因为他在休斯敦待过，“是在 1939 年秋天大学重开之后进行的，当时，那些曾经在胜利者阵营中战斗并因此支持过国家光荣运动的人参加了公开审查，他们身穿军装大出风头，有些人腰上还别着手枪和子弹，这些人被评为‘合格爱国者’。所有这些事我都是从纳瓦尔医生那里知道的，他与他年龄相仿，比他年轻两岁，他在这里熬了一段时间，直到在外面找到事情做，他能出去多亏一个当外交官的亲戚帮他弄到了护照。纳瓦尔给我讲这件事的时候都乐了，他完全能想象出范·维克滕为了那个场合穿上临时少尉军装时的样子，但他不认为他会带枪，那时候他已经相当有心计，不会那么爱显摆了。不管怎么说他被认定为完成了学业，并被授予正式学位。”

比达尔停下来，喝了一大口他那杯新要的还没动过的啤酒，我接过话头，我想，这样他能多休息一会儿，而不是说我能说出什么他不知道的事情。

“对，我知道他的履历光鲜。我读到过他二十三岁就被任命为圣卡洛斯医院的儿科副主任医师，1950 年差不多三十一岁的时候，他在鲁贝尔开设了诊室。能爬得这么快肯定不正常，就算是在那个时候。这么多人死了，这么多人被流放了，这么多人进了监狱，这么多人像你的祖父一样，他们甚至不让他当眼科医生，不是吗？他们不得不依靠剩下的人，还得是没有污点的人。这就把范围缩得很小了。可是得了吧，去他的。”

“是的。不管怎么说都太快了，虽然他不是唯一的一个。好吧，既然你不是一点也不上心，那我就放心了，看到你在那里跟那个混蛋一起鬼混我都担心死了。”

“我已经告诉你了。我老板吩咐我去接近他，看看能查出什么东西来。但我没查得太深，这些信息就连《名人录》上面都有，然后穆里埃尔突然让我停下来，别找他麻烦了，他是这么跟我说的。这不等于我对他为什么是你说的超级大混蛋不感兴趣。毕竟他让我对他有了一点好感，有时候是的。不是太多，我说真的，他身上有一种冷冰冰的东西，我不知道，有一种贪婪的东西，即便是在他表现得最热情或为我提供慈父般的建议时。不过当你跟一个人接触时，你总能在对方身上看到一点可爱之处。而且，我还给他介绍了好几个与我同龄的女性朋友，从我现在担心的事情来看，这对她们来说也许是一种不幸。有可能吗？”我突然感到担忧和自责。也许我在不知情的情况下，将一只狼放进了羊群。

“毫无疑问，”比达尔皱着眉头回答，“好吧，他年纪大了，或许只要过一下眼瘾就能满意了。我们姑且认为有这个可能吧。他与你的那些朋友有哪种接触？你知道吗？你看到过吗？”

我越来越烦躁了。

“出乎我意料的是，如果那个家伙没有撒谎骗我的话，他成功让一个女孩允许他比她最开始想到的更进一步，要知道他们的年龄差距很大。真的，我不明白他是怎么做到的。”

比达尔完全不认为他有可能通过正常手段做到这一点。一听到这里，他就闪电般地反应过来。

“他用某件事威胁了她，肯定是这样。”

“我不知道他能用什么威胁她们。”

“肯定有。你的朋友们嗑药吗？你们嗑药吗？他在场吗？他看到了吗？”

“现在几乎所有人都嗑，何塞·马努埃尔，你肯定知道，在某些环境里。尤其是出去鬼混的时候。我觉得范·维克滕这么一个有钱人，为了博得她们的好感，他自己有时候都会请她们嗑药，或者送她们一点。用这种办法很容易能够赢得欢心，或者至少能够讨好对方，让对方离不开你。暂时地离不开，因为年轻人见人就会凑上去。”

“那就对了。他威胁她们要把这件事告诉她们的父母：‘听着，身为医生我很担心你们女儿误入歧途，我有幸通过一位年轻的朋友结识了她……’他会这么说。父母们会相信谁呢？著名的范·维克滕大夫，伟大的儿科医生，还是他们疯子夜游神女儿？他肯定已经有意识地选择在没有人看到的时候私下把毒品给她。要是对方的父母非常开放，他就会用报警和让她们惹上一点小麻烦来威胁她们（现在这算不上什么太大的麻烦，好吧），但她们会受到足够的惊吓，宁愿用帮对方一个小忙作为交换来免掉这个麻烦。这个家伙什么事都能干。如果有人堕了胎并且忍不住告诉了他，也是一样，你不是说他会表现得像个父亲吗？作为医生他很有优势，大家会向我们医生咨询和提问，会信任我们，这是我的经验之谈。顺便说一句，身为心脏外科医生，我应该建议你别再嗑药了。可卡因对血压和心脏都非常有害，如果你曾经想过要吸这个的话。嘿，我不是在审问你。你做什么跟我没关系。但人们把这件事情看得太轻松了，这是有后果的。我只是想让你知道。”

我的脸恐怕有点红了，虽然我只吸过数得出来的几次，在有人主动给我的情况下，这种事并不经常发生。当然，范·维克滕从来没有给过我，我怀疑他借助了这个，但我无法肯定。也许他把它留到了跟别人一起去洗手间，以及用他的车送我们回去、直到车上剩下最后一位女乘客的时候，而且他只用在女性身上。

“好吧，我记住了，”我回答道，马上换了个话题，“可是报警？真的吗？你认为他有能力这么做？对如今这些天不怕地不怕的女孩？”

比达尔这一次没让我求他说。他是真的反感范·维克滕。

“如今是，从来都是，恐惧一瞬间就会苏醒，只要你有一种无遮无掩和无依无靠的感觉，或者只要有人让你产生恐惧就够了，而他可是专家。听着，我要告诉你他提供的帮助是什么，虽然你可能已经想象到了，为他在反佛朗哥人士中间赢得如此良好声誉的著名善举到底是什么。他会去看那些有秘密在他手上的人。那些在二十世纪四五十年代一直到六十年代初期，终于从最糟糕的处境里摆脱出来，但还不敢出头的人。那些生活拮据的人，比如，不能用本名写作甚至翻译的人，他们不得不在对方许可的情况下在报纸或剧本上使用笔名，或者为别人打黑工，这样赚一点钱。无法教书的教师，律师、建筑师和眼科医生，被解除了职务、查抄了生意的企业主。对，像我自己的家人那样的人。他照顾和医治他们的子女，这没错，但他并不像传说中那样无私、不求回报。那时候他用来要挟对方的事情比他现在能用在你朋友身上的要严重得多，不是毒品，不是父母，也不是什么操蛋的事，”比达尔是个用词文雅、丰富的人，但这挡不住他在冲动的时候爆粗口，“他用入狱甚至死亡做交易，至少在内战结束后最初的几年里，那时候大家很乐意随随便便就枪毙人，马德里和其他地方都是。他和阿朗兹互通信息，在对方累了的时候轮流出诊。据我所知，他们不兜圈子，不会费劲去暗示或掩饰什么。他们说得非常清楚，差不多是这样：‘我知道内战期间你做了这个和那个，你参加过暗杀或者向民兵传递过消息，你的手脚不干净。’他们对有些人这么说。对另外一些人则是：‘我知道你忠于共和国，你在报纸上写过匿名文章或在电台播过宣传节目，你为这个或那个部委工作过，哪怕你是光头兵，被派到那里去，只是执行命令。无所谓，这足够让他们弄死你了。我给警方交很多报告，而且我交的全都有用，从来没出过错。我花了一点时间才把你挖出来，但我对你在内战期间做过的事情一清二楚。哪怕你没做那么多，结果也一样。你这种情况我都不用怎么编瞎话，只要夸大一下就可以了。我轻轻松松就能说你跟俄国人合作或把半数的邻居都送上了死路。要是你能的话，你也会对我做这些事的，你也会想知道我身上发生过什么事，如果你撞见我参加叛乱的话。已经过去好几年了，但如果我在从来都很器重我的人面前说漏嘴的话，你会被枪决或者被判终身监禁，而我没有理由对此保持沉默。所以你说你想怎么样吧：要么接受我的条件受一点罪，要么不管好的、坏的还是普普通通的日子，你全都别过了。你不会再见到你的妻子和孩子了，这是肯定的。再也见不到或者很久、很久都见不到。你决定吧。’”

比达尔·塞卡内尔沉默了一会儿，目光呆滞地看着桌子，看着里科教授和我用过的烟灰缸，我们两个人喝酒的时候也抽烟了。他一口气全说完了，就好像他自己也曾听别人说过这样一番长篇大论似的。尽管他来自受到迫害的家庭，我还是觉得这件事难以置信。他的父亲比达尔·萨帕特尔是我叔叔们的朋友，他在我眼中一直是一个生活优渥、带有一点墨西哥式傲慢（他很快就被传染了）的人，他没有经济问题，很难被什么东西吓倒，完全不是一个软弱的人。他祖父也许是另一种人，但很难相信出生在1950年或1951年的比达尔曾经目睹过他刚刚用语言向我描述的那样一种场景：那时候大家什么都瞒着孩子，尤其是最丢人的事。那是一个与如今完全不同的年代，即便一再遭受严重的侮辱，也没有人会承认受辱。而现在，没有比以受害者自居、声称自己受到了压迫和欺凌并哽咽着大肆宣扬自己所遭受的不幸更有利可图的事了。奇怪的是骄傲竟然已经消失了，那种强烈的骄傲曾经在战后年代滋养着失败者，他们甚至闭口不提自己死去和被囚禁的同伴，仿佛把他们拿出来炫耀（哪怕是私底下）就已然是一种耻辱，我不知道，是对杀死和囚禁他们的那个阵营及其凶猛权力的一种致敬、一种认可。他们之所以沉默并不只是因为恐惧，或是为了避免提醒那些依然有能力引发、加剧和扩散恐惧的人，他们也是为了不将胜利献给对方，不要哀叹着在他们面前把头埋得更低。

“什么条件？”为了让他把目光收回来，我问道，“不过我已经猜到一点了。”

比达尔是个行敏于思的人，所以他很快重新集中了注意力。

“对，你猜得没错。跟她们上床。”他用了这个赤裸裸的说法，就像阿朗兹和范·维克滕他们自己也会这么说似的。实际上这一点很快得到了他的证实：“他们似乎就是这么提出来的，没有拐弯抹角，也没有绕圈子，非常粗鲁。他们不是伪君子，我不知道这是否算是一种美德。跟他们的妻子，或者之后跟他们某个长大成人的女儿上床。他们物化她们，把她们变成货币，这在当时并不奇怪，在一部分民众不受保护的情况下更是如此。他们想要几次就几次，直到他们厌倦为止。当然，只要他们喜欢，只要对方对他们有吸引力。如果她们没有吸引力，那么她们家里的孩子就可能看不了病，因为我说过，他们很难从对方身上得到别的好处，那些人基本上都一贫如洗。也许是一幅他们还没交出去的名画，一个祖传的雕花立柜，他们保存的某些古董首饰或书籍，在被围困三年之后很难有什么东西留下来，大家几乎都把手上有的东西变卖了。还有，让他们得一个好名声。当然了，不能把这种交易、讹诈说出去，还要让大家都传颂政府那边有两个富于同情心、利他主义、致力于和解和文明的儿科医生，会免费上门去看望他们的孩子。我不知道阿朗兹怎么样，我估计他也一样，但这对范·维克滕的社会形象很有帮助。好吧，你已经知道了。就像其他人一样，曾经支持佛朗哥主义，在最残酷的时期为其服务的教授、历史学家、小说家和画家，随着时间的推移，在已经几乎没有危险的时候，摇身一变成了明面上的左派。现在他们自诩一辈子都是异见人士，吹嘘自己曾经流亡国外，曾经遭受过审查。那个加泰罗尼亚画家，叫什么来着，他让我很气愤。还有那个难看的秃头哲学家，宣扬伦理学的那个，我也不记得他的名字了。纳瓦尔什么都知道，事实上发生过什么，每个人曾经做过和说过什么，曾经在哪里待过。对了，你不要想着去公开检举他们，因为左派人士自己就会像猛兽一样冲出来为他们说话，让你难堪，指责你想丑化和抹黑他们的人。你别气，他们是从前天起变成他们的人的。那些人从来都知道如何美化自己，无论是四十年代还是现在。”

那时候我对那些问题不太有兴趣，后来我有了，但那时再想揭穿谁的面具就已经晚了，而且即便到了今天，又有谁会想把那些事揽到自己身上呢？内战已经过去一千年了，伪造的生平、被美化的传说，以及强加或默认的遗忘，都已经存在太久了。所有这些事都已经没有任何人在乎了。那些还算年轻，或者只是假装年轻的可疑的理想主义者不会在乎，活着的人里也很少会有谁在乎。而那些死去的人，一旦死去，就不作数了。

“那些女人，她们能忍受吗？”我对比达尔所说的这部分事情要感兴趣得多。范·维克滕应该没有这样要挟过比阿特丽斯：她大概是在 1961 年或 1962 年结婚的，内战期间穆里埃尔还是个孩子，他更多是在精神上而不是行动上反对佛朗哥。但我一直在想她。她为什么要去那个老朋友卡洛斯·阿朗兹的诊所？可能她去的就是那里，而不是去找莫亚、德韦尔内、科切约维斯基或盖考斯基。也许原因很简单，习惯。也许那两个医生依然保留着这个习惯，互相交换女人，但现在她们是免费的，而不是作为什么东西的报酬。比阿特丽斯可能完全无所谓，就像某些独守可悲的床榻已久的不幸的女人，只要她能轻易得到满足而不用出去寻求复仇就可以了，这可真是太让人郁闷了。

比达尔那双有着像麦卡特尼一样的宽眼睑的眼睛眯了起来。我觉得他想的是：“你也太天真了。”

“她们怎么会忍受得了呢，胡安，但你能明白吗？在那个年代，形势不允许她们选择。一方面，另一种选择是她们的丈夫或父亲直接进监狱，这还是最好的情况。另一方面，有哪个母亲不是两害相权取其轻呢？每次有孩子发烧或要死掉的时候都能去找儿科医生，能打电话给他，叫他马上来，有哪个母亲会不认为这是一种幸运呢？恐怕很多女人即使没有受到威胁也会主动献身吧。母亲们什么都愿意做，她们是人质，好吧，你母亲那样的是个例外。而且毫无疑问，有些女人最后还会有一种……我们就说是机械性或下意识的感激之情吧。与给自己孩子治病的人睡觉不是一个母亲所能遭遇的最糟糕的事，从她的角度看不是。”“之后她们就愿意了，我向你保证，大部分都会”，我再次想起了医生在我们夜里出去玩时不小心说出的为数不多的泄密之词。“我猜范·维克滕和阿朗兹他们也算到了这一点，看到孩子脱险时必然的感激之情，由于有人照拂而逐渐平静下来的心情，那种如释重负的感觉。还有到最后她们会觉得这没什么，对此习以为常。即使他们在其中的某个家里留下了后代，我也不会觉得奇怪，如果他们很长时间都没有厌倦并且没有采取措施的话。要是那个孩子是金头发蓝眼睛，而理论上的长子是黑头发，那就糟了。”

这让我想起了在奇科特有过一面之缘的老妓女。“我认识你，对吗？你那一双蓝眼睛，那一头金发。”她对他说。她没有忘记医生，没有忘记他的模样。头上顶着一条面包。

“我无法完全理解的是范·维克滕为什么要费这个事，”我说，“不是说我觉得他讨人喜欢，实际上，我觉得他身上有某种令人反感的东西。但是凭他那头浅金色的头发，那双如此明净清亮的眼睛，他永远挂在脸上的大大的微笑，他的长相，他应该很能吸引年轻女孩的关注，并且相当成功。他不需要威胁也很容易就能找到女人。”

这一次比达尔没忍住。我说过，说到底他还是把我当成弟弟，一个时断时续地跟他住在一起的弟弟。

“我还以为你已经不那么天真了呢，胡安。但你说说，你没看到过他跟女人在一起时是什么样子吗？跟你自己的朋友们，我知道，她们都能当他的女儿了。他是一个贪得无厌的掠夺者，从来都是，这个名声他的确当得起，那种会数自己上过几次床的家伙。你别以为在二十世纪四五十年代，会有很多女人无缘无故就心甘情愿地走到最后一步。为了享受、爱情或不管什么都不会。你在想什么，性解放那时就流行了，口服避孕药也已经存在了吗？拜托，这个世界不是跟你一起诞生的。找人上床在西班牙曾经非常难。要浪费很多时间，许下很多承诺，就算这样也还是难。你去问问圣卡洛斯和鲁贝尔的护士，甚至弗朗西斯科·佛朗哥的，到那些医院时他年纪更大，但自然更有权力，他已经是儿科主任了，而且那是六十年代末，社会也更加开放了。他试图勾搭过所有人，所有值得勾搭的。有时对方愿意，有时对方不愿意；有时他会步步紧逼，有时不会；有时成功，有时不成功。而且他都六十岁了，还在继续这么做。他停不下来。”

此时我想到了女公务员塞莉娅，维亚纳大师的朋友。“他有点像猪，”她曾经肯定地对我说，然后向我解释，“我觉得他摸了不该摸的地方，这个你马上就能知道。他在我肚子上转悠了半天，就好像他的手指往不该去的地方去了似的，还用白大褂的袖子和手腕摩擦我的胸部，就好像是无意碰到似的……我离开的时候真是浑身难受，有一种被他假装无意地摸来摸去的感觉。”她没有深入地说。而且她不是那种会想入非非的人，不是一个忸怩作态的女人。

“好吧，”我若有所思地回答，“是的，他是那种不会放过机会的人，这个一眼就能看出来。”这么说他让我有点脸红，因为二十三岁时的我或许也是那种人。我猜，我有年轻作为借口。而且我永远也不会去讹诈或威胁任何人。

“还有统治和侮辱失败者带来的附加快感，你可别小看这个，胡安，”比达尔继续说道，他语气中的不忿更加明显了，“跟某个人的妻子或女儿上床，还是在对方知情却完全无能为力的情况下。一个超级大混蛋，你一有机会就要离他远一点。可能后来他真的变了，我不是说不可能。可能其他人对他的错觉最后成了他的参照物，让他成为一个真诚的和解者，甚至是一个迟来的反佛朗哥派。但你要记住，那时他还不是。那时他完全是在演戏，那些人依然是他的敌人。他们失败了，但还是敌人。他想必很享受这种形势吧。一想到这个就会让人很生气，但你能把他怎么样呢？我们的情况就是这样。我们很可能也好不到哪里去。无论如何我都会把它说出来。我知道的，我就说出来。”

比达尔的眼睛再一次失神地望着桌面，桌上的烟灰缸，最后送过来的那几杯啤酒。

“你知道一个叫达姆施塔特圣母堂的地方吗？”我突然问他。我发现他知道很多事情。“离这里不远……”

他抬起眼睛，立刻打断了我。

“知道，我从它前面经过过。你等一下，我听纳瓦尔医生说过，你等一下。是什么来着？对，我想起来了。我想那是另外一个与它同名的圣堂的分支或复制品，确切地说是智利的一个圣堂。好吧，等一下，如果我没记错的话，它是由二十世纪四五十年代到达那里的德国人建立的。我猜，所以它才会叫这样的名字，所以智利的可能也是一个复制品。”“古斯塔沃·赫尔比格神父室”，我在圣母堂里看到的其中一块瓷砖上是这么写的：名字是西班牙化的，但姓氏毫无疑问是德国的。“而且它附属于它，依附于一个使徒运动……”比达尔一边说一边回忆，“不，我不知道，这要问纳瓦尔，有一次他跟我提到过，但我没有太注意，现在我想不起来了。但我似乎记得皮诺切特的好几个高官，甚至某个部长，都属于这个组织。”1980 年前后他的独裁统治依然在继续，不止如此，他的统治还要持续很多年。五年前他曾经现身马德里出席佛朗哥的盛大葬礼，整个人都裹在德古拉式的邪恶斗篷里，戴着像盲人眼镜那么深的墨镜，活生生一副顶着大盖帽的食人蝙蝠的模样。

“我有一次在那里看到过范·维克滕。”

“他是教徒？”

“不是，是在一座附属的建筑里。他似乎在那里有一间诊室，或者办公室。他就像在自己家里一样。”比达尔不太明白，我也不打算跟他说。

他露出邪恶的微笑，轻轻吹了一声口哨。他从来没有提高过声音，哪怕在他最激动的时候。

“天哪，这件事我的确不知道，纳瓦尔可能也不知道。如果是这样的话，范·维克滕没有真的改变，一切都还是在演戏。或者他依然拥有一些旧时的追随者。我想那是个非常极端的地方。自然是极端的天主教，很可能也是极端的右派，这两者通常是并存的。或许他偶尔会为信徒的孩子看病，作为对事业或对圣母的帮助和贡献。那肯定是一些有权有势的家庭，喜欢有著名的儿科医生来向他们献殷勤。谁知道呢。你愿意的话，我可以去问问纳瓦尔医生再告诉你。不管怎么样他都会很高兴能知道这件事的。一切与智利有关的事情他都感兴趣，原因显而易见。”

他的目光再一次迷失了，但这一次他自顾自地笑了，仿佛预感到了这个故事会让他政变后从智利逃出的导师或师父感到多么好奇或有趣。他突然动了动手指要求结账。天色已经晚了，他的同事们片刻之前就已经远远挥手告别，从那里离开了。

“最后一件事，何塞·马努埃尔。”

“说吧。”

“你知道范·维克滕的某个受害者的名字吗？如果你可以告诉我的话。也许哪天我能在他面前提一下，就好像是出于巧合，就好像那不是我的本意似的。看看他会作何反应。”

他思考了一会儿，时间很短。

“我想，事到如今你知道也无所谓了，”他回答，“他们折磨过我父亲的一个表妹，她嫁给了一个躲过枪毙和清洗的无政府主义者。一个非常亲切的女人，我跟她来往很多。她被他们两个人折磨过，先是阿朗兹，后来是范·维克滕。我说过，他们会互相转让女人。他们会轮流来，现在是你，现在是我，直到他们厌倦为止。卡门·萨帕特尔，这是她的名字。卡门姑姑。说到底她已经死了。但她的子女还在，她为了他们才违心作出了牺牲。不过公平地说，她也得到了宽慰。”

是因为这个，我心想，所以他才会知道那么多。也许他那种强烈的愤慨也是因为这个。卡门姑姑。

于是我不在乎穆里埃尔的指示了，他自己也断然收回了最开始的那些。我觉得比达尔对我说的事情足够严重，也足够符合我老板最初的怀疑以及他听到的指控，我必须告诉他。甚至，这件事情本身也相当有意思，如果他的决心不为所动，如果我无法重新激起他的好奇心并说服他去听，我也要强行把我的发现说给他听。从纸面和法律意义上说，那全都是流言，这我不是不知道，但一个人总会倾向于相信别人对他说的话，而无论是比达尔还是纳瓦尔，他们都没有理由撒谎。我急着把一切都告诉穆里埃尔，不巧的是他的暴走状态（他对于被托尔斯解雇的反应）让他远离了家门和我，我几乎看不到他。他很慷慨，给了我无限的时间去找另一份工作。然而，我不想得寸进尺，也不想让他在明显不再需要我，或者几乎不需要我的时候花钱给我付工资。那时候大概是六月初，八月份大家会休假，所以我预计在九月末辞职。我去拜访过出版社，想看看他们能否给我一份工作，最可行的是让我做翻译。特纳出版社的马努埃尔·阿罗约·史蒂文斯在知道我为谁工作之后被吸引了（他是他一个狂热的崇拜者，这样的人还相当多），于是提议我可以准备两本双语的英美故事选集，一方面也可以给学习英语的学生看。有一点是一点，尽管它无法保障我的固定收入，但能够让我勉强过活并帮我进入这一行。

我忍住了，决定不要强行和穆里埃尔谈这件事，无论如何都要等一等。等到比达尔跟我确认，如果他会像他说过的那样去问那位成了半个智利人的纳瓦尔医生的话。等我利用现在手头的信息，试探范·维克滕一番。他要求我带他出去，几乎每天晚上都是，他已经爱上了这个时代的狂欢，以及那些骚动不安的场所。虽然他已经可以自己去了，但如果我能陪他去，那不一样。我依旧拖了他几天。直到比达尔信守承诺，给我打了电话。

“胡安，”他对我说，“我跟纳瓦尔医生谈过了。他向我确认了达姆施塔特的事情，那个使徒运动也叫这个名字，之前我没想起来，达姆施塔特使徒运动。实际上，它很久以前起源于德国，但在拉美影响很大。不止智利有那个著名圣堂的复制品，据我所知，乌拉圭、巴西、巴拉圭和阿根廷都有。除了欧洲之外，非洲和亚洲也有几个。分布在世界各地的总共有一百多个，还挺厉害。他们还拥有或控制着一些学校，这里附近就有一所，在阿拉瓦卡、马哈达洪达或波苏埃洛，某个有钱的城市，他不记得了。他们所谓的‘圣母仆从’或者杰出成员里包括皮诺切特的两个部长，这件事我好像听说过，那里的政客和企业家，还有一个红衣主教或大主教；有一个将军也与它有所联系，他负责了其中一次‘死亡征剿’，那一次他们冷血地处理了在政变之后不久的 1973 年 10 月被捕的六十多个人；你知道的，大规模的迅速处决，不经审判，就像 1939 年在这里发生的处决一样，他们将它当成了遥远的范本。如果纳瓦尔不是政变一发生就从那里离开了，他也有可能死于其中的某一次处决。那个将军说，最能帮助他安然入睡的是达姆施塔特那些热情的教徒常常为他祈祷。皮诺切特妻子的一位近亲也属于使徒运动，尽管他很久之前就死了，他似乎是个神甫。纳瓦尔很高兴知道范·维克滕在那里有间办公室之类的东西。好吧，我不知道说他‘高兴’对不对。他跟我猜的一样，医生会为了维护自身形象或多或少象征性地问诊一下，也许每星期或者每两个星期两三个小时。出于好奇，他会进行一些力所能及的调查。但你已经看到了你的朋友都在跟什么人来往。他见过智利的某些信徒，不难想象这里的信徒是什么样的。往好处想，你那位医生的信徒是从前追随和亲近他的人；往坏处想，是从前被他说服的人。谁知道呢。”

所以我的确是时候再次跟范·维克滕出去了，至少再去最后一晚，那一切都已经让我觉得不堪重负，你从来都无法从调查行动中轻轻松松地全身而退。他尤其让我觉得沉重，你突然就会想摆脱某些人，一有可能就让他们消失，越快越好。无论那是否完全都是事实，比达尔所说的丑闻污染了其余的一切，就连比阿特丽斯和穆里埃尔都开始让我有一种压迫感，尽管我对他们两个人很有好感，对他是尊重，对她则是与日俱增的爱意——从某种意义上说，不只是肉体上的，那其中从来都带有一种同情。是他们将我扯进来的，让我与医生有了接触，穆里埃尔将那些讨厌的任务交给我又取消了它们，是比阿特丽斯跟医生上了床，或许还有另外那个医生阿朗兹，她也跟我上了一次，只有一次，于是让我隐隐地（用女公务员塞莉娅的话说）与那两头猪有了相似之处。是那对夫妇远远望见了我，就像在海洋中望见一个无法忽视的身影，带我进入他们漫长而无法消解的不幸，他们决定不回避我。是他们闯入了我的生活，就像有人说的，一个几乎是初来乍到者的生活，虽然我也并非完全是被动的，我没有假装自己是一个蜃景，没有试图让自己隐形。我想，穆里埃尔放弃了我，让我远离他那个让我感到自己被接纳，同时还有一种迷恋和优越感的圈子，这也不是什么坏事。但在那之前我应该告诉他，让他分享我突如其来的好运气，向他揭露或证实他的朋友是个什么人，让他也离开他，对他说“我不认识你”或者“我不想再继续认识你了”。比阿特丽斯或许也会效仿他，她更有理由这么做，因为她去圣母堂，而且同意去做他从前那些身为母亲或女儿的受害者无法拒绝的事。

我约了范·维克滕在我们常去的奇科特酒吧喝一杯，这是我们舞厅和地下酒吧之旅的序曲，有些地方要到很晚才能开始热闹起来，所以我们必须消磨时间，等到半夜才能去那里。无论他有多么急切，等待都是必不可少的。他简单地问了我关于比阿特丽斯的情况，他有好几天没见她，想知道她怎么样了。他问起我的未来和打算，他知道我很快就会结束这份工作、离开那个家，委拉斯凯兹大街上那个多年后无论住客如何变迁都一直留在我记忆中的房子。他问起了玛茹和偶尔会来的女招待贝蒂娜，问起了加西亚·洛尔迦的侄女以及我认识的其他女孩，他从来没有在他一个人去的，或者某个晚上拉着里科和罗伊去的地方遇上过她们其中的任何一个，仿佛在我消失的那几个星期里，在我看护照顾比阿特丽斯的那段时间以及暧昧期里，她们也全都消失了。我由着他问来问去，却没有问他任何事情，也没有对他提起也许会令他不自在，或者让他仓皇失措的人名和地名。我不知道应该怎么做，我没有这个胆量。我找不到借口至少貌似自然地将谈话引向那个方面。于是我借着有一次谈话的间歇，没有做任何准备工作就直奔主题。

“不久前有一个朋友对我说起了你和你的英雄年代，说你那时候慷慨地帮助那些出于政治原因生活困难的人。你似乎曾经经常去看他的一个姑姑，好吧，是去看她的孩子们。她的丈夫以前是无政府主义者，他奇迹般地活下来了，但是什么工作也干不了。他告诉我要不是因为你，他的某个堂兄弟可能很多年前还是个孩子的时候就死了。

范·维克滕加深了他几乎像是假装的微笑，但我没有从他脸上看出任何笑意。我觉得他咬紧了牙关，他的下颌显得更方了，下巴上的小突起更加明显，就好像随着肌肉收紧它的体积增大了，颜色也加深了。他用那双冷冰冰的、略微有些挑衅的浅色眼睛紧紧地盯着我，似乎在猜测他自己处境如何，不想让自己掉进任何一个圈套。别人会称赞他从前的所作所为，但事实上他自己从来都不会提及，或者从来没有对我提起过。往好处想，他知道自己每一次出诊都隐瞒和索取了什么，也知道接受过他帮助的家庭是除此之外仅有的、并非道听途说而是确凿无疑地知道这些事的人。他会有所戒备也很正常。这一切的前提都是比达尔的故事是真实的。

“噢，这不值一提。”他终于用一种谦虚的口吻说，还做了一个表示自己从前的行为并不重要的手势——用他的那只大手。“我不是什么英雄。其他人也同样这么做了。”

“我听说的是这样的人少之又少，还冒着丧失利益的风险，”我回答，此时我看到了顺口提到第一个名字的机会，“我的朋友也称赞了另一个医生，你的同伴，你跟他一起轮流照顾他的姑姑，我的意思是她的孩子们：卡洛斯·阿朗兹医生。他怎么样了？像你，你在你的那一行很出名，但我从来没听说过他。他出什么事了吗？受到惩罚了吗？”

“啊对，阿朗兹，”范·维克滕像正在遥忆往昔那样回答，没有将质询的目光从我身上移开。我能肯定他真的起了疑心，事已至此我已经无所谓了，我不想再单独见到他。让他怀疑去吧。“我不知道，我几个世纪前就没有他的消息了。那时候他的确也帮了忙。不过别说这个了，我不喜欢回忆那个黑暗的年代。你没有经历过，那时候太惨了。”

我已经下定决心，一旦开始就不再拐弯抹角，于是我大胆放出了我仓库里存着的第二个名字。也许这样能让他紧张，或许这么多具体的往事会让他发蒙，或者彻底惹恼他、激怒他，而他的反应会出卖他。急躁是年轻人的特色（邪恶的速度、邪恶的急躁），缺乏考虑也是。

“我朋友的姑姑名叫卡门·萨帕特尔，你记得她吗？我听他说，她是一个非常亲切和漂亮的女人。”漂亮是我根据推测加上去的。如果阿朗兹告诉了范·维克滕，而他下手了，她总是有几分美貌的。这种事情在男人之间传得很快。对于那两个医生而言，她就像一个别无选择、受人逼迫的玛莉艾利亚·诺沃特尼。那么多年里应该有过很多这样的女人，她们还不习惯争取或拥有金钱，她们有的只有自己。我不知道我为什么要说“有过”，现在依然有成千上万的女人，为了还清债务，她们唯一能做的只有出赁自己。

"我不记得了，"医生回答，"这个名字的确有点耳熟，但我不知道她是谁。我们一般也不会知道母亲姓什么，对吧？虽然这话不应该由我来说，但那些年我作为儿科医生造访过很多这样条件的家庭。一直到六十年代初情况都很糟糕。很多人都活得很艰难。"

"我能想象。这些人什么都愿意去做，不是吗？只要能活下去，或者至少让他们的孩子能活下去。"

范·维克滕已经完全知道我在影射什么事了。也许我把底牌亮得太快了，但我已经厌倦了那一切，已经不在乎了。我只想要一句来自他的确认，一个无法回避的信号，或是一个明显的迹象，这样我就能去找穆里埃尔将整个故事和盘托出。医生看着我的眼睛几乎没有颜色，像冰；带着南部人的烈度，但像冰。这样的组合令人不寒而栗，它们太矛盾了。当他向那些女人提出要求，将她们视为物品的时候，他的眼睛应该也是这样，或者更可怕。他曾经在内战期间就职于一个情报部门，然后当过密探。他知道很多事情，他经营它们，利用它们在私底下进行讹诈，这就是那个肮脏的故事。或许他也这样看过我的女性朋友，他肯定这样看过其中的某一个，当他们两人在狂欢之旅的最后一起坐在汽车里的时候。

"你在暗示什么，小德·维尔？你可别跟我说有人对你说了那些老掉牙的诽谤。"

"诽谤？我不知道你在说什么，豪尔赫。"为了暂时缓和局面，我选择叫他的教名。或者是为了柔化那双罗伯特·威尔克的眼睛，要想承受它们可不容易。

“没错，那是最铁杆的佛朗哥派弄出来的东西，我的转变、我的顾虑，以及我与政府渐行渐远，都让他们很不满。他们说我在提供帮助时收取实物作为报酬。意思是肉偿，这就是那个笑话。让我吃惊的是这都1980年了，它们居然还会传到你的耳朵里。那是二十世纪五十年代的谣言，现在已经时过境迁了。照这么看，在这个国家里任何东西都不会结束或消失，尤其是负面和有害的东西。还有虚假的东西。我不明白的是你怎么会去理会它们。你们年轻人真容易受影响。”

我努力装出一副无辜的模样，不把话说得太死。将这些事情告诉我的完全不是什么佛朗哥派，而是被佛朗哥派弄得生不如死或者被他们逼得流亡国外的人；一些普通人，就像塞莉娅、多疑的穆里埃尔或是间接地，还有他一生的挚爱，那个来了又走的女演员。当然，我不打算出卖比达尔，也不打算出卖他那位从西班牙出逃又从智利出逃的导师纳瓦尔医生。范·维克滕跟他们认识，他们曾经在同一家诊所工作，尽管是在不同的时期。

“我没在暗示什么，医生，我也不跟铁杆佛朗哥派来往，这种人我应该一个也不认识。”现在我改用他的头衔称呼他了，我的语气很友好。但我希望他能因此注意到我的冷淡。“我只是想起你有一次对我说过的事，然后把它们联系到了一起。”

“我对你说过什么？我什么也没对你说过。”

“说过女人以及如何把她们弄到手，大师。”我回答。我们会忘掉从自己嘴里说出过什么，远远多过忘掉我们耳朵里听到过什么，他完全不知道我指的是什么。“你说：‘没有什么比她们不愿意却又无法拒绝更能让人满足了。’然后你说到她们心中的怨恨，‘因为她们第一次的时候别无选择’。甚至就算她们之后愿意了也一样，‘一旦她们发现自己不得不说愿意’。你差不多是这么说的。‘不得不’？‘却又无法拒绝’？”为了强调，我重复了一遍，“你跟我说说应该怎么理解这些话吧。”

医生犹豫了几秒钟。依照我听说以及他猜到的事情，依照他所谓的昔日的同事报复性的谣言，这些话听上去很糟糕，哪怕他是在另一个年代、另一个语境中说的。它们听起来几乎就像在认罪，像是承认了，他想必已经意识到了这一点，想必突然发现它们很丑陋、很混账。他马上恢复了常态，和蔼可亲地亮出他那闪闪发亮的健康牙齿，哈哈大笑起来，他重新恢复了那副不拘小节的样子，他下巴上的突起闪闪发亮。

“可那都是些蠢话，胡安。我只是说说而已，我们是说着玩的，你当时在嘲笑我。你记性太好了，我都不记得了。我说的是那些做作的女人，她们要你求她们，她们拒绝你是为了让你继续追，年轻的女孩不想让自己显得太轻佻，结了婚的女人则不想让自己显得放荡。所有结了婚的女人都会对你说：‘这是我第一次碰到这种事，我不懂。’她们需要你相信这句话，或者需要自己在那一刻相信它。当然，你会假装相信，让她们觉得自己优雅得体，让她们更加安心。或许现在大家已经不这么忸怩作态了，但我年轻的时候是这样。好吧，在我这样的人面前她们现在还是这样。像你朋友那样的女孩需要给自己找一个理由，才能献身于年纪是她们两倍或者更多的男人，一个她标准里的老年人：他求我了，他一再坚持，他骗了我，我觉得他可怜。总之要讨好她们。我当时指的是这个而不是别的什么。而你呢，你却从一个恶意的角度理解了它。满脑子阴谋论。”他用一只手在我胳膊上拍了一下，没有掌握好力度或者是故意的，弄得我很痛，我注意到那不是个友好的动作。他什么也没有表示，给我那一下的时候他的眼睛依然盯着我，一动不动，他热情洋溢地露出大颗长方形的牙齿，它们可能在他跟母亲和孩子以及上级打交道时帮了他不少忙。但他并不热情，而是被激怒了，甚至被吓住了。

我几乎要因为他突然自认为是个老人并坦然承认这一点而同情他了，他被迫一天到晚奉承拍马，也许不只是对年轻女孩，对谁都要这样；而且还要求着别人。成功的男人通常很难忍受没落，如果没有习以为常，你很难从拒绝中走出来。我想起他还是那种被年龄背叛的人，它既没有给他们正常的教训，也没有安抚他们，它留下了他们的野心和能量，没有让他们变得更加迟缓或温驯。它就这样慢慢侵蚀他们，却不曾知会他们。我将那个同情的影子甩开了：一个没有意识到时间从他身边流走的人，为何要在一次令他不快的谈话中，突然摆出一副受害者的模样？我想：“他在耍花招，在为自己开脱。他身上有一种贪婪和令人不安的东西，我从来都能感觉到，我不应该自欺欺人。”既然他否认，我决定不作过渡就说出第三个名字，我完全没有绕圈子就把话题引向了圣母堂。

“你信教，豪尔赫。”

这句话一半是陈述，一半是疑问。不管是什么，它都让他一下子慌了。他又哈哈大笑了一会儿，像一台无法马上停止运转的机器。但如果说他从一开始就笑得像个行尸走肉的话，现在则是一个死透了的人在笑。

“现在这又是怎么回事？你为什么这么说？”

“我在达姆施达特圣母堂见过你。照我说你应该非常信教。你肯定非常虔诚，所以才会加入那个使徒运动。”

他的表情变了，他收起了死人般的笑容，我猜他永远地，或是在那晚余下的时间里，将它埋了起来。我掌握这个信息显然不是他所乐见的。

“你在那里见过我？你见到我在做什么？”他的语气介于惊恐和怀疑之间。

“我经常去拉萨罗·伽尔迪亚诺博物馆，就在那旁边。”我迟疑了。我等了一下。我迟疑了。那之后从我嘴里出来的话我没准备说，我没能管住我邪恶的舌头：“我看到你跟比阿特丽斯一起。我看到你在你的诊室里。”

这一次他没有拍我，毕竟那个动作还属于玩闹的范畴。现在他趁着我们坐在奇科特其中一个半圆形的座位上（座位是连在一起的，我们几乎就像坐在火车或有轨电车上），把他的一只大手放到我的肩膀上。我说过，当他带着所谓的亲昵这么做时，他的手就像是从相当高的地方垂直落下来一样，然后它们像爪子一样按住你，你立刻就会想把它们甩掉，摆脱它的重量和钳制。这一次更糟，我感觉它实打实地按住了我，一种压迫，一种再明显不过的威胁。范·维克滕身材庞大而强壮，可以说他捏住了我的肩膀，扭着它把我往下按，我觉得我没法从那个座位上站起来，我的整个身体都受不了那种重压。毫无疑问，他弄得我很痛，我的痛感比上一次更加强烈或持久。我想到或许他也曾用这只手这样按住那些惊弓之鸟的肩膀，给他们两个选择："所以你说你想怎么样吧：要么接受我的条件受一点罪，要么不管好的、坏的还是普普通通的日子，你全都别过了。"他强行让自己平静下来，非常慢地小声对我说（但他是个直性子，不习惯小声说话，他的声音听起来像砂纸在打磨东西）。

"听着，小德·维尔，看你能说什么。你说话的时候要非常小心。别去伤害你不应该伤害的人。好几个人。"

我终于从一侧脱身了，一直躲到我们所坐的半圆形座位的另一端，远离他的控制范围。一个手臂上搭着餐巾的服务员警惕地看着我们，他应该看出了我们之间的紧张状态，争执发生之前他应该就察觉到了。范·维克滕无法吓倒我，年轻人总是无知无觉，很难意识到他们何时让自己陷入了险境。而握有主动权的人是我，我对此深信不疑。他甚至可能会给我什么好处以换取我的沉默，我想，随时都有可能，等他怒火平息并从惊吓中恢复过来。

"你说这个是为了比阿特丽斯？放心吧。有谁会对这个感兴趣呢？"

“是啊，有谁会对这个感兴趣呢？”

然后我沉着地回答：“据我所知，没有人。完全没有人感兴趣。更有趣或者更令人好奇的倒是那个地方。一个奇怪的地方，那么干净，带着供奉的香味，看上去几乎是极端传统主义的，带着一种旧时的德国味。”

他依然在担心肉体关系问题，担心他好朋友的妻子，他还没有意识到这对我来说是次要的，它属于私人生活的一部分，我们永远都应该对此保持沉默，虽然几乎没有人能做到。似乎他对于我看到他们在一起的惊恐让他无法将那些我只是旁敲侧击了一下的所谓时隔已久的诽谤之辞与他 1980 年为那个地方服务这件事联系起来。或许这种联系表明他从来都没有完全改变过。我的意思是，无论他的名声、交友和表象如何，他甚至连派别都没有完全改变过。那些年，每隔短短几个月，人们都会担心西班牙发生政变，我们会再次回到独裁。实际上之后的确有过两次政变未遂，第二次还相当有名。

“你看到了什么？你怎么会看到我们？”那个砂纸般的声音困惑地问。虽然我们已经不再挨在一起坐了，他说话的声音依然很小。他想必觉得外面的人不可能听见他说了什么。

“我全都看见了。顺便说一句，不太浪漫，”为了让他明白我不是在夸大其词，我说了这么一句无关的话，“是个巧合。我探头去看了。刚好有个角度。”我不打算对他说实话，或是告诉他我爬到了一棵树上。我想，如果不是这样，我是认不出来他的。然后我继续揭露他，回到重要问题上：“据我所知，这个地方，这个圣堂，它是皮诺切特派的一个分支机构。你知道在马德里与这些家伙对应的人是谁。穆里埃尔会非常愿意了解你的这层关系，医生。我认为他会。不为什么。为了知道你支持什么人。”

他脸色惨白，现在明白了我这番或许有些冒失的言论到底想说明什么。他先是临时找了个借口，然后恢复了镇定。他先是害怕了，然后想让我害怕。

“我在帮一位神甫老朋友的忙，他在政治上没有倾向，就是这样。我不信教，但我不干涉任何人的信仰。我也没有必要向你解释，你这个小屁孩。”这时候他又发起火来。他朝我这边扑过来，张开大手，他无疑想再次把它按到我身上，谁知道这一次是按住哪里。但我站了起来，赶在他能够抓住我之前离开了那个半圆。服务员又瞥了我们一眼。“我说过了，你说话要小心，胡安。所有事情都能从两边说，也都能从两边听，从两边理解。所以以防万一，你最好还是什么也别说，你明白我的意思吗？”见我什么也没有回答，而是像聋了似的从上往下看着他，他坚持道：“小鬼，你明白我的意思吗？”

我没有在桌上留钱，他比我有钱多了。计划中的夜游显然不会发生了，或者他得一个人去了。

“永远都是在帮别人的忙，嗳，医生？”离开之前，马上就要朝旋转门走过去的时候我问他，“从1939年开始一直到现在。你都快累死了吧。”

X

每当你急切地想见到谁或把发现的一件事情说出来时，你就会尽可能地推迟那一刻的到来。当然这只会发生在你确定自己迟早能够见到那个人，或是能够把故事说出来的时候。一旦你有点怀疑自己能否做到，匆忙就会占据上风，事情的发展就会被强行加快，它往往也会伴随着无法令人满意的结果、反高潮和失望。我可以允许自己推迟与穆里埃尔的会面，做好准备并事先品味一番；可以允许自己等到他不那么劳累，重新更多地在家里出现的时候。在他状态紧张、来去匆匆的日子里，逼他停下来，让他坐下来或躺到地上不情不愿地听我讲上好一会儿，这并不是个好主意。（对于唤醒好奇心和创作欲来说，事前的无聊至关重要。）这一切的前提是他同意去听我关于范·维克滕的发现，我想如果我坚持并且能够成功引起他兴趣的话，他会同意。我必须等他平静下来，等他谈妥他那个遭到抛弃而且刻不容缓的新项目的资金问题，或者等他认为它已经不可能做成，于是决定暂时忍耐，或许我一直要到夏天过去之后。这种推延对我有好处，我不是太着急，只有一种令人愉悦的、充满期待和活力的急切心情，因为你完全确定它最后能得到满足。

我一度很讨厌在夜里带医生出去玩、努力去套他的话、研究他的时候无法与他正面对质，同样地，我现在也不喜欢自己像个告密者那样在他朋友面前告发他，这样做的结果可以预见，这无疑是一种不正派的做法。他的讹诈行为已经过去很多年了，如果我认为那些都是事实的话。他解释说那是他昔日的佛朗哥派同僚里最想报复他的人朝他泼的脏水，他们觉得他的宽厚待人和不施暴是一种背叛，这些话在一定程度上影响了我，别人对我们说的每一件事都会留下小小的痕迹，种下一丁点怀疑，所以也难怪有时候，如果一个人已经心中有数，他会不愿再听，或者会去禁止被指控的人再说什么，他不想让对方逐渐说服自己他们是无辜的，或是让他们的故事听上去像是真的。是的，已经过去很多年了，人们会改变，会后悔，会在回望自己时感到恐惧和不解，或者那更多是原生自我的一种崩塌感和不认同感，就好像从一面哈哈镜里看着自己："我以前是这样的？我做过这个？从前的那个我如此丑陋？倘若如此，我无法改变它。我的过错超过了我改正的意愿，我的过错让我无法尝试改正，我唯一能够希望的就是这个过错已经成为过去，久远到只能消失在迷雾之中，只能一如既往地渐渐淡去，直到它们的轮廓消融，变得无从辨认：好的、模糊的、矛盾的和坏的，罪行和壮举，恶意与慷慨，正直和欺骗，永不磨灭的怨恨和因为受害者的疲倦才获得的谅解，放弃、承诺以及精明的利用，一切的结局都是耸耸肩膀，注定要被后来的人和接替我们的人无视，他们被自己的激情占据，他们有那些就足够了，对自己来到世上之前发生的事情漠不关心，只会把自己的脚印盖在他们不计其数的先辈与同辈的脚印上，却不知道他们只是在模仿，没有什么是未曾被探索过的；一切都注定要被模糊和混淆，被拉平，被遗忘，漂浮在一团重复的残渣中，然而没有人厌倦，或者这是因为我们中从来没有人找到过离开的路。”（所以故事里到处都是爱德华多·穆里埃尔和比阿特丽斯·诺格拉，到处都是范·维克滕医生和里科教授，到处都是塞莉娅、比达尔、胡安·德维尔和与他们一模一样的龙套，他们一个接一个进来表演同一个节目，重写同一个剧本。我猜，我的形象毫无新意，他们其他人的也一样。）“但当它尚未到来时（就算一生再短暂，它也还是漫长的），有一段可恶的间隔是属于我们的，它是最糟糕的，也是我们的，在那段时间里我们别无他法，只能处理我们完成或遗漏的事，忘记或减轻我们的过错，而有时候唯一能达成这一点的办法就是继续犯错，让新的过错遮住最陈旧的过错，让它们变得暗淡、模糊或微不足道，直到一切全都成为过去，这个世上再没有头脑能想起它们，再没有邪恶而又疾速的舌头能说出它们，也再没有颤抖的手指指认我们是什么东西的始作俑者。”

我想有好几个因素让我克服了对于告密的天生和整体上的抵触。首先，那是穆里埃尔一开始要求我去做的，由于我对他的盲从，我毫无保留地什么都愿意做，从来都是。其次，比达尔告诉我的事情与我老板怀疑的事情太符合了，虽然他从来没有明确说过自己怀疑什么，他曾经提到过有可能或者有传闻说范·维克滕曾对一个或者不止一个女人做过下流的事，而比达尔说的似乎就是这样的事（“对我来说这是最糟糕的，是不可饶恕的”）。第三，医生的这些行为太卑鄙了，一旦查证属实，它们完全应该被曝光。显然，这不是说他会有什么事。这件事既没有证据，也没有构成犯罪，而且那时在西班牙谁都不会去告发谁。政府颁布了一部《赦免法》，也就是说，大家一致同意任何人都不能开启无止境的检举链，不能去翻脏抹布，哪怕是最脏的那些——谋杀，即刻处决，出于嫉妒或报复的告发以及闹剧般的审判，军事法庭对无法为自己辩护的平民处以的无期徒刑或死刑，最后这件事一直到独裁末期局势较缓和的几年都还在发生，无论是内战期间两个阵营都有的行为，还是战后时期占据了统治地位、有能力继续做脏事的那一方独有的行为。不只是任何恶行或罪行都无需承担法律后果，而且就像我说过的，就连公开谈论或在报纸上提及它们都被认为是不合适的，为数不多的试图这样做的人立刻遭到来自昔日利益相关的佛朗哥派（实际上根本不是什么昔日的），甚至还有自信的反佛朗哥派和民主派的谴责。正如比达尔指出的那样，将一切都一笔勾销对某些人有好处，他们能够以此隐瞒自己多年前的往事，洗白自己有污点的履历。人们在时候未到之时就决定所有过错都已成过去，皆是陈年旧事，只应消失在模糊的迷雾之中，就好像突然过了一个世纪，而不是四五年似的。我想私下里大家应该对医生的污点有所了解，它们至少应该让他失去一份宝贵的友谊，运气好的话应该是两份。第四，现在我更加讨厌他与比阿特丽斯·诺格拉之间的常规关系，他们在圣母堂为了毫无诗意地交媾的相会。我想，确切地说我没有觉得嫉妒，嫉妒是荒唐的，因为她和我之间什么也没有改变，至少在她看来没有。我斗室里的那个夜晚对她而言想必是一次放纵，或是一种对抗失眠的方法，或者也许是一场她第二天很难记得并且很难有意识的谵妄，根据她雄辩和化繁为简的说法，她有时脑袋会有点问题。但年轻人（或者是年轻时的我）需要在每一次经历和行动中有一点独一无二的感觉，只要某件意想不到的事情（我们就不说不可能的事情了）在他们身上实现，就足以让他们在记忆中将它美化，清除它身上丑陋的附着物，而范·维克滕就是一个粗俗的、现在则变得无比丑陋的附着物。最后，他在奇科特的整个态度都让我反感，完全无法令人信服，拒人于千里之外。他抢着否认一切，嘲笑了别人一番，一副自己遭人诽谤的模样，表现得强硬和粗鲁，他把手放到我身上提醒我他能对我造成伤害，叫我“小鬼”和“小屁孩”。关于他与达姆施塔特运动的关系和来往（这些是现在的事），他没有给出任何解释，一直在含糊其词。出于这样那样的原因，想让他难堪的愿望战胜了我对于告密的抵触。

然而，我还不能像比达尔那样，准备将他知道的事从东方散布到白日下沉的西方，把它告诉任何一个愿意听的人。我应该把第一个机会留给穆里埃尔。于是那天下午，我不得不使出浑身本领回避里科教授的问题。与一群木乃伊共进午餐之后，他一肚子不高兴，以至于一开始他完全没想起来之前的事，不记得他吩咐过我要详细记录范·维克滕为什么是个超级大混蛋并把他的虚伪行径告诉他。

“真是屎一样的午餐。”这是他对我说的第一句话。他摘下眼镜，猛地冲它呵了好大一口气，就像想用这个在事后毒死那些跟他同桌用餐的讨厌鬼似的。能看出来他有多么反感和挫败，所以他突然出现在委拉兹凯斯大街上的房子里，想对着在那里的随便什么人胡说八道一番。“那三个家伙就像锯鱼一样，光会跟我反着说以及把我骂过去的话蹭掉。我的意思是，我骂他们的话，真是一群勇敢的老顽固，就像《麦克白》里那三个最不祥的女巫，或者抚摸着裁布机的纺织女工。我的确在某篇学术文章里骂过他们愚钝、肤浅、不学无术和笨拙，甚至说过其中一个人愚蠢。我没有直接这么说他，但也再明显不过了。那个家伙竟然敢批评我关于《小癞子》的结论，那可是一个完美的研究，大家只应该叹为观止、目瞪口呆。但他们已经打算记恨上我了。真是的，只是些小争论而已，而且我的论据无懈可击，他之后就像妓女一样闭上了嘴，以免我在他再对我的反驳进行答辩时将他杀得片甲不留。如果我有一只万无一失的眼睛（或者说准心？），并且总能得偿所愿，那他还指望什么呢？那些行尸走肉肯定知道他们只有这点用，只会用一支没水的红笔改试卷。埃尔佛斯特拉佛。”他冒出了一个比往常更长并且带有两个重音的拟声词，也许它是被气出来的。他继续朝自己的眼镜呵气，就像一条龙在喷火，镜片完全湿掉了。他无比灵巧地从一个套子里拿出一块岩羚羊皮，像魔术师抖开巨大的手绢那样一甩手腕就把它展开了。"他们明确告诉我，即使我的支持者提名我为候选人，他们也不打算投票支持我进入皇家语言学院。因为他们好搬弄是非，我担心他们会说服某些没有主见或者傻乎乎的同事，他们有好几个同事都是这样。他们似乎很高兴能报复我。最让人生气的是，我几乎不记得我写过什么，不记得我骂过他们了。这就是盲目传播正义的坏处，你想不起来都有谁遭殃了。"现在他开始专注于细致而充分地擦拭他的镜片，它们被呵得这么湿，肯定能被擦得一尘不染。他用一个熟练的动作收起岩羚羊皮（这让我想起了玩杂耍的赫伯特·罗姆），点上一支烟，他的目光立刻平静下来，还平添了一份快活和乐观（他不是那种会长时间闷闷不乐的人，他觉得那样很无聊）："或许我应该等他们死了，再去参选。他们应该全都活不了多久，他们都在跟浓痰作战呢。我有好几次看到他们险些憋死了，你都不知道有多恶心。我连一颗鹰嘴豆都吃不下。"就在那时，正当他试图摆脱这段糟糕的回忆时，他突然发现我还欠他一段八卦。"顺便问一句，关于医生，你给我带什么消息来了，小德·维尔？用你那位博学而激情的朋友的话说，我走时你正好要听到他可怕的罪行。"

"实际上没什么事，教授。没什么值得说的。比达尔夸张了，他跟我透露的都是医院里和学术会议上的小事。好吧，你知道医生都是什么样子，他们互相恨死对方了。”这是假的，或者至少我没有证据，我对他们之间的口角和竞争一无所知。我猜他们有，西班牙的各行各业都有，就连扫烟囱的工人都互相看不惯，如果要说几个世纪前就消失了的职业的话。

里科不信任地看着我。我能清楚地看见他的眼睛，镜片上一粒灰尘也没有。

“你不要跟我装傻，小德·维尔。你别给我撒刨花，也别用拳头贴到我身上。”他又开始说些过时的习语了，我一个字也听不懂，但能明白它们的意思。“要是你不想告诉我，那就别告诉我，哎，但我能肯定你朋友说的可不是追女护士、学术发言抄袭或窃取成果。甚至不是把手伸到他能弄到手的女病人或者陪孩子看病的母亲身上之类的事情。医生在性方面一看就是头猪，这我们大家都知道，但所有这些都不会让他变成一个超级大混蛋。”他跟塞莉娅用了同一个词，尽管从他嘴里说出来听着更轻飘飘，无论她还是他都不知道自己说得有多对。“否则整个国家就全是超级大混蛋了。好吧，的确全都是，不然你看看给我炖菜的那三个老古董好了。”他再次猛烈攻击了好一会儿那些老学究。

接下来的几天他都在忙着骂他们，搞阴谋弄诡计。但他没有忘了范·维克滕，时不时会重提一下我的任务。“你欠我一个关于缺德事的有趣的故事，小德·维亚，你得一字不落地讲给我听，”他一见到我就对我说，“看看什么时候能劳驾你成全我吧。最让我恼火的就是我什么也不知道。或者说毫无概念。或者说一无所知。你已经听到了。”

我失望至极，要是穆里埃尔也有这份不怀好意的好奇心就好了。一星期之后，他终于不再奔波，重新开始在家里待上一段时间。这一部分要感谢他的朋友杰克·帕兰斯，因为他立刻就同意了在他新电影中担任配角。这部电影是穆里埃尔临时弄出来的，或者是从装着失败、延期或者误入歧途的旧项目的抽屉里拿出来的，他在很多目标上都遇到过不小的困难，可能他没拍成的电影与他实际上完成的电影一样多。帕兰斯不在他电影生涯的巅峰，或者还不止如此，他无疑正处于最低谷。如你现在查看他的电影作品年表，你会发现他在1981年到1986年之间（前后均含）没有拍过任何一部电影，而且在其中的四年里，他唯一的艺术活动是主持一个在海外毫无知名度的美国电视节目。所以也难怪他会同意参演一部西班牙或者任何国家的幽灵电影，毕竟六十多岁的他已经不介意听命于赫苏斯·佛朗哥、伊萨西·伊萨斯门迪以及几个不太有分量的意大利人了（尽管同一时期他也间或与戈达尔和布鲁克斯，阿贝尔·冈斯和福勒斯奇尔等电影人合作）。但穆里埃尔是那样仰慕他，以至于他应承加盟这件事安抚了他的情绪平静下来，令他充满希望。那时候演员表中出现伟大的杰克·帕兰斯不能为影片的资金和成功提供任何保障，甚至还会造成反效果，哪怕这在如今听起来很丢人。但穆里埃尔觉得他或者还有理查德·威德马克的加入是个好兆头，帕兰斯在1950年前后的头两部电影就是与后者合作的，他也承诺会说服对方接下另一个主要角色。无论那时还是现在我都不知道那部从来没有开拍的电影是关于什么内容的。我只知道弗拉基米尔·杰克·帕拉尼克（帕兰斯真正的乌克兰语名字）那时已经六十岁，理查德·威德马克已经六十五岁左右了。

我还有一种感觉，更让穆里埃尔感到高兴的是能够经常接触到女企业家塞西莉亚·阿勒曼妮。我不知道他是如何让对方理会他或者她到底是如何理会他的，但现在他们几乎每天都通电话，他会走开去跟她说话，含含糊糊地不想让屋子里的人听清楚，包括我。更重要的是他不再开玩笑说她高不可攀了。他不再用谈论女神的语气谈论她，不会再说出像“多么杰出的女性；真是个生意高手啊，在她身边我们全都是微生物”这样的话了。不再用夸张和玩笑的语气谈论一个你崇拜的人是一种信号，显示这个人已经走下神坛来到你身边。我不敢去想他们两个人现在会分享口香糖或者不介意吃对方的口香糖，但有一天夜里穆里埃尔很晚回来的时候我还没睡，我注意到他散发出一种醉人的香水味，几乎能把人放倒，而他没有喷过香水。我能确定的是大百货公司的女主人不再叫他“好男人”了，它曾在他们遥远的初次见面时让他感到屈辱而又有趣。

我想，第二天早上他的心情肯定好极了，所以他才会叫我去他的办公室。他一只手的大拇指放在腋下，另一只手里拿着烟斗，像夏洛克·福尔摩斯，或者更确切地说像有时候会留着他那样的小胡子的沃尔特·皮金一样用它指着我说：“小德·维尔，既然事情似乎正在走上正轨，而且我觉得新项目会继续推进，你就把我跟你预告过的事情忘掉吧。如果你没有接下其他工作并且愿意继续留在这里的话，我觉得我用得上你。首先，等剧本完成了，你要翻译它，”他带着一种为时过早的补偿性的骄傲继续说道，“托尔斯和其他一些人都会知道的。”

我已经习惯了他想法的转变，他的朝令夕改，还有他变化无常的脾气。于是我突然想到或许那天我可以看一下他对范·维克滕的态度是否有所改变。

“非常感谢，爱德华多。谢谢您的信任。您知道，我喜欢为您工作，尽管有时候我觉得自己不太有用。如果您能给我一点时间好好想想，我会非常感激。我原本的想法是要在九月份进入一个新阶段。”

就像我说过的，那个环境开始让我觉得疲惫了，如果它没有开始时不时毒害我的话。比阿特丽斯再次开始相对正常地出门做事，但她没有曲调的嗒嗒声也重新开始在她在家时固执地响个不停，我觉得它比任何时候都要不详，仿佛它一直都在极其缓慢地为一个不会到来的，或者只有她在雾中隐约得见的结局进行倒计时。我想象她入神地看着钢琴键盘，机械地数着白键和黑键，感觉着时间的流逝，任由它一直响着，不为它填上任何一段和弦或旋律，无从填满的时间总是伴随着静止、重复的思绪，比如“还不行，还不行，还不行，现在还不到时间”。我觉得她整个人都暗了下来，就算穆里埃尔和她几乎不说话，她也应该能够感觉到他突然变得心满意足，也许她也闻到了他身上远远就能闻出来的香水味。据我所知，她甚至不再进行夜间奔袭，也不会在他门口守着他了，仿佛她已经最终放弃了所有希望。至于我，我们依然像从前一样尊重和善待对方，仿佛我们之间从未有过亲密关系，然而我感到少了些什么，觉得不自在和羞愧，我有一种立刻离开那里的冲动，以此消除我犯下的错误：我无法避免地想到我做下了一件卑鄙的事，我的意思是，对穆里埃尔。而且我也信不过我们两个，我害怕有一天她或者我会试图再犯一次错误。发生过一次的事可能会再次发生，这个全世界都知道。似乎没有那么多人知道前车之鉴是没有意义的：从未发生过的事情也一样能发生。

“你看着办吧，”他回答我，“你没有任何义务。就像我对你说过你不用着急离开一样，你也不用着急决定是否留下来。等你想清楚了再告诉我。这是我的承诺，我会遵守的。所以别忘了告诉我。”

我看着他那只会说话的眼睛，在其中看到了感情。然后我看着那只沉默的眼睛，就像之前很多次一样，它让我有一种想要敲一敲眼罩的欲望，同时还有一种感情的诱惑。我能肯定的是，离开时我会非常想念它。

“现在我倒是有一件事想告诉您，爱德华多，如果您允许的话。对我来说不是什么重要的事，但您吩咐和委托我去做的事我不喜欢半途而废。我知道您撤销了关于医生的任务，”我想我选择这个有卖弄之嫌的动词，是为了让我说的话听起来更加郑重其事，“但您应该知道我最近发现了什么。它与您了解和担心的事情太吻合了，我不能不告诉您……”

穆里埃尔把手从烟斗上抬起来，干脆地制止了我，那是一个霸道的禁言手势。他用烟锅指着我，我看到了火星，就好像他在给我看一盏红灯似的。

“哎，打住，小德·维尔。我还对你说过什么？我对你说过，如果你想，我无法阻止你自己继续调查。我不应该告诉你我的怀疑，引起你的警惕，我没忍住，然后就没有办法挽回了。但我提醒过你，如果你继续调查，也不要来跟我或者任何人说。如果医生对你坦白了，或者你查到了什么东西，你自己留着就好。最好你能把它带到坟墓里去，虽然这么要求有点过分。对我，无论如何，你都什么也别说。我已经不打算知道这个了。我不想知道。”

我站在那里，他没有叫我坐下。其实那时候我已经不需要他有所表示才能坐下了，我就像在自己家一样。但很可能他叫我来只是为了告诉我，我保住了工作，而不是为了谈论和讲述任何事情。我鼓起勇气坚持了一下，人们在拒绝面前总是会坚持，至少一次。这是我们几乎所有人都有的一个可悲的习惯。

“可是您那时是想知道的，您甚至让我参与了这件事。您饱受疑虑的煎熬，无法像我建议您的那样对此置之不理。我记得您对我说：‘我必须找到某种迹象、某种指示，能让我告诉自己“呸，这是谎话”，或者“啊呀，这应该是真的”’。您觉得别人向您控诉的事情是如此令人失望，如此令人沮丧、卑劣和愚蠢。‘如此不和谐’，您说，‘倒不是有多严重’。可是结果就是这样，爱德华多，只不过它们同样非常严重。而且它们不只涉及过去，也许现在也有一些可疑的事。现在您不能无视它们了，我已经为您找到了这个指示。”

穆里埃尔起身朝我走过来。他严肃地交叉手臂，就像那一晚他终于给他的妻子开了门，穿着他的白色睡衣和深色晨衣出现在门口时那样。他看着我的样子也像那时他看着她，那个穿着睡裙的可怜女人。他对我怀有的感情一瞬间就从他的蓝眼睛里消失了，现在那里只有厌烦，一点正在成形的愤怒，甚至一种轻微的蔑视的预兆，这是试图将自己的想法强加于人的人通常会得到的反应。我意识到自己没法再说下去了。

“我当然能，我怎么不能了。怎么，那时候我请你插手了？我已经告诉过你，我改变主意了。我对医生亏欠良多，而且他刚刚又一次救了比阿特丽斯。他从来都是我的朋友，我不想失去他，也不想有人再在我面前抹黑他，他们告诉我的消息已经抹黑得够厉害了。时机不对。我仍能视而不见，像你建议我的那样不去理会。我不需要什么指示或迹象，因为取消委托你去做的事时我就决定告诉自己：‘呸，这是个谎言，或者应该是个谎言。’我们生命中有太多人离开或死去了，我们不能把留下来的人也赶走。他过去做了什么下流的事情，占了别人的便宜？这里，在如此漫长的独裁统治期间，几乎所有人都做过。那又怎么样？我们必须接受这是一个肮脏的国家，非常肮脏。几十年来我们全都活在一起，有什么办法呢，而且我们不得不与彼此相识。很多做过缺德事的人，在其他时候也做过好事。时间能改变很多东西，不停作恶是很难的，就像行善一样难。没有哪个人从来没做过坏事（不是政治上的，而是私人生活中的），也没有哪个人从来没有帮过大忙。四十年前不是这样，那时不存在灰色地带。但现在已经是 1980 年了，这四十年间一切都混在了一起，比我们想象的混得更厉害，再想回到那个遥远的年代已经不可能了。与有些人的想法相反，时间没有冻结在那个年代，而是继续流逝，无论佛朗哥派如何努力想让它静止。某个 1940 年时是个混蛋的人也许一直都是个混蛋，但他也有机会摇身一变成为别的样子。复仇结束了，邪恶令人疲倦，仇恨让人无聊，只有极端分子例外，甚至他们也一样。必须停下来休息一下。人们要去酒吧，在那里聊天开玩笑，在笑声之中没有人会觉得或认为自己是个坏人，哪怕那些玩笑就像这里常见的那样充满恶意。没有人会永远不停下来，没有人只有一面，或者说这样的人很少。就连佛朗哥也痴迷于电影，和你我一样，他肯定也会无比天真地为人物的命运起伏而激动不已。电影放映期间也许他不会决定或谋划任何事，也许他会全神贯注地看上九十分钟，享受片刻的正常状态。我这是为了举最糟糕的例子。我一直见到的都是正常状态下的医生，我只了解他的这一面。我看到他为孩子们治病，挽救比阿特丽斯，对我照顾备至。我看到的是他笑，他想胡闹，以及他心情好的样子。所以无论他几个世纪前在我没看到的时候做过什么或没做过什么，对我来说都一样。对我来说他过去和现在都比这个更加重要，胡安。其他就没什么可说的了。”

他放下手臂，后退了几步，就好像表示他的教育或规劝已经结束了似的。我无法将我知道的事情强加于他。好吧，我可以，只要我恶毒地快嘴快舌一番，快速地对他说上三句话就够了：“医生强暴了好几个女人，并且要挟了她们的丈夫或父亲，他威胁对方，如果不迁就他的要求就把他们送进监狱或者枪毙。”他没法不听见，而与性交留下的可以彻底清洗的污斑不同，耳朵里的污迹是清除不掉，也弄不出来的。这种情况给了我很大的勇气，有那么十分之一秒，我甚至想过对他说出某句不可想象的话：“您知道医生已经搞了比阿特丽斯好一阵了吗？”（我会失口说出这个不敬之词，确切地说，是再一次。）当然，现在我也做了，虽然只有一次，而且也许穆里埃尔对此并不在意，这我永远都会不知道，无论这么做的是我、范·维克滕、阿朗兹还是谁知道别的什么人，也许是马德里之外的某个人。为了让这条信息更有分量，我也可以再飞快地脱口而出：“他们见面的地方是一个极端天主教的场所，据我所知与皮诺切特那些人有关”。但我们不会把这些幼稚的话说出口，就算是二十三岁的时候也不会。我们不会将它们告诉一个我们崇拜、尊敬和深爱的人，一个除此之外还禁止我们开口并且执意不想去了解的人，一个已经决定放下自己短暂的好奇心的人。于是我一连问了两个问题，它们的答案让我明白过来，它们也是幼稚的。

“那正义呢，爱德华多？那些曾经发生、曾经存在过的事怎么办？”他或许已经不记得他曾经如何评论我最后这番话了。

“正义？”他闪电般地重复了一遍，“正义是不存在的。或者它只作为例外存在，为数不多地为了维持表象的惩戒，仅仅针对个体的罪行。碰上的人是运气不好。它不涉及群体犯罪，不涉及国家犯罪，那里从来没有正义，甚至没有人会去奢望正义。大规模犯罪永远都会让正义望而却步，太多的罪行会盖过它，数量会抑制它。这一切都会让它瘫痪，吓住它，而在独裁或者战争之后，甚至一个有劣根性的民族经历了单纯的私刑处死之后，谈论正义都是不切实际的，因为参与的人总是太多了。你觉得德国有多少人曾经犯过罪或做过共犯，又有多少人受到了惩罚？我指的不是被审判和定罪的那些，那样的还更少，我指的是某种远比它们更为可行和简单的方式：有多少人在社会和个人层面受到了惩罚？有多少人遭到了排斥和唾弃，有多少人被孤立起来了，就像你要求我现在因为你在医生身上查到的事对他做的那样？只有极小的一部分。微不足道。意大利、匈牙利、克罗地亚、波兰、法国，哪里都是这样。你不能把整个国家的人都送上法庭，一半也不行，甚至一部分人也不行。（好吧，当然了，在独裁国家可以，但有谁还愿意再来一遍？）假设我们在这里可以这么做，但如果不对大部分民众提出指控，而只是仇视他们，又有什么意义呢？但对大部分民众提出指控是不可能也不合适的，我们几乎所有人都同意这一点。你不用怀疑，我们这些铁面无私的蠢货才会像瘟疫一样让大家唯恐避之不及。没有人会厌恶自己的同类，没有人会指责与自己相似的人。”穆里埃尔停下来，坐到自己的沙发上，但我还是不敢学着他坐下来。他抬起眼睛看了一会儿卡萨诺瓦之弟的那幅画，他总也看不厌。之后他再次将目光落到我身上，继续说道："你看，小德·维尔，整个西班牙到处都是大大小小的混蛋，压榨别人得到好处的家伙，他们发了财，占了便宜，最起码也顺应了潮流。而你想让我因为一个朋友曾经做过这样的事而离开他？得了吧，你这家伙。没错，我把你牵扯到了这件事情里，我有过怀疑，这是事实。它们是过去的残迹，曾经那个我的残迹，公正的残迹。可是坦白说，就这里事情发展的情况，我不会让自己变成唯一一个因为追求个人正义而害了自己的傻瓜。"就像猜到我想做什么似的，他用指甲敲了敲眼罩（我喜欢这个悦耳的声音），半带微笑地以一种出人意料的轻松语气结束了对话："毫无私心的私人审判，胡安，这也是不存在的。"

有两样东西刺激了我，那个否定句本身以及那种轻松的，甚至如父亲一般的语气。我不是无法接受他用这种语气对我说话，相反，穆里埃尔在我面前表现得像个父亲很正常，他比我年长，有见识和有条理得多，而且我对他有一种盲从。也许这种盲从已经有所缓解，我们都知道任何热诚都经不起持续和密切的交往，目睹一个人在私生活中的所作所为，这些行为通常不会被讲述，因为它们只会孕育一些微不足道的故事，它们全都太相似了，所以最野心勃勃的叙述者常常看不上它们，也很少去关注它们。而我的确关注着那个家里的一言一行，也许比我应该关注的还要多。也许正是这一点激怒了我。

"啊，真的吗，堂·爱德华多？"有时我会在无意间再次说出这个他很早就纠正过我的“堂”，但这一次我是故意地，“这也是不存在的吗？而且偏偏是您跟说这句话？”

他觉察到了我言语间的嘲讽，如果我的语气的确如此的话。我从来没有忘记对他的尊重。

“为什么我不会对你说这句话？你是什么意思，小德·维尔？”他暂时还没有觉得受到冒犯，只是刚刚开始有了兴趣。

“您看，堂·爱德华多，爱德华多。我在这里待的时间足以让我看到您对比阿特丽斯做了类似的事，类似于私人审判的事。或者更确切地说是惩罚，类似于私人惩罚的事。您告诉我，您不准备因为对方多年前的行为而失去一个朋友，也不打算减少与他的来往，或改变对待他的方式，现在您甚至都不愿意听我说了。可是您在很多年里，我猜是很多年里，一直在跟您妻子清算我不知道是什么的账。原则上这不关我的事，您这样提醒过我，在我并非出于恶意，而只是出于正常的好奇心向您问起其他事情的时候。可是我既然见证了那些难听的话和难堪的场面，那就开始关我的事了，不是吗？一个人无法对摆到他眼前的事情无动于衷，他也不应该无动于衷，我是这样觉得的，而您也没有躲起来在私底下做那些事。请您原谅我的放肆，但我听到了不少话，总之，是不太像您会说出来的话。您对比阿特丽斯说的话。事实上，您没有让它成为一个秘密。”

他的表情冷了下来。然而，这种冷酷仍然不是冲着我来的，可能是冲着曾经发生的事，那件让他有一天最终厌弃和放逐他妻子的事。那即便不是感情上的彻底放逐（明显还有余烬，或者比那更多），也是夫妻关系意义上的放逐。

“你自以为听得仔细、记得清楚，胡安，可是你忽略了我刚才所说的话里的一个重要部分。我说的是毫无私心的私人审判也是不存在的，”他强调了第一个形容词，我的确没有注意到它，“医生和比阿特丽斯做的事情之间有着本质区别，哪怕前者远比后者更加应该受到谴责，无论前者多么具有系统性，重复了多少次，是多么卑鄙无耻，是不是另外一个性质，不管你怎么说，都无所谓。那时候你问过我那件事是不是针对我的，是不是一次背叛，我回答你那些与他有关的信息不涉及我，与我没有关系，也不直接影响我们的友谊。”“看你是否认为那是背叛吧，”我在心里用“你”称呼他，“如果你知道了我在达姆施塔特爬到树上看到的事情，但这件事你也不会让我说，虽然我不想告诉你这件事，这件事不能说。”“不管医生做了什么，他从来都不是对我做的。比阿特丽斯则不是这样。她是对我做的，她改变了我人生的方向，她决定了它，毁掉了它，还有另一个人的人生。他们对豪尔赫的指控非常难听。非常肮脏。我怀疑了。但现在我看清楚了（如果我看看周围的话我会更清楚），我没有必要去管那里的人几十年来做下的成千上万件脏事。这里的人，”他更正道，“我没有必要做什么，对某个我觉得亏欠的人就更不用了，而且这笔债刚刚又增加了。”“你不知道他或许也会觉得他亏欠了你，”我心想，“或者不会，也许你无所谓。”“我不是个有用的法官，实际上没有人是，佛朗哥死后我们每天都在验证这一点。就连职业法官也不是。所有人都对这个世界感到愤怒，所有人心痛的都是别人对他或他的亲人和长辈所做的事情，而不是'整体的'行为。与'整体'对抗是一项不合理和荒唐的任务，这在任何一个时期和任何一个国家都不曾发生过。会这么做的只有闲人和极端分子，以及自以为是的人，他们死都要给自己找个使命。每个人关心的都是自己的事，我们不必自欺欺人，他想要他的复仇或是他的补偿，心里怀着他个人的怨恨，没有脑子也没有时间去管别人的事，除非与别人结盟对他的事业和诉求有好处。但在这些战略同盟里大家依然各有意图，本质上每个人都只在追求别人向他赔礼道歉，追求自己申诉。只有那么几个胆子大的人会站出来当别人的检察官或者法官，反对坏事本身。""比达尔就是其中之一，"我匆忙想道，"按照穆里埃尔的说法；但我不觉得他胆子大，他只是个再正常不过的人。"然后我马上记起来，更正了想法："啊不，比达尔也不是毫无私心的，他的卡门姑姑，像性玩具一样被范·维克滕和阿朗兹中的一个人送给了另一个人。所以也许穆里埃尔是对的。""而且，他们心气很高，自认为非常重要。自大狂的一个特点就是，无法忍受有人在我们无所谓的事情上犯了错却逍遥法外，不是吗？那些正义之士给自己戴上奖牌，一边照镜子一边说：'我是无法被收买的，我是铁面无私的，我不会放过任何不公，无论它是否会影响我。'"不管怎么说，我觉得比达尔完全不是这样，毕竟他也会因为那个加泰罗尼亚画家和那个又丑又秃的哲学家而感到愤怒，他与他们没有私人过节。他只是不在私人场合对此保持沉默，但没有渴望给谁一个公道、将谁送上法庭或让谁在公众面前曝光：吃饭前和在医院里跟人聊聊，向一个经验不足的朋友给出建议和提醒，面前放着啤酒说说八卦，这就是全部了。但我没有干预。他的家人受到了伤害。这种伤害并非不可逆转，他的父亲变成了一个有钱人，当然他的财富是在国外挣到的。但也许这足以说明比达尔的仇恨无关他自己，而是具有普遍性。“注意，我自己曾经也有过这么做的欲望，不是说我不理解这种态度。一个人会受到‘客观’义愤的冲击，越年轻就越是如此。所以，在一次年轻人般的心血来潮中，我们就说我被过去的自己，被曾经的那个我入侵好了，我委托你去做了我委托你去做的事。那些残迹是短暂的，而且每天都更加模糊……之后我认真思考，心想：‘这跟我有什么关系？他对我做了什么吗？没有。医生没有对我做任何事’。”

穆里埃尔已经忘了他为什么会说出这一席话，给出这样的回答或辩护。这件事在他身上发生得越来越频繁。这与年龄无关，他将近五十岁，最多五十岁。他有时会长篇大论，有时则言简意赅，他从来都是如此。现在他的两种倾向都变得更为明显，展开说时说得更长，不展开时说得更短。此时他有些迷茫地停下来，仿佛在问自己：“我们到底说这个干什么？”所以我抓住机会试图将他引向我想进入的话题。

“但比阿特丽斯做了，”我说，“比阿特丽斯对您做了某件不可饶恕的事。”他的眼睛马上亮了，他用目光向我射来一支箭，还不算太尖锐。“您看，爱德华多。您在巴塞罗那期间，她和我，我们比任何时候聊得都要多。情况就是那样，我在那里陪着她，看着她，保护她。”“当心别说漏嘴，”我心想，“当心你流露出来的东西，不要因此暴露自己。穆里埃尔什么电影都看过。”“从我来到这个家里以来……好吧，我觉得她对您有一种回溯性的爱恋，我不知道怎么才能更好地定义它。因为曾经的岁月。她对它们存有一份美好的记忆，或者不止如此，她觉得它们就在眼前，将它们紧紧抓在手里，您是知道的。威灵顿那天我看到了您的不安，您对于她有可能自杀的惊恐。但我也看到您无法忍受她。您几乎总是对她很坏，非常坏。也许是有原因的。但我不知道这个原因，而且这件事让人看着很难受。”

穆里埃尔的眼神变得温和起来，现在只是有些讽刺。他只两下就飞快地卷起了衣袖，太阳升起来了，开始有点热了。

“原因她没告诉你吗，既然你们聊了这么多？那位女士没对着一个天真的孩子抱怨？那个可怜的受害者？”

“没有。她对我说她不好意思说，因为太荒唐了。她说最好由您来说，然后我就会知道它是多么不合理了。我唯一清楚的就是她撒了一个谎，而您从坏的方面去想了。一件蠢事，一件幼稚的事，这是她使用的说法。她向您坦白时从来没想到您会如此反应过度，那太夸张了。”

“好吧。你相信她了吗？”

“我没什么好相信的，我还是什么都不知道。可是，与您对待医生那件事的态度不同，我希望知道我看到了什么。您放心，我已经明白医生的事与您无关。即便它发生过，您也没有看到，您何必要对它感兴趣呢。您别担心，我不会坚持的。可是，为了让我闭嘴，您为什么不一口气告诉我呢？我想我尊重了您的保留，自从我来到这里开始。我很少问您问题，对吗？但一切保留都是有限度的，一切尊重也是。请原谅我这么直接，比阿特丽斯对您做了什么？”

穆里埃尔没有马上说什么。他在掂量我的话，那时候我这样觉得。之后他看了一下表，用手指在表面上敲了敲，我之前看到他这么做过，就像正在计算能否给我一些他那天早上没打算花在我身上的时间似的。他的眼睛再一次变了，他打量我的目光里重新带上了几分感情，或是理解和耐心，或许也有一点兴趣。我推测他理会了我的请求，他接受了它，他理解我的好奇，没有因此怪我。也许他意识到自己瞒了我太多事情。你让别人进到你的家里，而你这么做时就是在强迫他成为你的见证人。如果你付钱给他、让他在那里为你服务，你没有必要对他解释任何事，但你的雇员难免会有看法，会默默地怀疑，就连最隐形、孤僻和无足轻重的人也会。我影响并参与了他的世界，他不知道这到了何种程度，而且我希望他永远不知道。但他的确知道我为他当过间谍和看守，曾经将他的妻子从死亡中拯救过来，这件事不像他想象的那么惊险，他不知道我有偷偷跟踪她的丑恶习惯，跟了她好几个下午，或者很多个下午，我已经停止了。也许穆里埃尔没有停下来好好想过我没有说出来的看法和我没有问出口的问题。现在他知道了这两者我都有，或许他还发现它们对他而言并非总是无关紧要，他有些在乎，他应该告诉我他的说法以对它们产生影响。到了这个时候，他已经不能再生硬粗暴地回答我："看看我们能否相互理解吧。我让你到这里来不是为了让你问我不归你管的事情。"那个时间已经过去了，或者还不止如此，它已经被取代了，直到他听到我的抱怨，直到那一刻之前，他都不曾体会到这一点。

"得了，你去给梅赛德斯打个电话，告诉她我今天早上不过去了。让她处理一下手头的事。然后你就坐下来。这会花上我们一些时间的。"

我就在那里，从办公室的桌上打了电话。在此期间，他走到将他的房间与走廊隔开的那扇门前，尽可能小心地把它关上了。那是一扇高大的双开门，两边无法完全合拢，从来关不紧，门的下半部分是漆成白色的木头，上半部分则是用整套嵌条分割开的磨砂玻璃，这在老房子里十分常见。

"您希望我坐在哪儿？"我荒唐地询问他，我想帮他省点事，万一他有偏好呢。

"你想坐哪儿就坐哪儿，"他说，"为了跟你的想法一致，我要到地上去了，如果你认为比阿特丽斯是对的，而我非常卑鄙下流的话。如果你认为那只是一件可笑的事，一件愚蠢和幼稚的事。"说这些话时他的脸上带着笑意，但我觉得那不自然。要开口说出他将对我说的话对他而言应该不容易，或者他实在懒得去回想已然遥远的事情，或者这些事情依然令他觉得苦涩，压住了他性格中所有开朗的底色。"你不要以为她只对你一个人说过，她的女友们甚至都不能看到我，还有我的嫂子。她觉得那是事实。所以这是二选一的情况：要么她是个蠢女人，要么我是个坏男人。可能你倾向于第二种。但以前她一般不蠢，我也一般不坏。我们两人中一个变了。”等到他完全伸展开了身体，把一只胳膊像枕头那样垫在脑袋下面（当他已经开始望着天花板、藏书室的高处或卡萨诺瓦的那幅画，同时眯起眼睛只用余光打量我时），他马上出人意料地说道：“很抱歉这段时间以来一直让你目睹尴尬的场景。你说的不是没有道理：我本该更加小心……更加注意隐私。我很快就习惯了有你在，把你当成了我的一个延伸。”

这与比阿特丽斯在那个失眠之夜的诊断一样。她是这么看的：“这有好，也有不好。”

“也没有这么严重，您别担心。”我觉得自己必须将它轻描淡写一番。他突然道歉了，这加重了我的背叛感和负罪感，至少是表面上的。我在他出门的时候跟他的妻子上了床，而且我无法为自己辩解，虽然说本应跟她上床的人从来都不想与她同床共枕。这就是秘密的糟糕之处，它排除了请求原谅的可能。

“比阿特丽斯更多是在美国长大的，这个你知道。但她有时会跟叔叔婶婶在这里待上一阵，很多年的夏天还有某一整个学年她都在这里，我们就是这样认识的，当时她几乎还是个少女，而我也还年轻。到了她已经是个年轻女孩，而我有点不那么年轻的时候，我们确定了关系。我猜大家都乐于见到她爱上了她表兄的一个年长的朋友，一个像他父亲一样的西班牙人，而不是美国人。她甚至耐心地等到自己长大，直到足以让我注意到她并将我征服。是的。虽然我比她大了好几岁，这个年龄差距在当时比现在分量更重，没错，就是分量更重。女孩们是坚决和固执的，她们总是希望实现自己儿时的梦想。直到她们长到一定的年龄，或者直到它们彻底落空。但她不是。当她长成了少女，一个早熟的少女，我开始用另一种眼光看待她，而且另一方的热情也很重要，它会说服你，带动你，而我几乎从来都是有点被动的人。我毫不费力地喜欢上了她。还有，当时比阿特丽斯不是你看到的这个样子，这头可怜的海豹。完全相反。”

尽管有暴露自己的风险（当一个人有所隐瞒时他会连最单纯的词语都不敢说出口），我还是打断了他，我有一种为她正名、帮她说话的欲望（我终于有这个条件了），它超过了我想就那个失眠之夜里我的身体，以及另一个夜里我的眼睛的恶劣行径为自己开脱的欲望。

“您太夸张了，爱德华多，您说过头了。很难相信当您对她说出这些话的时候，您不是故意想伤害她。比阿特丽斯根本不是海豹，也不是仿蒙蒂亚酒酒桶，”也许他认为我没有记住他骂她的话，是时候让他知道我几乎全都记下来了，记在心里，“她依然是一个非常有魅力的女人，令许多男人向往。而且您是知道的。”

穆里埃尔出人意料地笑了。他很有可能回想起了他特有的那种伤人的幽默，所以觉得有趣，他是间接在向爱伦·坡致敬。我宁愿不让他记起《环游世界八十天》里的热气球或希区柯克的剪影，更不让他想起查尔斯·劳顿，他们简直是哭着喊着让他把自己作为比较对象。

“得了嘿，”或者他说的是“得了吧”，“什么样的人都有。我想是吧，她可能会讨色鬼喜欢。只想窝在床上不起来的人。有点像猪的人。”又是那个被用在范·维克滕身上的词，他是其中一个喜欢比阿特丽斯的人，不管是因为习惯成自然还是年纪使然——他已经没什么可要求的了。但我比他年轻将近四十岁。也许那时候我也有点像猪，年轻时这个样子的人并不少见，我已经说过了，新手没有太多鉴别能力。

“我觉得您错了。您有一天做了一个决定，然后就在眼睛上蒙了一块布，不想把它摘下来。一块失真的布。不过不管怎么说，我打断了您的话。那时候她不是一头海豹，而是正好相反。”

“对。我不是说当时她非常瘦，完全不是。不，她一直都是丰满的一类，但比例很好。引人注目。她那时非常漂亮和性感，牙齿有点分开。很爱笑。能把衣服撑得满满的，我是在夸她。说得直接一点，让人想把她吃掉，我不知道你们是否还会这么说。那时候真的所有人都喜欢她，首先我就喜欢。从这个方面说，那对于我是一份馈赠。因为她主导了我们的关系，我毫不抵抗地任由自己被带着走了。回过头看，尽管如此，我也很有可能没有那个想法，或者没到许下承诺的程度。承诺我会结婚，你明白的。但她的意愿是如此坚定和强烈，她是如此努力想取悦我……你可能已经注意到了她对电影的了解甚至超过我。她把我的爱好变成了自己的爱好，让自己适应我的品位和怪癖，有时候我会想她把这些作为一个任务强加给自己，或者作为一个计划，就好像她从很年轻的时候就开始告诉自己：‘我不会允许这个男人厌倦我在他身边。我不会让他因为觉得我对他没有兴趣或是我无法足够理解他而不与我分享他的一部分人生。我不会让他因为觉得我在某些方面有所不足而去外面寻找我做不到的东西。我不会让他将我排除在任何领域之外。’她不只主动跟我一起看所有能看的电影，无论是大师之作还是我经常拖她去看的垃圾片：要想真的学到东西就必须什么都看，你知道的，老片子和新片子，好片子、坏片子以及怪片子。她也会读我推荐的东西，而且很快就在这方面超越了我。年轻时的她不是这个死气沉沉、脆弱易感、对着钢琴好几个小时连一个音阶也不弹的比阿特丽斯。她充满能量和好奇心，活跃，停不下来。当然我永远不会知道她曾经的生活在何种程度属于她自己，或者她是否只是在照着我的生活而生活。她承担了一切，做了一段恋爱关系刚刚开始时，以及在那之后，在它的发展过程中，所需要的一切工作，”他短暂地停顿了一下就继续说道，“爱她并不是难事。另一方的爱意会打动你。它也会让你觉得遗憾，就像孩子们的爱一样。不接受这份爱，不收下这份爱实在是太残忍了。那是一种让人心软的遗憾。所以就算我心中没有激情……好吧，她也不渴望激情，因为她没有感受过。”

他沉默了更长一段时间，现在他的目光定住了，毫无疑问，定在他心爱的骑士画上，只有一个骑士回过头来，他身穿红袍，或许是个独眼，他正打算最后郑重地看一眼被他抛在身后的很可能死在他和他同伴手下的亡魂：“至少记住我。记住我。”

"然后呢？发生了什么事？"我不想让他有时间反悔，有时间怪自己对我说了这件依然与我无关的事。

"将满十八岁时她在这里定居了，与她的叔叔婶婶一起，他们几乎把她当作自己的女儿。我恐怕她是为了我，最主要是为了离我近一点。好吧，她把两个地方换了一下，变成每年去一次马萨诸塞，在那里待上几个月陪着她的父亲并做点事情，她那位单身和不幸的父亲。那段时间我们互相写信，那时还是1959年、1960年，打电话是无法想象的。没有人有钱这么干。一直到距离婚礼还有五六个月的时候（她那时已经二十一岁，如果我没记错的话），她不得不临时离开，发生一个严重的意外，一个大问题。她父亲……我不知道应该跟你说到什么程度，胡安，这不是我的事……"他疲倦地吁了一口气，敲了敲眼罩，思考了几秒钟，决定冒失一次，"她父亲是个同性恋，好了，说完了。也许他一直都是，也许他不像比阿特丽斯一开始认为的那样是后来才发现的。也许他的妻子因此在女儿出生之后不久就抛弃了他，她不想陪着他流亡国外。甚至他可能有一部分是因为这个才去国外的，谁知道呢。尽管他支持共和国，但原则上他没有在内战期间做过任何重要的事，没有遭到追捕。但对于一个有这种问题（这在当时是一个很严重的问题，你们这一代人根本无法想象），而且还有一个年幼的女儿要抚养的男人来说……你想象一下佛朗哥统治下极端天主教的西班牙吧，教会完全不受约束。如果这一点被发现，他的女儿会从他身边被带走，他们第一件要做的事就是这个。总之，他辗转法国和墨西哥，最后在几个熟人的帮助下去了马萨诸塞教书。他是西班牙文学专家以及优秀的德文和英文译者，老书店里还有他从前的译本。倒不是说二十世纪四五十年代，甚至六十年代初，那里的人能够容忍这种事，这样的人很少或者根本没有。但当然也不会像这里的情况一样，搞同性恋的人要进监狱，不管哪个地方都比这里要开化。我不知道他是怎么过来的。我想，他应该相当洁身自好，通常禁欲，偶尔周末会跑去波士顿或纽约，他在那里不会引人注意（当然这在校园里是不可能的），可以去某个地下或半地下的俱乐部做点什么。有像堂·默里在《华府千秋》里去过的那种酒吧，有男人搂在一起跳舞的，你看过的，对吧？”我摇摇头。“没有？你疯了吧，你还在等什么？一部杰作。电影是1962年的，功课做得很足，所以肯定有一些。不管怎么样，可怜的厄内斯托·诺格拉在美国偶尔跟人调情比托尔斯在联合国总部最中心的地方开妓院还要难，后者发生时跟她父亲最后那几年是同一个时期。”他把手放到下巴上，反复用拇指抚摸它，露出了微笑。尽管遭到了羞辱性的解雇，他对自己与帕兰斯，可能还有威德马克的新项目充满幻想，他最暴怒的时候应该已经过去了。“唉，真是个人物啊，哈利。我相信罗姆跟我们说的全都是真的，真是太无耻了。你对此有什么想法？”

“没错。他对他所说的事其实知道得更清楚。他在跟我们说的时候比较谨慎也很正常，当然，他口风不严。毕竟他为他工作过很多次。”穆里埃尔的脑袋从一边晃到另一边，他沉浸在回忆之中，想得很专注。是的，也许他已经有一半原谅了托尔斯，正如他在不知道到底原谅了什么的情况下完全原谅了范·维克滕，这样更容易：他不想知道。如果他不是一个爱记仇的人，他不会对与他无关的事情有想法，甚至不会介意别人从他手中夺走了一部电影，比阿特丽斯的事无法解释，都这么多年了。但他是打算向我解释的，却跑题了。我有些着急，担心他随时都有可能退缩。我鼓起勇气将他引回原来的话题："但你之前对我说距离婚礼还有几个月的时候发生了一个严重的意外，一个大问题。我想是关于她父亲的。"

他把脖子抬高了一点，以便能够更加直视我。我感觉到他正在享受他的拖延。既然他同意告诉我了，就必须按着他的节奏和方式来。这是讲故事的人的特权，而听故事的人没有任何特权，或者只有走开的特权。当然，我还不打算走开。

"我不知道她父亲在想什么。他已经不是个小年轻了，应该快五十岁了，却一直没有改掉他的烈性子。或者他想痛快一把，然后放松了警惕。在这么长时间的克制之后，一位大学的同事撞见他在公共厕所里给一个人口交，我不知道，或者是在电影院里。因为他相当开明，所以没有跑去警察局告发他，却在教师董事会还是叫别的什么名字的组织，或者 Chairman（也就是校长）那里举报了他，我想为了避免大男子主义，现在它被可笑地称为 Chairperson 了。这些新英格兰的同事太过以正直自持，结果变得非常严厉。你可以想象那是多大的一个丑闻。好吧，不是说它被泄露给了媒体或是什么，正直不允许他们这么做，而且这么做也不合适，他们不想吓跑未来的学生。但在湖泊和森林的泡泡里与世隔绝的地方大家什么都知道。他们不只解雇了他，还提醒那个地区的其他大学，让他不可能被任何人聘用。她父亲没有工作，也没有收入，意志消沉地把自己关在家里，他大部分的朋友很快就开始躲着他。于是比阿特丽斯紧急去了那里，想看看他的情况，她还不太清楚发生了什么。她收到的电报让她别无选择，我记得清清楚楚："遭大学解雇。情况危急。说来话长。勿来电。速来。"她的叔叔婶婶帮她买了机票，我那时候帮不了她太多，我还没有继承财产，差不多刚好够养活自己。到了那里之后，她才了解到事情的细节，大学那边的人别无他法，只好向她解释发生了什么，她父亲也只能向她坦白自己的性取向，以及（不是突然地，而是过了一阵子之后才告诉她的）她母亲没有死这件事。然而，我们从来没有对她进行过任何调查，比阿特丽斯当时根本没有想找过她。那位女士很可能还活着，也许有了别的孩子，她应该是一个六十多岁的女人了。比阿特丽斯逐渐在信里把这些事告诉了我，起初我们几乎每天都写信，或者至少她每天都给我写。她父亲对此难以接受：他要么搬到国家的另一头，去某个无足轻重到他们都没有费事去提醒的大学，要么……太糟糕了。我们甚至说到婚后让他来与我们一起生活。那不是开始一段婚姻关系的理想方式，但我们不得不考虑这一点。而且她的叔叔婶婶，也就是他父亲的妹妹和妹夫，是忠诚的佛朗哥派，他们在得知他到底犯了哪种错误之后愤怒不已。他们忍不住说了'本性难移'之类的话，所以他们应该知道很久了，我的意思是他的癖好。总之，或许是因为痛苦，因为打击，比阿特丽斯的父亲差不多在她到的同一周就发生了心肌梗塞。他扛过来了，但身体垮掉了，需要人照顾。她留在了他身边，她从来都是个好女儿，那时候也是，就像所有只有父亲的女儿一样，她们总是奋不顾身地爱着自己的父亲，不在乎对方是哪种人。至少他们没有立刻就陷入经济危机，他们花着诺格拉多年来靠着在美国丰厚的薪水和很少的花销存下的积蓄，期待他能够恢复过来，能去密歇根、奥克拉荷马或者新墨西哥州试试运气，或者能回到西班牙来。一切都悬而未决，但无论如何他的身体状况暂时不允许他旅行。几个月过去了。她父亲恢复得有限而缓慢，依然非常虚弱，比阿特丽斯的归期被推迟了。来，给我一支烟和一个烟灰缸。”

他停顿了一下，我把我的那包烟递给他，帮他把烟灰缸拿到地上。他把已经熄灭的烟斗放在一边，拿了我的一支烟，将它点燃，朝天花板吐了两三个烟圈。他是那种会吐烟圈的人，就像埃罗尔·弗林和那些他从年轻时就照着对方的样子留起小胡子并一直留下来的演员一样。他用水把头梳理得整整齐齐，浓密的头发被一道明显的发线分成两边。他似乎陷入了无声的沉思。以防万一，我决定刺激他一下。

“可怜的比阿特丽斯，”我说，“我还是没看出来她做了什么需要受到惩罚的事。正好相反。到目前为止，她是个亲切而忠诚的女孩。”

他欠起身，用手肘撑着地面，有点怒冲冲地看着我，就像我出言不逊似的。

“你还没看出来，是因为我们还没说到那里。如果你不耐烦了，早早就急着下结论的话，我们还是别说了的好。”我把两手张开举起来，做了个投降或者自卫的手势，像是在说“对不起，对不起”“停战吧，停战吧”，或者“别理我”。他再次像英国军人夹着轻便手杖那样把拇指夹在腋下，摆出他的经典姿势，继续说道：“当然，等我们说到那里，可能你也会觉得那是一件微不足道的事，就像她认为的那样，是一件蠢事。也许你期待的是某件引人注目的、可怕的事。或许甚至是一项罪行，就像电影里演的那样。这些都没有，你已经知道了。只有一个谎言以及报复性地……不，是之后不冷静地将它说了出来，在晚了太多年、还不如将它隐瞒下去的时候。私人生活中的小事也可以很严重。这种情况有很多、很多，多得人们常常对此视而不见，或者无法将它们联系起来。我不是这样。好吧，我也放任过其他事情，就像所有人一样，但这件事我不能。”

“那您告诉我吧，您接着说。我不会过早下任何结论，您放心吧。我甚至不会有什么想法，这不是我的事。”

他又一次躺下了，平静了一些，就在那时，我透过之前被他关上的门上半部的玻璃看到了一张脸的影子，或是一个身影。由于玻璃是磨砂的，我无法分辨那是谁。穆里埃尔叫我到他房间来的时候家里没有其他人。孩子们去游泳了，弗拉维亚去买东西了，比阿特丽斯一吃完早饭就出门了，她没有说明自己去哪里，当然了，或许是没有向我说明。穆里埃尔躺在地上，角度不对，那张脸在他的视野之外，那个粉红色的影子没有贴在玻璃上，而是有一两步的距离，对方不想引人注意或认为这样不会被人发现。然而坐在桌旁的我看见了它。我问自己这个人能否听到我们说话，就像我说过的，门关着，却没有关紧；那是有可能的。我犹豫着是否应该提醒穆里埃尔那个幽灵般变形的人影的存在。“如果我说了，他马上就会停下的，”我心想，“而我还是什么也不知道，谁知道他是否还会重新回到讲故事的状态。我不应该冒这个险。”我一边看，一边觉得自己认出了比阿特丽斯的鹅蛋脸，我曾经隔着玻璃见过它一次，只不过那时它贴在玻璃上，而且玻璃是光面的，眼睛是闭着的，她正被一个人从背后进入，那一次不是我，那里的范·维克滕和我房间里的我，那两段回忆拼合在一起，突然让我觉得羞耻，甚至让我脸红了。“如果那是比阿特丽斯，”我继续想道，“对她来说穆里埃尔怎么说没什么新鲜的，没有什么不是他从八年之前开始就责怪了她几千遍的，如果她会受伤，那也是陈年旧伤了。”实际上在那个逡巡和哀求的夜晚，那个我刚刚开始窥伺的夜晚，她已经承认了自己的过错。“我很抱歉，我的爱人，很抱歉伤害了你，”她对他说，也许是真诚地，也许是狡黠地，“我希望时光能够倒流。”这是我们所有人有时都会希望发生的事，我的爱人，退回从前，让时间重来一遍，改变这一趟时间里所包含的事，它几乎总是由我们来填满，总是由我们来决定它在一切都过去、彻底成为过去时将如何看我们，然而我们不知道在它尚在流逝的时候如何看它，因此也不知道该如何涂画它。它会变成一幅无法更改的画，布满无心、鲁莽和歪斜的线条，它永远都会以这副模样留在我们的双眼之前，或是我们脸上唯一的，像海或夜一样蓝的眼睛之前。我选择了不告诉他，不让他知道那个影子、身影或黑影的存在。

“是的，这不是你的事，”穆里埃尔回答，“这是无法避免的。你会有想法，哪怕你不说出口。我无所谓。你在看什么？”他发现了我的视线一直在朝右边门口的方向看。

“没，没看什么。那里有些突出来的书让我觉得不舒服。您知道我对整齐有种怪癖。我很快把它们排一下，抱歉。”

我站起来，走到门左边一个有两块隔板的小旋转柜旁，那里放着穆里埃尔喜欢的初版书，或是由作者签名或赠送的书，他是个有所节制的藏书家。我几乎能够肯定那是比阿特丽斯，她回来的时候我们没有听见她进屋，而她听到了我们的窃窃私语，猜到我们在一起，于是停下来看看能否听明白一些我们说的话。我装模作样地把几册书塞进去，回到我桌子旁的位子上。一分钟后我看见那个粉红色的影子再次凑了过来，像一幅未完成的蜡笔肖像画。

“先别管那个了，你这家伙。”

“对不起，对不起。我请求您，您接着说吧。发生了什么事？她犯了什么错？”

“唔。唔，”他发了两次这个声音，差不多是这样，就好像他是个英国人，现在觉得要开头有点难似的，“好吧。好吧，一开始是我犯了错误，如果爱上一个人是一个错误的话，那几乎总是无心之过。有时候不是，有时候你是故意的，但这种情况比较少。几个月又几个月过去了，比阿特丽斯无法将她父亲一个人留下。我们推迟了婚礼，或者我们一直没有把日期确定下来，不管怎么样都要先等到问题解决，而没有人知道该如何解决。她父亲虚弱、茫然、羞愧而踟蹰。她说，他一下子老了十岁，他的头发全都白了，飞速地长出了皱纹，身体和脑子都变得不灵活，几乎不见好转。当然，我在这里继续我的生活，要一刻不停地顾着某个人是不可能的，尤其是如果对方远在天边，你连偶尔听到她的声音也做不到的话，而现在这太容易了……我也应该承认，不幸会冷却和远去，如果它持续得太久，你就会想逃开……我得到了拍摄第二部电影的机会，开始把精力放到这件事上，那时候电影拍得很快，三四个星期，有时候更少，最多五个星期就结束了。好吧，还要剪辑什么的……总之，我像傻瓜一样爱上了另一个女人，她是谁并不重要。”“一个原则上完全值得我信赖的女人”，我记起来了，我心想，“一个从前的爱人。就像人们常常说的那样，我一生的挚爱”，当时他一步步承认。但我不想用多余的问题分散他的注意力。“我体会了在那之前从未体会过的激情。我不会向你解释什么是激情。如果你还不曾经历，因为它很少会在你三十岁之前出现，一切在你听来都会像是热情洋溢的歌曲、浪荡的兰切拉调以及廉价寻常的文学作品。如果你曾经历过，那么你就已经知道了。描述永远都是单调的，就像对于性爱的描述一样。体验它们叫人着迷，而讲述它们则令人讨厌，妓女、马和国王，更多的马或更多的国王，没什么变化。无论如何，当你回头去看，当你已经置身事外时，那是一种朴素的东西。甚至在结束之后，你自己都很难想象那种状态。可是，当它存在时，那是你唯一感兴趣的东西。你会感到被吸引，有一种真正的人生只能如此、其余皆不值得的幻觉，它让剩下的一切都黯然失色。你甚至会看不起无法拥有这种人生的人，会得一种无节制病。我很清楚我想要的不只是和那个女人在一起，而是永远和她在一起，你想象一下吧。她属于我，这种情况下说这个应该都多余了。激情愈演愈烈，无法平息。我别无他法，只能收回对比阿特丽斯的承诺，结束我们的关系。在我发现自己的心意之后，继续在一起对我们两个人来说都会是一种灾难。这不好受，这种事从来都不好受。但考虑到当时的情形，那对我来说是一个无法解决的难题。”

现在穆里埃尔看着天花板，甚至没有在看那幅画。他说话的时候有点出神。他停了下来。我朝右边瞥了一眼，为了不让他看见，我瞥得飞快。玻璃后面的影子还在那里，比阿特丽斯的腿应该有点酸了，她一直站着，已经站了好一会儿。她的双腿很结实，这应该对她有所帮助，而且她也许把鞋脱掉了。考虑到我们谈话的音量，她应该能听到些什么，如果几乎什么也看不到、什么也听不到她不会留在那里。然而，我怀疑她听到的是只言片语，穆里埃尔在地上说话的声音不高，而且我几乎没有插话。“就算这样也值得一听，”我心想，“她能听到这个她已经熟谙于心的故事的零星线索。”

“我想您没有解决它，那个难题。”我说。

“为什么你会这么想呢，如果我能问一下的话?”穆里埃尔再次怒气冲冲地问我。

“好吧，爱德华多。您跟比阿特丽斯结婚了。你们有了孩子。你们共度了半生。您想让我怎么想?”

“你别自作聪明，小德·维尔，你别自作聪明。”他重复的语气里能听出他被伤到了，他又一次像弹簧一样抬起身。我觉得他要爬起来了，他会一直啰嗦这个问题，不会把故事往下讲了。“你以为呢，难道我之所以怪她，是因为我自己没那个胆量，因为过于慎重而失去了我的人生?因为我不想经历痛苦，因为懦弱?我永远不可能因为这个怪她，你这家伙，你把我想成什么了?”我没有说话，他平静下来，重新躺下了，他对于地板的爱总是让我震惊。他恢复了那种平和的、始终郑重的，也许有些心痛的语气，最后那一点他掩饰得非常勉强。“不，我是诚实的，或者尽可能地诚实，你不能要求任何人无限度地诚实。我给她写了一封长信，向她解释发生的事情，发生在我身上的事情。我试着尽可能地措辞温柔，对给她造成的伤害表示遗憾，总之，一切都是我的责任，当你给别人造成巨大痛苦的时候，你通常会这么说。安慰和好言好语作用不大，尽管如此，人们还是会努力这样去做，有什么办法呢?我不能瞒着她。我让她留在那里，不要回来。或者无论如何不要为我回来，我已经不会等她了，不可能了。我想如果她留在美国的话，她用不了多久就会忘记我，让生活重回正轨。说到底，她是在那个国家长大的，它比这里更是她的故乡。把她父亲推进深渊的人会将她视为无辜的受害者，会帮她拿到奖学金或者找到一份工作，随便什么。当然，我的内心不平静，我怎么可能平静？我紧急向她寄出了那封信，开始等待。我不排除她有可能会匆忙打电话来，但那没什么用，你无法在计价器不停地往上跳的时候讨论这种事情，所以大家在拨通长途电话之前会反复思考，一旦接通就飞快地把所有话都说出来，‘你会破产的’，如果你多说一会儿，大家就会这么说。当我估计那封信应该到了的时候没有电话来，但几天之后我收到了一封电报。将它打开时，我相信那会是一个回复、两句呼喊、两句咒骂、一句哀求；一句责备、一个威胁，一个等到我们见面再说的请求，一个重新征服我的机会，距离会让事情扭曲和移位。然而不是。那封电报写道：‘父亲昨晚去世。再次心梗。在此处理两周。即回。备好一切。爱你。’”

“她还没有收到信。”我说。

“显然没有。有时信件会延误很久，不管他们往上面盖多少个加急章，还有的信会寄丢。好吧，跟现在一样。不过我没有寄挂号信，我没想到。我的心情坠到了谷底。她随时可能收到信，她会在痛苦之外更添绝望，会感到世界都崩塌了。我要是能让信停下就好了。不是为了收回它，而是为了将它留到一个不那么糟糕的时机，推迟一点，哪怕一个星期也好，不要一个打击接一个打击。但它已经在朝那里飞去了，不止如此，它应该已经到达目的地了。‘备好一切’。这我完全明白，我无法自欺欺人，它的意思是‘准备婚礼’。她会把已逝的过去留在身后，我是她唯一的未来，她的生命。我不知道该怎么办。我想给她打个短短的电话，让她听到我的声音，说说她父亲的事。但这会与我的信产生矛盾。她在电报里听起来很坚强。她父亲那个样子，已经走投无路了，说到底，他的死不失为一种解决办法。但她爱他，这一点不曾改变，我的意思是不管最近曝光出来的事情有多么令人震惊。对于很多女人来说，父亲始终是她幼年时的模样，不会改变，她们会原谅他的一切。她肯定悲痛欲绝，而且几乎是孤身一人。最后我觉得最慎重的做法是再发一封电报："无尽遗憾。急信在途。重要。待阅之。拥抱。"

穆里埃尔显然一字不差地记得那一次互通电报时他们两人各自写的话。他原原本本地复述了它们，他也许读过成千上万次，而且我想这种东西是忘不掉的。"他甚至没有写‘吻你’，"我心想，"他更没有回复她‘我爱你’。‘拥抱’可以对任何人说或给任何人，尤其如果对方刚刚失去了什么人的话。他给自己留了余地，他肯定思考过要写些什么。他不想做一个铁石心肠的人，不想一个打击接着一个打击，也不想向她暗示任何有可能改变的希望。是的，直到此时他都是诚实的。"

"然后发生了什么？"

"什么也没有。她什么也没有回复。仔细想想，她也没有必要回复那封电报。她只要等着我说的那封信就行了。她会忙着准备葬礼，退掉租来的房子，处理财产继承手续，留给她的不多，但可能还是有一些的。好吧，这些是我的猜测。主要的事情她已经说了，至于其他的：花两个星期结束所有的事，然后我就回来。我能做的只有等待她对我那封信的反应。这随时都有可能发生，却一直没来。我每天都在不安和恐惧中等着那个我必须应对的反应。日子一天天过去，她却没有反应，什么也没有。我感到失望，同时也有一种自欺欺人的解脱感，这个我不会否认，没有人喜欢面对自己造成的眼泪。但她甚至没有让那两个星期的延长期过完。她像鬼上身一样将一切都加速到最快，跟她要从美国联邦调查局的追捕中逃走似的，就像哈利和他的摇钱树那样，”此时他又想起了他们，干巴巴地笑了一声，“她让一位律师朋友负责办理手续，在第一封电报过去九天之后，我收到了另一封电报：‘明日周三至巴拉哈斯。环球航空，纽约，早七点。等我。从未如此爱你。”

“她还是没有看到您的信，”我说，“她从纽约过来，第二天，而且很早。您没有太多时间来做决定，来做好准备。与此同时，另外那个女人怎么样了？”我忍不住问起她，他一生的挚爱，她或早或晚也成了范·维克滕的受害者，或者当她发现他是那位儿科医生的密友时，她是这样告诉他的。

“你的好奇心真是够讨厌的，”他回答，“来，再给我一支烟，然后给我倒杯酒。说了这么多，我的嘴都干了。”我这么做了，也给自己倒了一杯。我把他的那杯放到小矮桌上，他从地上能够到它，也能把它放回去。当我站起来到放酒水的托架那里去时，那个影子再一次从玻璃上离开了，或者她可能是弯下了腰。穆里埃尔喝了一口，接着说道："那个女人无所谓，跟她没关系。她非常重要，但已经成为历史了。她被抹去了，而且是被有意地真正地抹去了，至少在很多年里是这样。"

"您放弃了她。"

"当然，我能怎么办呢？收到那封电报后我没有太多可想的。那话是怎么说的来着？覆水难收。我的信永远丢失了，或者等它到的时候她已经出发了。比阿特丽斯不知道它的内容，她像奔向救赎一样朝我奔来，朝着她仅有的东西，她相信一切依然如故，还是她离开时的样子。是这样的念头支撑她度过了这么多个月，我不知道，她很成熟，但她也是个二十一岁的女孩。我写信给她时，她父亲还活着，虽然他不可能从第一次心肌梗塞中复原，他的职业生涯在丑闻之后也几乎已经不复存在了。但比阿特丽斯还可以不用离开，还有一个有分量的理由，甚至是一项使命，能够让她留在那里，以某种方式让她的生活走上正轨。现在没有了，现在她破釜沉舟了。她可能把剩下的钱里的一大部分都用来买了机票；她中止了马萨诸塞州的房子的合同，不可能回去了，它已经不是她的了；没有什么能把她留在那个国家，没有任何有力的联系了。木已成舟。我可以坚持原来的想法，相信她能在马德里重新振作起来。一个人能从任何事情里恢复过来，这没错，她的叔叔婶婶一开始可以收留她。之后，谁知道呢。当然，有无数人经历过更加糟糕的情况。更不用说狄更斯笔下成千上万的孤儿了，"他身上几乎总会显露一点幽默的残余，他开朗的本质，"我没有胆量。我试过了，没用。我觉得自己有责任，觉得自己亏欠了她。她来找我的时候不知道我身上在发生什么，我身上曾经发生过什么。在痛苦之中，在连续经历了好几次打击之后，她依然满心幻想和希望。我不能在为时已晚的时候再给她一个意外的打击，决定性的打击，或者我当时觉得是这样。我们被老式教育耽误了，小德·维尔，而且那时我还年轻，离这种教育还不够远。后天的责任感、言出必行的观念紧紧压迫着我。这种绅士作风如今听起来有些可笑了，二十年前还不是这样，一切都消失得太快了。”（“恶毒的速度，”我心想，“不只是舌头的速度，还有时间不停驱逐人、习惯、观念的速度。”）“如果自身有能力避免，就不可造成严重伤害的信条。”

他把两只手举起来放到脸上，用力按住面颊，这个动作让他的嘴巴变形了。我不知道他是在诅咒那种老式教育，还是在时过境迁以后认可了它，他是否在心里再一次接受了它，毕竟我们几乎无法对抗命中注定之事。或是对抗我们的性格，如果我们无法将它改变的话。越来越多的人真的改变了它，实际上他们每隔一段时间就会重新设置它。

“那个女人对此有什么反应？”我对被抛弃的那个女人很感兴趣，虽然关于她的事穆里埃尔言有未尽。

他把手从脸上拿下来，吁了一口气，嘴巴恢复了原状。然后，他用两根手指摸了摸眼罩，确认它没有脱落。

“我跟她待了一整夜。我向她解释，告诉她那个消息，她泪流成海，她能理解一部分，她没有出口伤人，也没有歇斯底里。

她几乎没有争，只是哭。但我已经跟你说过了，我们最好把她排除出去，既然那个可怜女人的身份是出局者。”穆里埃尔肯定忘了自己跟我说过一些，很少，而且是在另外一种情况下。“做你认为应该做的事，”我想起那个女人曾经对他说，“做对你影响最小的事，最能让你接受的事。但如果你那么做了，就不要再回忆我们，回忆我和你了。永远不要回忆我们在一起，除非你愿意每一天、每一夜都在自怨自艾之中度过。你也不要单独回忆我们中的一个，因为当你回忆的时候，我们最终都会合二为一。”

“关于这个，您跟我说过一些。”为了帮助他回忆，我向他重复了这些话。

他再次欠起身，茫然地看了我一会儿。之后他在脑海中飞快地归纳了一番。

“对，好吧，很好，”他的声音变了，或许他有一点被我如此准确的复述激怒了，“你一直自诩记性好，跟你说话要小心，因为你会像机器一样把它记录下来。是的，她对我说了类似这样的话。但那是简化版。那个夜晚，说真的，真是太长了。情况一直在变化，我也犹豫了好几次。但我之前的决定占了上风。一过早晨六点我就告别了她，径直去了机场，直接从她家里过去。我离开时关上了门，不想在等电梯的时候，让她继续从门厅里看着我。也许她从猫眼里观察我，我无从知道。关上门的时候我知道自己把激情长久地留在了身后，我一生的挚爱……那是一份难得一见的激情，很少会出现……我估计，我到巴拉哈斯机场的时候身上依然留着她的味道。无所谓了。没人会让我作出解释，那会是最后一根稻草。比阿特丽斯非常聪明，她从来不会犯类似的错误，在离开这么多月之后她不会。”

“接着您之前说的，你们见面的情况如何？”我再次开口，因为他又一次沉默下来。我瞥了一眼玻璃，那张粉色的脸已经回到原处。

“航班准时到达，几乎没有延误，我到得刚刚好。比阿特丽斯出现时，我觉得她很美，要是说她不美，我就是在说谎，跟现在完全不同。当然，不是说这一点补偿了我，但有一点是一点吧。你最好还是喜爱一个会在你身边待上很长时间的人，我指的是，以一种最基本和表层的方式。她用力地拥抱了我，脸上带着我这一生从未见过的微笑，我想说的是她如此神采奕奕，光彩照人。我曾经试过在我电影里的某些女演员身上复制这种微笑，但不管是多么优秀的演员，我在她们那里得到的只是一个苍白的映像。她微笑的样子就好像她不相信自己有这样的运气似的，仿佛她觉得重新跟我在一起是不可能的。然后她哭了，把脸埋在我的胸口，这样待了好一会儿，我记得她把我的外套都弄湿了。她肯定太想回到我身边了。这也是令人感动的，另一方的无知，还有幸福，当你一眼就能看出它是因你而起的时候。你会有一种责任感，或者会感到这份责任更重。我们取行李的时候她已经缓过来一些了，我忍不住问她，那是我最先问她的几个问题之一：“你一直没有收到我的信吗？我在电报里对你说的那封。”“没有！”她用埋怨的语气回答道，“你看我都等急了。我想它会给我很大安慰的，你会对我说我的父亲，说他的离开，这会帮助我接受这件事。你不知道它寄丢了我有多生气，偏偏丢的是这一封，我最需要的那封。”这么说吧，她认为我的信是一封悼信，认为我一得知消息就马上给她写信了，让她不会只收到短短的三句压缩到极致的话。假如我是那时候寄的信，那么实际上过去的时间还无法说明它一定是彻底寄丢了：九天，最多十天。我在电脑里说得不够明确。‘急信在途。重要。待阅之。’我是这么写的。那时候她没有心情去领会字里行间的含义，或逐字逐句思考它的意思。我应该加上“来前”，或是“决定前”。“待决定前阅之”，我想这就应该足以把她拦住了，让她心生怀疑，让她去进行一番调查，不要鲁莽行事，甚至足以让她在信迟迟不到时打电话给我。”他停顿了一下，喝了一口酒，露出微笑，这一次是自嘲或者轻微的苦笑，“但你看到了，发电报的时候，所有人都会长话短说。”

“但您认为事情不会有太多改变，对吗？假如您没有长话短说。”我说。

现在他厌倦了躺在地上，或者他想与我正面相对，因为他不只站了起来，张开手臂伸了个大大的懒腰，坐到背对门口的沙发上（他一站起来那个影子就再一次消失了，肯定是受到了惊吓），还要求我离开桌边的位子，用手指示意我坐到另一张沙发上。

“去，坐到那里去，别让我扭着脖子。难以置信，你从来都记不住我的视野跟你的不一样。就好像你看不见这个眼罩似的。”他又敲了它一下。见我听从了他的意见，他回答：“谁知道呢。可能不会。可能她会找到另一种办法来装傻，假装自己不知道。我现在是知道了，但那时我甚至都没有怀疑。好吧，我想到过，另外那个女人更是想到过，但我觉得她是因为绝望才这么说的，我立刻排除了这个想法。我不觉得一个这么年轻的人有可能玩出这么肮脏、冷血的把戏。”（“我没有年轻多少，”这句话在我脑海中像一道光闪过，“我在他面前并不光明磊落，但我觉得我没有耍心机。”）“而且，是在她遭遇不幸的时候，我们会混淆脆弱和无害，认为受伤的人不会伤人，这是一个非常普遍的错误。我觉得她没有能力将谎言作为她未来整个人生的基础。让它承受这样的危险，将它建立在如此……如此不牢靠的东西上面。当然，谎言越大，因它获益的人就越倾向于忘掉它。她太了解我了，她从很小的时候就开始研究了我很多年，而我则一直心不在焉，无知无觉。我也没有警告她。我错就错在太天真，太容易轻信了。我一直以为人们不会想要充满怀疑和恐惧的人生。我好不容易才学会了这一点。有什么办法呢？你会逐渐吸取教训并强迫自己，强迫自己变得更加小心。但性格是不会变的。如果你想，你可以淡化它，再多就不行了。”

“您过了很多年才弄清楚这件事。”

“十二年，”他回答，“有人会说很快。差不多吧。在有了四个孩子之后。而且不是我自己弄清楚的，是她有一次大发雷霆的时候对我说出来的，为了伤害我。我本来可能到死也不知道这件事，我想，那样对我更好。”“要是你什么也没告诉我就好了。要是你一直将我蒙在鼓里就好了”，我回想起来。

“是吗？您这样觉得？您是认真的吗？”我太年轻了，还无法理解这一点，尽管我整体上很早熟。年轻人太喜欢真相了，与他们有关的真相。他们总在要求更多真相，然而你不能要求他们放弃牵涉和影响到他们的真相。他们无法忍受被嘲弄或被愚弄，虽然这没什么大不了的，是男人和女人无差别共有的命运。

“是的，我这样觉得。说到底，我努力过了。一次漫长的努力。我听从了你复述过的那些话，另外那个女人劝我的话。她所提出的是一个婉转的建议，它不激烈，经过了改编，是一条美好的出路。它符合当时的形势，符合一次意外和断然的告别，能够让形象不至于破灭。但我完全从字面上理解了它，觉得它有道理。我这么做了，没有去回想她和我，在可能的范围之内，也就是说，在表面上。内心深处一个人永远都会对被放弃的生活怀有思念，在最坏的时刻他会躲到那里去，就像躲进一个梦境或幻觉之中。然而，一旦我做出了决定，或者一旦那天早上我胳膊上挂着比阿特丽斯，与她像一对真正的迈向未来的爱人那样从机场里出来，我就有意要留在我所在的地方了。‘我会爱她的，’我对自己说，‘我会永远在她身边。我会忠于她。’我对自己重复了几千遍。‘我不会让她失望也不会抛弃她。我没有选择她，但她是我命中遇上的人。无所谓，我会跟她在一起，我会保护她，支持她，照顾她的孩子，我会像自己选择了她那样去爱她。我会忘掉途中丢失的东西，现在要后退已经太晚了，而且这条路已经不再是我的那条了。我会不回头地沿着它走下去，我会试着不去抱怨。’在很长的一段时间里，我这样告诉自己，无数次这样提醒自己。”

“您做到了吗?”我问他，尽管我知道答案，因为比阿特丽斯羞怯地用一个指节敲他的门的那天夜里我也听到了如下的话：“我那时真是太傻了，才会爱了你这么多年，比我能爱的还要多，而我什么都不知道。”他一边把手放到她的肩膀上，一边对她说，之后他用充满厌恶和凌辱性态度地揉捏她的身体，或许也带着一种模糊不清或遮遮掩掩的色情意味，这是他从很久之前就禁止自己有的感觉。过了一会儿，在抚摸结束之后，她回答他：“不，你不是个傻子。不，正好相反，过去所有这些年，曾经的所有这些年里，你一直爱着我是对的……你很可能没有做过比这更好的事了。”我能肯定比阿特丽斯湿了眼睛，只有这样我才能理解穆里埃尔那令人惊讶的反应。“这一点我承认，”他对她说，“这个理由足以让我相信我浪费了我的生命。我生命的一个维度。所以我无法原谅你。”说这些话的时候，他用了一种温柔的语气，几乎带着惋惜。

“是的，现在我是这样认为的，也许不只是做到而已。爱她不是件难事，我告诉过你，只是没有激情。激情不是必需品。而在她父亲的事情曝光、他病休和去世之后就更不是难事了，我觉得她是一个无依无靠、无根无故的人，在世上孤孤单单地没有地方可去。对她有欲望也不是件难事，完全不是，这甚至让我厌恶自己曾经做过的事，而她则开始不那么小心了。我不会说这十二年里我从来没有出轨过，当我在美国或者不那么远的地方拍片子时，我们会分开一段时间。但那种情况很少，而且也仅限于此，偶尔的出轨永远不会威胁到她，它们没有在我身上留下什么痕迹，我更不会怀念它们。我几乎不记得。孩子们出生了，这将我们更紧密地联系在一起。最大的孩子死了，我们一起熬了过来。我不会对你说一个年幼的孩子死去意味着什么，已经有太多投机和廉价的文学作品了，还有太多电影利用这种不幸屡试不爽地让人们感动，在电影或自传里，靠它很容易就能赚取眼泪和同情，这是一种冷漠和卑鄙的行为。就连托马斯·曼也这么干过，在他著名的《浮士德博士》里，如果我没记混的话。但好吧，这是永远忘不掉的。不只是孩子，还有那个曾经在你身边的人，那个陪你经历这段不幸的人，那个你看到他在痛苦中努力让自己不要垮掉的人，那个你支撑过、你也紧紧抓住以支撑自己的人。你不能撤销曾经有过的一切，胡安，哪怕结果这一切的源头是一场戏。”

他停下来，有些茫然。现在他没有望着高处，而是用具有穿透性的目光定定地看着地面，仿佛想看穿地板。我不敢靠近比阿特丽斯和孩子的那张照片，那是我的第一个念头。实际上我不需要，我很熟悉它，我研究过它。我趁机又朝玻璃看了一眼，那里已经没有那张变形的面孔的痕迹了，也许她躲到了门后不透明的地方，或者她也许已经离开了，因为她不会再听到什么了（如果她能听到的话），或者她不想让她历久弥新的爱人发现自己（“我很抱歉，我的爱人”，她曾经这样叫他）。

“过了这么多年之后，她为什么要告诉你？”

“噢。为什么是最不重要的。托马斯出生后不久，我们就开始吵架了。有一个女演员……那时候她一点也不重要，没有谁是重要的，就连我为了她而抛弃的那个女人再次短暂地出现在我的生命中时，她也不重要，我已经有效地完成了我的工作。时间没有权利取代时间……总之，我开始变得很令人讨厌，你见过我那个样子，我可能会失去理智。那一次我让她失去了理智，她没过脑子就对我说出了那件事，她没有考虑后果。大家对这些事情权衡得不够，我们觉得用嘴说出的事比用手做下的事更容易得到宽恕，但通常不是这样。过了这么久，已经有这么多事情掺杂其中，孩子、电影以及我们的婚姻，以至于实际上，她已经把自己的诡计看作是一种孩子气的行为，或者她一直以此来为自己辩白。我也将它看成过去的故事，一种几个世纪之前就应该被我们共同的故事淹没的东西，现在的力量，你知道的，事件的力量，不可逆转之物的力量。但最糟糕的不是她向我坦白，而是她把信拿过来给我看。她毫不犹豫地走到一个架子前面，将它从一本书里抽出来，放到我手里。它就在那里，被拆开了，但还带着信封和印章，我手写的名字和地址，我曾经用红笔写下‘急件’两个字，颤抖着将它交给邮局，为了让它更快被寄出，我带它去了西贝雷斯的总局。给她的信写得我满头大汗，整夜失眠，我字斟句酌，力求在坦诚的同时又不会伤害到她，或者尽可能将伤害减到最小。对我来说，它已经在混沌中丢失了，从来不曾寄达，然而它就在那里，它到了美国，又跟她一起回来了，它被装在她带的行李箱里，或者可能是她的包里，或者被夹在那班久远的飞机上她读的书里了。她拥有了它十二年，而且把它保存了起来。为什么要保存这个呢？应该把它毁掉，烧掉，除非她为了有一天把它拿给我看，为了幸灾乐祸，为了折磨我。她改变了我的人生，像对待一个听命于她的演员那样导演了我的人生，她掌控了它，她从一开始就知道我明确的意愿，却违背它占据了我的整个人生，而且她觉得这还不够。她希望我有一天能知道，她不允许我被蒙在鼓里，有时候这是对一个人来说最好的情况，如果他已经决定认下已发生之事的话。而我已经差不多认命了。无论如何，我彻底忘掉了那种激情。它太难得一见了，所以不难忘掉。”

于是我想起了他另一天早上对我说过的话，当他提起死去的长子以及范·维克滕为了试图挽救他做了多少事，还有这些年来他为他们所有人做了多少事的时候。这是知道人们的生命存在多少可能性，也不打算将自己视为例外的人才会说的话：“有太多生命在欺骗或错误的基础上形成，很可能从这个世界开始存在以来的大多数生命都是，我又为什么能够幸免呢？我的生命为什么不也是如此呢？这个想法有时于我是一种安慰，让我相信自己不是唯一的一个，相反，我也只是看不到头的名单上的其中之一，我们都想正直做人、忠于承诺，虽然它越来越被看成是一句过时的蠢话，但我们都因为能这么说而感到自豪：‘你们看，我说到做到’……”

他喝了一口酒，又点了一支我的烟，交叉起双腿，他的腿很长，放在上面的那条腿也碰到了地面。他在一个裤袋里翻找，掏出他的指南针，把指针凑到眼前或把眼睛凑到指针前面，仿佛那里包含着逝去的时间，或未发生的事。我想着他是不是说完了，或者是不是回忆累了，所以把余下的事情留给我自己去推测。

“您为什么没有离开她？为什么没有立刻抛弃她？”然而我问他。我想知道他为何要选择漫长而无解的灾难。那时候西班牙不允许离婚，它直到一年后才被允许，但从 1940 年开始人们就已经在低调地分居了，他们不将其正式化，也不公开，尤其如果决定离开的那一方是丈夫的话。这个高压的国家从来都是如此，大家从来都能找到绕开法律的办法，在某种程度上，绕开其中的某一些。

“啊，没有，”他立即回应道，他的眼睛被怒火点亮了，他停止了对指针的观察，“她给我看那封信的时候我明白过来，我去巴拉哈斯接她的那天早上她那个神采奕奕的微笑，那个我曾经试过在女演员身上复制的微笑，并不是源自对自己所冒风险一无所知的单纯幸福，而是源自心知肚明的幸福，是因为胜利，因为如愿以偿并且成功地演完了一场戏。她必须付出代价，这原本对她是无害的。她原本迟早都会重新振作起来，也许她本已找了另一个男人，她那时候依然非常年轻。但如果我依然在她身边，哪怕只是时断时续地在她身边，这些对她来说也都将是不可能的。实际上这些对她来说已经不可能了。”

“她现在也依然非常年轻，爱德华多，即便您不愿意看到这一点。”

他没在听或是没搭理我。

“我强行将我们的房间分开了，向她永远关闭了我的房间。不这样做不行，我们有太多性行为了。从那以后我再也没有碰过她，托马斯多大年纪了，已经八岁了。我也再也没有以那样一种轻松、快乐、表面的方式爱过她，我曾经一直那样爱着她，对她来说那足够了。”可是为数不多的那么几次，我曾看到过他们开心地在一起，也许，他们没有意识到自己在做什么吧。在威灵顿的惊险事件之后，他曾经在她面前表现得非常小心，几乎温情脉脉。没有能够完全消除的惰性，我想，无论他多么努力。“她发胖了，被摧毁了，陷入抑郁，一天一天，一点一点，渐渐地失去了理智。所有自杀未遂都是在那之后。它们无疑是那件事造成的后果，至少在根源上。之前她从来没有过这种想法，她是一个从不抱怨的女人。这不再是无害的了，这样更加公平。”“原谅没有复仇来得持久”，我心想，或记起了这句话。或许我现在才想到或记起了这句话。

“代价是您被绑住了。这似乎是我们那句极具特色的俗语的一种形式，不是吗？‘弄瞎对方，自成独眼’。”

他看着我的样子既严肃又讽刺。

“我那时候已经是独眼了，小德·维尔，还是说你看不出来？”他再次摸了摸眼罩。但这一次他说的不只是字面的意思，他指的还有他的天真、他的善意、他二十年前或是不管多少年前的轻信。“从那以后我就听从了本心，不用顺着谁，也不用费心去装，想得美。她也一样，我想，我不在乎她如何活着，我放手不管了。但她在做她觉得必须做的事，而不是她喜欢的事。她做得很痛苦，我推着她去拥有一份她丝毫不想要的自由，她宁愿受制于我。除此之外，我没有任何损失，这些年里也从来没有出现过任何一个让我动心到想与她一起离开的女人。这已经过去了，不可能了。虽然谁知道是否很快……”

“是否很快会什么？”我催他催得太狠了，以至于脱口而出，这很可能会让我无法弄清楚他在预示什么，他试图做什么。

“没什么，”他马上关上了话匣子，“如果说过去的事情跟你关系不大的话，以后的事情就真的跟你无关了。”

我没有坚持，由着他点到为止了。当我再一次看到那张我认识的鹅蛋脸、玻璃后面粉色的印记时，我立刻有了“这样更好”的想法，现在她应该已经不在乎被穆里埃尔发现了，他依然背对着她，我则正对着她。“最好她没有听到，如果她能听到的话。最好别让这个不幸、温柔和痛苦的可怜女人听到。可怜的灵魂，可怜鬼。”

“但您没有那么不在乎她如何活着，”我回到之前的话题，“既然威灵顿那天晚上您那么害怕。”

“嗨。”他回答。几秒钟后他又一次发出了同样的声音，比起“哈”，那更像是带气声的“唉”，那不是笑声，而是一种表达轻微失望或优越感的声音，就像他有必要向我表现出这一点似的。“嗨。你就是复读机啊，你自己说过了，我不在乎她如何活着，但我在乎她如何死去，我也在乎她的死。她的死，她的自杀，对我关系重大。这是我最不想看到的事。那对我的孩子们来说太可怕了，对我来说也是，你以为呢？当然，要是有一天她如愿以偿了，我能怎么办？但如果这件事发生的话，你不用怀疑那对我来说会是一个悲剧，我真的会为她哭的。曾经存在的一切都是抹不掉的，这我对你说过了。哪怕你决定它已经不能再存在下去了。”

是的，我听他说过类似的话，他在他的卧室门口对比阿特丽斯（穿着睡裙的比阿特丽斯）说过的话要更加复杂一些：“有一天你改正错误又有什么意义呢？这更糟糕，因为它否认了过去的一切，或是将它们全部推翻了，你不得不重新给自己讲一遍你经历的事，或者否定它们。可是你没有经历其他的事，你经历的就是你所经历的那些，所以你要拿它怎么办呢？抹掉你的生命？这是不可能的，正如你不能完全不在乎，但也不能拒绝过去那些年原本的模样，它们永远都会留下一道印痕、一段回忆，哪怕它现在是一道幻影，一件既发生过又没发生过的事。既发生过又没发生过的事情，一个人要将它安放在何处呢？”

他用了一种遗憾的语气，它不再是鄙夷或挑衅的，也许倒是有一点怨恨。比阿特丽斯立刻也换成了同样的语气，叫他“我的爱人”，说自己希望时间能够倒流，请求他的原谅，也许是故意地，也许是真诚地。

这时候她推开门显示了自己的存在，她走了进来。她没有光着脚，而是穿着上街时几乎总会穿着的高跟鞋，更加凸显她丰满的身材。听到声音，穆里埃尔站起来转过身，看见她时他的眼睛闪了一下。她伸着一只手，目光哀切地站在门厅里，仿佛在求他握住她的手把她拉过去，仿佛又一次在叫他“我的爱人”。听到她的死是他最不想看到的事，听到他真的会为她哭，她想必会因此觉得感激吧，或者谁知道她会不会因此痴痴地期待什么呢。然而他的手势是断然无误的。一个疏远的手势、躲避的手势，他做过好几次，就像他在命令她立即走开似的，就像驱赶一只猫。在我看来他正在向她重复对她说了八年的那句话：“Non，pas de caresses（不，不要摸我）。不，不要吻我。”

XI

他真的为她哭了，我亲眼看见的。得知那个消息时他哭了，在马德里的一个晴日于拉阿尔慕德纳墓园举行的葬礼上他也哭得很厉害，我看见泪水如何无法抑制地从他会说话的那只眼睛里落下来（沉默的那只眼睛不是，它应该没有泪腺，或者也许是眼罩筑起了堤坝，严丝合缝），在掘墓人终于放下棺木，在上面盖上最初几铲泥土的时候。没有人留下来看最后的几铲土，或是等到为了放入棺木而被起出打开的墓碑重新安放好，家族墓里还有一个空位是留给穆里埃尔本人的，也许吧，那里从很久之前开始就躺着夭折的孩子哈维尔，他没有长大，所以只占据了很小一块地方，现在他母亲的双臂正在想象中环抱着他。穆里埃尔没有留下，虽然他好不容易才告别了那里，摇摇欲坠得必须有人扶着。无论是苏珊娜、托马斯还是阿莉西亚也都没有留下，她们扶着他，她们关心那个活着并暂时老去的父亲（只有那天变老了），多过那个已经变成一大块没有生命的血肉、很快就会腐烂消失的人，所幸，没有人会目睹这个过程。我们有着不强迫人们去看尸体的好习惯，我们由它们在自己的黯淡中继续死去。里科、罗伊或范·维克滕都没有留下来，格洛丽亚和弗拉维亚没有，代表比阿特丽斯教授美式英语课的学校的全体人员出席葬礼的同事没有，那两三个以个人名义前来的人也没有。更不用说穆里埃尔那些由于义务或面子问题不得不来的熟人了：拉斐尔·维亚纳大师和其他的酒肉朋友，公务员塞莉娅的男伴，他喜怒不辨地偷偷看了我一眼；两三个外交官和电影人，我在里面看到了穆里埃尔正在争取的酒庄老板，有一会儿我还看到了杰斯·佛朗哥，他立刻迈着小步迅速离开了，可能是要去拍摄当天日程中计划的半部片子。远远望见女企业家塞西莉亚·阿勒曼妮时我不是太惊讶，她很低调而且站得有点远，虽然她戴着墨镜，我还是认出了她，一部分是因为她嚼着口香糖，并且也没有意识到她的颚部活动与那样一个状况和场合多么格格不入。一个大大咧咧的女人，就像所有有钱女人一样，她最近与我老板结下的深厚友谊让我得以确认这一点。我也没有留下来看着灵柩完全消失在泥土之下，这不是我应该做的，或者那样会显得很奇怪。我对自己保证我会时不时来墓地看看，一直以来我从未去过，或者只去过一次，那是多年之后的事了，为了送别余下的那一个，也为了搀扶苏珊娜，那一次她是最摇摇欲坠的人。

那次对话后不久，他们夫妇二人带着孩子和弗拉维亚去了他们在索里亚的一座房子里过夏天，那是个凉爽的城市，有罗马式教堂、诗人马查多的遗迹、能游泳的河和一个美丽的公园，他们半辈子都会在暑意逼人的时候去那里或圣塞巴斯蒂安的一个酒店——取决于经济状况的好坏。索里亚距离马德里不到三个小时车程，所以穆里埃尔可以在发生紧急情况或有需要的时候赶回来。我不知道在那个地方发生了什么，如果说一定有什么事情发生的话。最可能的是什么事也没有发生，除了惯常发生或由于那里没有出路愈发恶化的事。我猜穆里埃尔只断断续续待了几天，他因为许多急事要返回马德里或去其他地方，那些急事有真有假，也许是因为很长时间里第一个能够掌控他的女人。八月末，他们回来的时候，就像几乎已经决定和预计好的那样，我放下了在委拉斯凯兹大街公寓里的工作，跟我的斗室说了再见。我在所有事里都介入得太深，或者说那对夫妇闯入了我的生活，一个初来乍到者的生活。我的决定与医生持久不变的存在也不是毫无关系，他继续像往常一样进进出出，尽管他在我面前不再表现得友好、风趣和坦荡，而是彻底的面无表情，面容严肃。穆里埃尔对他的感激和好感足以让他不在意对方对他做过什么，并在迫切和可恶的怀疑之后（它们将我拖入了那个肮脏的故事）愿意无视它。与比阿特丽斯不同，无论医生做了什么，那些事情都不是针对他的，他是这么说的。但在比达尔的故事和我们在奇科特的会面之后，在他赤裸裸的威胁（“听着，我看你能说什么……你明白我的意思吗，小鬼？”）之后，我完全不想跟范·维克滕待在同一个房间里了。

所以我不能再留在那里跟踪比阿特丽斯了，不能再守着她或看着她，在她独自出门时跟着她跑到街上去。根据她丈夫的说法和我自己之后验证的情况，那恰恰是我们最应该担心的时候。另一方面，我已经放弃了这个偷偷摸摸而且很难解释的习惯，差不多就在我跟她上床之后，那仅有的一夜无人知晓，或者知情者只有那个跑过走廊却没有承认、没有改变对我的态度，也没有向我投来任何谴责目光的人——丝毫没有，无论他是谁，虽然我有自己的猜测，却从来没有确定过。而且即使我在那里，那天下午我也不可能跟着她，当她骑上哈雷戴维森消失的时候我从来都无法跟着她，我不知道她去往何处，不知道她与谁同行或者是否有人同行，也不知道她去找谁或者是否要去找什么人。穆里埃尔从来没有对我说过我出现之前她两次尝试自杀的事，从来没有说过细节，但它们肯定没成功，就像我搅黄的那次一样，它们没有那么剧烈和迅速，没有那么野蛮，她犹豫了，给别人留下了救她的余地。比阿特丽斯·诺格拉在九月里撞上了一棵树，事情发生在黄昏时分，在非常靠近阿维拉的一条二级公路上，两三公里之外就是几年前穆里埃尔的哥哥罗伯特与一个年轻的法国女人衣冠不整地送掉性命的地方。不知为何，我猜测她撞上的是一棵为了在夜里更加醒目而被涂上一道白漆的树（有长长的两排），尽管也许 1980 年前后人们已经不再会在树干中间涂上这样宽的一道漆了，我不确定，我不记得了。虽然摩托车和汽车事故中总是可能存在无意和偶然的因素，可能是走神、大意和意外原因造成，我们所有人，至少是成年人，都想到了她或许是故意撞上去的。（理所当然地，大家给孩子们讲是戳出来的树枝、地上的油污或横穿马路的动物的版本，是关于不幸的命运和坏运气的慈悲故事，而苏珊娜，这个嗅觉灵敏的十五岁女孩，只是出于对于弟妹的怜悯才假装相信了它。）比阿特丽斯完全是从正面撞了上去，就好像她仔细挑选了那棵树似的。这一棵，而不是一模一样的另外一棵，她也许想着："我的过错已经过去了，但惩罚依然存在。如果现在不死，怎么能算死得及时呢？我不会再回到我可悲的床上，我不想让痛苦继续包围我。那中间隔着的时间属于我。"从里科、罗伊、弗拉维亚那里，还有几天之后从穆里埃尔本人那里，我渐渐知道，她应该是在公路的某一处停下那辆哈雷戴维森，脱下那时候没有太多人戴，但她有时候会戴的头盔，它被扔在草丛里，而不是沥青路上，距离事故发生地有好几米，就像它之前就掉下来了，或是被她那个时时会出问题的脑袋赶了下来，也许她在想："我想和同一个男人拥有我在许多年曾经拥有的生活。我不想忘记，也不想走出来，不想从头再来，而是想延长曾经有过的一切，继续同样的生活。"或许没有车在那个时间段里从那个地方经过，所以她才能不慌不忙地听从幻想的冲动，重新启动摩托，将油门踩到最大，才会有时间打量一下周围，适应这个将最后陷入黑暗的绿树如荫之地，谁知道她是否会在等待之中问自己："为什么我们颤抖的手指所指的那个人必须爱我们？为什么那个让我们脑袋发昏、身体发烫、让我们为了他的骨与肉去死的人必须渴望我们？事情就这么凑巧吗？如果有这么凑巧，为什么会持续这么久？为什么必须维持这么一样脆弱得像用大头针别住的东西……"也许她最后看了一眼自己和自己身上的衣服，或许甚至从包里掏出一面镜子，因为她就要彻底变成往事，或是相片了，但那时她很可能一点也不担心自己被发现和看到时的状态，很可能会有一种非常接近诗人贝克尔在一封信中写到的感觉：“那么把我葬在埃及金字塔下或是把我像条狗一样扔到悬崖下面对我来说就都一样了。”也许她甚至都不会费神去看那弯新月，她知道它的眼睛有多么厌倦和冷漠，她自己都厌烦了自己的坚持，也许她会说：“过不了多久，我就将不再属于愚昧而不完整的生者，我将飘落而不凝结的雪花，像在夏日阳光下的土墙上攀爬、在那只不会记下它的眼睛前面停留片刻的小壁虎。我将是曾经，是当不再存在时就不曾存在过的东西。我将是一句不可闻的私语，一次短暂而轻微的发烧，一道没人去管、很快就会愈合的抓痕。也就是说，我将是时间，这个从来都看不见，也永远没有人能看见的东西。”当她的眼睛终于适应了那个地方的微光，或是当寒冷开始进入她的身体时，她重新打开前灯以便看得更加清楚，避免偏离她用颤抖的手指选出的那棵树，她踩下踏板发动穆里埃尔那辆最终更像是为她所有的摩托，或许上路的时候，她最后的想法要更加简短，很像这个：“就这样，坏事开了头，而更坏的事却已经被甩在身后了”。

葬礼之后，我过了好几天才独自去看望穆里埃尔，我想，那是我特有的一种无声地表达哀思的方式，也是为了给予他片刻的陪伴，虽然大部分时间他身边都有人，在那种情况下人们会在很短一段时间内殷勤备至，无微不至地照料那个悲痛的人，来看他，带他出去，逗他开心，让他忙到发蒙，免得他去思考唯一占据他思想的东西，让他不会那么注意那个已经不可逆转地消失的人不在那里。然后同样是这些人，他们会不约而同地全都累了，留下他一个人，就好像哀悼有一个众所周知的保质期，只持续两到三周，然后大家就认为鳏夫或寡妇已经能够走下去，重拾自己的习惯和一直以来的生活，而已经结束和不再重来的却恰恰是他们一直以来的生活。穆里埃尔毫无疑问受到了影响，可能也有些茫然失措，我觉得他有点畏缩和彷徨，仿佛失去了比阿特丽斯之后他身上显露出了某种脆弱性，我想那是暂时的吧。但一种状况结束时你就会怀念它，哪怕它再糟糕不过，哪怕你曾经无数次希望它能够结束。这种矛盾的思念持续不了多久，但一开始时它带来的空虚感就如同你付出努力和耐心才达到了某个目标，比如完成一笔生意或得到一个职位，或者是拍完一部电影或给一部小说画上最后的句点。

穆里埃尔应该根本不记得我在那个恳求的夜晚听到他说过的那些话了，在那之前他的双手刚刚草率、粗鲁而毫无意义地抚过比阿特丽斯的整个身体，揉搓她的乳房，抓住她的私处，就像抓起一撮土、一把草或是在空中捉住一朵蒲公英，然后将它吹散，让它飘走，根本不去看它飘向哪里。“你究竟什么时候才能相信这是动真格的，一直到你死掉或我死掉的那天都会是这样了，”他嘴里吐出这么一句，“我希望是我来扛着你的棺材，没人能向我保证你不会在我还热着或已经冷掉的尸体上蹭来蹭去，那对你来说都一样。”或者在我记忆中占了上风的是另外一个版本："我希望由我来埋葬你，看到你失去生命，在你的黯淡中死去。"无论如何，他的希望已经达成，糟糕的是他甚至都不会把这些话记下来（一个人会记住自己听到的话而倾向于忘掉自己说出的话），然而它们在我的记忆中，或许曾经也在比阿特丽斯的记忆中回响，可能一直到那天傍晚在那个公路旁绿树成荫的幽暗之地都是如此。或许在她跨上哈雷戴维森、眼睛盯住目标的时候，她曾在心中对他说："你要在我身上蹭来蹭去了。"当然，穆里埃尔没有做到那个份上，但他在得到消息时几乎站不住，在墓园里也是，而且能看出在那份最初的犹疑中少了某个人令人恼火和不快、使人疲惫或有时使人无法容忍的存在，少了她高大的身影和她响亮的脚步声，这个人做了他太久的妻子，又或许还不够久，两者同时都有，因为当某样东西终止时，我们几乎永远都会觉得它还不够，还可以再多延长一点。

"有时候我会觉得听到了嗒嗒声，胡安，"他对我说，"尤其当他们睡的睡、走的走，只剩下我一个人待在这里的时候，或者当我在外面跟很多人吃完晚餐回来之后。最开始的几天他们强迫我过着一种疯狂的生活，几乎有点淫乱，就像在狂欢一样，虽然大家都是出于好意，不让我想来想去，因为他们能想象到我在想什么。好吧，不是的，他们不知道我在想什么，但他们的确知道那大概是关于什么的。我会同意这么做有点荒唐，就好像我是个心碎的鳏夫似的。你要明白，我是伤心的。无论你等了它多久，哪怕你怎么做都无法避免它的发生；无论那是不是有迹可循的，哪怕你甚至都不相信自己想去避免它；无论你多么冷酷，愿意承担你的……”他停了一下，想找个说法，“你的铁石心肠可能造成的后果，没有什么能让我们做好准备面对这件事。我伤心是因为已经过去很多年了，而突然之间最遥远的那些年重现了，我看到还是个小女孩的比阿特丽斯，那时没有人知道之后会发生什么，她和我都不知道。但我的心碎不是一个人失去谁、有一个至亲之人死去的那种。这里面有一种难以置信的成分，所以我才会听到节拍器的嗒嗒声，就好像它的回声没有停止，我的脑海里还装着它没有旋律的曲子，那种节拍是这里永恒的背景。好吧，其余的一切也都是，仿佛比阿特丽斯的脚步和味道比她本人需要更长的时间才会消失，人们留下的痕迹比他们本人存在得更久，我的经验是这样，这很正常，它们会一点一点逐渐消散。但当它们依然存在时……就好像他们需要一段延长期才能彻底离开、打扫卫生和收拾东西似的。他们从来都来不及为搬家做好准备，可以这么说吧。”

他不说话了，我也不知道该说什么，可能没什么好说的。

“我明白。”我说了一句。总得说点什么。

那一天他还是有些苍老，那是暂时的，之后那些岁月的痕迹消失了，它再次接近、包围，却不敢俘虏他，不敢附着于他的灵魂，也不敢侵入他的外表。他眼圈发黑、粗糙而疲倦的面容，他坐下来时也能显出的微微驼背，那都是偶然的，是那件无论我们多么警觉也不可能做好准备面对的事情的结果，是印象和确证印象的结果。突然他挺直身体，警惕地看着我。

“你知道她怀孕了吗？”

我太吃惊了，以至于忍不住问出了一个愚蠢的问题，虽然我那么做也有可能是为了争取几秒钟时间，让自己从这个惊人的消息中恢复过来。

“谁，比阿特丽斯？”

“当然，不然还会是谁？我们是在说谁啊，小德·维尔？”

“那我不知道。您是怎么知道的？是她对您说的？”

“不。她什么也没说。我是现在从医生那里知道的。幸亏他让他医院里的一个手下做了尸检，几乎没怎么检查，只是表面工作，再多也没有必要。不过，足以查出这个了。但她没把这件事告诉我也不奇怪。你肯定能猜到那不是我的。医生说可能连她自己也还不知道。我觉得不太可能，她都生了四个小孩。但谁知道呢。也许她不相信，也没想到。一切都有可能。”

“她怀孕多久了，这个知道吗？”我有点心虚地问他。

“两个多月，差不多吧。”之后他沉默了几分钟，就像这个情况突然让他有点尴尬似的看了一下自己的指甲。然而不是，会让他尴尬的是我要问他接下来要问的问题：“你应该不知道那有可能是谁的吧？”我的脸肯定有点红了，但或许他在心里也脸红了，所以没注意，或者他认为我脸红的原因跟他心里脸红的原因一样，因为他觉得有必要在我回答之前向我解释一下：“你肯定也能想到，我不在乎比阿特丽斯做什么。我介入这些事，也从来不问她，她可能会把它当成一种兴趣的表现，或者甚至是嫉妒的表现，你知道吧。但如果她要给我的孩子们添个弟弟，而且这个孩子要住在这里，你应该能够理解我会对此感到好奇吧。你完全不知道，对吧？”

我意识到我需要迅速回答，不能耽搁。任何犹豫或停顿都不会暴露我，却会表明我可能知道什么或是存着某种怀疑。我想认为，不，我能确定他之所以问我，只是因为差不多两个多月前，当他在巴塞罗那跟托尔斯和罗姆拍摄最后几个场景时，我是比阿特丽斯的看护人，是离她最近的人和她主要的目击者。他不是个多疑的人，不会想到我可能会与此有关。对他来说我几乎是个毛还没长齐的孩子。为了毫不犹豫地回答他，我求助于舌头那恶毒的速度，它能折磨我们，也能拯救我们。

“对。我一点也不知道，爱德华多，堂·爱德华多。我怎么可能知道那是谁的呢？”

我的确也无从知道，所以我甚至都没有不忠于事实。

之后我去看他的次数越来越少，到最后几乎不去了。我们不能说是朋友，或者他不当我是朋友，但我当他是，或者这是我的感觉，我原本会继续愿意取悦他，在他提出要求或我力所能及的事情上帮助他，哪怕我已经不再为他工作了。然而人们会很快停止寄希望于一个不再每天，更不用说不再每时每刻都在那里的人。他从来不给我打电话，就算我打给他，也许他也不想再打扰我了，我也不想显得过于坚持，我渐行渐远，直到变成一个没有留下来的过路人。

虽然他讨厌拍照（所以这么多年来他的照片极少，尤其是正面照），我却开始越来越多地在报纸上看到他，而且不是因为他的项目或拍摄的电影。实际上他只再拍了一部电影，而且不是帕兰斯和威德马克的那部，那部片子进入了广阔而拥挤的烂尾片境界，我想他没弄到资金。他出现在八卦杂志上，这肯定是不得已而为之，非他所愿，一开始是作为女企业家塞西莉亚·阿勒曼妮的“新男友”，之后是作为她的丈夫，毕竟，就像有一次他开玩笑对我说的，她的魅力和财富足以让她能够比他引起更多的兴趣，她渐渐变得像萨拉·蒙铁儿，只不过她的观众愈发小众，是像罗伊这样的人类学家、影迷和学者。我也觉得，假如比阿特丽斯知道她的存在，后者的魅力足以让她彻底失去希望，或者永远都会是一个威胁。她会让她连一个小小的战利品也带不到她痛苦的床榻上，甚至无法在夜里撤退时告诉自己：“走着瞧。”

穆里埃尔在丧妻一年多以后再婚，我没有被邀请参加那个低调的世俗婚礼，他没有任何理由将我加入宾客名单，事实上我不过是他从前的雇员，他曾经给过机会的年轻过客。这个国家最终在穆里埃尔不再需要时将离婚合法化了，也许即便比阿特丽斯依然活着，他也不会离婚，有时候我会想谎言和不幸的联系最为坚固，与此相同的还有错误的联系，也许它们比缘由清晰、心满意足、真心实意的关系更能将人们紧紧相连。在为数不多的婚礼照片中，我看到了范·维克滕、里科和罗伊，以及为婚礼增色的维亚纳大师，一位斗牛士能让任何庆祝活动熠熠生辉。我没有看到格洛丽亚、玛塞拉或弗拉维亚，前面两个人或许会认为这是一种背叛，第三个人则可能宁愿不去参加。

我还看到了那三个长大的孩子，他们从来都像极了比阿特丽斯。我久久地看着苏珊娜，她母亲在因为思念和坚持而摆出的年轻时代的照片里留下鲜活形象时比她大不了多少，这些二十多年前的照片我看过很多次，死去的幼童尚活在她怀抱中的那一张，还有她与穆里埃尔婚礼的那一张。此时我更加理解了他们两个人那时的表情：她望向镜头时大大的笑容，她显而易见的快乐或者更确切地说是胜利者的喜悦，一个化装成新娘的小女孩。而他，即使他的面色算不上沉郁，也是阴云密布，像一个确信自己正在负起绝大责任的男人。她把结婚当作游戏，他却庄重地真正“背负”起婚姻，仿佛他知道这个动词对于责任、债务和疾病所具有的效力。她面前的世界是轻松的，就像她的行为造成的后果，它们一做完就变成了傻事，变成了过去；他是一个已经知道何为放弃的人，或清楚地知道爱情总是挑错时候来赴人们的约，有一次他忧伤地对我说他曾经在一本书里读到过这句话，我不知道是哪本。在他第二次婚礼的照片上没有这样的痕迹，他的眼神显得飘忽而忍耐，一点也不郑重。他好像只是在完成一个社交程序并既在看又没在看时钟。

我想过那个人造的新家庭会是什么样子，他们全都一起住在委拉斯凯兹大街的公寓里，还是会换一处新房子；那个女企业家是否会心甘情愿地接受一个少女和两个孩子（或是两个少女和一个孩子）长久地留在她身边，特别是当他们的父亲好几个月都在外面全心投入地拍摄一部电影时；弗拉维亚没有与他们分开，还是被迫离开了。我犹豫要不要打电话恭喜穆里埃尔，但我惊讶地发现那对我来说也是一种背叛。我荒唐地感到那仿佛是将地下的比阿特丽斯埋得更深了一点，就算是她在那条孤独背阴的公路上自愿把铲子插下去的。或许肉体关系，哪怕是转瞬即逝、几乎没有留下回忆、没有实质影响的肉体关系，也会迫使我们对自己与之建立起这种关系的人抱有一种不理性的看法；又或许它会让我们不得不在内心深处怀有一种虚幻的忠诚。

有一天，我买了票去看穆里埃尔的最后一部电影。它整体上不太受欢迎，但我很喜欢。我打电话想告诉他这个，却没找到他，于是我就随它去了，他也不需要我的意见。他在比阿特丽斯死去五年之后才拍了它，又过了两年，在她自杀七年后，我得知我曾经的老板与老师在与几个粗俗的银行家吃午餐、打算从他们那里为某个新项目弄点钱的时候突发心肌梗塞。一从电视上听说这个消息，我马上打电话给里科教授，他是那个圈子里我当时唯一保持联系、直到今天也依然保持联系的人。那时候他已经是皇家语言学院的成员，他那些纸莎草纸（或木乃伊？）似的敌人飞快地死了，他则凭借数量绰绰有余的选票当选院士，甚至是在一片欢呼声中，不过现在他又成功地弄出了一些更加年轻的敌人，没有他们他就不知该怎么活，或者会更加无聊。他正要搭飞机去马德里参加葬礼，他将葬礼的细节告诉了我。或者没有，我在说谎。每当我们回忆起穆里埃尔或比阿特丽斯的时候，他总会有点崩溃（实际上他是个感性的男人），虽然离他们两个人不告而别已经过去几千年了。

次日清晨，我出现在拉阿尔慕德纳墓园里的那片墓地前，距离我上次看到它已经很久了，但我有一种那只是前日的感觉，当你回到一个你不常去的、只有出于沉重的原因和例外的理由才会去的地方时，那中间隔着的时间会消失不见；那中间隔着的时间是属于我们的。那里有一大堆人，媒体也不少，我站在稍远的地方，不敢走上前去。对于在场的大部分人来说我是一个陌生人、一个不请自来的人、一个闯入者，没有人会向我打招呼。隔着一段距离，我看到了苏珊娜和她弟弟妹妹的背影，我立刻认出了他们，尽管过去了那么多年，那两个小的孩子如今长高了许多。她不时回过头来，也许是在确认有多少人来，有多少人看重她的父亲，直到有一次回头时她望见了我，朝我跑过来。此时我三十岁，她已经二十二岁了，但她马上在无声的哭泣之中紧紧抱住了我，就像亲密地拥抱某个她期待的、从不那么完美但也不那么悲伤的旧日时光里来的人，那时候该在的人都还在。之后她握住我的手，将我带到第一排，跟阿莉西亚、托马斯、弗拉维那和一些我不认识的人，以及塞西莉亚·阿勒曼妮一起，后者肯定找了个机会透过墨镜看了看我（这一次她没在嚼东西），漠然地想着我到底是谁。我不认为她会对一个没在一起多久的亡夫的过去感兴趣，我突然有种想法，也许现在她要做的只是把他甩掉，就像一个因为软弱和诱惑而将一段插曲抛在身后的人。整个仪式期间，在降下棺木并最后一次重新安放墓碑的时候（那里再也装不下其他人了），苏珊娜一直把手放在我手里，紧紧地握着它，以免自己失去平衡，我说过她摇摇欲坠，甚于那个失去丈夫的女人，甚于任何人。或者不如说，她就像一个执迷不悟的女孩那样抓住了它。

现在我与苏珊娜结婚很久了，她活过了她母亲的年纪，而我差不多是穆里埃尔活到的年纪，后者比她母亲多活了七年。他比她大的也是那么多岁数，七岁或八岁，就像我比苏珊娜大的岁数一样，所以他总共比阿特丽斯多活了十五岁。1980 年前后比阿特丽斯在我眼中是个成熟女人，比起我来她就是一幅画。那时我二十三岁，她四十二或四十一岁，我从来没有确切地知道过，但她比我大了差不多二十岁，这对于一个小伙子来说已经很多了。现在回过头看，我觉得比阿特丽斯很年轻，不只是说她死的时候太年轻了，而是她根本就是一个年轻的女人。所以，也难怪她会抱有希望，会在那些溃败的夜晚暂时离开战场，直到再一次积聚起勇气和力量，并在撤回她的房间时在心里想："今天晚上没有，今天晚上也没有，但以后等着瞧吧。我的枕头会收起我的哭泣，我会像这个固执的月亮一样懂得如何等待。总有一次他侮辱人的抚摸会在迷睡中滑向另一个地方，在那里它会突然变成渴望、无法抗拒的任性或苏醒过来的原始欲望，没有什么会因为内心的拒绝和惩罚性的决定而就这么消失，它不会永远或彻底消失，这是可以中断的，所以它是被延后了。它随时可能在某个白天或夜晚重新回来，没有人会因为被需要和被爱而不高兴。"据我所知，它没有在任何一个白天或夜晚重新回来，但我不可能什么都知道。

是的，事实上她自杀的时候很年轻，其实她还在生育年龄，正在盼着生个孩子，这是穆里埃尔告诉我的，是范·维克滕告诉他的，是范·维克滕医院里一个听命于他的医生告诉范·维克滕的。于是这一切都只是流言，并且是止于我的流言，它甚至都没有流传到最近的白日下沉的西方，她的女儿苏珊娜，至少从我这里没有，它最好还是留在东方吧。这些年以来，我有不少次想起穆里埃尔那句以委婉的问句形式传到我这里的流言（“你知道……吗？”）。我常常在羞愧中庆幸（在某一方面，只是在那个方面）比阿特丽斯自杀了，这个男孩或女孩没能出生，或许都没有发育到能让自己未来那个粗心的母亲察觉到的程度。我无法知道留下那个胚胎的人是谁，是达姆施塔特里的范·维克滕医生、广场上的阿朗兹医生，还是她骑着哈雷戴维森到埃斯克里埃尔或格雷多山脉或阿维拉去找的其他某个情人，我经常一厢情愿地去想应该还有另一个男人，这样他们就能分担责任了。但我也不是没有想过那个胚胎可能是我在委拉兹凯斯大街上一个炎热失眠的夜晚留下的作品，毫无疑问，那就太不走运了，但我们两个人那时候都没有采取避孕措施。每当这个噩梦般的可能性闪过脑海时，我就会打个寒战，不由得为这个造人工程烂了尾而感到高兴（我隐约有点看不起自己，但这是可以忍受的），因为也许他的整个生命都本将是个谎言，但他对此一无所知，或者他[illegible]会阻挡之后出现在我的生命以及苏珊娜的生命中的一切美好，我想，而我们的女儿们将不会存在。假如这个孩子出生的话，她或许本该是我妻子同父异母的妹妹，同时也是她丈夫的私生女，她既是我的女儿、又是我的妻妹，而我和苏珊娜生的女儿们将同时成为她的妹妹和外甥女，通常到了这里我就会停下我的胡思乱想，因为不只这个假设链会让我头晕，光是想到我和我妻子本来不可能结婚就够让我害怕了。（让存在的事变成不存在是多么简单啊。）不管怎么说，那个时代什么都无法得到验证，比阿特丽斯可能会对孩子的来历闭口不言，如果她对此有强烈的直觉或者能够确定的话。无法改变的事实的是我曾经跟我女儿的外祖母上过一次床，也就是说，与假如依然活着便本将成为我岳母的人。但在一生之中，谁能知道谁会成为谁呢？我们不该因为超出我们理解的假设或预言而退缩，无论我们有时多么沉迷于预想，我们都只拥有今天而从不拥有明天。

在很多、很多年里，关于那一晚的回忆已经非常暗淡了。当苏珊娜还年轻时，那个单薄的故事仿佛从未发生，尽管她非常像她的母亲，但那种相似自然还在合理的范围内，我指的是我亲眼所见的比阿特丽斯，而不是她旧照片中——它们曾经让我想过（不仅仅是那些照片）："当时的她想必非常动人，我想穆里埃尔日夜都会想要她在身边，换作是我也会想的。哪怕只是因为肉体的欲望，这对婚姻来说已经足够了。但我那时不是穆里埃尔，现在也不是。"然而自从苏珊娜变成一个成熟女人，那段回忆重新有了颜色，它闯到了我的床上，将它翻得乱七八糟。她越来越像我二十三岁时的比阿特丽斯，尽管我不认为她胖，她也完全不胖，实际上一直以来，自从她在穆里埃尔的葬礼上像一个真正的女人那样出现在我眼前以来，在她身上我只看到了最微小的改变（但我并不客观），当时她迫人的身形已经长成，极具爆发力，完全发育成熟，不再像一个我不能盯着看（又一个不具有生命的形象）也不会盯着看的少女了，尽管我没有察觉，她或许没有忘记那个在她家里度过了那么长时间的年轻人，就像那些在长到一定年纪或者彻底失败之前都抱定决心坚持完成童年梦想的女孩。穆里埃尔告诉过我，另外那个人的热情作用很大，它能说服和打动人。别人的爱情会让你同情和感动，更甚于你自己的爱情。

我当然也不觉得四十多岁的比阿特丽斯胖，我老板才执意这么认为，或非要通过将她与银幕上最胖的家伙作比较去伤害她不可。于是，从一段时间之前开始，当我与苏珊娜进行亲密行为时，那个遥远的形象有时会混入我的脑海，这让我心烦意乱，让几乎我说不出话、全身僵硬。过去有一个我们从未预料到的未来，同样地，那个遥远的夜里，比阿特丽斯青春焕发的面孔（很多女人在这种几乎忘我的情况下变得愈发美丽的面孔）让它得以在某一瞬间被她女儿的面孔取代，两张同样的面孔，同样纯真的表情，现在则是女儿让我在最不应该的时候想起了母亲，而且还掺杂着那个我从一棵树上朝达姆施塔圣母堂里看时见到的、如今让我觉得恶心的场景（我立刻摒除了这个场景，所幸它只是一闪而过）。也许这些交错画面中最令人难过的是（或者因为难以理解而令人不安），我已经是一个在我们正当青春时走进我们的潜意识的老人了，他就像一个未来的幽灵，会神秘地对我们耳语："用心去看这段体验，不要错过细节，经历它的时候你要想着我，而且要把它当作一段你永远不会再重复的体验，除非在回忆之中，我的回忆；把它当作一部电影里最值得铭记的镜头和场景，刻在你的视网膜上；你将无法保留，也无法重新体会那种激动，但你能够保留胜利的感觉，尤其是知觉，你会知道这件事发生过，你永远都会知道；请你用力感受一切，好好看看这个女人并且小心地记住她，因为之后我会向你索要，而你必须把它给我作为安慰。"

我不想向自己索要它，然而我眼中所见的景象彼此混合，我最终还是这样做了。当这种情况出现时，我觉得苏珊娜察觉到了某种异常，我意念中闪过的那种不和谐的感觉，或者是我意念的眼睛，它们是无法控制的。她会停下几秒钟，用一只半开半闭的眼睛观察我，等着我的不适消失。于是我怀疑她是否一直都心知肚明，我听到的是否就是她光着脚从走廊上经过的脚步声，她那时感觉到的是不是身为女儿的孩子气的愤怒，或是暗恋中的女孩幼稚的妒忌，或者是这两种羞愤的结合让她脸颊发烧，如果那真的是她的话。她从来没有提起过这个，我更不会提，有些秘密最好还是随它们去吧。所以我也从来没有对她说过我在跟踪她母亲时查到的事，或是穆里埃尔之后告诉我的事，何必要说呢，她亲眼看到了结果，他对她的伤害和侮辱，我不认为她会想深挖那些她出生之前就已经丢失的原因。但我总是害怕有一天她会在生气时说出心里话，指责我那一晚的所作所为，当面质问我"你怎么能那么做"；或者生气的是我，所以把它说出来的也是我，就像比阿特丽斯在如此谨慎的隐瞒和如此长久的欺骗之后给穆里埃尔看了那封她否认收到的信，因此让自己陷入不幸一样。我们的事情没有可比性，或者如果我们能一笑置之，那甚至都不会成为一种不幸，一切都有可能，我不是穆里埃尔，苏珊娜也不是她的母亲，尽管她像她一样，无论是自己还是别人的事情都看得很轻松，她常常认为很多事情都愚蠢或者幼稚，也很少看重不重要的事。我是对的，我等着自己爱上了她，等她用颤抖的手指指着我，而我也看到了；过去所有这些年，曾经的所有这些年里我一直爱着她，这也是对的，很可能我这一生没有做过比这更好的事。

出于这个原因，我才如此担忧比阿特丽斯的形象会在激情中闪过我的脑海，无论它多么转瞬即逝。于是我试着召唤很久以前我曾有过的令我不安而又惶惑的预演，那个彼时混入我脑海中的少女苏珊娜的画面。现在我可以回想它了，以此让现实通过这段回忆完整无缺地回归，让被遗忘的昨天把从我们手中溜走片刻的今天还回来。不只是苏珊娜停了下来，用她唯一半开半闭的眼睛狐疑地，或是质询和奇怪地观察着我，我也停住了，分心了，离开了，我把脸移开了一点，就像不想被一个自己召唤出来的幽灵亲吻嘴唇似的，它的嘴唇曾经也拒绝了我，在它还拥有丰满而灵活的肉体的时候。于是有那么一刻，不知是我们两个人里的哪一个，苏珊娜或我，在心里想着："不，不要吻我。"我们无言地对视，有谁知道我们是否正在对彼此说出那句我们都同意的话："不，不要说话。"